（日）辻井乔 著

丁莉 译

沉落的城 （下）

沈める城

第二卷

作家出版社

（京权）图字：01－2011－5853

图书在版编目（CIP）数据

沉落的城/（日）辻井乔著；丁莉译. －北京：作家出版社，
2011.9
（辻井乔文集：2）
ISBN 978－7－5063－6069－2

Ⅰ.①沉… Ⅱ.①辻…②丁… Ⅲ.①长篇小说－日本－现代
Ⅳ.①I313.45

中国版本图书馆 CIP 数据核字（2011）第 192241 号

沉落的城(上下)

作　　者：【日】辻井乔
译　　者：丁　莉
策 划 人：铁　凝　何建明
责任编辑：李宏伟
装帧设计：任凌云
出版发行：作家出版社
社址：北京农展馆南里 10 号　　　邮编：100125
电话传真：86－10－65930756（出版发行部）
　　　　　86－10－65004079（总编室）
　　　　　86－10－65015116（邮购部）
E－mail：zuojia@zuojia.net.cn
http://www.haozuojia.com（作家在线）
印刷：三河市北燕印装有限公司
成品尺寸：165×240
字数：576 千
印张：37.5
版次：2011 年 9 月第 1 版
印次：2011 年 9 月第 1 次印刷
ISBN　978－7－5063－6069－2
总定价：200.00 元（全 5 册）

目 录

第八章

　　我还记得那珂崎时实率领的矛之会队员大批失踪时所引发的风波。当时街头巷尾流传着各种各样的猜测：偷渡、地下武装政变计划，甚至还有人说他们是集体自杀了。小报报道照例加上一些性丑闻，但很快人们的关心便转移到其他诸如官僚贪污渎职、艺人离婚等事件上去，没多久就被遗忘了。就像发光的流星坠入茫茫云海消失得无声无息。在KIGEN之会上也一时间成为热议话题，但终究还是被遗忘了。在我印象中理惠好像因为此事深受伤害，但如果不是这次读了庄田的日记，我还不知道他当时就在失踪现场：薄暮中的皇居前，因为庄田和理惠从未提及过这个事实。这事说出来也不会被人相信，他们也许也是为了避免被警察和周刊记者不断追问的麻烦。

　　但是，读过庄田日记后，我感到他和理惠对于那珂崎等人的行踪似乎有所预测，尽管只是很不确定的；而且好像还认定就算去找也不可能找到他们。

　　我这样推理下去，发现自己不知不觉陷入到一种完全不像学者的思维模式中。楠食品的干部们或许是被庄田发出的一种超能力的磁场捕获后受到感化了吧。我记忆中的庄田，是留学时代为爱情困扰的样子，或者是经营广告公司时管理者的形象，当然也有幻想癖等怪异之处，但怎么也看不出他有超常能力。这也许让人很自然地联想到，和楠元太郎一起生活开发出了蕴藏在他体内的领袖潜质。或者是他在合理化、近代化滞后的食品界长年的领导地位唤醒了沉睡在他体内的独裁性格。

我感到有必要和秋山讨论一下这些事。为此，必须告诉他我在伊坂杨严隆信博物馆那几天每晚都做的那些不可思议的梦。像幽灵一样出现在我房间里的野见恭平——其实是野野宫银平——跟我说的话，我一直没有机会跟他讲。

我知道，经营管理往往被一些非理性的因素所控制，蕴涵着不合理的部分，而且往往成为推动其发展的动力。这一点我已经从一些个案研究中了解到，同时它也将成为我作为一名经营管理学学者毕生的研究课题。然而，推动楠食品的真是这种动力吗？应该说庄田在波士顿所学的近代经营管理的方法也起到了很大的作用吧。

我在往返大学的途中、在堆满厚厚的书籍和资料的灰仆仆的研究室里时常都在思考这个问题。一天，一个写着邮寄人为野野宫银平的厚厚的邮包寄到了。我赶紧去看寄件人地址，却发现贴着一张印有我们大学校址的纸片，就好像寄恐吓信的犯人惯用的伎俩。

打开一看，发现就是在博物馆每晚都听野野宫银平讲的那个关于他在某个岛上生活故事的续篇。我看了看邮包里面，看有没有什么相关说明、为那几晚的打扰表示道歉等类似书信的东西，却发现除了记录故事的稿纸以外，什么也没有。故事开头是这样写的：

　　　　和平的日子继续着。库尼玛一直没有跟我联络。那天，他请我到他家、带我到他研究室的时候，听他跟我交谈的口气，我本以为他是要寻求我的帮助的呢。我放下心来，但又稍感失落。我还以为自己能帮他些什么呢，其实不过是自以为是罢了。

　　　　我每天都和阿兰结伴去图书馆，全力以赴地投入古文献的破译和翻译工作中。

我拿出上次记录野野宫银平谈话的笔记本，查看和这次寄来的文章的前后连贯性，发现正好可以连得上。不过，有关古文献的明确说明，这次的文章里好像还是没有。

我心里一直有个疙瘩，当庄田邦夫来找我商量对付反对运动的办法时，是我告诉他昭和经营史研究所，给他介绍了朝仓理事长。而按野野宫银平的说法，朝仓在绑架庄田邦夫的事件里起着举足轻重的作用。但是，野野宫银平应该不知道我和庄田邦夫的关系，他甚至好像不知道我和庄田邦夫曾一同度过了留学生活。

这样一想我略微放了点心，但还是觉得是我害了庄田邦夫。我反省自己只看事物的表象，而且因为是大学教授，跟朝仓喜久雄也没有什么生意上的关系，在对他并不真正了解的情况下，以为他在镇压反对运动一事上可以帮帮庄田，便很轻率地给庄田介绍了他和他所在的昭和经营史研究所。而如果是这样的话，我就更有责任正确地记述庄田邦夫和他的朋友野野宫银平的事，我一边看寄来的资料一边想。我莫名地生出一种预感，这折手记和庄田邦夫的经历和命运有着某种关联。

到目前为止，基本上可以肯定的事实要点是——

野野宫银平被某个组织——朝仓喜久雄似乎跟这个组织有关系——绑架到某个岛上破译古文献；古文献的内容是关于某个消失的王国；那个国家的历史与日本这个国家以及天皇制的形成似乎关系颇深；和野野宫银平关系密切的名叫阿兰的女子背景极其隐晦，好像和该国王族存在某些联系，不仅是古文献所记述的世界，连野野宫银平被抓去岛屿的时间似乎也和通常不同；古文献的作者是一名古代的测绘工程师，他所描写的岛屿与野野宫银平所在的岛屿不知是否是同一座；一个被称作库尼玛的仙人似乎可以纯熟运用先进的科学技术甚至巫术，等等。

古文献很明显是以古代王朝为舞台描写了一个消失的世界。在时间的潮流中浮现的岛屿，究竟是实际存在的还是仅仅是某种比喻都不得而知。

我从一开始就没有把庄田邦夫失踪的原因归结为世间所说的什么事业失败啦、计划受挫啦、生病啦、失恋之类的原因，这一点我可以肯定。这并不是因为我想让他安息，而是我确信在庄田身上一定是发生了某种特别的事情，尽管现在我还无法用语言表达出来，这让我也很着急。

迄今为止我写的有关经营方面的东西都获得了好评，那些东西的特点就在于描写一个企业家时，不仅仅描述他有多么辉煌的公司业绩，还要描写他的性格侧面、分析他的精神深处、观察他的生活方式等，从多方面塑造出一个有立体感的人物。但是，在开始写作关于庄田邦夫的作品之后，我发觉他身上有一种本质性的东西在抗拒我运用以前那样的写法。每次遇到这种情况，我都得在脑海里努力回想他的只言片语，回想他的动作神情来坚定自己的写作立场。可是令我困扰的是，我每次回想出的他的样子都不尽相同，他的日记还有刚得到的笔记都让我更为动摇。就在这种时候收到了野野宫银平的资料。他的出现是会让庄田邦夫的面貌越发模糊呢，还是会像黑暗中的一线光明一样将模糊不清的东西照得清清楚楚呢，现在还不好说。

我本来打算写一篇论文发表在大学的期刊上，现在只能先放在一边，得马上研究研究寄来的那篇文章。

从这个时候开始，工程师的心境发生了明显的变化。

读了这个句子，我不知道这是野野宫银平的感想还是古文献中的原话。总的来说，野野宫银平的叙述有一个缺点，就是他的意识很不清晰，有时候分不出哪些是他的感想哪些是原文的内容，也许那也正是诗人的特点。

古文献中写道：被捕的工程师在有月亮的夜晚和女人把装满两个盆的水饮尽之后，一下子就恢复了自由之身。至于那个女人是和工程师一起被捕的还是当权者派去监视工程师的，文中采取的是模棱两可的写法。

读到这里，我心里产生了一个疑问：那个工程师到底是什么人呢？他虽然生于古代却可以运用与那个时代不符的先进技术，去测量曾经存在过的城池的位置。换句话说，他的一切行为都是在实施一个计划，一个要把对"城"的信仰变得合乎情理的计划。有记述提到是一个重视进步和秩序的组织把他派到了这个城里，但工程师本人好像并没有意识到自己的工作包蕴着一个理论上的根本矛盾。也许他的被捕就是这一矛盾的暗喻。而和女人一起饮用盆子里映有月亮的水，象征着他放弃科学和进步去遵循小镇的习俗，说白了就是投降叛变的意思。

不知从何时开始，我从古文献中读出了自己的境遇，我认为工程师不可能投降叛变也绝不应该那样。既然他被派到小镇这一现实社会中来，作为一名工程师，他就应该肩负起把民众从信仰"城"这样的迷信中解放出来的使命。

　　我还在大阪上大学的时候曾经听说过这样的说法：在大文字送火节的夜晚，和情投意合的女孩一起，把山上燃烧的大字或是妙字、法字投影到盆里盛的水上，边祈祷边喝下去的话就会恋爱成功、心想事成。那好像是京都的烟花巷里流传的说法。学生时代的我对此不屑一顾，甚至还放声高呼：那正是受虐待人民的悲哀！

　　我暗暗期待故事的结局是：工程师从被软禁的地方成功逃走，发动革命建立起一个没有天皇的现代国家。如果是那样的话，工程师会被人们尊称为革命英雄、建国之父。那正是我曾经憧憬过的领袖风姿。我告诫自己：无论是酒、女人还是贫穷都不能成其为投降叛变的理由。我后悔莫及。我知道压在我头上的是更加黑暗、更加庞大的东西。

　　工程师模仿女人从盆里喝水的时候，他祈祷了一些什么没有留下记录。我认为他是在祈祷重获自由，但阿兰却意外地摇头不同意。

　　她肯定地说：

　　"他一定是在祈祷和那个女人的幸福。"

　　我的内心是矛盾的。我想完完全全地占有比我年轻很多的阿兰，却不希望她成为一个普通的女人。虽然她与我有肌肤之亲，但她的心仍放在别的地方，而我则一直在苦苦追求那颗心……

　　两人之间的那样一种关系是我曾经的梦想。也许有些离奇，但这种心理和我过去对待庄田邦夫时的心理有着相通的地方。他和我长得如此相像，但现在他是大企业家，而我却是生活窘迫的诗人，这种差异是不平等的。就算我安慰自己说精神上我是处于优势的，可是回顾过去我还是无法释怀。跟和枝在一起的时候，我们俩都沦为普通男女的事实让我痛苦不堪。那些记忆现在依然存在。我不希望这一生中还要第二次甚至第三次放弃自己的理想。

　　古文献的风格从这一节开始发生了很大的变化。可以想象那是因为作者为强权所压或是遭到了拷打。古代、中世的当权者是如何对待俘虏的，我多少知道一些。我猜之所以文章的文体明显变得虚无缥缈起来，一定是因为工程师在假装投降的缘故。于是，我就需要从字里行间去揣测他的真意。如果说昭和经营史研究所的朝仓喜久雄理事长期待我做的正是这个的话，那么他选对人了。但是我有资格这么洋洋得意地走进工程师的内心世界吗？和我一样，看上去工程师开始爱上那个女人了。而如果他不是假装投降的话，我又该怎么办呢？

阿兰怀上了我的孩子。库尼玛带我去他研究室的晚上，曾低声对我说："我希望你和阿兰的孩子有一天能代替我继续对这个岛进行调查。"

听说她怀孕之后，我心里既有一种胜利感也有一种失败感。我从没有想到胜利和失败两种完全相反的感觉能够同时产生。因为过去的我一定会择其一而将另一个彻底否定掉。

总之，古文献的风格如果就此改变的话，今后我们的解读也不能只看表面了，因为很有可能事实已被掩饰起来。以前我一直认为干扰我们调查的是库尼玛，因为他是一个顽固的家伙，除了自己以外不希望别人了解到这座岛的历史。但是在去过他的研究室之后，我开始怀疑自己以前的理解过于简单了。

库尼玛明确表示他没有阻挠过我们的调查。也许我们碰上的狂风暴雨只是一种自然现象，或者说是这个岛上的奇特规律。我深感有必要按时间顺序把我被绑架到这个岛上之后的经历重新梳理一遍。

我被带到这个岛上是因为受人之托去调查一座叫做冲之波美的岛屿，为了破译一本和这个岛有密切关联的古文献。因为我事先同意工作期间住在那里，所以从法律上来说是否算作被绑架还不好说。所谓科学就是先提出假设，然后通过实验去证明。如果通过对古文献解读的结果，发现并不能搞清这个岛的来历以及消失了的王国的历史的话，那么我的工作就是无用功了。但也许只有那样我才能保住性命。科学的反权力性是不是就是这么一回事呢？

那个晚上，库尼玛表现得态度友好是因为他先人一步发现了种种假说的错误，知道要解开岛上的秘密需要更多的时间。于是他想在我和阿兰破译完古文献之后也把我们俩留在岛上，培养成他的接班人。而且，他甚至还有更长远的考虑，那就是我和阿兰的孩子很快又会成为我们俩的接班人。但是那晚之后，他一直没有跟我联系，难道是因为他已经看穿了我能力的极限了吗？

我感到一种不安的情绪在心中弥漫，无法控制。我鼓励自己，坚持去图书馆，为了找到和他见面的方法对电梯进行了调查，还去了朱雀师召开集会的广场。山腰上的小屋最近好像一直没有人住，连个人影也没有。

岛上迎来了冬天。夏天树阴浓密的大树看起来叶子稍微稀疏了一些。岛民们可能是去哪儿打工了，热闹的市场冷清下来。

我觉得阿兰的肚子好像一天比一天大了。这让我既不安，又很期待。正常的话今年之内就会生了，但是我不知道阿兰能否生下正常的孩子。因为我有酗酒的前科，她也没有请医生看过。我劝她去看医生，她也只是回答"没关系的"。从她的口气中我能感觉出她不想让我管得太多。

我很害怕。如果生下一个正常的孩子，我就会被束缚在这个岛上。就像叛变的工程师那样成为这个岛的居民。当然啦，我在日本活得那么艰难，自然不是那么强烈地想回去。但是想到要在这个岛上过一辈子，我还是觉得非常不安。不说别的，古文献解读工作一旦结束，我连自己应该做什么都不知道。

如果阿兰分娩失败的话，我们之间的关系也会发生改变。只是我还无法预测那会是什么样的变化。我好像并没有完全理解阿兰。解读工作只进行了一半多一点，重头戏还在后面。果不出我所料，工程师叛变之后，和他同居的女人的身体也开始发生变化：两人一起饮水的仪式结束之后，女人变成了浑身大汗的异形人。工程师的身体也随之变得透明，开始变形。工程师自己描述说，昆虫在变形之后更加美丽，但是他和女人都变丑了。不知那是他对于自己叛变的自我批判，还是他假装叛变的比喻。

古文献在对变形进行若干描写之后进入到新的一章，开头是"被释放的我们——"几个字，打到这里的时候我让阿兰停下了。我想，这一章里获得自由的工程师又重新开始探索那座金光闪耀的古城了吧，不再通过测量，而是别的什么方法。那样的话，也就意味着古文献即将接近尾声了。在那之前我有一些问题必须要整理和思考清楚：破译工作结束后将稿子提交给昭和经营史研究所的方法；我该怎么跟他们讨价还价，那是我最不擅长的；我是不是该回国、能否带着阿兰回去，是否应该回去、该取得谁的同意等问题。还有，迫在眉睫的是要为阿兰的分娩做准备，还要找到库尼玛……

我和阿兰说这些事情的时候，她的回答总是很不尽我意。她虽然很努力地去思考，但是我能感觉到她并没有真正理解问题的具体意思，我不禁有些焦躁。

当阿兰说出怀孕、分娩等字眼的时候，她变得非常可爱、有女人味，当然，这也是人之常情嘛。初次见面时她那目中无人的表情，一个幼年时就看到将来的年轻女人自暴自弃的动作、想要掩饰却又很慌乱的神情，这些全都消失了。但是对于自己的身体变化以及将来的生活，只能说她还很无知。认为只要当了母亲一切就都有了，当然这种态度也可以说是女人的一种坚强。

我们聊天的时候，她会突然问一句："破译工作在那之前能不能完成呀？"好像她是局外人一样。

讨论是否继续住现在的房子的时候，她又说："一般是十个月吧，还有多久呀？"

我觉得她似乎是在故意岔开话题。问她预产期是什么时候，她又来一句："我也不知道。但是宝宝在哟。"

令人哭笑不得。我们的对话往往以"再好好考虑考虑"结束，不了了之。我根本就无法和她讨论在破译工作结束之后是否应该一起离开这个岛。

那天，我把阿兰留在图书馆自己一个人到镇上去了。我想自己好好想想作个决定，然后直接告诉她我的决定。但是，走着看着，看到满街萧瑟的初冬景色，我的心情糟透了，觉得自己也即将随之凋零殆尽。

我沿着图书馆前面人迹罕至的山坡，朝着和平时相反的海的方向走下去。不知为什么突然想起来小时候听父亲和祖父讲过的滋贺县的一个被淹没的村庄的故事。那个村庄的村民不知道是从哪儿移民过来的。大概原来所在的地方生活太苦了，或者是因为受农民起义、行刺地方官员等事件牵连所致。

我父亲就出生在这个村庄，七岁的时候随祖父一起搬到了和歌山。祖父是副村长，所以村子被淹没的时候他吃了很多苦头。县政府方面的意思是，既然本来就是移民村，就算为建水库被淹没了也无可厚非。祖父代表村民和政府进行交涉，要求他们应得的补偿。其实他一直都觉得，不过就是块暂时落脚的土地嘛，何必呢。尽管这样，他还是抛开自己的情绪努力为村民争取。后来，大部分村民都搬迁到了东京郊外，这是政府为了加强国家军事力量想要在首都集聚劳动力的方针与村民希望去一个不太排外、就业机会多的地方的愿望达成一致的结果。可是等村民们各自都在新居安定下来之后，我祖父却一个人带着我父亲，靠远房亲戚帮忙搬到了和歌山的新宫市附近。大概经历过集团迁移的艰辛，他发现人与人之间的信赖和友情是那么脆弱，碰到利益冲突的时候，哪怕是青梅竹马的朋友也会反目成仇，所以才会想要远离过去的伙伴吧。

很久以后我才听说祖父曾经深受谣言的困扰，人们说他跟政府代表，也就是县长谈判过程当中收了很多钱。告诉我这件事的人，他的父亲也是那个村子的，后来搬迁到了东京郊外。认识他是因为我们同为一个革新政党的党员，接受命令一起去发动某个地区的斗争。战争和战后的土地改革让村子里的很多搬迁者都家道中落了，为了发泄心中的郁闷，他们把原因归结到祖父身上，说是因为副村长的背叛才导致了他们的惨况，于是祖父就被安上了一个莫须有的罪名。其实被统治阶级的真正的悲哀就在于此，幸好在这一点上，我和我的那个同志的意见是一致的。祖父用国家支付的微薄的补偿金，在亲戚家旁边的地上盖了房子，开始做点经销农具的小买卖。

但是祖父以前一直当副村长，从未有过做买卖的经验，当然也就不可能成功了。从军队退役回来的父亲也是一样。战争结束后，家里把地卖了，但等到我上大学的时候那些钱也早就花光了。看着日渐消沉的父亲，我认识到：不要手段就不能成功，这都是资本主义制度把人逼得走投无路才会这样的。我很快就接受了这套单纯的理论。

我沿着冬天人迹稀少的道路走向海边，看着比夏天的时候显得更为宽广的海角和深灰色的汹涌的大海，忽然觉得自己眼下身处的地方就是从祖父那辈人开始的流浪之旅的终点。于是，我感觉自己像是一个流亡者。从前的我任性、自我，被组织除名、失去相依为伴的妻子，这些都是我应该接受的惩罚。

刚被带到这个岛上的时候，想回日本只是因为还不适应环境。如今，尽管还不是很方便，但日常生活完全没有问题，对岛上的语言也略知一二，也有了一些生活的乐趣。真是久居自安啊。现在说想要回日本，一半以上的原因都不过是为了坚持自己的某种信念罢了。因为我一直主张人和动物园的动物不一样，自己住的地方应由自己来决定。

　　我告诉自己孩子出生之前一定要定下来是否回国。否则的话，回去的决心就会支离破碎乃至完全消失。当然，当务之急是要先完成古文献的破译工作。

　　我转身回了家。我知道电梯里有一个可以选择去库尼玛研究室的通道的按键，趁阿兰不在家，我想悄悄把它找出来。为了不让她担心，我想瞒着她和库尼玛好好谈一次：是否继续共同进行研究，和阿兰一起回日本时又该定下怎样的协议。我很擅长这类谈判，参加革命的时候，在关键时刻曾经大显身手而名声大振。

　　仁仁来接我的时候，电梯里的灯灭了。大概是不想让我看见那个按键在什么地方。我猜应该是在仁仁的身高能够得着的位置。电梯门边的按键装在人手可以按到的高度，那只是给我们上下楼时使用的。仁仁先进了电梯而且坐在靠里的一侧，所以我猜那个按键应该藏在和门相反那一侧的比较低的位置上。

　　我让门开着，背朝着入口定睛一看，发现薄薄的钢板上印有龟甲图案，从上往下颜色的色调变化很不明显，但却是越来越浓。可以乘坐六个人的电梯匣子里面，鬼甲图案横着的有二十个，竖着的从天花板到地上有八十个左右。我蹲下来，从底下的第十个开始一个个试着按，但是什么反应也没有。

　　“看来得去问问厂家。”我念叨了一句，又想起来，“好像是和东京那个研究所里的电梯一样。”

　　我喃喃自语道。站起身来正准备走出去的时候，电梯门关上了。电梯好像开始下降。

　　我忘了去库尼玛那儿的时候电梯是上升还是下降了。眼下，电梯的速度很慢，让人几乎感觉不到是在走还是停着。我想让它回去就按了一下平时用的按键，可是电梯停不下来。我开始担心，不知是不是被关在里面了，可是却束手无策。我的额头和腋下开始冒汗。

　　不知过了多长时间。其间我胡乱地到处去按龟甲图案的部分，拼命地敲打电梯门，直到把自己折腾得精疲力竭。我坐到地板上，告诉自己要冷静下来想办法。电梯仍在缓慢运行着，我开始后悔自己轻率的行为。阿兰是否已经注意到了我的晚归呢？她总是很耐心地等我的，想到这儿我更加不安了。但是，如果她回家就会坐这个电梯，那样也许会发现不对劲而去找库尼玛联系吧。我想起留着胡子、眼睛深陷、像仙人一样的库尼玛的样子，这让我多少放了点心。虽然电梯很慢但还是在动着的，那就总会把我带到某个地方去。

突然间速度提升了。我差点向后摔倒。好像开始水平移动。去库尼玛的研究室时也经历了同样的事情。说明是在正常运行啰？我坐在地板上，背靠着龟甲模样的墙壁，两脚使劲蹬着地面准备好随时应变。

接着，好像到了一个弯道很多的地方，我的身体开始左右摇晃。我感到身体浮了起来，大概是因为下降速度很快。不久后由于长时间的紧张，睡魔袭击了我，在幻觉般的梦境当中，我觉得自己一下子落到了地狱，然后又朝向高空，振翅翱翔。

不知又过了多久，一声巨响之后，电梯剧烈摇晃了两三次，我被扔到了外面。

我置身于一座未曾见过的建筑物里。

半闭着的门那边有很多人，几个人站成一群，各自朝着不同的方向聊着什么。他们手上都拿着饮料，大概是在开派对吧。我揉着腰站了起来，不知道自己是不是该进去。正在犹豫时，突然有人叫道："哎呀，庄田君，你在这儿呀，快进去。"我被用力推搡着，连抵抗的时间都没有就进到了房间里面。

"上次我去大阪的时候顺便也去真琴看了看，那么老大的地方想建什么都可以啊。"

推我的人看起来很和气，他微笑着跟我打招呼，是一个个子很高的半老男人。他好像认错人了，我因为搞不清楚状况无法回答只好笑一笑。天花板是圆形的，整个房间好像是个地窖。这时有人来叫那个半老男人，他朝中央舞台的方向走去。我刚松了口气，又有一个年轻的、表情紧张的男人走了过来，看上去是个编辑。

"我拜读了您在KIGEN杂志上的随笔。无论是'现代音乐和俳句'还是'论三岛由纪夫'都运用了后现代主义的手法，非常有意思。连载完之后，我想找您商量商量。"

我写诗的时候，从来没有出版社的人这样和我说过话。我不知如何作答却又觉得很有兴趣，想跟他聊聊以前战争年代新俳句运动是如何遭到官方镇压的，但还是忍住了。

"哦，那只是比较轻松、有心情的时候才写的，所以可能还需要一段时间。"

"也是，您这么忙。"

我想起刚才被叫做"庄田"，没准就是我所认识的庄田邦夫，但是马上我又否定了这个想法，认为那是不可能的。我感觉自己轻飘飘的，好像躺在一块松软的云层上面。

穿着围裙系着红色发带的女孩子们穿过人群，把放在托盘里的饮料端给大家。其中一个向我走来。我不由自主伸出手去，拿起了一杯颜色最深的掺水威士忌。波本威士忌独特的味道一下子在鼻孔里扩散开来，我沉浸到一种愉悦中，那是我早已忘却的愉悦。我想说声谢谢，视线碰到了她的。她很像年轻时的和枝。也许是她的习惯，她一直盯着我，瞳仁里映出小小壁灯的光线。妻子因为革命运动的挫折目光变得安静深远，眼前这位少女的目光应该是与生俱来的吧。她个子很小，容貌也不是那种从远处看很打眼的女孩。我感觉她是可以信任的，便问她："今天这是什么聚会呀？"

这时前方响起了拍手声。

"感谢大家光临今晚的俄罗斯民谣酒场，俗称'歌声酒场易北河'停业聚会。"站在台上的男人开始致词。

"今晚，在即将为酒场四十年历史画上句号之际，我们邀请爱酒人、老顾客聚在一起依依惜别，大家热情响应积极参加，我在此表示衷心的感谢。都说主持人的话越短越好，我就不多说了。我想代表大家，请大画家给我们讲几句，然后就请大家自由畅谈。大画家——"

"什么大画家呀。"

听众中有个声音说。于是四处响起轻轻的笑声。

"那么，有请——先生。"

主持人换了个说法，笑声更大了。

"真服了你了。"

一边嘀咕着一边站到台上去的就是开始把我推进会场的那个半老男人。他用手摸摸头发稀疏的后脑勺，环视了一圈会场，好像是在思考讲什么。正在这时，我的胳膊被人从后面紧紧抓住了，回头一看是一个眼睛大大的——和刚才那个少女不同——算是个有魅力的女人。她的目光和动作还是少女模样，但是比之前的少女年纪要大得多。

"大叔您真帅，我要喜欢上您了——"

听她这么说我吃了一惊，觉得自己该说点什么却一时无语。

"您那么了不起还到歌声酒场来了。以前都没有这样的事。您还帮我卖地图呢。对了，我还没谢谢您呢。"

她没头没脑地向我道谢，像孩子一样低头致意。我又被人认错了，看来那人还是个地位挺高的人，我有些困惑，这样下去一定会说岔的。

"当然要来了，不和年轻人打交道就会变老呀。"

我顺着女人的话有些轻薄地说，不经意间想起了阿兰。

"你呢？为什么在这里？"

我尽量说得简短，心里明白在这种场合由我来发问会更安全一些。

"哦，今天是帮忙。因为剧团就在旁边。我们剧团的人无论男女都在这里帮忙，所以阿仙我要给他们做出榜样来。"

听她的口气，她虽然年轻却已经是某个剧团的干部了。不知不觉中她和我面向舞台并肩站到了一起。抬头看我的时候她的眼光很妩媚，是那种和心仪的男人在一起时的女人的表情。

也许是周围的喧嚣，也许是阿仙快人快语、反应灵敏，在岛上生活了几年之后，这一切对于我来说冲击过于强烈，我有些头晕了。不过才过了两三年而已，大概是日本的变化太快了。我还在这儿的时候就已经落后于时代，现在就更不用说了。这时候，我注意到以前我身上的顽固、严肃刻板的态度都消失了，这些都可以说是阿兰的功劳。

会场里大约有四百人左右。我再次意识到自己居然在一个偶然的机会回到了日本，惊异的感觉一点点地裹住了我。我发现来宾中中年人居多，就好像在告诉人们易北河正在变成过去。也许那个电梯就是通向时光隧道的入口，我是被带回到了过去。从脱离革命运动到再次与激进派接触的那几年，也就是我和和枝在一起的日子里，革命党派让我怀念，所以我曾到能听俄罗斯民谣的酒馆喝过几次酒。我想我和酒馆里的其他顾客都怀着同样的心情，在反对美国文化这个意义上。那个昏暗的酒馆就是个小共和国。

突然，热烈的鼓掌声打断了我的回忆。我心想要是再被人认错的话就会露马脚了，于是开始寻找出口。我小心不让阿仙发觉，从进来的那个门朝外走去。我已经找不到电梯了。会场的右手边是隧道一样的通道。我想走下去也许会通到剧场，如果在那儿被人发现就说是来找阿仙的。我一会儿觉得通向剧团会有麻烦，一会儿又觉得没有也不会有麻烦，就这样犹犹豫豫、慢慢腾腾地沿着通道向前走去，边走边后悔没多喝几杯给自己壮壮胆。

走廊深处是明亮的窗户。波本威士忌很久没喝，有点上头了。我来了精神，心想那肯定是排练场的灯光，我大胆地走近前去，想偷偷看一眼。

我走进一个像是剧场总务室那样的小房间。从昏暗的观众席前面往下可以看到舞台，声音从防音壁的扬声器里传出。曳光弹一样的光束在观众席上交错扫射。舞台设在一个大大的船舱里，也许象征着宇宙飞船的空间吧。前方有块突出的部分是舰桥，一个男人站在那儿，在向看不见的远方呼喊："喂，船要开了。"

铜锣响过之后，曳光弹一般的光线又一次在观众席上扫射，灯光定格到舞台上站着的两个人身上。

"不行，你不能走，要留在这里。"

可以看见女人在拼命地摇头。虽然声音从旁边的扬声器就能听见，但因为舞台隔得很远，让人觉得仿佛是在看另一个世界发生的故事，产生一种虚幻缥缈的感觉。男人穿着宇航员的衣服，大概是把过去的作品改编成了现代背景。

"你要走了。"

"我一定会回来的。我向你保证。"

观众席中爆发出大笑，我吓了一跳。这有什么可笑的呢？

我曾经看过《商船"坚决号"》，那时的舞台装置和这里差不多。那是个关于船员和女人的恋爱故事。我那个时候还是学生，从戏剧和电影里学到了很多人生哲理。如今人们看到严肃场景的时候却会爆发出笑声，这里已经不是我熟知的那个日本了。

从左右两个角上，有更强的光线射进来，打在头戴王冠的男女和戴着墨镜、叼着雪茄烟的中年男人身上。全息摄影技术用得很不错。把国王和黑社会老大放在一起的手法很新颖。从观众席上热情的掌声来看，反面角色的影子国王好像更有人气。一个女人发出一声惨叫，跑向前方。铜锣又响了起来。我猜女人是追赶飞船飞到太空去了。

好像接近终场了，我四下打量了一下站起身来准备走出去。亮灯之后被人发现混进来就不妙了，得趁现在沿通道离开。

走到走廊的时候，我发现和刚才进来的路不同。我心想不经过刚才的会场也许更好，于是我接着往前走。

过了一会儿通道变成下坡路，能够感受到湿润的空气。我有点害怕想回到刚才的总务室去，可是背后一片黑暗，好像只能往前走。昏暗的灯光下，只看见拱形的屋顶和脚下的路在无限延伸。我有些焦急地加快了脚步，突然走廊到头了，我站到了广漠的夜色当中。

好像是在山坡上，眼前是沉浸在夜晚寒冷空气中的广阔平原。

四处可以看到房屋群落。不是舞台布景，是真实存在的。我怀疑这是否是去库尼玛家时所见到的岛屿背面的景色，可仔细看过之后似乎不是。天气相当寒冷。房屋密集之地再往远处，隐约可以看到天守阁顶端的形状。

我按照平常的习惯，坐上电梯之后把发生的事情整理了一下。宴会会场也好剧场也好都是在日本，千真万确。被人认错、大画家、阿仙还有易北河的告别会等，都让我觉得是一种模仿体验。只有外部环境不是在岛上，而是在日本列岛。我想起库尼玛告诉过我他在研究室里看一个透明的水晶球就可以透视世间发生的事情，我接连碰到的这些事是否也是那个球里面出现的一幕呢。

我慢慢冷静下来，沿着山坡往下走想看看周围的情况。脚底下的草稀稀疏疏的，树也只有可怜的几棵，还都矮矮的，用秃山来形容也不过分吧。远处好像有不少人家，但看不到灯火也很奇怪。不过并没有死气沉沉的感觉，而是让人觉得有人屏息潜藏在那里。可能是阴天的缘故，天空朝着地平线的方向沉重地挂着，看不见星星。

走了一阵之后，夜幕中看见地上散着一些白色的纸片，好像是被风从城里面刮到这个山坳里来的。我捡起来一看上面果然写的是日语。

违反大自然的规律，让大企业剥夺我们仅存的一点个人的饮食自由，我们绝对——如果重视和平，珍惜生命的话，马上把计划……

其余的部分被撕得乱七八糟，用打字机打出来的还有：

食品创业——等等，——疾病的蔓延——这是威胁着——等文字依稀可辨，但读不懂意思。

后面捡起的纸片更是脏兮兮的，勉强可以看出以下的文字。

……的杀人——，——点的第三段的——，或者是——改变……

好像是某个审判的记录或是声明文的片段但并没有和我现在所在地有关的线索。我不知道沿着这条路走下去能否找到回到岛上去的路径，脚步越来越缓慢。

我找到很多张小纸头粘在一起的小纸块儿，不去读它，怕自己找不到回去的路，于是每隔一百米就撕下一张用石头压住。因为我想起以前听人说过如果在山里迷路的话就会在原地转圈。

走了一阵我回头向山坡上望去，看见沿途留下了星星点点的印迹，我放心了，点点头正要继续向前走，忽然发现有动静。我定神朝夜幕中望去，一个身穿白色衬衫的男人，大概知道自己被发现了，缓缓站起身来。

"是谁？"我喝问道，迅速用右手捡起了一块石头。

"别大惊小怪的，能不能把石头扔了？"

对方说话了。他的声音傲慢听着不舒服，但是动作很缓慢也没有要袭击我的意思。等他走近，我发现是个中年男人，长得并不凶，眼睛凹陷、颧骨突出，一副寒酸相。我知道还不能完全放松警惕。

"你是庄田吧。"

"不是，从刚才开始就……"

我说到一半打住了。继续当"庄田"的话也许更便于了解隐情。反正也没人认识我。我观察他的反应，他一语不发似乎在催我往下说。我只好说了实话：

"你认错人了。"

男人看来生性多疑，死死盯着我看。一副半信半疑的样子。

"那个叫庄田的是个什么样的人？"我已经觉察到庄田就是那个帮过我的楠食品公司的会长，但我想以攻为守，便主动出击，抢先问道。

"是想统治这个城市的家伙。"

"这个城市？"

"是的，我们真琴市原来有很多中小企业，虽然是个不起眼的城市吧，但是对于住在这里的人来说，可是个好地方啊。历史也很悠久，就连玻利维亚那个国家的一个叫马坤多的城市都是我们这里的渔民漂过太平洋后到那边建造的。要在我们这儿建一个两百米高的塔，有什么必要啊？还说什么要和太空通信，简直是一派胡言！"

"怎么回事啊？塔在哪儿呀？还没开始建吗？"

"你真的不是庄田啊。"

他又一次向我确认，可以看出不是一个轻易上当的人。

"刚才不是说了嘛，我和他没有关系。我根本就不认识他。我是个诗人。还是个历史学家。我来这里是要通过破译一本古文献，调查某个岛屿的历史。"

男人动了动身体，我知道让他提问的话就不妙了，于是先发制人："这是怎么回事？到处都是碎纸屑，好像刚大扫除过似的。"

"很可怕，是风吹的。"

"风？是暴风吗？"

"不是，没有那么简单。是从地面刮起的风。"

"你说什么？地面？"

我反问他，怀疑这个男人是不是不太正常。我又多了一层戒备心。没有比冷静沉着的精神病患者更让人捉摸不透的了。还在革命阵营里的时候，我就遇到过很多表面文静实则古怪的人。

"跟你说你也不会相信，是从脚底往上刮的风。"

"是吗？"

我附和了一句，想起在岛上和阿兰一起去北山探险时下的红色箭雨，还有从地底涌出的不祥之气。这儿下的暴风雨是否也是那样的呢。

我想问他："刮风的时候下没下混有红色箭头的大雨?"

但如果真是那样，对方一定会问："你怎么知道?"

想到这个，我只好把到嘴边的话给咽下去了。

"你也应该知道，风应该是横着刮要不就是从天上往下刮的。如果是从云上往下刮的话可以理解。像伊吹风、六甲风什么的都是这样。"

"是呀，这还用说吗?"

我装糊涂附和他说。

"那次可不是这样。如果是发洪水也许还说得过去，不是还有诺亚方舟的故事吗?"

知道他脑子没有问题，多少还有一些修养，我很高兴。之前经历的恐惧和不安让我很想对着这个人滔滔不绝地一诉为快，但我克制住自己装作若无其事的样子听他说。我那次的不寻常经历和这里的天灾地祸也许在某种程度上有着因果关系。我眼前再次浮现出库尼玛那张垂着长长胡须的面孔来，在那间各种东西摆放得杂乱无章的研究室里，他眼睛紧盯着水晶球，仔细聆听生物反应器的声音。

"所以才连一棵树都没有啊?"

"是啊，这是报应啊，太得意忘形了。"

"城里的人怎么样了?"

"你说地区居民嘛，还在。浑浑噩噩地活着。好了伤疤忘了疼，又在搞什么祭祀活动呢。"

听他这么说，我觉得有些奇怪。地区居民这个词可是工会组织啊官僚什么的常用词，官方用语嘛。我再次打量起站得离我很近的这个男人。年龄大概有四十五六岁。尽管天气很冷他却穿着肮脏的衬衫，和很多天没有熨烫过的工装裤。鞋子是军队靴，腰间系着块擦手毛巾，很像战争刚结束时复员士兵的样子。看上去没什么钱。也许是被狂风吹成的这副模样。

我想问他："这儿是哪儿?"但又忍住了。如果话中有自相矛盾的地方让对方生了戒备之心就麻烦了。于是我改问他："我想去看祭祀活动，在哪儿啊?"

"就在那个城附近，都什么时候了，那些家伙还在狂欢。"

他的语气中透着反感，可以看出这个男人是很看不起当地居民的。或者是因为他太偏激了，被孤立之后就越发偏激乃至愤世嫉俗。过去的我也是那样。

"要走多长时间呢?"

"嗯……"他毫无顾忌地从头到脚把我打量了一番，"小一个小时吧。有祭祀活动的夜晚要实行灯火管制，所以不好走。"

战争期间一直都在实行灯火管制，现在看来，也许那也可以说是一种狂欢。

向远处望过去，天守阁的影子浮现在微明的夜空中，看起来是那么渺小，完全没有立体感。我明白了方向，正要道别说"再见"时男人已经消失了。真是个怪人啊，我一边想着一边开始往前走，记起了不久之前在岛上读过的古文献中的一节来。接着

    被释放的我们牵着手离开了夜晚的城镇。

后面的部分是:

    大路上非常热闹，祭祀活动已经持续了好几个小时，快接近尾声了吧。被捕之后到底过了多久呢? 似乎已经很久很久，又似乎只是弹指一挥间。也许和平的日子正是如此。广场上聚集了很多人，手里挥舞着红色的布条。月光照耀下，他们的动作像是祈祷，也像是淫秽的群舞。

读到这里，我想起朱雀师在广场弹琵琶那晚的事情，又一次认识到这个岛的历史与古文献的一致性。那个晚上库尼玛占据了天空的一角，俯瞰着集会的情况。我并没有亲眼看到他，只是有所感受。他说他只有仁仁一个手下，但我知道他对人类世界、对自然界都有巨大的影响力，这一点是不容置疑的。话说回来，所谓"被捕"到底是怎么一回事呢? 疑问涌上我的心头。

我是被囚禁在岛上了吗? 如果是，那现在来到这里就等于获得了自由吗? 要这么说的话，为什么我又会开始觉得"该回去了"呢? 是因为阿兰留在那儿吗? 那么，爱是否就等于囚禁呢?

现在我担心的是，这个不知是村子还是城镇的夜晚是否在库尼玛的控制之下。我不是希望这儿不属他管，恰恰相反，如果是他的势力范围会更安全。

天空依然很低沉，没有风。回想起来，库尼玛的身边总是有水和风的征兆。这时候，空中出现了无数针眼般的黑点，云层迅速增加，那架势似乎要把周围的草木都一揽入怀。一阵风袭来。库尼玛曾说过："我并不是要阻碍你才做的。"

刚才那个男人说的跟我经历的事情有很多相同点。假如这儿不是库尼玛的势力范围的话，那就是说还有其他未知的统治者存在。

以前阿兰曾跟我说过她梦到自己变成了风的新娘。她有些遮遮掩掩地告诉我风对自己身体的每一个部位都进行了爱抚，她的话令我很嫉妒也很有挑逗性。

库尼玛身上有水的征兆。他有时候会从河底下钻出来，和他在山间小屋里说话时我听见溪流潺潺，还听仁仁向他汇报说已经把水闸关上了。如果库尼玛可以驱使风和水操纵环境变化的话，这种拥有超常能力的人该称作什么呢？还有一个人，他和库尼玛完全不同但也具有超常能力，那就是朱雀师。他不会使用巫术和火箭，这一点和库尼玛不同，但他的琵琶乐曲让岛上的人变得狂热，他拨动琴弦唤醒了尘封在人们体内的集体性无意识。那是朱雀师个人的超能力呢，还是朱雀家族作为一个组织甚至制度所拥有的感召力呢？总之去到举办祭祀活动的广场总会搞清楚点什么，我加快了脚步。

路上到处都是积水，还有些破砖烂瓦，很不好走。我能勉强撑着走下去，是因为时而传来的呐喊声告诉我就快到了。越往山下走那个声音越大。我穿过了几个规模较小的聚居地，但还是没有灯火，依然杳无人影。黑暗中，可以看到掀起的房檐、倒塌的土墙，诉说着风灾的惨状。断裂的树木露出白色的树皮，上面一片树叶也没有。

成排的房子忽地就到了尽头，我来到了一个有无数民众叩头祈祷的地方。我满心以为这里会很热闹，结果完全出乎意料，如同拳头打在棉花堆上觉得很没劲，于是便停下了脚步。喧闹声从远方的天空传来，而聚集在广场上叩拜的民众却是一言不发。

祭典到底是在哪儿举行的呢？我纳闷地四下望去，发现我脚下这个地方和朱雀师集会的那个广场简直是一模一样。左手边那幢大楼让人联想起仓库，尽头那块儿有高低不平的树桩，以前应该是一片林子。黑压压的人群让那块地方异常纷乱。天空中飘着许多云朵，好像一个船队。然而这里嗅不到库尼玛的气息。

云朵有的很大，有的已经开始走形，有的有两三层，上面还长了瘤子，每一片都好像挂着许多碎布头，在四周澎湃的雾气之间若隐若现。碎布头似乎起到了尾巴的作用，使巨大的"风筝"得以平稳地飘在空中。远远望去，云之船队上部呈船帆形状，光线很暗看不太清楚，好像有的扬着白帆，有的扬着红帆，两组云之军团混杂在一起却又彼此对峙，孕育着紧张的气氛。

正当我环顾四周、不明就里时，脚下的地面神不知鬼不觉地变成了一种既不是气体又不是液体的白色柔软物质。广场中央屹立着一座塔一般的建筑，上面同样垂着白布。那真的是塔吗？我怎么看着像投射在云幕上的塔影呢？待我回过神来，发现整个广场，连同依然在上面叩拜的群众，都缓缓地移动了起来。我有些慌神，想找个能把住的东西又找不到，一下趴到了地上。我也成为民众的一员了。

不知从哪儿冒出一个像黑色夜鹰般的物体，发出缓慢而迟疑的咻咻声向这边飞过来。我下意识地想躲起来，便把脸埋进脚下柔软的物质里，这时那个物体扎进了我跟前的一片云，横贯而过，冲着下方的浮云飞去，空中回荡着它嚎叫一般的震颤声。我匍匐前行，前方相当于地面的部分变成了半透明状，透过去可以看到下界，让我感到极端无助。

这时响起了一阵震耳欲聋的喧闹。紧接着就看到条条光束在云和云之间猛烈交错。爆炸声不绝于耳，几乎让地轴都为之震动。这是世界末日到了。民众当中有几个人看样子是受不了了，仰起头发出一声呼喊，便以太空漫步般的姿势举起双手，朝着旁边的云坠落而去。

这一下不要紧，所有人都开始叫喊起来，无数杆枪一齐开火般的声响迸裂而出，周围成了轰鸣的漩涡。曳光弹一般的光线一照到云上闪一下就会燃烧起来，照亮周围的景象。白云边缘被烧得焦黑，还被烧出了几处骸骨一般的洞。火柱毫无规律地上升。这哪还是什么祭典，简直就是骚乱，不，骚乱都不够，这就是一场战争。还是一场分不出敌我的战争。

云之船队移动速度加快了，空气中也充满热量，愈发激烈地流动起来。它们彼此冲撞，纠结在一起，可没过多久忽然现出一道漆黑的深渊在迅速蔓延。云、船、说不定还有一座岛，都在那里消失得无影无踪。旗帜、人们身上缠的破布头、桅杆，都打着旋儿，被折断，被翻倒，坠向不知名的虚空。我不知道哪儿是安全的，也看不出白色船队和红色船队究竟哪一方占了上风。我只知道一点：我被无端地卷入了一场战争之中。

我急于寻找逃生的道路。空间的某一处肯定有个相对安全的入口。自从脱离革命阵营以来，我决定不再支持任何一个势力，如今我为此感到后悔。要是我跟了其中一方，不管是激流勇进也好明哲保身也好，总归都有办法应付。

我定神俯瞰，发现空间的一部分的确已经陷没，一条漆黑的沟壑仿佛冰河的裂缝漫漫不绝。我想，跳进去就能避开枪林弹雨了，可我并不确定那里是真正的安全地带还是深不见底的海沟，所以迟迟下不了纵身一跃的决心。我转头仰望，空中架起了一座笔直的有无数级台阶的通天大桥。这桥不知是什么时候出现的，上面的台阶被爆炸的闪光照得忽明忽暗。它和我见过的一座神社的台阶很像，但同这里有一段距离，我没办法靠到最下面的台阶去。桥的顶端被雾气笼罩，再往上似乎就是豁亮的天空。

这段时间里，周围的轰鸣仍然猛烈地持续着。我寻思着要是能顺利到达那座桥，拾级而上，就肯定能进入安全的另一世界。啊，我想起来了——这座桥不就是我离开昭和经营史研究所，陷入昏睡时，在让人窒息的梦境中见到的那座吗？

看着看着，豆粒大的一个男人出现在台阶底部。他仿佛靠在什么东西上——从这里看不到——沿着桥往上爬，那笨拙的姿势更显出他拼死的态度。他把胳膊抡得像水车，脚跟不稳，仿佛一不小心就会踩空。终于，他顺利地逃离了这片不安稳的云之大地。"凭什么就他那么幸运？"一股难以抑止的嫉妒之情涌上心头。然而我内心还是想给他鼓劲的。在周围叩拜的民众应该也是这么想的吧。

突然，一条又宽又大、根部呈肉色的带子出现了。带子头部像蛇的信子一样分成两股，晃来晃去。我还没来得及倒吸一口凉气，那个男人就被缠住了。他翻了个跟头跌倒在地，眼睁睁地被血红的信子卷了起来。轰鸣声提高了一个调门，传来无数玻璃破碎的声音。可能是台阶上部有看不见的玻璃裂开了吧。男人飞上半空，旋即掉到我身处的云之大地上。我看到他因为痛苦而扭曲的表情，内心受到了极大的冲击。恐怖早已飞到了九霄云外，剩下的只有苍白。那个男人长得和我一模一样。巨大的信子消失了。几根灼热的火柱穿透了云之船队，像核爆炸的蘑菇云一样扩散开来。四周越发喧嚣沸腾，仿佛对男人这一出逃生戏视若无睹。起风了。天空的边缘陷落，苍穹灿然生辉。风从天的罅隙中飞扑直下。周围骤然暗淡。我仰身而卧，望向头顶的天空，一艘黑得出奇、形状诡异的船飞速逼近。那是一种悄无声息却又毫不掩饰其重量感的邪恶，让人毛骨悚然。要是跟它撞上，我身下这片松软的大地即刻就会粉身碎骨了。

"视汝应视之物。"

我听见有人喊道。接着好像有几个人纵身跃入黑暗的宇宙。一阵狂叫。方才还像船帆一样的布被吹得七零八落，人们身上的衣物也被风剥落，飘在空中，像海里的浮游物一样流动。眼前还有折断了的箭和桅杆。我想：到底还是没能走到那座城。在山坡上看到的远方的天守阁，身穿脏兮兮白衬衫的男人也曾提到过，可他看到的也是幻影吧。抑或是刚才的战争让城本身陷落了？我感到疲惫，在柔软的云之大地上躺下，凝望着眼前这片阴暗模糊的空间。烟雾一般摇曳的，仿佛是天空中生长的水草。破船的碎片之中，几张脸浮现又消失。有的神情恍惚，双目圆睁；有的整张脸因为痛苦而扭曲。我看到四方的木箱在同一个地方打转，是空气流动引起漩涡的缘故吧。地动声越来越近，让人想到海啸，各处接二连三地响起巨大的声响，眼前是耀眼的光。几根火柱向上升起，光芒一闪而过，仿佛太阳爆炸了一样。

就像有人盖上了盖子，倏地万籁俱寂。一阵钻心的疼痛袭来，如同烧红的铁棒穿透了身体一样，我在心底的某个角落估测意识离我而去的程度。

不知过了多久，耳边隐约传来溪流声。这声音是那么沉静，就像从史前一直响到现在。仿佛有许多鸟一同拍打翅膀，但那只是我意识深处的一个小插曲，随之而来的是蔓延的寂静。

"野野宫，野野宫。"有人在远方叫我。每一声呼唤之间有一定间隔，一点点向我靠近，让我恢复了意识。

"对不起。是我疏忽了。"他说。如果发生的是核爆炸，领导人也会这么道歉
吗？我有些来气，可仍然没搞清楚怎么回事。我刚要起身，浑身上下就传来一阵
疼痛。

"别动，别动。"这次那个声音变成了家长的口吻，"库尼玛也在担心你呢。"

我听出这是仁仁的声音，恢复了意识。我想起来了，我是想偷偷去找库尼
玛，在操作电梯时出了差错。

"我迷了路——"

我话刚出口，仁仁就不住地说："我知道。我知道。"

"你刚才在去日本的过程中启动了最坏的程序。这导致你在日本体验到了不
久的将来会发生的一场大战。你进入了一个恐怖的模拟情境。"

我总算能睁开眼了。我看到仁仁坐在低矮的桌子上，它湿润的鼻头就在我脸
旁边。

"啊——"

我放下心来，长舒了一口气。

"我还活着吗？"

"已经诞生的事物就不会再消失。只会改变形态。当然谁也不知道自己当初
为什么要诞生。宇宙也是一样。"

"这是哪儿？"

彷徨之中，我不由得将自己一直视若禁忌的那个问题脱口而出。我是懈怠了。

"图书馆最高层的病房。"

仁仁若无其事地回答道。我一直以为每天进出的工作场所上面几层全是书
库，换了平时我肯定会生出许多疑问，但眼下我只是点了点头，看来我真是身心
俱疲了。能够回到原来的地方给了我足够的安全感。

"那是一场残酷的战争，就像宇宙末日。"我告诉它说。

"你把输入的信息弄错了。那部电梯充分考虑到了模糊效果，通常情况下这
能提高安全性，可你把它切断了，向过去和未来都下了指令，所以它就以几倍于
规定值的速度移动，就像穿越形状最为扭曲的时空边界。还有，目的地的指令也
被你搞错了。"

"我只是想见库尼玛。"

"我知道。我也没说你是想逃跑，你放心好了。按说你只要用语音输入就行了。不用语音时只要静静地按下按钮就能到达地面。可你没那么做，你不仅开了安全锁，还说了'日本''东京'之类不正确的地名。要说'库尼玛的研究室'就什么事也不会发生了。"

"不过，三个多月前的那一天，库尼玛倒是在半山腰的别墅里。"

"阿兰怎么样了？"我忍不住问道。这事儿我本不想跟仁仁打听，可我躺在床上一动也动不了，没有别的办法。而且它那句"三个多月"让我心中的不安一下扩散开来。

"这个嘛，她可能还不知道你回来了，要么我联系一下她？"

仁仁回答道。不知是不是心理作用，这时仁仁脸上现出了一丝狼狈的神情。难道说我就在另一个世界游荡了整整三个月？她那时候都快生了。

"帮我联系一下吧。可以的话我想马上见到她，她肯定担心着呢。"

"这个……"仁仁故意支吾道，我感觉自己的表情变得僵硬起来。

"明白了。我这就去。这扇窗户能看见海哦。你先看看风景吧。我想你还是尽量少动为好。"

仁仁说了些听上去毫无意义的话。我丧失了思考能力，侧脸感觉到它走出了房间，一言不发。

我是在初冬时节被困在电梯里跑到那边去的，而现在春天都快到了，看样子的确过了三个月。

那个只能用宇宙战争来形容的场面成了几个片断残留在记忆中。奇怪的是我同时还想起了自己迷失方向走在空寂的山路上。可我到底在哪儿过的这三个月呢？难道说从我昏迷到恢复意识就花了这么长时间？抑或是异界的时间比这边过得快？

阿兰的孩子怎么样了呢？巨大的蝗虫、暴风雨、库尼玛的巫术，让我愈发不安的记忆肆意横行。按理说应该是由她来照料失去意识的我才对啊。

其实我一直隐隐觉得：阿兰为了不让我担心，怕失去我，而对我隐瞒了自己的身世或者是她必须完成的某种使命。同时我也在害怕，怕不知什么时候就会失去她。然而，阿兰尽量顺应我的生活节奏，尽心尽意照顾我，这是无可辩驳的事实。

对阿兰的爱恋之情犹如决堤的江水喷薄而出。一想到也许已失去了她，泪水就从眼角滑落到枕边。我总是这样，失去之后才意识到有多重要有多美好。可是只要一碰到我认为不对的事，不管对方有多强大我都会血脉贲张，非得拼个你死我活，不然就不甘心。那个时候，所有珍爱的东西和应该珍爱的东西都给抛到脑后了。也就是说，我是一个轻率浮躁的正义者，一个有勇无谋的傻小子。只能如此形容。我闭上双眼，自己这种形象在眼皮底下时隐时现。脱离革命运动时，我也因为同样的自我厌恶而深感苦恼。仔细想想，或许我的生活轨道本来就同扭曲的时空直接相连。要不然就算我输入错误，电脑异常启动，也不至于闯进一个硬是把过去和未来拉到一起让其磨擦生热产生的地方。害得我在头一个孩子即将出生的重要时期一声不吭地离家这么长时间。兴许阿兰实在是生气不想理我，跑到别处去了。

我环视房间，看见一辆轮椅，便轻轻坐起身。还好只要小心点儿，动动手脚也不那么疼。我慢慢下床，走了两步，骨头就像快要坏掉的门闩一样发出声响。虽然我一直想：就算爬也要爬到阿兰那儿，可看现在这副样子，看来是不可能了。我大概得暂时呆在医院里了。如果真像仁仁说的那样，这里位于图书馆最顶层，那把工作基地搬过来应该很容易。就算我躺在床上，只要看着阿兰打到屏幕上的文字，改成现代文，再添加些恰当的措辞，应该没有什么困难。

我好不容易才走近轮椅，坐在上面，转动两边的车轮，来到窗边。

斜下方能看见一片光秃秃的林子，隔着街道横亘着熟悉的海角，再往远处，安谧湛蓝的海水无边地延伸。看着看着我的心情平静了许多，是风景抚慰了我。短暂的归国之旅，回到的却是大都市中心及其周边地区，而不是少时居住的纪伊半岛南部，或许正因如此，我觉得反倒是这座岛上的风景看起来更加让人留恋。

水平线附近，遥远的海面上，几片这个季节少有的积雨云飘浮着，像停泊的巨大舰艇一般。到底是靠近亚热带啊，我想。这是联合舰队的幻影？不，或许是座城。我想起已成过去的那个交战场面。较大的两片积云雨中的一片迎着阳光，漆黑的中间部分被镶上了一道金边。再往远处，朦朦胧胧的酷似旗舰的云泛着耀眼的银光。风从海上静静地吹向我，附近的海水在风的撩拨下搔首弄姿。细小的浪花反射着阳光，一闪一闪，就像献媚的女人的舌头。点彩画①般的风景远方，似乎有些东西激烈地纠集着。望着望着，我发现自己的感觉同原来不一样了。难道我在某个地方受到了辐射？我感到性欲亢奋。我以前听说有一种昆虫在临死之前会频繁交配，莫非我也是这样？

浪花发出刺眼的光芒，显得十分妖艳。我想到阿兰生气时就是这样，但记不清是什么时候了。几只黑尾鸥被风吹得东倒西歪，它们盘旋着，远离身后碧蓝的海水，淡出了我的视野。接着和暖的微风吹来，像是拭去了浪花发出的光的搅扰，海面即刻变得柔和平静，波澜不惊。梦里见到的那个一脸寒酸的男子批评当地居民说"除了祭祀不会干别的"，想来有点滑稽。他应当是在宣泄自己未能被当地接受的愤恨吧。可是想想朱雀师的歌，对于南太平洋战争的参与者来说，那是真刀真枪、不怕牺牲的英雄行为，或许正因此，它才会在时间长河的荡涤中转换为崇高的祭礼。祭礼之所以喧嚣而狂热，也是昔日英雄及周围人们的悲伤催生而成的。

想到这里，我头脑中久违地浮现出古文献的一节：

> 路口的告示板上记载道：蛮族统治覆灭之日，即祭祀起源之时。但自那时起，镇上就不见了城的踪影，这也是历史事实。

古文献是这么写的。我弄不清"那时"是直接指"覆灭之日"，指一个民族的灭亡之日，还是以往被神化了的王因战败而变为凡人之日。至少迄今为止读过的部分还没有给出清楚的解释。也可能镇子的领导人对这事也不明所以。因此，寻城的行为证实了人们对蛮族统治时代的憧憬。然而，看到掌握先进技术的测绘工程师着手工作，领导人们意识到自己错了。王的起源正因为充满谜团才显得尊贵。于是测绘工程师因为某种原因被捕，工作永久地中断了。这件事，库尼玛和

---

① 法国印象派的一种画法。

朝仓喜久雄分别然而却几乎同时发现了。在这件事上，关于消失岛屿的古文献的发现功不可没。

作为推理的前提，可以想象：蛮族或许比富庶的通商国家享有更高的精神地位。我感到学生时代以来一直信奉的思想产生了动摇。越进步的越是有文化的，越有文化的越是人性的，这一思想在过去可以说是我的信念。

此外，史前时代似乎已经有了同现代体系相异的先进科学技术；我的亲身经历也让我难以区分巫术与技术的不同。于是二者共同归结成一个问题摆在我面前："什么是文化？""什么是进步？"

这种动摇，也许是自打来这座岛以后在我体内发酵膨胀的旧思想的最终解体。说不定这是我自身的变化。难道我也像古文献中的测绘工程师一样，正在成为一个异型人？

我还能不能若无其事地认为自己只是在将别人托付的破译工作当做任务在做？我之所以急于了解这座岛的位置与历史，或许是因为我想借助科学理论来阻止自身愈演愈烈的变化？如果能从这座岛同历史辩证法、考古学结构、古代文化的关系中弄清它的文化定位，我应该就能透彻分析对城的无原则的憧憬。

古文献像在证实我的思考一般写道：

> 人们兴高采烈地看着戒律烟消云散般，同时又难以割断对变了样的城的依恋，这种矛盾的心情在他们心中滋生，使他们对更为残酷、更有诅咒性的事物燃起了热情。当政者觉察到民众流露出可以称之为"搜神情结"的情绪，认为有必要作个了结，便来委托我所从属的组织。对此我曾暗自点头称是，但如今这一切都与我无关了。

这段叙述同前后脉络有些脱节，有些地方让我觉得无法接受，但有一点可以肯定：他暗自笃定决心要同自己过往的生活方式一刀两断。我想知道是什么让他产生了这种想法。是对一起生活的女人的爱？是习惯了禁闭生活的安逸？是假装叛变？抑或是因为上年纪了？而让日本从精神上缴械投降的是：对饥饿与死亡的恐怖、同伙的愚蠢、敌人所大肆炫耀的压倒性技术实力与财力。

第二天将近中午的时候，阿兰悄悄走进了病房。她那平静的动作让我吃惊，也感到不安。我叫了她一声，她说："我还以为你回不来了。"

说着两行泪水淌了出来。

"看你说的，怎么可能呢。"

我也泣不成声，说不下去了。哪怕只有一个人，但至少还有个女人在等着我，这令我欣慰不已。喜悦之余，种种疑问又涌上心头：我不在的日子里发生了什么事？

阿兰的语气让我想起同和枝在一起时，我曾经擅自离家两天多。和阿兰一样，她既没追问我也没怪我。那时我还在出版社工作，我跟社里一个女人有了亲密关系，一起去她的家乡旅行。可和枝还以为我是被原来的同伙发现了，受了私刑呢。我内心十分羞愧，说了和刚才一样的话。

这次和那时正好相反，是我不在时的阿兰让我担心。三个多月没见了，她憔悴多了，让我很不好受。我脑中飞速闪过一个念头：就算她做了对不起我的事情，看她痛苦成这样，我也得原谅她。她的皮肤没有了光泽，变得消瘦了。过了一会儿，我才想起了孩子的事，便问道："怎么样了？"

"不行了。"

她露出我从未见过的痛苦表情，她的泪水又盈满眼眶，这次是串珠般从眼角静静滑落。过了一会儿，可能是哭过后多少舒坦了些，她说："生是生下来了，可是，我对不住你。"

该道歉的是我才对啊。虽说是身不由己，但再怎么说重要的时候是我没在她身边。我不知该怎么回答，一言不发。

"医生想尽了办法，但卵就是没孵出来。"

说到这儿，阿兰忍不住抽泣起来。

我还没太弄明白，等她平静一些，又问了一遍。好像是在我下落不明后没多久，阿兰就产下了一个发白光的卵。

这件事几天之后产床上的阿兰才得知。她这么晚才到我的病房来似乎也是这个原因。阿兰掐了好几遍日子，说："我没听到孩子的哭声。整整五天我连卵产下来了都不知道。"

医生又是加温，又是在争论后用X光透视，但是什么也看不见，什么变化也没有。经过讨论，医生断定这是个无精卵。在征得阿兰同意后，他们试着把卵切开，但也不知道卵是什么成分形成的，最终也没能切开。

"我以为你不回来了呢。"她为擅自同意切卵一事道歉，接着又说，"可是那颗卵真的特别漂亮，特别可爱。"

说着阿兰略一偏头。露出这天的头一次微笑。那副神情有种和我在一起以前不可想象的妩媚。她的态度是那样自然，只要看着她，就丝毫不觉得大活人生出卵有什么离奇。不过我本来就很难将阿兰同生产时的血、黏糊糊的胎盘、连着脐带浑身羊水的胎儿联系起来，所以在我看来，她产下一个大理石般洁白而坚不可摧的卵，反倒是很自然的。

过了一会儿，当我听到"死婴"这个词时，我竟然有种得救了的感觉。我是多么罪大恶极啊。不过我其实也很失望。尤其是"无精卵"这个诊断结果伤了我的自尊。

看来因为难以和岛上居民打成一片的沮丧，同"可以逃出这座岛了"的解脱感已经融为了一体。我感到释然、沮丧、郁闷、莫名的不安，安慰她说："没事儿，再要一个就好了。"

"不行——！"

强烈尖锐的声音吓了我一跳。我躺在床上，她在我枕边又是跺脚又是摇头。不知什么时候剪短了的头发左右摇晃。

"我可不想再经历一次。"

她说的似乎不是生产时肉体上的痛苦，而是只生出了个卵形的死婴，还有获知孩子最终没孵出来之前那几天的煎熬。我想安慰她，给她鼓劲，伸出手去却被阿兰推开，就那么悬在空中。我说的的确有点过分，听上去就像随便制造个什么产品似的。她生气也是理所当然。我不知所措地望着阿兰。对于不加掩饰地袒露内心感情的阿兰，我生出一种爱怜，同时心中的悲哀悄悄蔓延——我们俩的关系并没有得到任何人的认可。

我隐约感觉到，阿兰消失的那部分记忆同覆灭的王国有关。她可能是王族的唯一幸存者，肩负着重建国家的使命，只是她自己还没意识到。如果真是那样，她同一个在日本穷困潦倒、被人弄到岛上、来历不明的男人结合，就算库尼玛祝福我们，战败后含恨沉入大海的王与重臣们怕是也很难同意。她之所以生出了一个孵不出又切不开的卵，原因就在于此。命运否决了我们俩生孩子的权利。尽管库尼玛期待着阿兰的生产，但这只能证明他与覆灭的王国毫无瓜葛。

　　库尼玛渴望发现覆灭的王国，以此来弄清日本这个国家的起源，他的热情我是肯定的。朝仓喜久雄则可能想通过破译古文献为天皇制在历史上寻找依据。在这一点上，两人的目标有着微妙的差别。同两人相比，我没有任何人生目标，也不可能不知天高地厚地提什么要求。工作还没结束就爱上了阿兰，还让她怀了孕，我根本没有询问死婴来历的资格。要是库尼玛和朝仓在心里蔑视我说"没想到他那么没有节制"，那也是我活该。可要是阿兰生下了孩子，王室血统就后继有人了，我这心存侥幸的期待，在被判定是无精卵时，已变成对自己的双倍侮辱返还回来。医生的诊断是对我的审判。

　　我觉得该道歉的是我，便解释说，我不是故意下落不明的，是电梯操作失误。后来我突然想看看阿兰产下的卵。她说那卵表皮像白色陶瓷，不仔细看还以为是大理石，随大气湿度变化会出现淡淡的阴影。它静默地拒绝了它的父母。而我想直面它的静默。

　　"那，咱们那个——"问到这儿我犹豫了。我是该说那个孩子，还是该说那个卵？

　　"我托人给埋了。我不知道你什么时候回来嘛。我对不住你。它就睡在海角的松树下面。"

　　"那挺好的。等你精神点儿，咱们一块扫墓去吧。"我想弥补方才的冷淡，便温柔地说道。我感到寂寞，以及从未有过的疲惫。

　　"光顾说这个了，咱们还有工作没干完呢。这段时间净偷懒了，不抓点紧不行了。这里是图书馆最顶层，要是把设备拿过来，在这间屋里也能干活。"我强打精神，公事公办地说。

　　"是啊，"阿兰一脸的不情愿，对我说，"等破译工作结束，咱们怎么办？"

看过了就在眼皮底下发生的宇宙大战，我觉得我们的生存环境越来越严峻了。正因如此，我才必须尽快找库尼玛合计今后的事。

"只要跟你在一起，我去哪儿都行。"阿兰说，但她的语调毫无力量，显得言不由衷。我知道产下死婴这事儿给她造成了深深的伤害，让她失去了自信。但如果较起真来，不能继续呆在岛上的应该是我。对王室来说，一个生不出孩子的男人无异于一个废物。可要这么说，那阿兰在日本就呆得下去吗？她是以在昭和经营史研究所附属图书馆帮忙的名义，在可怕的朝仓喜久雄的保护之下生活，才得以逃过电视台星探的眼睛，也没有男的上前套近乎。可是如果知道她跟一个能当她爸爸的前激进派住在一起还产下了一个卵，那些不知伤感情为何物的媒体是不会放过这事儿的，我都想象得出来。能保护阿兰的就只有这座岛。

"我也是。就这么在岛上呆下去也挺好。"

我说这话的语调同样有气无力。我这句话背后似乎响起了朱雀师的歌声。我刚注意到，耳边就传来另一个自己批评我的声音："你难道放弃了回日本战斗的打算？"

"不过呢，回日本行。"我提高了音量，"我在那边想把以前写的东西整理出来，还没做完就到这儿来了。对了，就把出版纪念会作为咱们的婚礼吧，要是你同意的话。普通厚度的话得有三四本呢。作品就像孩子一样嘛。"

话一出口，我感觉自己早就计划好了似的。那篇失败的长篇小说瞬间在记忆中复苏。

"好哇，我赞成。"

阿兰像要让自己赞成我的话一般，小声应允道，然后可能是觉得这样不够，又重复了一遍"我赞成"。

在病房里重新开始工作的头一天，一上来就碰到了这样的字句：

　　每年，祭祀的最后，人们都会在广场周围点起熊熊篝火，向夜空中放出一只白鹭，作为探神的使者。

随着阿兰敲击键盘，显像管上不断浮现微微颤动的绿色文字。看着它们，我感到亲切，觉得这才是我真正的工作。

　　然而，没有一本历史书记录有那只充当使者的鸟带回了什么讯息。

我在本子上接着写道。

　　听说时不时会有性急的年轻人骑上马，冲到护城河外，展开鲁莽的搜神之旅。得知此事的镇上人会默默地摇摇头，想起自己以前悄悄在心底扼杀了的神，对年轻人满怀怜悯之情。

我止住阿兰。因为我听到心里有个细小的声音说："原来是这样啊。"做学生时，我不是也曾被镇上人无心的轻蔑与愤怒弄得发狂，冲向反对体制的荒野吗？这种心情到老也没变，只不过如今的我以笔做箭漫无目地投向世间。
古文献上写道：

　　要是年轻人中有谁少见地负伤归还了，镇上人就会用一种带有几分冷淡的亲切迎接他。这让我想起我搬到铁路过道口附近的一幢公寓时的事。左邻右舍绝不过问我们俩的过去。或许他们还以为小两口是不顾父母反对私奔出来的，就像电影里老套的故事情节。

"就是这样的。"我对阿兰说，"我有过同样的经历。反对体制，就是否定在其中出生成长的自我。只有对此感到痛苦的人才真正具有当改革家的资格。什么觉得痛苦的都是骑墙派，都是资产阶级人道主义，那是政治家的说辞。"
追述往事时，我始终盯着快速颤动的绿色文字。测绘工程师似乎觉得，迎接他到任的镇上人对他的感情，同对那些打破规矩遍体鳞伤归来的年轻人的感情一样。所以才造成了他的疏忽大意？"或许我上辈子也在城里住过一阵子。"我的想象越来越不着边际。

　　有一种人，越是觉察到自己的失败，就越是勇往直前，发誓要在历史长河中留下一笔，以证明自己的存在。工程师的心境肯定就是这样。为了弄清自己活着的意义，他天马行空地想象自己的种族和出身阶级。测绘工程师似乎曾想象自己体内流有蛮族的血液，或者自己的祖先是个造反失败的武士什么的。而我，一个下级地方公务员的儿子，我的出身就没什么幻想的余地了。即便如此，当我放下手中的工作，将自己比作古文献的作者时，我就进入了神秘莫测的古代。

　　人类自那时起，就无一例外地世代繁衍，生生不息。这个想法既没给我鼓励也没让我丧气。只有心中的感慨像掠过城墙的风，不知从哪里吹来。

　　体力老是不见恢复。

　　那天干完活，阿兰回到了住处，而我留在病房。透过窗户可以清楚地看到天空的变化。渐渐地，屋子浸染了黄昏的色彩。有时晚霞红似火，有时空中的余晖直到入夜仍迟迟不散。在我身上经过的时间开始像影子般游弋不定，而我只是默默接受。

　　有不少同志原来也投身革命，后来却顺利潜入了体制之中，反过来利用自己的斗争经历来追求荣华富贵。如今他们在日本过着怎样的生活，我不得而知。这些人我原来根本不想见，可现在又有点想念。我想见到他们，然后带着几分揶揄、怜悯与更多的怀念告诉他们："世上万般不就是一场梦？"

　　他们当中应该还有一部分，人到中年，学生时代的奋斗往事只能偶尔回味，每天忙于计算营业额，为孩子的就业和体检结果操心。或许还有一些人难以割舍往日的领袖意识与梦想，做什么都不顺，郁郁不得志，让人不禁想亲切地冲他叫上一声"同志"。但也许我最好还是不要跟他们见面，只需在心里问一声好。世上什么人没有？可能有些人已经完全背离了初衷，将年轻时参加过革命阵营的经历当成一块勋章，当做夸耀的资本，有点小成就就目空一切，叫嚣着要铲除学生运动。这些人可以说是境遇最为悲惨的精神流亡者。仔细想想，我自己既像是一路小跑跑过一般人要花一生走的路，同时又像是在那条路上步履缓慢，远远落在后面。

　　要是能回到日本，我想把阿兰带上，可我不确定她能否离开这座岛。我和她初次见面是在银座的昭和经营史研究所，但她可能只是奉命经过我误打误撞穿过的电梯通道，临时登陆到日本而已。而那时的阿兰给我的印象，同来到这座岛上以后，特别是同我相爱以后的阿兰简直不是一个人。

想到这儿，我脑中突然生出一个可怕的念头：真正的阿兰一开始就在这座岛上，她和我在日本见到的阿兰是长得一模一样的两个人。没有任何证据表明昭和经营史研究所那个女人与现在和我同居的这个女人是同一个人。就算长相和指纹都相同，要是消失的岛屿已经研发出制造克隆人的技术，也不能排除这种可能。这个带着莫名的疲倦感、年纪轻轻却已深知人生的艰辛与悲惨的女人，她身上那种对一切都提不起兴趣来的哀伤氛围和最初完全一样。只是在同我相爱以后才发生了改变。然而有时我会想：阿兰在行房事时表现出与白天判若两人的积极性，是否从反面体现了她精神上的倦怠？有时我感觉她想要凭借激烈的性生活来找回缺失的心灵弹性和丢失的记忆。或许这是王族的隐藏属性。阿兰这个样子，我将她带回灯红酒绿的日本不会出事吗？我能保护好阿兰吗？正因为她有着对世事近乎无知的纯真，我才没有信心。而且我也好不到哪去，再怎么看我也算不上精于世故。如果两个人的生活出了问题，我也不敢保证自己不会再去借酒浇愁。

要想回答阿兰的问题就必须去找库尼玛，可我现在还没那个精力。介绍给我这份工作的楠食品的台部长，以及给我具体指示的昭和经营史研究所和朝仓喜久雄到现在也没跟我联系。我很想大骂他们没有诚意，但实际上也没有任何证据线索表明他们和我现在在这座岛上的生活有什么联系。我试探过库尼玛好几次，但每次他都躲着我。如果说古文献是按照朝仓、库尼玛、阿兰这条线儿来的，那么工作进展情况肯定都在他们掌握之中，他们肯定也知道我哪天该返回，可是未来虚无缥缈，又有谁说得准呢？再说我连我自己想不想回到日本都还没弄清呢。

我参加革命党时，结识了一个从北京派来当政治特工的中国人。

刚到日本时，他还整天盼着完成任务回国去，可时间一长，他爱上了一个日本少女，隐瞒身份跟她结了婚。我清楚地记得，他当时说："国内的情况完全变了，看来我得葬在你们国家啦。"他说这话时，脸上带着微笑。

那既不是悲哀，也不是绝望，但明显也不是心满意足。他知道，普通人觉得宝贵、可以为其献出生命的东西是多么没有意义，然而他并没有超越那"宝贵的东西",反而意识到自己比普通人还要脆弱。那个微笑就是他唯一能够发出的存在宣言吧。这个人名叫刘起承,算是老一辈革命家,我们这帮学生抢着问他长征和八路军的事。现在想想,面对我们的单纯和愚蠢,以及由此显现的年轻,他大概既羡慕又觉得相形见绌吧。当时,刘起承住在神田一间公寓里办了个绘画班,与他相恋结婚的夫人在一间私立小学当老师以维持生计。由此可见,他已经放弃了革命特工的任务。当时我还非要一口咬定那是个幌子,每每想到自己那时的样子感到怀念不已。

如今回忆刘起承让我明白了一件事:逃亡者和真假莫辨的背叛者,像影子一样住在各个国家、各个城市。他就是其中一个。所谓城市,其实就是从各地流浪而来的成年人们定居的地方。每个人都把心留在某个遥远的角落或过去的时间,在现实中过着另一种生活。过着过着,他对住地产生了眷恋,同当地人建立了各种关系,于是对原来的国家、原本的任务的念想就成了未竟之梦,被封存起来。在这一点上,也许可以说我和刘起承是一样的。我觉得和阿兰一直呆在岛上也没什么不好,这兴许证明了成年人过的影子般的生活终于向我靠近了。

夕阳的余晖在越发暗淡的病房天花板上游移蔓延,真切地映出我心中的迷惘。

晴天的落日分外美丽。大海横亘在海角面前,在风大的日子里,浪尖发出刺眼的光芒,对人类百般戏弄,忽地又变得温顺,转而抚慰起来,让我产生了独坐无边流水中的错觉。

潮水时而慢慢涨起,时而慢慢退去,从不停歇。离海角稍远的地方,海浪几乎成一直线,露出白色的尖牙。大海掀起浪花,露出利齿却不像要咬人,微微旋转,势头缓和下来,让海水变成淡蓝色,依依不舍、起伏不定地向海角靠近。大海仿佛伸出手臂,扭动着暗藏玄机的诱人肢体。这片海已经可以称为"我的海"了。

有一天,我看到水平线附近的海面上静静浮动着一艘巨大的帆船。那不是云。是幻想之船。两根桅杆之间扬起的船帆兜着风,仿佛缓缓浮向空中,船体是亮晶晶的白银。

这艘船的出现,使刚才还在同我窃窃私语的大海一下改变了状态。浪花失去理智，波涛汹涌，这次似乎真的在露出利齿恐吓我说："看什么看！"我憧憬已久的形影一出现，便使得我同大海的关系紧张起来。

不一会儿，太阳重又露出了头，白银帆船消失了，而大海又恢复了往日的平淡乏味。

岛上的树一天比一天绿，清晨我躺在床上听小鸟鸣唱，感到春天大步流星地走来了。想到再过几个月工作就要结束了，我发现一切仍然悬而未决，最后的时刻却已然临近了。

原始森林的一场山火，使我脱离了四平八稳的日子。

阿兰回家后，我便开始沉思——这段时间养成习惯了——却发现傍晚的空气罩上了一层和平常不一样的光亮。周围隐约有些喧闹不宁。

不久，我听到有人匆匆跑过屋顶的脚步声，还有些动静像有人在商量什么事儿。

"这可了不得啦。"

我听到有人说。

"火好像还挺大。这不在计划里吧？"

或许是风向变了的缘故，对话声一下子清楚起来。

"计划里没有。那还用说吗？"

接着一个明显透着不耐烦的声音说："别的不说，你想这岛上可能发生火灾吗？不过也没准，连太阳都能在水里燃烧。"

那是库尼玛。后半句成了愤愤不平的嘟囔声。另一个八成是仁仁。

"就让那帮家伙上吧。"

"可他们刚来没多久，演练得终归还不够，行动能不能整齐划一我心里也没底儿。"

提出异议的那个的确像仁仁，可不知是否出于紧张，语调和声音跟它平时"狗眼看人低"的一股子劲儿完全不同，感觉倒有点儿像库尼玛可靠的智囊。难道说它在我面前是故意隐藏了自己的判断能力？

"那珂崎靠得住。他对体制的批判有根有据。跟那些只有空架子的激进派有本质区别。"

"队名定了吗？"

"嗯，就按原样叫'矛之会—自然力派'。"

"谈谈看吧？"

风声变大，对话也终止了。

我下床打开门，走到病房前的走廊。

与我想象的火灾不同，西边整个地平线一片红。幸好着火的地方离这幢楼
远。沿岸一带似乎都烧着了，前面的原始森林现出黑黢黢的树影。不时有大火四
处燃着，甚至能听到树木爆裂的声音——也许是心理作用。这番景象真美。

"跟世界末日似的哈。"

又有说话声传来，听起来过于冷静，仿佛在对一件与己无关的事品头论足。
地轴晃动，发出爆炸声。黑暗中似乎有亮光闪动，我想起云之船队的宇宙战争的
场面，不由得在走廊里蹲下身去。

"什么？等等。城要亡……城……原来如此。"

"你说什么呢。怎么个意思？"

这次明显是仁仁。

"以前我想知道岛屿沉没时会是什么样子，用过很多仿真模型，还设计了装
置。对，就是这样的。"

话音未落，又有一阵风吹过，人的气息随之消失。

月光从缭绕的云层间泻下来，西边的天空被火光染得通红。左边远处有火星
飞舞，可能是大树倒了。远远望见叶子的碎片像飞上天的小鸟一样飘扬，恐怕是
我的错觉。

吵嚷声顺着图书馆墙壁传上来，好像是住在山坡下的镇上人发出的。库尼玛
想到了什么，八成是回研究室去了。从性质看，这的确不能叫山火。有些地方火
势格外强烈。中央一片火海，燃着的不是森林，而是一座大城。从各各他山丘上
看耶路撒冷大火，怕也不过如此吧。

看着看着，有几处忽地由暗变亮，过一会儿吵嚷声划破黑暗的天空，像有人
在呐喊。借着地平线上的光芒，我看到整座岛屿漆黑、沉静地横卧着。围城之火
倏地在夜空中猛烈摇动，接着描画出船桅的轮廓。火势慢慢减弱，左右散去。红

色的魔物猖狂跋扈，天与地的分界线在挣扎。那是越热烈就越辽远的祭典，是不知何时结束的盛宴。

一队鸟儿齐整地扑棱着翅膀，匆匆飞过头顶。起风了，我看出风在往火灾发生的地方吹。高空中有另一股风在飞舞。继而几缕淡蓝色的烟飘过来。气味变得浓重。

"地下通道入口已经全部封锁。'矛之会—自然力派'正迅速赶往现场。"突然传来仁仁的声音，离我出乎意料地近。

"是吗，太好了。"回应声仿佛风的长吟。

"水闸也关好了吧。"

"是，没问题。"

"那火势应该能控制住了。"

对话至此中断。我感觉库尼玛和仁仁并不是面对面地交谈，而是在远程通话。

然后是一阵像潮水涌动又像战争中兵甲相碰的声音。那声音时而变大，时而像召唤寂静般变小。我眼望远方的火灾，耳听大地的咆哮与夜空的嘶鸣，想起在云上看到的那场骚乱，以及反战和平纪念日那天同机动队的冲突场面。

石头投到盾牌上的声音掠过夜幕下的街道，一会儿接二连三激烈无比，一会儿又老长时间不响一声。照明弹升上天空，像要对付点着的燃烧瓶，我觉得敌方有技师正在冷静地确认照明效果。双方的铁胄咯吱作响，将彼此的敌意涂成一水儿的钢铁色。标语牌折断声、催泪弹落地的轰鸣、烟幕以及怒吼声混成一团充斥了广场。敌我兵力相差悬殊。水车逼近，我方在强烈的水压下溃不成军。机动队高喊着冲了上来——

有人把手轻轻放在我肩膀上，我吓得心惊肉跳，蹲着向后回头一看，是阿兰站在我身后。

"啊，是阿兰啊。"

我感觉好像机动队棍棒相向的混战场面也让她给看到了似的。刚才我完全把她给忘了。

"我想起了一些事。"

阿兰轻轻站到我旁边，眯缝眼望着远方的大火。她的手紧紧抓着窗框。

　　"城亡以前必须把重要的东西藏起来。把玉座地下的铺地石抬起来。把宝物拿到地下去。眼前出现了一条又窄又黑还散发着霉味的地道。走廊全由石头铺成。剑、勾玉还有镜，只要不交出这些，敌人就成不了正统的王。宁可将正统王权永久封印，也不能投降。"

　　这是谁在对谁说话？是不是阿兰恢复的记忆脱离其意志让她说起了胡话？话的内容是不是她以公主身份对女官们下的指示？……总之，这段话是不同的人说的话组合在一起的。可只要你不去注意话是谁说的，就能感受到当时的情景。

　　我想起她烧得神志不清、我照顾她时的事，便侧耳聆听。

　　一会儿，阿兰镇静了下来。

　　"我刚才说了什么，是吧？"阿兰用犹疑的语气问道，那副样子很像是自己都很不确定。

　　"是啊，你说得很动人。"

　　我本想说"就像朱雀师一样"，一想还是算了。此刻，任何形容都是苍白的。

　　"对，一定是这样。"阿兰有气无力，似乎异常疲惫。

　　"你说的，跟这座岛有关吗？"我因为火灾、库尼玛和仁仁的对话而分散游离的注意力一下子集中起来，小声问道。

　　"不知道啊。"她一副苦思冥想的样子说，"我不知道，不过有人说最后一艘船要开了，所以我们急急忙忙往上搬东西。我想把竖琴拿上去，却被人责怪说'那种东西，扔了它吧'。对了，有一个年老的女官悄悄跟我说：'这间屋上面是池子，谁也找不到。'"

　　阿兰像要重温一遍自己的记忆，慢慢重复道："谁也找不到。"

　　然后她很没有信心地说："可是，这可能和最近读的地方混在一起了。"

　　自从产下了孵不出来的卵就一直感到对我有愧的她，实在让人怜爱。我想劝慰她，将手放在她的肩上，诵出古文献的下一段。

　　　　夜晚的神殿屹立在水上。测量护城河时我没看到过，恐怕是镇中央的一座池子。我在逼仄的道路上拐来拐去，早已经丧失了方向感，但我感觉是在广场的正下方附近。通向拜殿的阶梯已经位于水上，我双手合十，就看到水中映出我自己的脸，长着角，嘴咧到耳根，同女人一样，也变成了异形者。但那张脸丝毫不显得狰狞，反倒还有些可怜与悲哀。难道是因为我已经堕落到顾影自怜的地步？

的确，如果将她的呓语同古文献这一部分对照来看，一些事实就会浮出水面。

"你真的开始恢复记忆了。这部古文献是由重视秩序与进步的组织派来的测绘工程师写的，就算和你的记忆有出入也不打紧。"

我刚想进一步解释，就听到一段对话：

"离电厂很远，所以不用担心，但是研究所的计量设备不会受影响吧？"

"没问题，放射能不会泄漏。可火箭发射暂时只能中断了。"

刚听到又没声了，一点儿没有准性儿。突然，南海中的巨型魟鱼一般的菱形身影掠过微明的天空，形似鲫鱼般的身影紧随其后。明显是库尼玛和仁仁随便变了个形在空中飞，将图书馆屋顶当做联络地点。他们大概是顾及今晚的火星儿，所以没带火箭。

屹立在黑色原始森林尽头的火之城有好几座坍塌了，又燃了起来。我紧紧握着阿兰的手，望着这番灭亡景象。两人谁也没有说话。

"该毁灭的就让它毁灭吧。企图拯救亦是徒劳。"

曾经在广场上听到的朱雀师的歌回响在空中。那是我发现我和阿兰住在不同空间的那个夜里。应该叫宣叙调呢，还是道白呢，有这样一段：

> 以灭亡的方式长存。一次次的灭亡。谁人说过这才是小岛的历史。
> 惧怕上天的东西惧怕大地，惧怕大地的东西惧怕人类。

接着，拨子拨出一声脆响，另一段旋律响彻天地。

> 漫天的繁星　化作水滴撩拨风的琴弦
> 巨大的壶沉默无言
> 黄金华辇中悲歌连连

悲歌连连

和那天晚上一样，那声音划过朗朗夜空，吹散了浮云，梳理着月光，好像奏起了无形的竖琴。

星星开始一齐流动。

地平线上赤红的火蛇在蔓延，再往远处可以看到冒出了黑色的横纹。仔细一看，那些横纹以异常的速度不断增厚，向着小岛行进，如同海啸一般。

势头渐弱的火蛇瞬间就被吞噬了，在黑夜中白烟上升与飞沫混杂在一起。大地剧烈地震动，如同千百发号炮一般撼动四方，后面的原生林周围被一片骤然变得空前厚重的黑暗所笼罩。

转天接近正午的时候，一个面生的年轻男人来到了病房里。

"您是野野宫银平先生吧？我叫德大寺四郎。"他自我介绍道，"昨天深夜我被海啸卷走，醒过来的时候已经被冲到岸上了。太阳光很刺眼，于是我醒了过来打量四周，这时候我想起来，在我昏迷的时候，有人凑到我跟前弯下腰告诉我：'这个岛上有位叫野野宫银平的先生，你醒来以后最好去见见他。'我跟岛上的人讲了事情经过，到办事处做了漂流民申报，也办了入住临时宿舍的手续。这岛上好像有不少因船只遇难或是迷失方向漂泊到这里的人。大概是潮流的关系吧？幸运的是大家没有对我心存怀疑，还允许我寄居在岛上。在办事处的出口我被一个叫那珂崎的人叫住，我们俩聊得很投机，听他说您在这里于是我就来拜访了。"

"我不明白你在说什么。"我应道，我的戒心好比豪猪的刺一样竖了起来。我闻到他身上奇怪的臭味。是海草腐烂时的味道。我似乎听过那珂崎这个名字，但没见过他。他会知道我的住处，这本身就让人捉摸不透。"你是岛上的人吗？"

"不，是人家委托我保护珊瑚礁，所以在这座岛周围巡视的。不过，我也不是环保团体的成员。当然，我一直认为自然环境很重要，而且珊瑚本来就应该受保护，但是加入组织参加运动并不符合我的个性。"

我听了微笑起来。虽然还是对他存有戒心，但事实上我觉得已经好久没有碰到和我有着同样性质想法的人了。我也很欣赏他那种没有完全摆脱学生气质的神情。

"这么说，也不是矛之会的了？"我想起昨夜库尼玛和仁仁在屋顶上的对话，于是试探道。

"啊？什么？"

"不，没什么、没什么。"

我稍微放松了些，再次看了看德大寺四郎的脸。他皮肤晒得黝黑，鲜亮的沙滩风衣裹着他运动员一样肌肉强健的四肢。游泳裤往下长着浓密的腿毛，在那场海啸中他既没有被海草拽到海底，也没有被岩石撞击以致溺水，而是被冲到了岸上，估计也是因为他是个游泳健将。那风衣八成是向那个叫那珂崎的人借的吧。

"对了，我想我暂时就要留在这个岛上继续调查了，如果不妨碍您的话，我想时常来看看您，跟您请教请教。如果可以的话，还希望您能给我些诗歌方面的指导。"

百感交集之下，我应允了他提出的请求。不管怎么说，我是渴望有一个人可以与我这样对话的。我的喜悦似乎已经盖过了疑心。

我很担心如果库尼玛知道了我们的接触，恐怕会戒备甚至阻碍。独裁者都是善妒的。至少德大寺四郎的来访应该算是库尼玛管制之外的事，我高兴可能也是因为这个。

"这座岛上似乎有很多古怪的规矩。那些机关连我也不是很清楚，你也小心点好。你来这里完全可以，但尽量不要引人注意。"

昨夜听到的库尼玛与仁仁的对话使我鼓起了勇气。他们也有被意外事件弄得手足无措的时候。这个年轻人，或许能够不理会库尼玛的阻碍，我行我素。

"谢谢您。我会尽量注意的。"

德大寺很不熟练地鞠了个躬，就像进来时一样迅速离开了。他好像在哪里读过我的作品。这让我心里美滋滋的。

但在他离开之后，我想着想着又陷入了混乱。德大寺的行为过于大胆了。从他的言行看来，他来自一个普通的国家，跟随那珂崎的指示找到我的病房，表示希望能常常来玩儿。他的举止完全像是在一个和平的普通小岛上。我有点成见地推测：他恐怕是那个重视进步和秩序的科学组织派来的。说不定写下古文献的工程师也是这种类型的人。德大寺四郎那种无拘无束的样子让我多少有点嫉妒。在这个渔村共同体布下了天罗地网的小岛上，他这样的人是不可能被接受的。如果是个游客说不定还会受到欢迎。就跟那个工程师一样，他也有可能不知何时因为莫名的缘由被逮捕，而落到幽禁的下场。那个时候，我该站在什么立场上呢？我看至少应该劝他不要一副潜水或是冲浪式的轻便打扮在岛上晃来晃去。现在这些娇生惯养的年轻人有一个通病，自己不把大人的警告放在心上，遇事的时候又大吵大闹归罪于大人。我要小心不要被记恨。他应该有个年轻可人的女朋友吧。被父母宠大的孩子身上，也有一些优点是那些吃苦长大的年轻人身上没有的。不过，那个告诉他野野宫银平在病房的那珂崎究竟是何许人也？昨夜库尼玛和仁仁的谈话里也出现了"那珂崎"、"矛之会"这样的专有名词。他知道我是个诗人。是不是他过去也参加过革命阵营呢？库尼玛说起他时语气好像挺信任的。

　　为了把心静下来，我一次次地对自己说，无论身边发生什么都要把古文献译完。这是一个约定，而且我是为了这项工作才留在这儿的。这项工作一定得好好坚持到底。如果通过我的工作，最后能弄清日本国的起源或是天皇制形成的过程，那必定会给革命思想也带来重大的影响。过去的革命家通过科学没能阐明的事情，如果我以文学的力量解开了，就能证明野野宫银平才着实是一位革命思想家。

　　另一方面我又想，也许德大寺会告诉我逃离这座小岛的方法。他是乘着小艇从平常世界来到小岛的。如果收他当弟子，在我工作完成之时，估计就可以靠他了。但在那之前，既然都呆到现在了，不妨调查一下古文献的叙述与这座岛的实际情况到底有哪些异同点，等探完险之后就离开这里好了。

　　综合昨夜库尼玛、仁仁和阿兰无意中说出的那些话来看，似乎真正的城是在水下。这次探险首先要让德大寺助我一臂之力。换个角度看，他的出现意味着一些至今想都没有想过的可能性在眼前展开了。总之，这座小岛的封闭被一个意外事件及其后续发展所打破，平常世界的气息渗了进来。

　　但是如果把他看做同志的话，我不大放心他那种从未经历过挫折似的开朗个性。在我帮他改掉他身上因过久了和平安定的日子而造成的天真糊涂之前，还是不要让库尼玛看到他为妙。他的突然出现让我有点措手不及，我都忘了提醒他，想来找我要在夜深人静的时候悄悄来。现在也联系不上了。今天早上我本想差不多该出院和阿兰回到以前那种生活了，但想想还是再观察几天吧。我们住的地方大概早就被库尼玛发现了。

"对不起啊，刚刚在洗衣服所以来晚了。"

阿兰的出现打断了我的思考。她一边将红色的围巾从头上解下来一边微笑着。我这才注意到，今天是少有的晴天，温度也一下子上去了，我突然间决定，德大寺的事暂时也不告诉阿兰。

"现在就开始吧？"我装作一直在考虑古文献的样子。

正是此时，我看到了这座城。可能是由于光的折射，水中有两座城，都金碧辉煌。因为映照在慢慢腐坏的物体当中，所以两座城看上去都发黑，但明显是金色的。

阿兰按下键盘，打出了一个决定性的事实：可以确信这本古文献果然与这座岛有关，而且与阿兰的记忆也有关。正因如此，我才必须排除万难，优先完成古文献的破译工作。我紧张地等待着阿兰接下来打出的文章。

古文献描写道，一步步腐烂的城频频发出类似爆裂的嘈杂之声。还不清楚这座城到底是象征了繁荣的城镇，还是反刍着昔日战火的记忆。

我很不喜欢古文献的这一部分。

测绘工程师没有注意到镇上的人对城的态度中途发生了改变。最初，城是建国精神的神圣象征。但自从成为一个放弃了军事力量的通商国家、一个町人①国家以来，它就沦为了一种物质繁荣的象征。古文献的记述似乎反映了当时町人国家的景象。也可能他是受了与他相爱的女人的影响，但让我想到了一个久违的词"存在被拘束性"，意思是人类的精神是受其所在的时代和社会制约的。

城说到底都是一个神圣的地方，如果说它腐烂了，就必然是腐烂在不自觉地

①　日本江户时代对商人、手工业者的称呼。

追求繁荣的町人手中。但是说到腐烂的结果，古文献中写道，这座城可能只是一种仿佛存在的幻象而已，这就完全陷入了相对主义。也就是说，工程师抛弃了理想主义，或许这个部分本来就反映了他的一种自我厌恶的心态。昔日如此光辉灿烂的王国的历史，在时间的足迹中也已然生了锈。这一点从战败后日本的变化中也可以想见。正因如此，王国需要另一个与之对立的城。但是，那样的话两座城都是金色且都在腐烂就无法解释了。如果腐烂的只有一座还说得过去。

"这怎么看都不是个井然有序的样子啊。总觉得整体上不成系统，辩证法无法成立。"我对阿兰发着牢骚。

"会不会是我弄错了?"

"不、不会的，不是这个问题。大概事实就是这样吧。我想说的是，如果古文献自身就否定了城的存在，那也就破坏了它自己本身的结构。因为它所描写的一切都必须是确确实实存在过的，必须存在的。本来破译的目的是想发现一个完美无误的规范。不管政治上会如何去利用它。所以，弄成现在这样，破译的目的就变得不清不楚了。虽然在我心里其实更喜欢这样子。"

话一出口，我再次意识到自己心里有两个相互矛盾的倾向。一是一如既往追求理想的心态，二是想要否定所有权威的心情。在破译古文献并译成现代语言的过程中，我开始怀疑这座城能否戴着一个理想的光环出现，多么具有讽刺意义啊。当我开始明白似乎都是不可能的，不满就化为强烈渴望的冲动和饥饿感顶到了喉咙。有时我觉得堂吉诃德太了不起了，有时又告诫自己，不管多么疯狂也绝不想成为第二个堂吉诃德。

阿兰有时会用看似不解的眼神盯着我。这时候她的眼神让我觉得，普通人传导情绪的那根线在阿兰这里是断开的，就算和我也不相通。眼睛虽然睁得大大的，但焦点是扩散的。她好像对于城毫无兴趣。虽然从推测的血统来看，她本应最关心。

不仅是城，关于历史啊王国兴亡啊这类事情，阿兰的反应也是无机质的，完全看不出她因为那些言词和记述产生痛心或是向往的感觉。她的痛苦只是源于预感到自己有所缺失，继而认识到自己丧失了记忆。不过，如果阿兰对她的身世感到骄傲，为重建古代王国和英雄叙事诗所感动的话，她还会和我在一起为我生子吗？这么一想，我有时会产生一种奇怪的心情，觉得自己一切的努力都是为了让一段不可能的爱成为可能。经历过宇宙大战之后，经历过那次意想不到的日本之旅——让我回到那块我生在那里长在那里、战斗过也受过深深伤害的土地——之后，我开始觉得，任何地方最终都只是一个临时的栖身之处，我觉得自己看问题的方法有了一些变化。虽然阿兰依然很需要我，但如今我觉得，那并不是源于情之深爱之切。就像过去的传说故事一样，当真正能够相爱的王子出现时，天鹅的诅咒就会解除，变回公主之身，或许有一天阿兰也会从古代咒语的束缚中解放出来吧。古文献的一部分、而且是重要的部分混乱不清，但贯穿全书的思想应该就是：人类生存的时间也就是被束缚的时间。从这个意义上来看，或许阿兰摆脱咒语重返自由是不可能的。

我预感到，古文献最终也不会谈及测绘工程师为何被捕。也可以这么理解，在作者的观点中，历史就是一段无法用理性逻辑来解释清楚的故事。作为一名读者，在对覆灭的国家及其文明产生无限遐想的同时，我也陷入了游离于无限空间的不安和一种不可思议的快感之中，我的迷惑再次加深了。在过去，究竟有多少王国破灭，又有怎样的种族消失了影踪呢？我脑中有个念头挥之不去：如今存在于地球上的国家，有朝一日也会同样被掩埋在时间的洪流中吗？之所以这么想，也是因为古文献中的许多部分让我产生这样一种感觉，除了拥有失落之城的蛮族国家以外，也还有其他曾经存在过的国家消失得无影无踪。

几天后德大寺四郎来了。幸好是在晚上，阿兰回去之后。这天他也像从海里刚刚上岸一样，倒是没有滴水，但是头发却湿了，脚印也留在地板上。

"这个时间可以吗？一回到住处就会觉得累，很难再出门了，所以想在那之前来拜访一下。"

我心里想，来都来了还这么说，不过也正像是如今的年轻人。

"没事，可以。之前忘了告诉你晚上来比较好的。"

"我想请教一下那首叫'海之声'的诗。"

德大寺突然开口道。

望不见你的容颜

　　　　你的容颜是我的镜面

　　　　我脸上翻腾的旗帜

　　　　映照在你的容颜

　　　　如新叶片片

　　　　看不见你的发梢

　　他用带有戏剧味道的声调背诵了这些诗句，又问道："这里的'你'，我认为是指恋人，您的作品里流露着通奏低音一样的失却的感情。我想问问您，您失去的是什么呢？"

　　那的确是我处女诗集中的一节。

　　"失却的感情嘛，我跟你讲啊，"别人在自己面前出声朗读自己的作品，让我觉得不太好意思，另外他开门见山的提问方式，也让我觉得就算和他谈论"失却"恐怕也是徒劳，但我克制着这种想法解释道，"无论是谁，随着时光流逝总会有所失。现在的年轻人从未想过失去的痛苦，所以可能也不会失去什么。"

　　我含糊地答道："并不是指失去恋人或家人这种具体的事，而是通过这些，对更加普遍的……"

　　我在这里就打住了。因为突然觉得很空洞。我明显感到自己在自命不凡地罗列一些内容单薄的词句。

　　"说得也是啊。"德大寺没有在意我心情的变化，一个劲点头称是。眼见对话越来越无聊，我转换了话题。

　　"话说回来，你的专业是什么啊？"

　　因为我本就不擅长讲解诗作，而且这几年一直回避这类话题。

　　"我学的是环境生物学。这是个新兴的领域，其中包括几个方面，有控制环境的技术；也有为了研究生物受环境影响的情况，调查遗传和进化的传统生物学；以及将其应用于人类、研究内容扩展到文化人类学的跨学科的部分。"

　　他像作入学介绍一样滔滔不绝地讲道。

　　"也就是说，调查珊瑚礁是一种研究兼打工？"

　　"嗯，是人家委托调查的，但也可以这么说吧。我自己也有兴趣。"

我忽然觉得，这孩子可能会成为新型的学者。能将个人的娱乐、兴趣和研究高明地融合到一起的学者苗子，我上大学时从没有碰到过。他接下来的话就像是印证我的观察一样。

"人家找我的时候，我得知能实地考察还能坐快艇，就欣然答应了。"

"实地调查？"

"嗯，就是琉球弧的文化人类学实地考察。虽然不是自己的主线工作，但我想趁年轻各种东西都接触一下。"而后德大寺稍微放低了声音，"虽然我是偶然来到这座岛上的，但我感觉到，这里可是个文化人类学的宝库。首先语言就很独特。于是我就想，要尽可能直接接触岛上的人，通过了解他们语言形成的过程和祖先崇拜的风俗，以及祭祀和神话形态，分析其宇宙观，以此作为我的学位论文。先做一个和将来的博士论文，以及毕生的研究课题不同的课题，作为一名学者可以给人一种范围很广的印象，这是很有利的。"

"嗬。"

我望着德大寺四郎刚参加过体育部集训一样的黝黑脸庞，心生佩服，他竟然能够把对学术的兴趣和利于推销自己的打算毫不勉强地结合起来。

"然后呢？你查到了什么？"

"因为我才刚来所以还没掌握到什么关键。不过我知道在冲绳县有一种叫做巫女或司官的侍奉神灵的女人，她们在那里一般被称为神人，这里也有和她们作用相同的女人，古代信仰的形式得到了完整地保留。从这一点看这里应该是琉球弧上的一个岛，但是和一些南方岛国也有相同之处，毕竟现在连岛的位置和名字都还没搞清楚。"

他的话刺激了我，我想跟他说说几年来我埋头破译的古文献、库尼玛和仁仁，告诉他这座岛的历史似乎和日本天皇制的形成有着密不可分的联系，但是我终于克制住了这种冲动，只是说了一句"这好像很有趣"。

要全盘托出，现在还为时过早。首先，我自己也还没查明这里究竟是不是岛。

"我很快就要出院了。从这个图书馆前面的斜坡往西南方向下去，一进居民区，最前面的那个就是我家。在坡下回头往上看，这座兼有图书馆和病房的建筑，就好像是屹立在山丘上的一个风中的蒙古包。那高高的楼只有我家一户。从大路进去，是几层来着，反正你坐玄关旁边的电梯，按下按钮就到我住的地方了。但是有一个奇怪的地方你得注意，坐电梯时不要说话。自言自语也不行。因为它是语音输入式的。"

　　说完这段话后，我再次认识到，对自己的住处也好周边环境也好，我只是当风景欣赏而已，此外一无所知。连地名和门牌号也不知道。这大概也跟我的生活态度有关吧，自从为避人耳目跟和枝住到两层楼的木制简陋公寓以后就是这样了，我必须是孤立的。不过，德大寺虽然初来乍到，但好像已经和好几个居民交谈过，而且借到了面对广场的渔民工会事务所的一间房间。这大概也要归功于他与生俱来的开朗坦率的性格和行动力吧。

　　而我呢，被抓到这儿来的经历使我下意识中总觉得自己同当地人是完全不同的，我整日破译古文献，同他们不相往来。和德大寺谈着谈着，我开始觉得即使是面对与我相爱的阿兰，我也还是穿着一件隐形的盔甲。无法敞开心扉的并不是阿兰，而是我。我告诉德大寺住处时，介绍阿兰用的那种事不关己的口吻也证明了这一点：

　　"那儿有个叫阿兰的女人，她好像是出生在这座岛上的。虽然她失去了记忆，但如果你询问她的话，可能会有许多发现。"

　　听了我这种冷淡的介绍，德大寺肯定认为我和阿兰之间什么都没有。或许是由于我们这一代特有的羞涩感使我想要隐瞒男女之间的事吧。又或者是我内心深处的某一部分渴望有所改变，不想被现在和阿兰之间的关系束缚住吧。

　　第一次也是这样，一见到他，他的大胆直率就感染了我，让我开始看到各种可能性。对阿兰，我感到很过意不去，我在想，如果他来我家的话，我要介绍阿兰说是我的妻子，把我所听到和看到的岛上的所有秘密都告诉他，在我们三人之间建立起亲密无间的关系。但是我还拿不定主意。

　　古文献好像终于进入了最后一章，开始描写变成异形人的测绘工程师和那个女人迷失在神殿里的场景。

　　　　神殿看上去昏暗而幽深。她拉着我在粗壮的石柱间穿行，突然传来了竖琴般伤感的声音……

　　工程师惊讶地停下脚步，女人望着工程师，那眼神似乎在说：请不要担心。黑暗中她的眼睛闪着绿光。她将手指立在他手掌之中，告诉他，传说当叛徒从前面经过时，古琴会自然震动响起摇篮曲的旋律……就这样，宫廷里的描写没完没了地持续着。从文字中可以看出，不知何时两人失去了语言，开始用手指进行交谈。

　　几天后，我结束了将近一个月的住院生活回到家里。阿兰紧紧抱着装有住院时积下的换洗衣服和洗漱用具的包袱，时前时后地跟着我走在舒缓的坡道上。我说我来拿，她也不听，换了个姿势抱得更紧。岛上云雀在空中鸣啭。海那边弥漫着依稀而明亮的春霞。梯梧的绯红花朵早已映在民宅的珊瑚石墙壁上，走着走着，飘来了夜来香让人陶醉的香气。

　　"跑那么快，摔倒了怎么办？"

　　她无视我的提醒，说："哎呀，已经有红斑蝴蝶啦。"

　　翅尖鲜红的大型蝴蝶刚刚孵化，忙乱地在道路两旁的扶桑花间飞来飞去。

　　我很高兴看到阿兰从头到脚都自然地洋溢着喜悦。想到有人如此欢迎我的归来和安全出院，内心就觉得很充实，阿兰举手投足中流露出的浓浓的女人味是过去所没有的，我边看着她边缓步走下坡道。

　　我像过去每天那样下了电梯走进房间，却不由得站住了。阿兰的房间紧挨着我的房间和厨房，以前我们在这儿吃饭，现在这里摆着花瓶，瓶中插着一束郁金香。我正惊讶于这前所未有的摆设时，响起了莫扎特的曲子。

　　"没想到吧？是吧？"

　　阿兰异常兴奋，我问她："这是怎么啦？"

　　"昨天，你有个叫德大寺的弟子来过。他说，老师要出院了，想给他个惊喜。所以我就把花儿收下了。他说音响设备是用海里采来的珊瑚和岛上的人交换的，拿来给老师听。"

　　"他进屋了？"

　　"没有啊，你又不在。我说让他喝杯茶，可他马上就回去了。"

阿兰这么一说，我倒觉得没意思了。

过了不久德大寺深夜来访，第二天，我们放下工作去了海边。我知道离结束也没几天了，想在工作完成前和德大寺好好谈谈，订下日后的行动计划。当然，表面上看我们是去赶海。

在渔港突出的一端，延伸着防波堤一样的岩石带，但到了朝东的外海，则变成了浅滩海岸，海角处的沙滩蜿蜒出柔和的曲线。珊瑚礁横挡在南面，将海角远远围住。根据德大寺的解释，图书馆正南的海域延伸着钴蓝的浅滩，遍布各处的深色潭水中生长着堡礁。

他已经远比我清楚这一带的地形了。虽然刚刚入春却已经是初夏的温度。向北望去，山脚下原野平坦而舒缓，令人神往。山峰像从未阻挠过我登顶一般若无其事地泰然耸立，左边稍远的地方有座山，因为被近处图书馆的那座小山挡住，所以只能看见山顶。

"你登过那座山了吗?"

我环视了一下海滩——四处都是拿着赶海用的水桶和小铁耙的人们——指向北边那座山。我是想，如果他登顶成功了，那关于这片土地在琉球弧当中的位置也就有个正确的答案了。

"没，还没。一直忙着调查珊瑚。"

"我去登了几次，但每次都遭到阻碍没登上去。"

"阻碍? 为什么?"

"这个嘛，还不清楚。我觉得八成是库尼玛干的。但他本人否认了。要不就是突然遇到暴风雨，要不就走失在深山老林里。"

"好奇怪啊。"

德大寺扭过头去眯着眼仔细凝视着北面那座山:"可是看不出那里有很深的林子啊。那个叫库尼玛的是什么人?"

"大概，是人吧。"

"啊?"

"是个仙人一样的长胡子老人，是这座岛的统治者。虽然他本人不承认。"

德大寺显出越来越难以置信的表情，一个劲盯着我。可以理解。要是我第一次听到这些，也会觉得莫名其妙，认为说话的人有点不正常吧。

"跟你说这个你可能会觉得我神经错乱……"

"不，没有。"德大寺慌忙移开了视线，含糊地否认道。

"我不知该怎么说比较好，你还没有遇到任何异常吗？"

他沉默了，好像想了一会儿，说："是啊，可能也说不上是异常吧，我到这座岛南岸的堡礁那里潜水时，看到一个奇怪的洞穴。"

"……"

"您知道的，珊瑚的生长需要水流、特定的温度，也就是十八度到三十六度之间，还有太阳光的照度。这里的堡礁和其他地区一样，也是由蜂巢珊瑚科、海滨珊瑚科等形状各异的珊瑚组成，但它正中间空出一个恰好像海底隧道一样的洞。只有这一部分，很大一块空间，像是人为刨出来的。"

连我这样不具备珊瑚生长和生态科学知识的人，都觉出了异常。

"我查了一下，从那里冰冷的水就像放炮一样向外海倾泻。一开始我还以为是海底的地下河水流进大海，但那也不会有那么强劲的势头，于是我做了水质检查，发现是海水。也就证明了不是地下河水。"

德大寺四郎讲话的样子，就像是研究室里的助手在向主任教授报告实验结果一样。

"也就是说，其他海域的水通过大地的洞穴注入南侧。海水有五度以上的温度差，从这点看，应该是北侧的海水或是深海沟的海水因为压力差之类的原因流向了南侧。我想我们所在之处大概是海岛，从地形上看是由于火山爆发导致海底隆起而形成的，不过也说不定整个小岛就是一块巨大的珊瑚礁。但那样的话，北面那两座山就没法解释了，不过刚才听了您的话，我想如果我发现的那个海底洞穴是人为的，那么就可以有许多种解释了。只要有扎实的土木技术，北面那座山也未必造不出来。但又是为了什么要这样大动干戈呢？"

"假如说古代这里一直处于激烈的战乱中呢，"我想起阿兰几度无意说出的往事，回答道，"修筑大山可以炫耀国王的势力和技术。也可能是历代王朝的坟墓。还有巨石文化这么一说，考虑到那之后很久中国万里长城的规模……"

我联想到陈列在库尼玛研究室里的无数木乃伊。

"说不定，如果是库尼玛的话。"

"银平——"

刚说到这儿，小山那边传来了阿兰的声音，声音清朗得有些凄凉。我们对视一下，停止了对话，站起身来向她挥手。

我们从沙滩向上走，在文殊兰和蔓草丛生的斜坡占了块地方，望着眼前的大海打开了便当。这可不是从哪里用送菜升降机运过来的。我今天早上看着阿兰麻利地煮鸡蛋、捏饭团，一边想着还从没跟和枝一起出去赶过海呢。

远处的红树开着红白相间的花，脚下长着珊瑚菜，凤仙花开出红色的小花，到处都散落着海星和贝壳。海风吹来，阿兰秀发飘动。我一边望着这恬静温馨的风景，一边想着德大寺发现的海中洞穴。古文献中写到的广场正下方的神殿，似乎和那个洞穴有什么关系。但是，有两座城在水中金光闪耀，这一叙述还是说不通。是工程师误以为神殿本身也在水中？或者在水中看到的是灭亡的王宫的幻影？抑或是模型？如果能调查显示存在的那个洞穴，那古文献和这座岛的关系就该水落石出了。

"珊瑚之海就像梦境一样。"德大寺跟阿兰搭话道，"黄色尾巴的二带梅鲷、长鳍奴、成群结队的篮子鱼、蝴蝶鱼的一种，还有蓝色的鲣牙雀、深红的宝石大眼鲷什么的都混杂在一起，简直不像是这个地球上的景象。我完全被这个鱼的乐园迷住了，所以才会去潜水。"

我想打断德大寺，告诉他阿兰对大海是很熟悉的，这时候阿兰问道："但是，有风浪的时候很危险吧？"

那口气让我觉得她是硬要给对方一种自己不熟悉大海的印象。我们从库尼玛策谋的暴风雨中逃脱，两人各自回到家中时，她明明是潜水脱身的，脱下的衣服上还粘着无数细小的鳞片，我那时甚至还想，阿兰莫非是人鱼的化身？

"只要选个好天气就没问题了。有我带路呢。"

德大寺干脆地答道，阿兰抬起头看向我。

"但是我这个年龄不行了吧？"

"没这回事。我认识的一个德国的女摄影师，是从七十岁开始潜水的。希特勒时期,她拍过一个描写柏林奥运会的电影叫《民族的祭典》。"

德大寺的回答纯粹是善意的。我想再试探他一下。

"但是去调查你刚刚说的那个洞穴很危险吧?"

"很可怕的。如果不组队行动确保联系的话,一进到内部,就会像前些天电视取材小组一样找不到出口,结果死了几个人呢。"

"在哪儿啊?"

"我想是在斐济那边。岛的名字我忘了。要知道,珊瑚礁的洞穴像迷宫一样错综复杂。"

这么说,如果并不错综复杂的话,就一定是人工隧道了。

"你是坐什么来到这岛上的?"

我想改变话题,于是问了一个之前应该已经问过的问题。

"坐快艇。航海艇。"

我心里惊叹道:"什么?"第一次听他说的时候我没往心里去,大概是因为我的注意力还在城里的火灾和海啸那儿吧。同时,因为我深受某种几近于成见的观念影响,认为一般的交通工具是不可能到达这片土地的,所以当时根本就没有注意到他的话。

"二十八英尺的游艇。"

"怎么就能登陆到这座岛上了呢?这座岛叫什么名字?"

这次德大寺答不上来,一脸困惑地看看我,又窥探了一下阿兰的表情。

"就是、我受委托调查琉球弧的珊瑚礁,就和七个船员一起按照航海地图驶过来了。"

"没听说是冲之波美岛吗?"

"没有,我不知道这里有这么大个岛。不可能是个半岛,所以我想是个岛。"

"其他船员怎么样了?"

"不行了。去医院拜访过您之后,其实我每天都在寻找同伴,但这里没有任何人被捞上来,连尸体都没有。被卷进这么大的海啸,或许是没希望了。"

德大寺痛苦地低头不语。我想他是在哭。从他漂流到这里,已经过了一个多月了。

"你们从哪儿出发的?"

也是为了缓和他的痛苦之情,我转移到了其他问题。

他似乎愈发心痛,用颤抖的声音答道,从鹿儿岛的指宿。

"航行了多久?"

"大概两个昼夜。到奄美大岛、冲永良部岛为止线路很清晰。那之后就向西航行了。"

这是我第一次听到有关这座岛位置的信息。他的说明极其自然,不像是在歪曲或隐瞒事实。

"委托你调查的团体叫什么来着?"

"叫保护珊瑚礁市民会。说是因为石垣岛那里出现问题了,于是借此机会查清琉球弧周边的珊瑚礁情况,以便应对破坏自然环境的问题。"

"那你们准备粮食和水了吗?"

"带了两个星期的。也没有想到竟然会被卷进海啸,而且这连地图上都没有的小岛——这儿是岛吧——竟然这么大,住着这么多人,简直不可思议。甚至还住着您和阿兰小姐这样的人。"

德大寺向我坦言了之前的经历,然后又说:"不过还是奇怪,有很多事情无法解释啊。要是××在的话大概就能弄得一清二楚了。"

他说船上有个叫××的语言学才子,说完又想到那些下落不明的船员,眼泪在眼眶里直打转。

他似乎也对这里产生了各种各样的疑问。

和德大寺聊着聊着,我猜测没准是美国和日本签订了秘密协定,串通起来隐瞒了这座岛的存在。这种想法之前也不是没有过,只是我又一次觉得,如果俄国没有意向侦察太平洋上的岛屿,而欧洲国家的卫星又不是以太平洋为对象的话,那么隐匿此岛就是有可能的了。近来的年轻人不了解战争,也没有参加过革命运动,所以想象不出体制国家如何玩弄策略以掌控权力,这也是可以理解的。

似乎是在证实我的判断一般,德大寺高声叫道:"但是,如果世人不知道有这座岛的话,这回就不得了啦。这可是重大发现。电视上周刊杂志上都会轰动起来的哟。"

幼稚之处暴露无遗。

"你觉得会吗?"

一种莫名的焦躁促使我反驳道。大概我是忍受不了我们的真实情况成为周刊杂志和电视媒体好奇心的对象吧。

"这么多人,恐怕四五千都打不住吧,有这么多人居住的一个岛,地图上竟然没有,也不属于任何国家,就这么不为人知地存留在这儿,这种事情……"

说到这里,我意识到我的焦躁是对自己长久以来陷入的这种不合常理、无法解释的状态的一种反感。同时我也开始反观是什么地方、怎样的不合理。而我思考的标准,不正是我曾经生活过的、折磨我、从我身边夺去了和枝的体制吗?如果这座岛不属于那种世界、如果它是堪称永恒之国的自由岛屿……

冲之波美岛不就是这个意思吗?美丽之波、闪烁之波、耀眼之波形成的幻影,不,如果幻影才是真实存在的话。如果德大寺正是一个能够自由往来于幻影世界与体制之国的人的话。他第一次出现在医院时,我隐约闻到的腐臭味,也许就是那个世界的臭味。此刻他已经得到自由了吧。名字时而会出现的那珂崎、矛之会,也都跟他同在一个世界里吧。这样说来我又如何呢?

德大寺没有留意到我的迷惘,不声不响地看着大海。他沉默不语的时候,眼睛和额头部分就会显现出一种深谋远虑、充满智慧的神态。不过,多半是我的错觉吧。

"老师您也没有把日本所有的岛都转过一遍吧。"

"那当然咯。我在那边的时候可是很忙的。"

"那么,就算有不知道的岛也不觉得奇怪了?"

奇怪的理论。世上的事总是出其不意,所以有些说法反而难以反驳。

"能够相信没有亲眼所见、亲身体验的东西是客观存在的,前提就是对于体制的信赖。我们这一代所理解的体制一词,不只限于政治上的含义。把政治和科技进步、经济发展、大众文化的状态孤立起来考虑,这正是前人们的失败之处。"

我觉得有一定的道理,点了点头,同时,听和平日子里泡大的小青年评判社会构造和过去的反体制运动,我在惊讶之余又感到些许幽默。

"关于这个问题,我们找个时间慢慢聊吧。"

我提议说。因为我担心阿兰会觉得无聊，而且我觉得这个话题还是不要在她面前讨论比较好。

"今晚，去你宿舍吧。"

德大寺点点头，好像在说：请吧。因为库尼玛对我家的情况可能已经了如指掌了，所以我觉得去他那边好些。

"我可以去海边吗？"

听阿兰发问的语气好像是一直在等候时机。

"再过一小会儿吧。吃完饭就去怎么样？"

我摆起年长者的架子说道，随后问德大寺："水下通气管和潜水镜什么的在哪儿能借到啊？"

"去合作社能借到。好像是从漂到这里或是失事的船上收集来的，有各种型号。我们本来有最新式的，但和船一起沉到海里了。"

我有点不理解，德大寺是用什么语言和岛上的居民对话的呢？

"我在这里待了三年多，但对这里的语言还是搞不大懂。你怎么样？阿兰好像就能跟人自由交流。"

我饶有兴致地看着阿兰有些慌张的样子，她分辩道："我总是要买个东西、看个医生什么的吧？美容院对女人来说也是必需的。你这人对这些事情又完全没兴趣。"

说完，阿兰看向德大寺，眼神中带着几分娇媚，"要说这里的语言吧，怎么说呢？很难教别人的。"

"是的。我是因为有那珂崎队里的人帮我翻译，所以倒是没感觉到不方便。虽然我也不太清楚吧，好像没有什么语法，根据对方的语法来改变词语的排列。那珂崎也说过，是先有感觉，才有表达的。"

德大寺说到这里停了下来，抬头望天，自言自语道："那个……好像是一种相对于乔姆斯基的生成语法的语法，叫做流动语法吧。"

"但是，听说如果使用一种转换器的话，就是从外面初来乍到的人也能听懂。不过是个大型装置，所以还是自己去配有装置的房屋比较方便。我的宿舍是渔业合作社的房子，好像一直都有因海难漂泊到这里的人住。"

"那么说，你也读不懂路口的碑文了？"

"是啊，我打算什么时候请那珂崎来帮忙破译一下。"

这回是德大寺看向了阿兰。好像是觉得她应该明白。

"就算会读也不明白意思。所以还是跟不会一样。"

我很想强调一下，表示阿兰的事大可以问我："阿兰她啊，好像失去了非常重要的记忆。也没必要瞒着你。我很希望能够通过破译古文献来找回阿兰的记忆。"

阿兰的表情显得十分困惑，我那时想当然地认为，她面对的是失却的记忆。

第
九
章

　　野野宫银平的故事到这里突然结束了。不知道他是否还打算把续篇寄来。从
故事发展来看，应该还有破译完古文献之后，他通过某种方式返回这个世界直至
当上伊坂杨严隆信博物馆馆长的过程。因为只有发展到那一步，才能把庄田邦夫
的世界和他的世界具体联系起来。如果故事在这里就结束了的话，那它只是个在
某种程度上可作参考的记录而已，但野野宫银平似乎想表达些什么，他应该不希
望他的故事只是个记录吧。

　　在调查了种种人际关系之后，有一点我感到讶异：野野宫银平和庄田邦夫都
知道并意识到对方的存在，但却找不到两人见过面的记录。两人的接点仅在于庄
田母子被疏散到新宫附近时，曾借住在野野宫家的偏房这件事上。再就是后来，
野野宫银平靠着这个关系找到楠食品公司，让他们给介绍了些零活。

　　但是安部理惠却认识银平，她曾对庄田说道："他和你真像，第一次在阳光
庄别人介绍你时，我还以为你就是野野宫呢。"

　　庄田在日记中提到有个编辑把两人弄混了，银平也说过同样的话，所以两个
人长相酷似这一点应该是比较准确的事实。

　　楠食品公司的会长秘书收到野野宫银平的来信后，向庄田确认过有关事

实——二战时他被疏散到和歌山，在那里曾借住在野野宫家的偏房——之后，将银平的信转交给相关负责人台部长，并传达了庄田的指示。当时宣传部正好在找一个可以帮着做校对和写广告文章的人。至于庄田邦夫本人嘛，也许压根就没读过野野宫银平倾力书写的那封信。

所有的组织、机构都是这样的，既不温情也不冷漠，只是按照必要性原则机械地运转而已。这一点无论是革命组织还是大企业都一样。野野宫银平应该也明白。其实我所研究的经营管理学这个专业有百分之五十都是有关组织机构的学问。

另一方面，楠食品的会长秘书对野野宫来信的处理方式，其实是和庄田的诗人情结有关系的。庄田这个人，不知为什么对诗人非常崇敬。也许是对自己本该拥有却没能拥有的能力的憧憬，也许是非常自信的他暗自认为自己有着诗人的禀赋，也说不定这两者本来就是一回事。

但是话说回来，野野宫和庄田的关系也不过如此，他是如何当上伊坂杨严隆信博物馆的馆长的呢？这应该不是秘书的安排吧。听野见恭平的口气好像是庄田邦夫的指示。野见恭平这个人，根据我和出版社的秋山享在博物馆与他见面时的印象，以及从他寄来的笔记来看，应该是个不懂人情世故、死心眼的诗人，而不可能是个玩弄策略精于世故的人。我至今也没搞懂野野宫银平究竟想诉说些什么，那个故事要是没有续篇的话，根本就无法理解。

我本已决定要把野野宫银平在梦中出现的事情全盘托出告诉给秋山，因为我需要他们综合出版社帮我调查。但我一直还在思考是否还有另一种可能性：馆长野见恭平和野野宫银平不是一个人，而是在哪儿被调换了。如果伊坂杨严隆信博物馆馆长野见恭平是真的，自称野野宫银平的那个是假的，那问题就很简单，因为他是在梦境般的幻影中通报的姓名。自古就有死者的灵魂借活人的身体说话的例子，只是这次情况更加混乱一些。还有就是如果野见恭平已经死亡，野野宫银平盗用他的户籍冒充他的话又会如何？这一假设已涉及犯罪嫌疑，但正因如此，似乎很有一种吸引力，让人难以彻底否定。

我将种种疑点还有针对疑点的各种解释都做了笔记，打算在根据资料继续撰写庄田邦夫传记时，逐一弄清。

秋山享定期给我打电话确认传记的进展情况。每次我都会想起别人对他的评语：要是被秋山看上了，那就会像被蛇盯上的青蛙一样，不写是不行的了。但这次不一样。不知从何时开始，他像是一个同舟共济的伙伴，与我并肩同行。但是自从野野宫银平出现在梦中并寄来笔记之后，同伴的感觉发生了变化。因为我有了秘密，不再像以前那样跟他推心置腹开诚布公了。对方毕竟是秋山，对我的这种变化好像已有所察觉。

庄田在日记中记录了理惠跟他提到野野宫银平时的情景。
"理惠一声轻呼，把手中的杂志递了过来。"
庄田写道。一看标题是：

友情出版、呼吁搜寻
——将野野宫银平的全部作品收录成书

文章讲的是一位前些年突然失去音讯的诗人野野宫银平，在那些关心他安危的朋友策划之下，他的全集即将出版。另外文章还报道了他失踪前后的情况，提到他的朋友们想通过出版看看读者关于他的下落有什么反应，希望能从中找到一些线索。
文中这样写道：

他曾经是一名学生运动活动家，那段经历在作品中留下了深深的烙印。但他的作品并不难懂，反之，浅显易懂的表达风格深受一部分读者的喜爱。正在大家都对他的将来抱以很高的期待时，正好是三年前的六月中旬左右，他突然音讯全无。没有出国或去了外地的迹象，公寓也保持着原样，朋友们想尽了各种可能——遭遇交通事故、被绑架、失忆等等——到处寻找，但却没有获得任何线索。时间一天天过去，朋友们担心长此下去他会被遗忘，就集资出版了他的作品集。

"你看，就是那个像你的人。"

理惠对正在浏览杂志的庄田解释道。

"很久以前，阳光庄办了一个诗歌朗诵会，记得会场好像是在某个大寺庙的正殿。高濑先生让我也去参加，我就去朗诵了一首野野宫的诗。当时因为要商量些事，所以就见过两三次。"

刚开始她对野野宫的印象好像不太好。

"常有这种人吧，表面上拽得不行，摆出一副'我可是文化人，和你们这些画廊帮工怎可同日而语'的样子，其实内心谨小慎微、小里小气。还有我个人最不喜欢的就是那种封建守旧、男尊女卑、一起生活的第一天就会摆出一副大男子主义的人。"

理惠的话里似乎还包含了她和那个支持革新政党的记者两年婚姻生活中的个人感受。

"但是我渐渐明白，野野宫还算是好的。虽然多少有些固执己见，但总像是他欠了别人什么似的，性情也比较温和。"

说到这里理惠突然闭口不谈了。也许是对野野宫银平的回忆让她想起了在KIGEN之会上见到庄田后两人交往的过程了吧。

在画廊工作的经验让理惠深刻体会到那些被称之为企业家的男人们是多么的任性和吝啬，如果庄田不是长得跟野野宫银平相像的话她也不会对他感兴趣。而且她连楠食品公司这个名字也不太知道。

"你如果是在食品公司工作的话，可以尝尝一种叫做'郊游符号'的点心，最近好像很受欢迎。"

"谢谢，那是我们公司生产的。"

"这样啊。那你在那家公司是做什么的?"

这是他们刚认识时的对话，让在一旁的高濑汲吉听得心里七上八下的。但庄田发现每次见到理惠心情都会变得轻松愉快起来，会马上想再见到她，这个过程后来不断重复了多次。

"说是失踪，到底是怎么回事啊?"庄田问道。

"家庭法院在收到申请后会发布'有关失踪申请的催告'，在一定期限内如果没有人提出申述，法院也认定七年时间不知下落的话，就可以确定为失踪。"

理惠一口气说完后开始抽动鼻翅儿，这是她得意时的表现。

"其实我也是刚听说的。博物馆在收藏伊坂杨严隆信的遗物时，要调查他是否有后代，于是办了这个手续。博物馆的策展人是这么说的。听说战后很长一段时间都还有不知是第几代的伊坂家的人在那里居住过。"

"如果我被人认错，当成'野野宫银平还活着'的话就麻烦了。"庄田笑着说。

"是啊，还有那珂崎的事。"

"还真是的。"

庄田也有同感。的确，那珂崎失踪时他就在现场。他觉得自己未知世界的边界其实就近在咫尺。庄田的朋友——警察干部在矛之会集体失踪事件发生之后，告诉庄田说："我这里正在调查。"

"我认为他们可能是秘密出国了，但是机场或港口都没有发现有关迹象。记得有次问你矛之会的事还被你说了一顿。"

"没有呀，那只是否定罢了。"庄田搔了搔头，辩解道。

他心想，原来当时警察干部所说的"他们在图谋某件事情"，指的不是袭击皇宫而是秘密出国呀。但他对自己在烟霭中的皇宫前追赶那珂崎一事却缄口不言。因为他知道即使说了也不可能有人相信，而且还会被当做知情人被反复盘问。

"去了北边、被绑架了等等都是有可能的，还有可能去了中近东，可是并没有与思想方面有关的线索。那珂崎以前是过激派这一点不能说明任何问题。"

"正因为是这样你不觉得奇怪吗？完全没有线索说明他是有意和过去的伙伴断绝了联系。"

"是啊，可那又怎么样呢。"警察干部有些泄气，接着又说，"如果你有什么线索请告诉我。他们出席KIGEN之会总觉得是在制造假象，佯动作战法吧。"

失踪事件如坠五里雾中，警察干部感到很棘手。他无意中泄露说搜查范围已经扩大到KIGEN之会的会员了，庄田吃了一惊。

庄田那天之所以和警察干部会面是因为在中断了很长时间之后，又有恐吓信寄到了。

经营者就要拿出经营者的气魄来彻底摧毁反对运动。如果没有那种勇气的话就应该放弃再开发计划。人道主义者布鲁诺看见了会无法忍受。为了抹杀你们的伪善，我们要再次开始行动，堂堂正正地去战斗！暂缓你们三个月的时间，我们会突破一切妨碍，天诛你们。

"这封信好像和上一封语气有些不一样呀。"

警察干部说。庄田也有同感。因为对方的条件太不可理喻了。不要钱不要命而只是要求改变态度，甚至可以说寄来的只是一封忠告信。但是如果把"再次开始行动"这样的措辞和以前的内容联系起来看，的确还是恐吓。上一封恐吓信中要求道：如果不想被投毒的话就拿出四千万日元来。写这封信的人一定知道上封信的内容，但不知道两封信的作者是否是同一个人。也说不定是又有新成员加入进来后写的。

昭和经营史研究所的报告中指出反对势力还处于混沌状态，还不具备可以使之上升为运动的核心力量。但是从信上推测出他们有新成员加入，而且还会花三个月做进攻准备，即使他们和反对运动没有直接关系，也不得不说这次的事态要严峻得多。庄田本打算置之不理，但在社长和总务部长的要求下还是去找了警察干部。不过他也表示爱莫能助，目前除了严加防范以外似乎没有别的办法。

尽管反对势力一再纠缠不休，但庄田稳如泰山、态度坚决，因为他认定再开发计划是岳父楠元太郎的遗志。记得楠元太郎心脏病发作，庄田以为他快不行了的时候，楠元太郎艰难地呼吸着对陪在身边的他说了一句话："有些事我没有告诉你。但那不是什么大不了的事，你别放在心上。"

当时庄田不解其意，直到后来不得不调查岳父的出生秘密之后他才开始明白那句话的含意。对楠元太郎来说，公司的业绩才是最重要的。直到现在，庄田才认可了岳父的思想，认为那是企业家应有的想法。

那之后两天，病情开始急速恶化之时，楠元太郎又跟他说："最需要防的是自家人。"

楠元太郎死后，曾经有个男人自称是他的私生子。当时庄田很紧张，还以为岳父说的就是这件事。不过那个私生子后来再也没有音信了，说不定是有人在幕后操控吧。总之，除了这件事以外，庄田再也想不出有什么要防的自家人。传言说楠元太郎在外面还有好几个女人，但那也是因为他的独裁与包容、强权与温情等多面形象造成人们的这种印象，以致引来了流言蜚语。

他临终时的最后一句话是："去吧，别喝水。"

说这话的时候，他还摆了摆手，好像要把正忧心忡忡地望着自己的庄田赶走一样。

他想说的是要去哪儿呢？"别喝水"又是什么意思呢？这些都不得而知，但可以肯定的是，他当时已经完全沉浸在临终前的幻觉中。

朝仓喜久雄的研究所所作的调查使楠元太郎幼年时代的经历逐渐清晰起来。庄田回想他的临终遗言，更加确信伊坂杨严隆信和岳父之间有着某种联系。正因如此，理惠想当博物馆的外聘研究员来征求他的意见时，他表示赞成，而他自己对伊坂杨严隆信的认识也有了进一步加深。理惠在开始调查之后，很快就被那个可以称作怪物或是学术巨人的伊坂杨严隆信吸引住了。

有时候庄田跟理惠约在博物馆见面，他每次来的时候，都会觉得博物馆的建筑很像西班牙南方小城里的中世纪城堡——据说最初是海盗所建——以前他去那座城市参加过国际会议。那座城堡位于穿过直布罗陀海峡之后的一个海角上，居高临下地俯瞰着南方的海洋。城堡很小，又建在峭壁上，但设计巧妙，里面的人随时可以出到海上。城堡建有一个瞭望塔和两个翼楼，前后打穿的岩洞里装有一个运送战利品的绞盘机，通道的设计可以让城堡里的人受敌人袭击时沿里阿斯式海岸的海湾逃走，这些设计理念与伊坂杨严隆信博物馆都是相通的。当然伊坂杨严隆信博物馆要大得多，设计也更洗练一些。

庄田有一个构想：在真琴市总公司工厂旧址修建的纪念塔应与和歌山的博物馆形成鲜明对比，风格让人联想到古代巨石文化，竣工后给人的视觉形象又是完全现代的新式建筑。那样的话，楠食品公司旗下就有两座风格迥异的纪念性建筑了：一座是中世纪氛围的和歌山博物馆，另一座则是集古代、现代风格于一体的真琴市巨塔。

楠元太郎给世人的印象是：既是独裁者又是一个一丝不苟追逐利润的商人。

从这一点来看，他出资建造伊坂杨严隆信博物馆是很不寻常的。经济报刊和杂志往往认为那是他老年痴呆的结果，但庄田不这么看。他觉得，楠元太郎强烈的事业心与他想要造城的精神力量其实同出一辙。就好像他曾去到不明所在的岛屿学习巫术、采集药草，将此用于新产品的开发，或者是为公司创收。这一行为其实已经超越了经济性和逻辑性，其根本动机在于一种精神追求，庄田知道在这一点上自己也和岳父相似，只是他将其藏在不为人知的内心深处。

例如他竭力隐藏的幻想癖，还有和谁都没有提及的少年时代的经历。

楠元太郎过去经常教导庄田说虽然自己多次渡过难关、化险为夷，作为企业家获得了成功，但女婿你千万不要学我，你要坚持搞合理化的经营管理。当时庄田心想，他说这话大概是因为看到了女婿身上有和自己相同的性格倾向吧。

庄田邦夫在波士顿学过美式经营学，如果让他放弃逻辑性思维，去追求其他的东西的话，他内心的矛盾挣扎应该比楠元太郎来得更加激烈。楠元太郎对公司的干部们说庄田邦夫是个对地位财产没有什么野心的青年，所以适合做伸子的丈夫，但拥有敏锐直觉的他可能早已觉察到邦夫性格中与自己相同的狂热、魔性和危险的部分。

记得某次偶然造访楠食品公司，庄田对我发牢骚说："昭和经营史研究所的调查报告有点太客观了吧。"

那时候，第三封恐吓信刚寄到，他已经开始觉得，要解决旧址再开发问题必须借用某种力量。我对他说："如果想要诉诸武力的话，朝仓喜久雄可以动用他的关系。"

我举出过去他们破坏罢工的例子，给了他一些忠告。

"知道了。"

庄田好像要对什么东西做个了断似的，只简短地说了一句就起身离开了。

不知跟我们的这次谈话是否有关系，总之楠食品公司并没有雇用暴力团体驱散反对集会，反倒是接受了朝仓理事长的建议，组织了一个"关于楠食品公司旧址再开发问题的居民协商集会"。

对这一连串措施，昭和经营史研究所的白脸秘书称之为"放气战术"。把气一放，真正的敌人便会露出原形。就算敌人老奸巨猾深藏不露，至少也能消除居民们的不安，把反对派的气焰打下去。

也有那种彻头彻尾的反对派，他们贴出了"绝不参加居心叵测的集会！"之类的海报，但那毕竟只是少数人。

就在我跟庄田讨论是否诉诸武力这事大约十天后，我们俩又约在常去的咖啡吧"星"见面。那晚，我们又一次谈到再开发的事，天南海北地聊了很多，庄田问我："你知道洛克希德事件为什么会发生吗？"

我知道的并不比报纸报道的多，所以只是默默地摇了摇头。庄田低声跟我解释道："我知道的也不是很准确。但是听说是日本首相想收购部分产油国的采油权和土地。当然他自己不会出面而是利用商社，结果踩到了老虎尾巴、惹怒了国际石油资本，偷鸡不成反蚀一把米。其实那个首相根本就没明白其中的利害，还觉得自己比别人多出钱有什么不对呢。"

他一口气说完后，又回答我的问题，"首相想把海湾的开采权和岛屿一并买下，他认为这样就可以解决日本的石油危机。他的考虑是：给岛上居民自治权，保证他们的生活水平不低于从前，如果纳入日本统治，则保证进一步提高；另一方面从产油国的角度来看，日本支付的款额可以使国家财政稳定，还可以免除赡养国民的义务以及国防责任。他以为这是个皆大欢喜的事情，但是他根本不明白那样做会伤害民族感情，惹怒国际资本。也难怪，他一直都是在一个'有钱能使鬼推磨'的环境中生活的嘛。"

时任首相性格天真坦率，做出这种事情完全有可能。直至他涉嫌那宗国际大案，他一直受到日本绝大多数民众的爱戴，报刊杂志也称赞他的内阁为"时尚内阁"。庄田跟我说这些，也许是想表明修纪念塔并不是一个投入资金获取利润的普通项目，也许他还想说，为了实现理想，有时诉诸武力、不择手段也是在所难免的。

庄田的做法让世人认为他是个为达目的不择手段的人，人们称他为行为虚无主义者，畏惧他批判他。但那时我已注意到，他身上有种略微阴暗的情感元素，并不同于人们对他的看法。

似乎是在印证我的推测，当我略带伤感地说："到了这个年龄，开始觉得人的悲欢离合大都是被偶然所左右的。"

庄田立刻回应道："同一个时期，我和你都在波士顿，要说偶然还真是偶然啊。"

接着又问："她叫什么名字来着？我给你介绍的那个女学生。"

"艾莱诺。"我不假思索地说出了昔日恋人的名字，"你也知道，她是个大富豪的女儿，最后被家里叫回了家乡。也许在她父母看来，嫁给一个来自战败国日本的男人，是大逆不道、决不能允许的。"

"是啊，谁都会遇到一两次这样的问题。再说当时的日本地位是很低。"

他说这话的语气，有一种"是我让日本、至少是日本的食品工业达到了世界水平"的自负。

"在那之后，她跟一个美籍华人结婚又离婚，搞得有些精神分裂，据说现在住在巴西。美国那种地方，有着方便合理的人文环境，但民众却往往居住在远离成熟文化的环境里，让人难以置信。她一定也是在那种地方住不下去了。"

的确，艾莱诺脑子过于敏锐、过于情绪化。一激动起来就不能自已。她一直为美国飞机在广岛、长崎投原子弹一事忏悔不已，就像是自己犯下的罪行一样。

"不管有什么样的理由，那都是对神的亵渎。"

我回忆起艾莱诺说这话时，瞳孔深处的星火之光时隐时现，像鬼火在燃烧。失恋的经历告诉我，就算是男女两情相悦，没有经济实力的话也无法站到同一条起跑线上去。当然这一经历和我选择经营学专业并没有什么关系。但是在考察企业家的人物形象时，我会考虑一个人贫穷、受歧视的经历会在多大程度上转变成他从事事业的动力。在这个意义上，我觉得庄田邦夫是个比楠元太郎还要难以捉摸的企业家。艾莱诺出生在密苏里州，而庄田的恋人朱丽叶是爱尔兰人，她恪守许多家乡的生活习惯，并且还强加给庄田。朋友们给她取了个诨名叫"迷路的山猫"，她的嘴唇像剥了皮的水果似的翻卷着、眼窝深陷、浓浓的眉毛使面庞的上半部分给人留下深刻的印象。她还有久久凝视对方的习惯，这些都赋予她一种野性的却又捉摸不透的魅力。我能感觉到庄田很欣赏她，欣赏她的行为举止以及她像母亲一样将自己的家乡习俗强加于人等地方。

因为提到了艾莱诺还有朱丽叶，那天我们见面的气氛好似亲密的旧友聚会一般。通常情况下我总会意识到庄田的社会身份，也时常会提醒自己作为学者和企业家交往时应保持一定距离。

"一晃三十年都过去了。"

过了一会儿，庄田自言自语道。从说话的口气可以听出他已经完全走进自己的内心世界了。他这么说也许是想整理一下因受回忆触动而生出的种种感慨和思绪吧。

"记得那时我因事必须得回日本，而朱丽叶在那之前也已决定要回爱尔兰沙农的老家。她说是父亲得了急病，给大学递交了休学申请。但我有一种预感：她这一走就不会回来了，至少不会回到我身边来了。在那之前我们俩的关系已经恶化。朱丽叶心里应该也是这么想的。但我们俩都装得若无其事，她从波士顿坐船横穿北大西洋去往爱尔兰的那天，我去送她，在栈桥上跟她挥手道别。雾很大，船很快就开出了我的视野。两个月之后我父亲得急病去世我也得回日本了，接到消息后我首先想到的就是，我这一走大概就再也见不到朱丽叶了。"

有关他父亲的死和与朱丽叶分手相关的事我还是头一次听说。我们一起经营小广告公司时怎么从没听他提起过呢。当然，那时我们俩在公司有着严格的责任分工：社长和分管人事、财务的董事。但只是因为这个吗？我想庄田大概是想忘掉过去，脱胎换骨成一个名副其实的企业家。但这样的理解也许过于感情化了，其实他本来就很有当企业家的素质，虽说是个小公司吧，但社长这个职务把他的素质和能力发挥得淋漓尽致。

那天庄田还谈到，"在我去波士顿留学之前，父母就已经关系不和了，本来我是不想回国的，可父亲的去世使情况发生了变化。"

庄田的个子比日本人的平均身高要高一些，浓眉大眼，家庭条件也无可挑剔，没想到他在波士顿时就已经背负了成人世界的阴影，我感慨不已，这种感慨日后阅读庄田日记时再次涌上我的心头。记得庄田是我留学时代崇拜的学长，他洒脱奔放，关于男女关系甚至可以毫无顾忌地说出类似"女人都是动物性的，男人在女人面前只是株飘浮不定的无根草"的话来。而我总是在一旁乖乖地听着。

庄田把两个胳膊肘架在"星"陈旧的横木上，在手心里摆弄着白兰地的杯子，追忆起他已故父母的事情来。

"当时我还是个孩子，搞不清楚父母不和的原因，好像不是因为父亲有了外遇之类常见的原因。"

那个晚上，庄田也许回想起了后来成为他岳父的楠元太郎和父亲之间那种夹杂着憎恶的关系，回想起父亲在参加楠元太郎独生子喜一郎的守夜仪式那晚，引用《圣经》的一节，像是在说他是遭了报应罪有应得。

"如果不是母亲在电话里含泪求我'回来吧'，多半我是不会回来的。那时候，谁也不知道战败的日本今后会走向何方。而如果按照当时的意愿留在波士顿的话，现在过的也许是一种完全不同的生活。"

庄田保持着胳膊肘支在横木上的姿势，朝天花板望去。

"站在最北边的海角眺望汹涌的北大西洋，我会觉得朱丽叶不是去了爱尔兰，总觉得在大海对岸有个永恒之国，朱丽叶就是在那儿。"

如果是那样的话，庄田的位置在哪儿呢？母亲梅总是低头颔首一副隐忍的样子，朱丽叶在男人面前则一向是昂首挺胸的，野性风采十足。也许他的位置就在这两者之间的某一处吧。我觉得他的妻子伸子从总体上说接近梅的类型，喜一郎的遗孀治子则与外表不同，有着和朱丽叶相同的地方。

波士顿有一条查尔斯河，贯穿整个城市流入大西洋，一年到头水流丰富。据说它让来到这里的英国移民想起了泰晤士河，于是给它起名查尔斯并在当地定居下来。初夏时节，和泰晤士河一样，这里也会举行大学间对抗的赛艇比赛。我和庄田或是艾莱诺，几乎每天都会在河水涨得满满的河岸边散步。至今我都很怀念那些和初夏一起到来的晚春和早秋的日子。那时生活窘迫，有时连生活费都不够，所以上游地区高级住宅的生活景象——河岸上羊在吃草、修剪得整整齐齐的草坪上黑人的奶妈正逗孩子玩——更让我觉得是那么灿烂耀眼，又是那么可望而不可即。

"你还记得吗？好多教堂后面都有墓地，种着一种叫YEW TREE的树，是针叶树，那种长满了密密麻麻浓郁短小的绿色针叶的树，有点阴森森的。据说鸟啄食它的树叶便会死去。大概是有毒吧。我悄悄地给它取了个日文名叫幽树。"

庄田又开始说起来。

"有一次，有很多鸽子鼓着身体停在树阴里。那时就只有我一个人。鸽子们既不叫也不动，看着看着有一只就消失了，就像是影子消失一般。就在我吃惊得

不得了的时候，又一只没了。不是飞走了。等我再朝别的树上看，发现那儿原本
有三只的鸽子也只剩一只了。"

"那是怎么回事呢？"

我问道。这么说起来，无论哪个城市都有那么多鸽子，我却还从没见过鸽子
的尸体呢。我一边想："它们去哪儿了呢？"一边在他离奇怪异的记忆之前畏步不
前。他为什么要把这个场景从记忆中摘出来呢，我感到惴惴不安。

"我不明白，至今都不明白。回到日本以后，父亲也像那样永远地消失了。
我没能赶上给他送终。父亲被人捧为战后的国际型企业家，但他给我的印象太过
淡薄了。"

我想起在银座的十字路口与庄田偶遇重逢时，他好像从天而降般突然出现在
都市的灯火中，我不禁问自己：他真的是我在波士顿所认识的那个庄田吗？

"听起来挺神秘的，不过我是不信鬼怪的，可是确实有现代理性主义无法解
释的事情。"我附和着说。

我又问他："经营管理中是不是也有这样的因素？"

那个时候我当然还不知道庄田邦夫曾经追赶过消失在雾霭中的那珂崎时
实——他仰头而视，怒目圆睁，在雾霭中飘了起来，越飘越远，直至消失。

"我们会不会有一天也神不知鬼不觉地消失呢？那珂崎和矛之会的那些人现
在也不知怎么样了。"

我很随便地发表了两句评论。庄田接着说："不知道啊，他可是霸气十足的
啊。不过我还是搞不懂什么是不借助意识形态的社会改革。据说警察调查后也没
有发现任何痕迹和线索。"

那晚，他既没有说起自己曾经遇到过大活人莫名其妙消失的事情，也没有提
到自己就在那珂崎失踪的现场。但是我并不怪他。一方面我是个局外人，另一方
面，人嘛，不管是企业家也好别的什么人也好，谁都有不能告诉他人的事，而且
越重要就越不能说。我并不认为他是不信任我才闭口不谈。庄田这个人，哪些话
能说哪些话不能说，他自己心中有个尺度。并且往往公私分得很清楚。在谈及公
事或相关话题的时候，他从不通过讲述个人经历来使自己的话更有说服力，达到
煽情的效果。这使他给人的印象是一个冷酷的理性主义者。对他来说，幻想中的

事情完全是个人隐私。不过那晚庄田却跟我说："也许我有一天也会突然消失。"

当我回答道："不，你是不会消失的。你又不是无足轻重的人，你可是一跺脚震三响的人物啊。再说了，你还有建塔的艰巨任务哪。"

庄田脸上浮现出无可奈何、啼笑皆非般的笑容，好像在说"这家伙什么都不懂"。而我那么较真地否定他，也许是在内心深处已经有所预感吧，觉得他真的有可能一下子就消失了。过了一会儿，他像是为了掩饰自己刚才那些嘲讽的表情，开起玩笑来，"俗话说讨人厌者能得势，不，应该说讨人厌长得快。"说完哈哈大笑起来。

这晚，我们俩聊得很投机，很难得地畅所欲言谈到很晚。第二天，庄田去参加了一个和媒体记者的午餐会。因为工厂旧址再开发计划受到社会普遍关心，楠食品公司公关部认为有必要事先对外说明一下，便举办了一个午餐会。会上，有很多人提问说："为什么要建那种东西，不亏本吗?"还有人问用途是什么，令庄田感到很意外。不过他认为这很重要，就回答说：

"在这个凡事只重实利的社会里，人们的创造力在枯萎、在衰竭。美国已经注意到了这一点，他们在经营管理教育里增开了希腊悲剧和哲学的课程。我们楠食品公司能有今天，也正是承蒙各位对公司的创造力给予了肯定。这个塔就是我们的回报。"

说完，他使用投影仪开始进行讲解，屏幕上显示出塔高约二百米、占地面积十三万平方公里的数字，他接着解释说："设计成纺锤形是考虑到可以吸收地震时的震动，这是最新建筑技术的成果。塔的底座部分包括创业纪念馆、美术馆、剧场以及其他商业服务设施。"

突然，他注意到会场异常地安静。庄田有些慌了，但还是继续讲起了企业的社会贡献。等他讲完之后，记者提的第一个问题是：

"那么，就是说楠食品公司要开始旅游业务啰?"

如果庄田的回答是"是"的话，那可是非常有新闻价值的。媒体一定立刻就会打出"楠食品公司进军旅游业"这样的大标题来。不过庄田的意图并不在于此，于是他的回答又变得含混不清。

"的确是有一部分旅游方面的东西，准确地说既是旅游业务又不是旅游业务。"

"请说清楚些。"

另一位记者似乎有些不耐烦。

"旅游业归交通部管，美术馆、剧场或是成立财团的话就归文化教育部管，如果是民间团体的话就归地方政府管，你们和政府机关的交涉进行得怎样了？"

坐在一旁的总务部长站了起来，解释道："除了美术馆之外，打算都以民间团体的方式来做。商业服务设施方面会单独成立一个公司。"

"那公司的资金呢？"

"公司名呢？"

提问活跃起来。

"我听说关于这个再开发计划，公司内外都有很多反对意见，你们有没有考虑过改变甚至是终止计划？"一个声音很洪亮的年轻记者问道。

"没有。"庄田很干脆。

"为了彰显楠食品的创业精神，我们定会排除万难动工修建。"

"排除万难怎么讲？"

"就是字面意思。"

"也包括动用武力的意思吗？"

"我不懂你的意思。"

针锋相对中，庄田知道自己已怒上心头。小个子记者大概想激怒他，趁他失言时抓他的把柄吧。八成背后有反对派撑腰。

"我说的只是字面的意思。"

对方死缠烂打，一副不达目的誓不罢休的样子。会场里鸦雀无声。

"您的意思是你们意志很坚定吧。"

刚才的大个子记者打了个圆场。就好像在等这句话似的，主持人赶紧说："差不多就到这儿吧。"

庄田本来想说"对于无理取闹的反对运动我们不惜采取武力"，但终归忍住了。午餐会结束，记者们纷纷散去。

那天下午庄田又参加了好几个会，回家的时候比平时要早些。他精疲力竭，心情也很低落，不由对很多事情都怀疑起来。

庄田很少这样。以前要是觉得疲惫的话会蒸个桑拿或是去健身中心游泳，要不就是戴上手套练练拳击，之后心情便会痛快起来。这种庄田式的调节方法让他在进入楠食品之后一直能保持一种冷静、强势的工作作风。而眼下，因为心情很不痛快，他甚至想："高濑汲吉他们KIGEN之会那帮子人虽然对巨塔的构想津津乐道，其实也不过是说个热闹罢了，要不就是装作感兴趣的样子迎合我。"就像当初庄田和朱丽叶两人，明明知道要分手了反倒发誓要爱到永远一样。

　　女用绫已经准备好了餐桌。庄田放了一首塞戈维亚的吉他曲，呆呆地望向院子。比起爵士乐来，他并不那么喜欢古典音乐，但是现代音乐，尤其是塞戈维亚对他来说有着特别的含义。伸子活着的时候，他们曾一起去剧院听过。那个时候，文京公会堂才刚建好，还没有现在那么多好剧院。西片町、车坂等地名都还使用着呢。记得那天天气不太好，两人边走边担心下雨。那应该是梅雨季节吧。庄田朝着已经溢满黄昏气息的院子看去。

　　紫阳花在背光的阴影中绽放着，花瓣中浮现出伸子笑靥如花的脸。

　　"跟你这样走在一起，好像情侣一样。"

　　伸子把身体依偎过来，跟平时的她有些不太一样。

　　伸子嫁的是父亲推荐的男人，她从未经历过恋爱中常有的欲擒故纵啦、争风吃醋啦等等女性杂志大肆鼓吹的恋爱游戏。庄田有时会想，对伸子来说，想好好恋爱一场的心思是不是还没得到满足就匆匆收起了呢。有时候他觉得伸子的人生态度似乎就是无欲无求的，但其实那不过是庄田的错觉，是伸子温顺的性格给人造成的错觉而已。

　　庄田回答她："我也觉得很好。真的，能和你在一起。"

　　这是庄田从美国时代起的一贯作风。伸子好像闻到了什么味道一样，皱了皱鼻子无声地笑了。昏暗中看不见她的表情，只是凭着感觉知道的。

　　那个笑容中有什么含义呢？在她去世这么多年之后，庄田开始思考起来。庄田发现不知何时自己的心生出了几条细细的印记像伤痕一样，有的通向伸子，有的连接着楠元太郎的出生秘密，有的则在勾画着父亲庄田启介那古怪的、只能认为是对楠元太郎充满憎恨的态度。而在那些印记的最深最深处藏着一个连自己都看不清楚的阴影。在那个阴暗的洞穴般的空间里，有着不知是梦还是幻觉的模糊难辨的景象：像乌天狗的山地居民；有凯尔特人血统的男女围坐在一起，吃着喝着突然就躲进黑暗中或是向远处奔去。只有庄田还留在现实世界中。尽管少言寡语的伸子有时会让庄田觉得美中不足，但他们还是像大多数情侣那样，一起撑着伞走在黄昏的路上。

近些日子庄田开始觉得，自己原以为伸子温顺驯从，其实那都是因为自己任性不羁罢了，其实她是个坚强有主见的女人。在她去世多年之后才意识到这一点，或许已经没有任何意义了。她生前常常双手交叉放在胸前，凝视对方直到对方说出让自己满意的话为止，那大概就是她的一种消极的强硬吧。有一次她说她好像怀孕了。但庄田认为那并不是她真的那么觉得，只是她的希望而已。

就这样胡思乱想着，他发现逐渐变暗的房间里，自己身后好像有什么东西在微微闪光。他将思绪从记忆中拉回，转头一看，发现是绫在那儿搁了一个装满萤火虫的小笼子。走近一看，笼子上用胶带贴着一张便条：

> 住在草津的侄子今年也给我送来了萤火虫。我想着能让您觉着安慰
> 就留下了。只要经常把雾气吹掉的话，据说能存活一个星期。我会照顾
> 它们的，您不用担心。伸子小姐从小也很喜欢萤火虫。

庄田蹲下来朝笼子里张望。大概有十几只萤火虫吧，有的在笼子里爬上爬下，有的则蹲在笼底，一闪一闪的，发出忧郁的光。里面放有一撮草，如果有萤火虫爬到草背面的话，像小竹叶一样的草叶就会落下黑黑的阴影微微凸显出来。

庄田看得入了迷，干脆用两手把笼子捧到了桌子上面。光芒是那么微弱，伴随着萤火虫的呼吸，周围的黑暗更加深邃了。仿佛那是来自远方的光，逝去的时间一直通向那里。

如果楠元太郎看见萤火虫会想些什么呢？因为有这样一种说法：滋贺县北部的萤火虫是源氏萤火虫，南部则是平家萤火虫，到了源三位赖政的忌日那天，冤魂们都聚到附近的宇治地区，展开一场萤火虫大战。极盛的时候，千千万万的萤火虫汇聚成一条漠漠光河，终生流淌在楠元太郎的记忆深处。想着想着，庄田的思绪又到了楠元太郎的身上，他开始揣测楠元太郎年轻时的心思。他出生的南方

岛屿上是否也有萤火虫呢?

有只萤火虫爬到叶子顶端,展开翅膀想飞却无奈碰到笼壁上掉了下去。还有一只,面朝庄田露着肚子,正在金属丝上爬。庄田联想到自己,自打进公司以来,虽然为公司立下了汗马功劳,但在精神方面就像这只可怜的萤火虫一样,一直处于社会最底层。他又想起查尔斯河畔教堂墓地里生长的"幽树",沉浸到萤火虫的幻想中去:说不定萤火虫的祖先就是吸食了幽树树叶上的露水才会发出这么冰冷的光芒呢。这些来来往往的萤火虫不就像人类社会一样吗?不管多么努力地爬行、挣扎,都无法逃出时代的金属网。

庄田的记忆中又浮现出八名队员无声地划着小艇逆流而上的情景。年轻人们用力屈伸腿和胳膊,身体向后仰着,皮肤上的汗水闪闪发光,小艇向着河畔的光芒驶去。庄田却留在了幽树下的昏暗空间里。跟楠食品创业者的千金伸子结婚,庄田并没有太犹豫,因为她也是个停留在昏暗空间里的女人。伸子和他走在本乡的坡道上时轻轻地笑了一声,笑得有点怪。

庄田几乎不知道她母亲的情况。伸子是楠元太郎在外面生的女儿。因为楠元太郎的身世越来越扑朔迷离,庄田觉得至少应该弄清楚伸子和她母亲的情况。把伸子从小带大的绫应该知道详情吧。

萤火虫的光芒一闪一灭,庄田脑子里也闪过种种画面。异界和现世的情景混在了一起。

第三天,他把绫留在餐厅,询问起伸子母亲的情况。

伸子的母亲本来是真琴市总公司工厂附属研究所所长的妻子。楠元太郎创业时代,曾发生过一起因爆炸导致八个员工死亡的事故。那个事故发生约一年前,所长在自己的研究室里因药物中毒而死。说起这样的经过,绫突然闭口不谈了。用不可思议的眼神注视着庄田说:"我还以为老老爷跟你说过了呢。还有,伸子小姐也应该知道这件事的啊。"

庄田这个人,他对日常工作中跟他有接触的公司干部的个人隐私——毕业学校啦、家庭关系啦、亲戚朋友还有他们的发迹或是没落啦等等—— 一概不关心。他一向认为:眼见为实。必须亲眼确认,关系什么的是次要的。也许这就是他不懂人情世故的地方,以至于别人说他六亲不认。庄田凭自己的经验,知道美国式的公私分明是行不通的，慌忙回答绫的问题："啊，只是断断续续地听说过一些，没有系统地整理过。"

经过这么多年，绫已是楠家的一分子，而庄田邦夫反倒像外人了。但是，对这种感觉他并没有觉得不愉快。因为和绫毕竟还是雇用关系，这是不言自明的。伸子有时会提起母亲，"小的时候，妈妈……"

但是她对父亲楠元太郎却闭口不谈。当然也可以解释成：庄田邦夫从小就认识楠元太郎，没有必要再说了。

"事情发生的时候，伸子小姐刚出世，只有四个月大。老老爷觉得她很可怜，就让她和她母亲寄住在一个公司干部的家里，一直给她出抚养费。"

听完绫的话，庄田觉得思绪混乱。就算所长遗孀和楠元太郎发生了男女关系，但照绫的说法伸子是在所长中毒前出生的。所长是楠食品公司的骨干，是引人注目的高学历工程师，难道楠元太郎在他生前就和他妻子有了那种关系吗？这又让他想起岳父那旺盛的生命力，据说他在九十五岁高龄辞世前不久，男性功能还不减当年。

"难道是……?"庄田脑海中浮现出一个不祥的猜想，把他吓退了几步。药物中毒事故真的只是个事故吗？如果只有楠元太郎和后来当了寡妇的所长妻子才知道伸子是他们的孩子，那会怎么样呢。但在那之后并没有听到什么诡异的传言。也许楠元太郎真的是出于赎罪的心理才照顾伸子母女的，如果是那样的话简直就是一出人间悲喜剧了。

"总想着有一天要对您说的。"

绫这么说着，将目光移到自己的手掌上。她的背挺得直直的，端端正正地坐在那里，手掌放在身体前面。她调整了一下呼吸，然后终于下定决心似的抬起脸，目光直视着庄田说："伸子小姐不是老老爷的亲生女儿。"

庄田一时无语。如果绫说的是实话，那么继承楠食品公司的是创始人的独生女婿这一说法就不能成立，而变成一个不折不扣的弥天大谎了。这样反倒是庄田还能跟楠元太郎沾上点边，他虽然没有直接的血缘关系但却是楠元太郎的远亲。当然，有一种情况是夫妻二人一起当养子，而且据说这样的话两代人的感情更加融洽。

"这件事老老爷一直不让说，所以我也一直没告诉您。但我现在已经上年纪了。"

　　绫微微地低了低头，像是在给庄田道歉似的。伸子在户籍上的确是楠元太郎后来认领的女儿，出席庄田邦夫和楠伸子婚礼的公司干部们谁也没有怀疑过她不是楠元太郎的亲生女儿。

　　虽然人们常说就算不是亲生骨肉也要视如己出百般疼爱什么的，但庄田还是搞不明白为什么楠元太郎会对伸子和她的母亲如此厚爱。庄田心想，事到如今自己已经并不那么在意，但假如是一个重视血缘关系的人的话，一定会为此烦恼不已吧。不过庄田倒是很佩服楠元太郎为了选继承人的那股执著劲儿。他决定不把这件事情告诉昭和经营史研究所的朝仓喜久雄。这样做更符合楠元太郎的遗志。楠元太郎一定是怕自己死后发生继承人之争之类的内讧，所以预先"制造"出一个亲生女儿来防患于未然。如果是那样的话，自己应该就是楠元太郎所编导的这出戏的一个演员，因为自己从一开始就是知情者并接受了这个角色。

　　"锅炉爆炸事件我小时候听说过，还有点印象。但研究室的药物事故还真是头一次听说。伸子的亲生父亲是个什么样的人呢？是不是和岳父有什么特殊关系呀？"

　　"这我就不清楚了。"

　　绫的样子似乎是在努力唤醒自己的记忆。

　　"我记得好像听人说他是南方岛上的人，不是滋贺县人。"

　　看来绫也认定楠元太郎是滋贺县的人。

　　"先生您在小姐去世之后还继续用我，绫我真是有福之人啊。只要我的手脚还灵光，我希望能一直伺候您。"

　　说到这里，她抬眼朝庄田看去，仿佛是在看什么耀眼的东西。

　　"我这样说老爷您可能不爱听，但日子久了您和老老爷越来越像，我有时候会觉得自己一直在伺候同一个人。"

　　也许觉得自己的话有些太放肆了，绫说完站起身来默默地鞠了一躬，小跑似的走出了房间。

　　这是一个由楠食品公司赞助的戏剧&摇滚乐汇演大会，会场里巧妙地运用了照明和音响效果，让人根本想不到只是一个用帐篷搭建的临时剧场。

　　这个活动是由昭和经营史研究所发起的。朝仓喜久雄极力主张要举办一个年轻人的演出活动。说是再开发问题已经陷入僵局，为了扭转局面，就需要转移人们的注意力，让反对运动从主角的位置上退下来。

　　他解释说如今的成年人对于年轻人往往抱有一种难以名状的自卑感，如果举办一个年轻人的大型活动，让人们亲身感受一下，了解到未来建成的纪念塔广场可以用于这样的活动，一定会大有成效。然后他又很得意地说：

　　"表演的节目越具丑闻性质就越能吸引人，不知不觉中人们会热衷于讨论那些节目，而那又是以修建纪念塔和广场为前提的。这样一来，什么反对运动就会变得很可笑很无聊了。"

　　看他得意洋洋地大谈自己想法的那副样子，庄田觉得这个人应该不是什么坏人。

　　庄田同意举办汇演大会之后，公司的相关部门就自动运转起来。大阪的一家公司承接了整场演出活动，着手进行准备。大会分为戏剧和摇滚两个部分，上半场的最后一个节目是由"风之游牧民社"表演的通俗喜剧："现代版天之网岛的情死"。

　　庄田刚听说时很担心这样的剧目是否会受欢迎，因为现在的观众大都对近松和人形净琉璃剧一无所知。但大阪那家公司介绍说这出带有玩笑意味的演剧很成功，是"风之游牧民社"表演节目中最受欢迎的一个。还说这家剧团极有人气，为了请他们从排得紧紧的日程中挤出一天到真琴市来很不容易。庄田一看，主角的名字是小泽仙子。

　　庄田想想觉得有些不可思议，那个阿仙不知何时竟然当上了主角。记得有一次，阿仙拿来一张古地图，因为被证实是江户时代的东西，出人意料地卖了个好价钱。也许舞台上的成功也有几分得益于口袋的充实吧。

　　演出当天，庄田和理惠在观众席后方找了个不打眼的座位坐下，等待开幕。年轻的导演对道义与人情的纠结会作怎样的加工来呈现给观众呢？阿仙能演好不幸的女主人公小春吗？这些都是庄田所关心而又不太想让理惠知道的。

舞台灯光一亮，一位坐在上方的琵琶演奏者——不是净琉璃——便开始弹唱道：

　　从美好的天国降临到安逸的黑暗中，妇女解放观世音哟，她的名字叫阿三。纸铺兴旺，昌盛极顶，毁于一旦，皆因痴情。10月阳春，风和日丽。狂风暴雨，落英遍地。

好像是把"曾根崎情死"和"情死天之网岛"这两部剧揉和在了一起。阿仙出场了，打扮成不良女高中生的样子——身穿一条长长的、又肥又大的裙子。她的视线集中在比观众席中央稍高的一点上，身体慢慢地挪动。她脚蹭着地一步步地走，像是在黑暗中跳舞。看到她的眼睛时，庄田想起了在雾霭弥漫的城市里消失了的那珂崎。舞台上的阿仙已经不是庄田所认识的那个阿仙了。

突然她发出一声大喊："治兵卫！"

声音高亢响亮，不太像她不良少女小头目的角色。喊声充满悲伤，尾音拉得很长。不知何时，扮演纸铺老板治兵卫的男子已经站在那里了。

故事已经完全置换到了现代，原著中的艺伎小春变成了女高中生，纸铺老板治兵卫则成了造纸公司的一个心理阴暗的职员。反面角色九平次是高利贷公司的催债人。九平次把自己的信用卡借给治兵卫让他取出钱来，然后又去将那张卡挂失。治兵卫背上了巨大的债务，他走投无路去和妻子阿三商量。年长的妻子阿三曾经是妇女解放运动的活动家。倾心于治兵卫的小春做了陪酒女郎，想靠出卖自己的身体为治兵卫筹钱。

知道这件事后，阿三开始意识到自己的社会责任。

"你和我丈夫睡觉我很生气，但你不能出卖自己的身体。这会危及到女性的地位。若不去管它的话就没有公理了。哎呀呀，快别这么做，打消这个念头吧。"

她这样开导小春。观众笑个不停，他们到底是在笑老得掉牙的台词呢还是在笑说话的内容，庄田不得而知。但阿仙时不时模仿木偶戏里木偶的动作，确实很可笑。阿三架着一副眼镜，看上去就像漫画里的女学者似的，嘴里叨咕着理想、主义、女性解放之类的词，可以看出剧作者的嘲讽意图。但嘲讽的似乎只是落伍

的风格，并非其思想本身。那个把女性解放当做一个认真主题的时代早已远去
了，庄田不禁又想起了楠元太郎的种种行为。导演似乎早就算准了观众的反应，
庄田却察觉到自己和其他观众之间有了很大的隔阂。他有些坐不住了，看了看身
边的理惠。

庄田接到下属汇报，得知有个妇女组织打出了"请把工厂旧址建成公园"的
标语，反对楠食品以修建巨大纪念塔为中心的开发计划。据说那是个很守旧但却
很正经的组织，与那些暗地里的反对运动性质不同。庄田一边看表演一边开始担
心这样的表演会不会激起她们的不满。

饰演小春的阿仙在舞台上的表演与台下的她判若两人，她的表演尺度把握得
很好，关键时候不过分表露，细微之处又尽力夸张，这样反而成功地表现出了不
良少女的幼稚和隐藏在背后的悲伤。剧中，她讲述了父母的离婚以及因无法忍受
母亲的淫荡而离家出走的经过。庄田一边看一边暗自赞叹。舞台上，治兵卫正对
着当了陪酒女郎的小春骂道："你身上也流着你母亲的血。"

他需要钱但不愿自己的情人去当陪酒女。阿仙扮演的小春也毫不示弱："说
什么呢！吃女人的软饭还要什么面子呀。"

治兵卫丝毫没有觉得自己把小春伤害得有多深，继续反击道："我瞒着老婆
和你好了快三年，你现在却要甩了我，真想在你脸上踩两脚，狠狠揍一顿。"

　　　　离去的身影让人心痛，哭泣的小春如此可怜。

琵琶声响起，演奏者又唱了起来，观众们笑得东倒西歪，第一幕结束了。原
著的歌舞伎表演中本应是流泪的场景，但这些年轻的观众——好像有一批人是从
神户来的——却笑个不停，庄田有些不可思议地望着他们。中间有二十分钟的休
息时间，剧场的灯一下亮了。观众大多是二十几岁的年轻人，十几岁的也不少。
庄田用目光示意理惠走出了帐篷。梅雨季节还没有结束，但已见空中云层散去，
几颗星星一闪一闪的。

"下面还看吗？"

这是个两幕剧，很快就要演到两人私奔了。原剧中是治兵卫和小春从天神桥

去到网岛的一幕，但风之游牧民社的演出一定不是近松式的悲剧，他们会编排成怎样一出插科打诨、发噱逗笑的闹剧呢，庄田有些兴趣，但理惠说："我肚子饿了。"

于是他决定不看了。他隐约觉得理惠好像是在借此试探他对阿仙的关心程度。

"第二部是摇滚乐表演，不看也罢。"

庄田又加了一句。两个人走到车站附近叫了辆车。最近一直没有机会和理惠好好吃顿饭。

他们来到一家不大但在真琴市很知名的餐馆，据说肉做得很不错，二人并排坐了下来。庄田问起理惠对这场戏的感想。

"把近松的剧本编排成那样，我觉得不能接受。"庄田先谈了起来，"不光是近松剧，西鹤的作品翻译成现代文也是一样，翻译是可以的，但改编就不好了。"

说到这里，庄田突然觉得自己或许也和风之游牧民社一样，在演绎一出古典的改编剧。这种心理对一向充满自信不知退缩的他来说是很罕见的。

"时代交替之际那样的才能往往容易显现出来。不知现在算不算是时代交替之际。"

理惠不愧长期在画廊工作，她马上联想到画家戈雅的故事来，说戈雅本是宫廷画家，后来却变成了个疯子。绘画所用的色彩慢慢地全变成了黑色，描绘的人物形象很怪异，面孔大都像"乌鸦天狗"似的……

理惠话中"乌鸦天狗"一词进入庄田的内心，他的思绪逐渐膨胀，眼前浮现出深山里那无边无际的森林。

"梵高也曾画过黄色麦田上飞翔的黑鸟，但是今天的——"

说到这里，理惠朝庄田看去，发现他目光虚幻，脸的轮廓也变得模糊起来。

一个不安的念头掠过理惠脑中（这个人如果不好好看着他的话，说不定会像那珂崎君似的从这个世界上消失）。但其实正因为庄田是这样的，理惠才喜欢上了他。她与庄田在KIGEN之会上邂逅，在那之前两人完全是不同世界的人，理惠现在觉得这反倒是件好事。那天高濑汲吉介绍说："这是楠食品公司的庄田君，是我高中的学弟。"

　　她把公司名错听成楠商品了，以为不过是家从楠木中提炼精华生产防虫剂、蚊香什么的中小企业呢，跟他说话时也随意极了。也难怪理惠会有这样的错觉，庄田的外表像极了年轻、精力充沛时的野野宫银平。尽管如此，庄田谈话时直视对方的习惯、他瞳仁里沉淀的混沌的颜色、与之形成对照的略显夸张的动作、全身散发出的活力，这些东西在庄田身上互为矛盾又互为映衬，理惠为之深深地吸引。

　　长期在画廊工作，理惠经常接触到一些爱好藏画的大公司老板、成功企业家等，对那些人的专横、粗野及霸道她常常觉得忍无可忍。不谙世事的理惠对哪家公司排名靠前、谁在财界最了不起等事情漠不关心，她一向都是我行我素。当她发现庄田的心向自己慢慢靠拢过来时，她感到自己像少女般地怦然心动，连自己都觉得不可思议。

　　他们像二十多岁的青年男女一样，一起去听音乐会、一起去郊游，理惠渐渐了解到庄田的一些情况：他的公司在关西也有工厂，每个月他都要去一次真琴；夫人已经去世了，他现在是单身。直到有一天，庄田带她去参加一个新产品发布会，会后要听理惠的感想，她才知道庄田原来是楠食品公司的会长。庄田喜欢那个公主漂流到海岸的故事，也是因为了解到理惠的这种个性。

　　就这样，他们相识相恋并有了更深的关系，如今十多年过去了，理惠时常会发现庄田身上至今还有自己未知的地方。但也许正因如此，脾气急躁又任性的她才从未感到厌倦过。

　　她至今仍然清楚地记得第一次和庄田过夜的情景。不知为什么，虽然两人已是情投意合，但庄田却迟迟没有跟她越过那条界限。那天晚上，本来约好见面，庄田却感冒了，于是理惠便去探望他，那是她第一次去他家。接到他的电话了解情况之后，理惠便带上些发烧时可能会想吃的东西、同父异母的哥哥"老爷"家祖传的中药、还有一条不让脖子周围着凉的保暖披巾出了门。

　　"麻烦你了，本来有个女管家帮我做的，不巧她回老家了。"庄田解释道。

　　"没事，我就喜欢做做没做过的事情。"理惠回答，一边麻利地收拾起房间来，"你乖乖地好好睡觉啊。"

　　理惠帮庄田理了理被子，正准备回去时，庄田一把抓住了她的手，好像在说

"你再多待一会儿"。

眼下这一瞬间，理惠突然想起了那天晚上的事情，她知道庄田的意识又开始向外游离了，心想得赶紧把他拉回来。

根据以往的经验理惠知道有两个办法可行：一是把他带到一个能够有某种具体行为的场所，例如抚摸啊或是吃饭什么的；还有一个就是变得比他更加疯狂。

"这个真好吃。"

理惠一边说一边夹了两片她点的生牛肉片放到庄田的盘子里。

"啊。"

庄田挤出一个含混不清的声音。

"不过，要是现代阿三的遗传基因里有两三百年前真正的阿三的记忆的话，那种事儿还真没准儿会发生呢。"

说着说着，理惠自己也觉得那样的事情真有可能发生。

"我被装在箱子里冲到海岸上，也许是我前世的记忆出现在梦中。"

耳边是海浪的声音，一阵剧烈的冲撞袭击了理惠，她不由得叫了起来：

"啊，啊啊。"

"什么？箱子？"

身边响起了庄田的声音，隔了一会儿，又听他问道：

"你也在做那个梦呀？"

"是你先开始的。"

"是吗？"

前言不搭后语的对话还在继续着，理惠也回到了现实当中，心想（这个人也许是个傻子吧），自己说过的话全都不记得了。

"是啊，所以才说我是消失王国的公主，不是吗？"

"可是'老爷'也跟我说过类似的话，可以证明这一点。"

"他就爱胡说。其实事实正好相反。是被人捡到后'老爷'的父亲把我抚养成人的。养父可是我的恩人啊。我跟'老爷'成了兄妹也是事实。不过，既然是被捡到的说明那之前曾经被遗弃过。并不是亲生父母有什么一定要遗弃我的理由。我听说好像是二战中在爪哇岛任司政官的养父跟当地女孩生了我之后寄养在副官家里。可是我是从谁那里听说的呢，难道这也是梦吗?"

这一次理惠真的觉得自己是不是有问题了。关于自己的出身，她从少女时代起就无数次思考过、烦恼过，本想在现在的心境下重新整理一下讲给庄田听，但自己却先混乱了。无论是什么出身的孩子，要搞清楚自己就是自己这一点，从懂事开始需要近十年的时间。这方面理惠比普通孩子要成熟得早，而她一明白这一点之后，就开始寻找一种不依靠出身，而是通过他人来证明自身存在的方法。

还在上小学的时候，养父带她去看过歌舞伎，从那时起理惠就对歌舞伎那完全脱离日本风味的表演着了迷。上高中时，她参加了一个歌舞伎爱好者团体，甚至还常一个人买站票看演出。一天，正当她一如往常倚在楼座的横梁上聚精会神地盯着舞台看时，有人从后面拍了一下她的肩。回头一看，是一个蓄着胡子的中年男子。在他的眼神示意下，理惠跟着他走了出去。那人问道："你想不想演电影?"说着递过来一张印有"剧俳座导演部"的名片。理惠盯着对方，不慌不忙地问道："什么电影?"男人大概觉得有戏，让她留下了名字。

这件事遭到了养父的反对，但理惠很倔强，倔强得连她自己都没想到吧，她一口咬定一定要当演员。她觉得，出身不明的自己要想跟别人一样在这个世上生存，没有比演员更适合自己的了，因为每次都可以演一个不一样的自己。家里无奈，只好和"剧俳座"之间进行了多次交涉，最后养父终于同意她以特别研修生的身份去学习演技以及表演理论、戏剧历史等。当然那只不过是个幌子罢了。后来，她遭遇了第一次婚姻的失败，最疼爱的同父异母的弟弟也离开了人世，在一系列的精神打击之下，演员梦也破灭了，自始至终她一次也没有登上过舞台。再后来，为了从压抑中解脱出来，在剧团朋友的介绍之下她开始在阳光庄画廊工作。原本只是打算短期帮忙的，可得到大野安娜的喜爱，就一直坚持了下来。

"我经常梦见自己在慢慢地飘向什么地方。"理惠关上了回忆的阀门，开始讲了起来，"有时候好像是在往下坠但还是在飘着，但我觉得下坠的感觉很开心，比在地面稳稳当当的感觉好。但我的身体却被丝绸褓褓裹着。母亲认为只有这样才能让女儿留下自己的记忆，那是她用仅有的一点钱买来的丝绸，我还记得那种触感。"

"你被裹在丝绸褓褓里扔掉了。'老爷'的司政长官父亲让他的副官去把你扔掉，但副官却狠不下心，于是把你放在当地人家寄养，你便在那儿长到了三岁。"

"收养我的一定是家给军人开的妓院。"说完，理惠换了个话题，"我好像很喜欢变化，觉得与其在一个地方安稳地生活，不如慢慢地变换地方。我喜欢上伊坂杨严隆信也是因为他的思考始终是在变化着的。说不定我母亲就是航海部落的出身。"

理惠的声音里还夹杂着铁板上肉烤熟时"嗞嗞"的声音。远处传来救护车的警笛声，似乎不停地有救护车驶过。从更远的地方传来了刚才剧场里琵琶的旋律。

　　　　今日之霜明日融，世事无常闺房忙。卿卿我我紧相拥，移香傍枕蚬
　　川流。

琵琶弹奏者的声音细若游丝，余音袅袅。眼看着就要断掉时，又被拨子的声音带了起来，继续缠绕飘渺在琵琶乐声中。这是剧本《天之网岛》中的独白部分。庄田闭上眼睛晃了晃头，弹奏者叙述的声音和旋律消失了。这时候，救护车的警笛声又响了起来，仿佛是为了把庄田拖回到这个夜晚，拖回到现实中。

回到饭店，庄田才得知来了若干次紧急联络。打电话给真琴分公司，派驻本地的常务董事惊慌失措地告诉他说："出大事了。很多人受伤，观众拥到舞台上，人压人地倒在了一起。"

"有没有死人？"庄田压低声音问道。就算出了事，只要没死人就还有救。这是楠元太郎多次跟他说过的话。

"还不清楚，只是……"常务董事吞吞吐吐的，庄田凭直觉感到没希望了。

"知道了，我马上过去。"

他缓缓地放下电话，心想原来刚才听到的警笛声是因为这个啊。他回头看了一眼理惠。

在去往分公司的车里，庄田回忆并确定这次活动的主办方是演剧音乐节执行委员会，楠食品公司应该只是后援。他和理惠在场的时候还什么事儿都没有，安全方面的部署应该也是万无一失的。看来多半是摇滚乐演出时，狂热的观众一窝蜂拥向台上的偶像歌手，才会人推人、人压人地倒成一堆。庄田在心里盘算着这

事由自己亲自出面是否合适。但那个刚当上常务董事的真琴分公司总经理看来有些不堪重负。在这个节骨眼上，谁出面当对策委员长事关重大，会影响到公司的前途。过于耿直的人，难免惊慌失措而口出暴言，或是因受良心谴责做出一些出人意料的事情。脑子聪明反应快的人，又往往会被人看出想推卸责任的态度，反而会招致更大的反感。还是找一个比较鲁钝的老实人为佳。庄田的脑子飞快地运转着，琢磨着怎样去安排善后处理。

下了车，一个面色紧张的保安给他敬了个礼，庄田径直乘电梯上到六楼的董事办公室。

"对不起。"呆若木鸡地站在正中央的常务董事面色发青，低下了头。

"已经发生了，怎么办呢。说说情况吧。"庄田深深地坐到椅子上，对一个站在那儿不知干什么好的小青年命令道，"给我倒杯茶。"

事故发生的经过基本上和他想象的一样。了解到的情况是：有四人死亡，十七八人重伤住院。几乎全都是女中学生。大概是第一部的演剧和第二部的摇滚表演之间换了观众。考虑到警察迟早会来调查，他决定先查阅并准备好安全警备方面以及有关活动企划的文件，又下达命令，要大家表现出公司在认真追查事故原因的样子来，然后又见了一些媒体记者，等一切结束时已经过了凌晨三点了。因为庄田下令说一定要在今晚之内探访四名死者家属、走访收容伤者的医院，因此除常务董事和总务部长之外，公司所有人都出动了。人都走得差不多的时候，律师走了进来，脸上的表情就像是出现在重病患者病房的医生。

"律师也来了，我有点事要告诉您。"总务部长好像一直在等这个人少的时机，"事情好像有些不对劲。"

"刚才汇报时我也提到事故是在演出结束的一瞬间发生的。有几个男的发着怪声冲到了舞台边上。"

"几个男的？"庄田反问道。

"是啊，至少有三个。感觉好像是串通好从中间和左右两边一起冲出来的，因为观众大部分都是中学生，中年男人很显眼。不过人数还不能确定。"

"怎么可能会有这种事情。现在事故已经发生了，那都是因为没有配备足够的保安来控制那些情绪过分激动的孩子，这个时候可不该说这些了。"律师很精干，有点名气，他用训斥的口气说了总务部长一顿。

"但是……"总务部长还想辩解，庄田制止了他。

"好了好了。律师说得对。如果你还是想要把你看到的说出来的话，等警察来调查时再说吧。在那之前不要随便乱说。"

看庄田也这么说，总务部长一下子泄了气，不再说话了。

第二天，庄田回到了东京。飞机上发的晨报上，各家都在社会版的头条报道了前晚的事故。标题全是诸如："会场保安干嘛去了？""当地居民大加谴责"之类的。有家报纸介绍了某位有识之士、专栏作者的意见，说是：

"在临时搭建的会场举办人气歌手的演唱会，真是缺乏常识。"

还有家报纸以"不负责任的管理，令人吃惊！"为标题，在报道中把楠食品公司写成如同是罪恶的代名词一般。

庄田跟警察干部取得了联系，听取他对事故处理的意见，他得准备好对策应付警察的调查，他们随时都可能上门。

"这下你很难办吧。那种音乐是很容易让孩子们失去理性的。"警察干部安慰道。

庄田低下头说："让你担心了。"

在前一个晚上，他把总务部长汇报的情况告诉了警察干部，说："很多人都看见了，我想早晚会传到警察的耳朵里。"

警察干部抱着胳膊沉思良久后，开口说："对了，你们是在搞再开发吧，还有人反对。那事后来怎么样了？"

"对，上次收到恐吓信时我也告诉你了。关于再开发的问题嘛，总觉得被一团雾气笼罩着，搞不清是谁出于什么目的反对，所以也就很难确定目标。为了打开局面，我四处求方，想出的办法就是这个演剧和音乐汇演大会。"

"没想到结果却变成了这个样子，是吧？"警察干部话少了，又开始沉思起来。过了一会儿才说，"我也会留心警方调查的情况和你保持联系。"

说完后，又像想起了什么似的："有人蓄意闹事的情况还没有对别人说过吧。"

"当然了。在场的总务部长也被我堵上了嘴。"

"就得这么做。现在你们公司说这种话只会起到火上浇油的作用。"警察干部的表情轻松了些，"发生这种事，最要紧的就是不要刺激舆论。所谓舆论也就是媒体。"

这在庄田看来本是理所当然的，可是经由警察干部说出来似乎又不那么理所当然了，庄田将目光投向他。

"他们总认为大企业是靠在背后玩弄阴谋诡计赚取利润，有一种所谓受害者的心理。这也是一种大众心理，在这个意义上他们就是舆论的代表。而这种心理一旦碰到这样的事情就会爆发出来。那样一来我们就不能袖手旁观了。"

他脸上露出嘲讽的笑容，朝庄田点了点头像在寻求他的同意。庄田想知道他到底想说什么，便紧盯着他的眼睛看。圆圆的眼睛亮亮的，没有一点阴影，耷拉着的眼皮看上去像是没睡醒的样子。脸颊圆乎乎的，很有光泽，脸上的表情似乎在说：不是我的意思，我只是遵从民意而行动罢了。庄田跟警察干部认识是在他刚进楠食品公司时，有一个财界前辈主办的年轻企业家和政府官员的集会，他们在集会上认识后便有了交情。多年来，庄田觉得对他的长相已经看习惯了。不过这些年来他看起来的确是越来越自信了，时而还会锋芒毕露。

"如果法律上没有过失的话，还会被惩罚吗？"

"不会。"他和之前不一样，给出了明确的答复，之后又把语气缓和下来，"特别是对有信誉的企业。但另一方面，政府有时也得对外或对内强调国家利益，如果是那样的话，即便是大企业也只能委屈你们了。所以我们平时总是处心积虑地塑造公平公正的形象。就像时代剧中常说的'大胆狂徒不知天高地厚，将他流放到离岛治罪'。"

"是这样啊。"庄田听了警察干部的话，感慨不已。

"是啊，像镇压反对核电站运动、与日美安保协议有关的政治事件等都属于'国家利益'，因此在对基本政策没有影响的前提之下，必须尽可能发挥民主警察的作用好对舆论有个交代。所以也请你们一定不要刺激舆论。"

"这就是所谓的放气战术。"

"正是如此。"

"可不能成为靶子啊。"

警察干部的眼睛发出玻璃球般的光，然后又恢复正常，脸上露出温和的微笑。

他的一番话中虽然还有些令人费解的地方，但庄田想到本来他们策划的这个戏剧&音乐汇演大会就是为了针对反对运动实施的"放气战术"，没想到半路上杀出了个程咬金，出了这档子事，这下公司反倒成了别的"放气战术"的靶子了，真是够滑稽的啊。庄田突然想起从总公司的摩天大楼上向下俯瞰到的夜景。各种灯饰和霓虹灯星星点点，就像在一片沼泽地里交错飞舞的萤火虫，地底下积存的沼气从一个巨大的黑洞里喷出。从夜空中看下去，神宫外苑一带的树林就像一个黑黑的无底洞一样。而这情景与其说是实际看到的，不如说是一幅城市夜景的幻影，当他意识到世间有很多事情是他无法明白的，那幻影便出现了。而在夜晚的街上，那个像在跳舞似的行人毫无疑问就是自己。

事件引起了很大的反响，并且很快就和反对再开发运动联系起来。很明显是有人在背后煽动，纠缠楠食品的势力开始有了与此前不同的新动向。但庄田认为大多数保持沉默的人应该还是赞成开发的，所以不怕硬碰硬跟他们斗一场。首先得把演出结束时，带头冲向舞台以至于女中学生跟着蜂拥而上的那几个男子找出来，他们正是这个事件的始作俑者。绝不能输给这样的敌人。换作楠元太郎的话一定会彻底追究他们的责任，置他们于死地。

可是用什么方法才能让他们现形呢？不知为什么，警方似乎对找出真正的犯人，对案子作一了结并不热心。警察干部给他的忠告是：不管是什么原因，事情已经发生了，而楠食品的确应该负起管理上的责任，所以在各方责难和怨恨铺天盖地的这段时间里，公司方面应该尽量保持低调，回避正面交锋，等事情慢慢过去。可是庄田心急如焚，觉得不能就这么等下去，不然真正的犯人就会销声匿迹了。他很气愤：如果警方一心只求息事宁人的话，那么自己哪怕动用政治关系也得让事情有个说法。

他越想越想不通就去找朝仓理事长商量。朝仓听完事情的经过，一拍大腿："这帮家伙终于出动了。我早就等着这一天了。警方现在有个奇怪的原则，他们是不介入民事案件的，所以我们得自己准备好材料。"

朝仓沉思了一会儿，说："那样的话，下次就让我们来挑起吧。"

说完他得意地笑了。

"我们要引蛇出洞。"

"你有什么高明的办法吗?"

他回答道:"你们公司不是在准备死难者的集体葬礼吗?那些家伙一定会出现在葬礼上。犯人是会回到犯罪现场的,装成吊唁者的样子。"

"真的吗?"

"不会有错。到时可不能错过机会。"

朝仓自信而肯定的态度令庄田很高兴。朝仓虽然体格不魁梧,眼神也不犀利,但是关键时刻所作的决定还是很有魄力的,这大概是得益于他的阅历吧。

"我会让我手下的年轻人制造机会的。"

朝仓似乎很兴奋,对自己成为当事者的一方表现出一种很专业的兴奋。看到庄田依旧半信半疑,等候在一旁的白脸秘书开口了:"可以说几句吗?"

他先征求朝仓的同意,才接着说:"在集体葬礼开始之前会让我们的人提问。比方说'楠食品公司至今还未给遗属任何承诺。就这样举办葬礼的话只会让责任归属暧昧不清,这种态度我们决不能接受'之类的问题。"

朝仓接过话来:"这只是举个例子而已。我们从共产党的方法中学到了不少东西。真正的犯人听到有人这样问,一定会站出来表示赞成。因为他们的目的正是为了混淆事态,损害楠食品的形象。"

说到这里,朝仓把腿一蜷,坐得随便起来,好像在说"这事儿就这么说定了",他感叹道:"不过,你可别嫌我啰嗦,我真是觉得咱们还是有缘啊,令岳父大人关照我,现在我又能帮你出点小主意。"

举办集体葬礼的当天,庄田他们几个人站在那里,手心里捏着一把汗。按朝仓事先说好的那样,有人提出要发言,可没想到站起来的却是一名女子。她自称是死去的女学生的姊姊,说即使举办隆重的葬礼也不能抚平遗属的悲伤,说着还哭了起来。因为这是意料之外的发言,楠食品的干部有些慌张起来。这时候,一名中年男子从宽敞的会场中央站起来,问道:"楠食品有没有诚意兑现给遗属的承诺呢?"

"就是这个男的,没错。"站在身旁的总务部长悄悄地跟庄田耳语道。中年男子问完之后,会场左后方也有个男子起来发言,总务部长低语道:"那个家伙就是最先冲到舞台的那个。"

两人的提问并没有得到理会，葬礼按原计划继续进行。等结束时，几个看上去像是他们同伙的年轻人很自然地靠上前去，把他们夹在中间，带出了搭着帐篷的会场。

当晚，朝仓的秘书打来电话："那两个男子的身份搞清楚了。"汇报完后他又说，"我们理事长说想跟您商量商量这件事。"

第二天，庄田来到那家和他很熟的商社的迎宾馆，他和朝仓见面总在那儿。

"那些家伙终于露出了尾巴。你对这些名字和面孔有没有印象？"

朝仓递过来一个文件夹，上面写着：

松井平五郎　四十三岁　律师　真琴市坚田衣川町8-12号
疋田茂次　五十一岁　杂货商　真琴市玉野浦3-6号

照片上的律师额头的发际线很高，看上去很精悍。而杂货商则是秃顶，鼻翼张得很开，嘴唇很厚。两个人表情都很阴郁，大概因为照片是在被包围受到威胁的情况下拍的吧。庄田努力辨认，疋田似乎在哪儿见过，但再多一点也想不起来了。

"两个人都是真琴市的呀，我还在想没准是滋贺县东浅井郡日阴村的呢。"

那是楠元太郎年轻时曾担任过郡长，后来被水淹没的村子的名字。那段时间里，庄田开始慢慢觉得这场摸不清底细的反对运动背后也许和楠元太郎的过去有什么关系，于是他开始着手调查，这才发现岳父结下的仇人数不胜数。有因被楠元太郎买断股票而被逼自杀的一个竞争对手的一族人，还有因从事工会运动被人暗杀的元工会委员长的亲属等等。其中，与东浅井郡有关的人可能性最小，就算说给朝仓听也没什么关系，庄田在瞬间作出了判断。

朝仓飞快地看了一眼庄田，目光中流露出一丝谴责的神色，但马上就装作不经意似的说："我让人查了，那两个人确实住在这个地址。不过从什么时候开始在这儿的就不清楚了。我会让人去市政府再仔细查查，你还是想不起什么吗？"

"还是搞不清楚。疋田也许曾是楠食品的员工，但也不能确定。"

"没关系，他们的经历我们迟早会查清楚的。"朝仓一边说一边把文件夹推给秘书，"我要和你商量的是，"深凹的眼窝深处，一双闪闪发光的小眼睛看着庄田，"我们手上已经有一张牌了，可还得有第二张、第三张。"

"我们该怎么做呢？"

庄田有种急不可待想收拾对手的欲望，但与此同时也有种莫名的紧张，觉得自己正在接近危险的深渊，这反而让他用了一种缓慢的询问语气。

"当然我会让人跟踪那两个人。看他们去哪儿找谁汇报，这样我们就能拿到第二张牌。我的手下都受过充分训练，不会失手的。"

"还有一个办法就是，"白脸秘书的声音既没有热情，也没有思想，如同播的录音一样，"把这件事公诸于众。可以通过媒体，用上'一起有预谋的事件'之类的标题。"

"但是这个方法存在危险性。"朝仓打断他说，"如果犯人跟楠家周边的人有关的话，结果只会是打草惊蛇。"

朝仓这么一说，庄田马上想到楠治子自称和楠元太郎之间有个孩子。但是据朝仓研究所的调查，那不是楠元太郎的孩子，而是她与年轻的恋人——那个向楠元太郎提出要和她结婚后突然死去的律师——之间的孩子。两个人的年龄差距足以做母子了，楠元太郎不同意他们结婚也可以理解。但是他的死因还留有疑点，过去跟楠元太郎对着干的工会领袖也是死得莫名其妙。

那之后，治子好像又喜欢上了死去情人的弟弟。让人费解的是她为什么要编造那样的谎言呢？并没有迹象表明她想要窥伺楠家的财产。难道她是要把对楠家的怨恨通过这种臆想的方式传达给庄田吗？治子很有可能真心爱过楠元太郎。也许是他的气魄、温情，还有他身上孤独的气味都曾让治子着迷。治子那自杀身亡的丈夫喜一郎根本无法与他相比。可是，治子专门赶在工厂旧址再开发开工仪式那天，特意跑到饭店去跟庄田说这件事，这个时机选得是否也太巧了一点？

庄田认为朝仓理事长的意见很有道理。在进一步调查他们的背景之前冒失地把他们的信息公诸于众的话，但凡发现他们跟治子有什么关系，就会造成丑闻曝光、局面无法收拾，而庄田及整个楠食品公司也都可能会被牵连进去。庄田有些拿不定主意，陷入了沉默。

"还是先放虎归山，找出那些家伙的幕后操纵者再说。"

这话的语气是在对秘书下指示，朝仓已经定下了作战方针。

要想打赢这一仗，就必须查出楠元太郎出生的秘密，搞清整个楠家的人际关系。这似乎是躲不过去的一关。那晚，庄田去参加久未露面的KIGEN之会，坐在车里，他体会到一种兴奋和忧郁交织的心情。也许尘封的过去会暴露出来，但是如果担心这会伤害到楠食品以及被视为英雄的楠元太郎的形象的话，也许就无法切断敌人的命脉。

自从那珂崎失踪、理惠呆在和歌山博物馆的日子越来越多，庄田参与同人杂志KIGEN的发行和聚会也就越来越少了。

在最新一期杂志上，庄田发表了一篇关于茅蜩的文章，他在伊坂杨严隆信博物馆听过鸣叫声。他跟理惠在那儿一边听着前院树林里茅蜩的合唱，一边聊到南方某个小岛上的教会，即便在基督教被禁止的锁国时代那里的人们也没有放弃过信仰。之所以聊到这个话题，是因为他们说起在那个岛上出生的船夫年轻的时候曾多次载楠元太郎到五岛列岛的福江岛去。那个岛在明治初期基督教解禁的当晚，便悄悄地举办了晚上的弥撒，也就是说人们在被禁止的二百六十年里一直悄悄地坚持着自己的信仰。再次听到这个故事，庄田开始理解为什么楠元太郎一生都不肯说出自己出生的秘密了。如果秘密不仅关系到他一个人，还关系到一个岛、一个部族的话，那就更加在情在理。

那天理惠还跟庄田谈到自己为什么会如此沉迷于伊坂杨严隆信的世界。

"这些年来，可能是因为我比较好使唤、又多少知道些事情，所以一直都还挺受重用，也没吃过什么苦，还制作过几个节目。但是到了这个年纪，想想自己到底有什么价值，却发现什么也没有。大野安娜很关照我，我想既然受人关照，何不利用以往的经验当个美术馆的专业馆员什么的，这时候就得知了伊坂杨严隆信博物馆的消息。我粗粗看了一些资料，觉得能当个唯一的杨严专家也不错。之所以会这么想，也是因为他是个非常深奥的人，你岳父建这个博物馆也一定是有某种预感吧。或者说是被看不见的线连接在了一起。博物馆里有好几个人都能看懂古文书，这一点也蛮幸运的呢。"

庄田听了理惠的话心想，那就好。理惠负责阳光庄的画廊，还担任KIGEN
之会的编辑，如果她还能另有所专长的话，一定会使她的工作更有内涵。

"上周我发现了一个记载伊坂杨严隆信策划逃离日本的资料。"

理惠说完长崎那个信仰基督教岛屿的故事，回答庄田的提问，说："事情发
生在明治维新的大约三十年前，美国商船莫里森号在浦贺遭炮击之后。我猜莫里
森事件让他认识到'得从海对面来看日本'。能有这种想法也说明他的思想很自
由。我也曾觉得如果不去海对面的话，'我是从哪儿来的'这个问题永远无法弄
清楚。也可以说是彼岸或是永世之国吧，总之得漂洋过海，据说在比天竺国还远
的地方。"

"从远古时候开始，日本人就对海对岸非常憧憬。其实日本人本身也许就是
从彼岸漂流过来的各个人种形成的。"

"我猜杨严想去的地方是不是就是'消失的岛屿'啊。"

如果确如理惠所说，那么伊坂杨严隆信那不为人知的世界和楠元太郎的出身
之谜就有着某种重合。而人们都知道，杨严自称是受秦始皇之命寻找长生不老之
药而漂流到日本的徐福的子孙。

"他想要去那个陌生的岛屿，也有可能是出于对药草的求知欲吧。"

这些日子，楠元太郎的出生地一直是缠绕在庄田邦夫心头的一个谜，他心里
想着这事，一点点地往前推测。

"这么说，'消失的岛屿'上也有药草喽。"

"说不定还有毒草呢。"他这样回答理惠的问题，又说，"也就是说他平素里
一直想要漂洋过海的志向，经过莫里森事件，就像上了发条一样，一下子转变成
了行动。"

这一推理只是建立在几个假设上的，所以准确率不会太高。但是庄田还是认
为，渐渐浮出水面的伊坂杨严隆信、楠元太郎、消失的岛屿三者间的关联基本可
以肯定。假如当真如此，让理惠到伊坂杨严隆信博物馆来，真是个不可思议的机
缘，也算是很难得啊。

那晚他睡在理惠的身旁，想象年轻的楠元太郎从五岛列岛的福江岛渡海到琉
球弧的"消失的岛屿"，一边四下打量一边采摘药草的样子。昭和经营史研究所

的报告中也提到楠元太郎在南方的某个岛上不仅采摘药草，还学习过巫术，报告很理所当然地把他和药草联系在一起。

楠元太郎弓着腰，在草丛中缓慢移动着，就像古代的某种凶猛的野兽。在他身后，山峰在夜色中耸立着，就像一幅水墨画。也许是某种本能把他带到了岛上，他坚信这里生长着某种药草而且异常执着，时不时蹲下来摘点什么。

此刻他寻找的，是吃了便会产生幻觉的药草呢？还是一旦服用便能不留痕迹地让人的心脏停止跳动的毒草呢？抑或是吃了一次便会上瘾，每天不吃就难受的大麻？

在中国大陆的那场战争爆发后不久，他就生产出了加有药草的健康面包，从而打下了事业的基础。不过，用的是什么药草却没有留下任何记录。虽然同行中有人私下猜测会不会是让人上瘾的药草，可在当时人力资源可是重要的战斗力，如果是对人体有害、会削弱战斗力的食品的话，陆军是不可能颁发生产许可的。

也许楠元太郎寻找的是他孩提时代吃过并一直留在记忆中的草籽啊、放到嘴里甜甜的茅草花的花骨朵什么的吧。它们可以算是他的生命本源。所以即使用了当中的毒草，也不会让他有任何罪恶感，直到人们的反应告诉他那是不可以的。而那时他已经来到了"此岸"，在那里他成了一家著名企业的创始人。

庄田猜测楠元太郎可能就出生在"消失的岛屿"上。也许他很早就得到了那幅在伊坂杨严隆信博物馆展示的"消失的岛屿"的地图。是偶然的机遇，还是通过正当渠道得到的无从得知。总之从那时起他就对伊坂杨严隆信心存感激之情，后来事业成功之后就建了这座博物馆以示感谢。

楠元太郎一边采摘药草一边聆听着周围的海啸声。那也许是冲刷过琉球弧后注入太平洋的海潮之声，也许是远古的凶神素戈鸣尊的哀嚎之声，或许是向着西方净土南海普陀洛迦山渡海而去的僧侣们听到的来自远方的呼唤吧。

朝仓喜久雄牵头完成的昭和经营史研究所的调查报告推断楠元太郎去过的岛屿就是冲之波美岛。在庄田的记忆中，楠元太郎说的最后一句话是："去吧，别喝水。"这话也许暗示了他临终前的幻觉，但不能断定那就是冲之波美岛。是不是少年时代的他不得不离开岛屿、生死未卜时，为他送行的父亲说的话呢。根据现有资料分析，很可能是他去长崎准备出海之际父亲鼓励他的话语。他是要去投奔长崎的一个药材批发商，那人要么是他的远亲要么是他父亲的朋友。可是，有什么必要非得冒着生命危险偷偷地从"消失的岛屿"上逃出来呢？

当楠元太郎预感到死期临近，但意识还很清楚的时候，他曾说过一句话："我还有事情没告诉你。但别介意，不是什么大不了的事儿。"

从这谜一般的话中可以看出他有些必须隐瞒到底的秘密，也许秘密隐瞒到底对还活在世上的人更好吧。如果不先把那座岛的来龙去脉搞清楚，就无法知道到底是什么事情使得他必须从岛上离开。晚年时他对身边的人很和善，也许正说明他前半生所犯罪孽之深。而对现在的楠食品来说，因为创始人的出身不明，所以也就不能找出他们的敌人。

朝仓理事长的报告中还有以下内容——因为该岛现已消失（中略）楠元太郎渡海的原因，从哪里得知的信息，从什么人那儿学到的巫术（中略）等等都只是推测而已——这是以本土人的眼光所作的简单记述。庄田初读这部分时没有太在意，但现在他有了新的想法。他准备下次见到朝仓喜久雄的时候问问他：岛屿真的消失了吗？如果说消亡的王国、灭绝的种族可以理解，但消失的岛屿是个什么概念呢？跟王国、种族一样吗？

庄田在楠元太郎手下工作时，常常会觉得岳父跟自己有着某种无法言喻的默契，尽管他们本是来自两个完全不同的世界。楠元太郎身上有着常人所没有的直觉能力，庄田时而觉得自己身上也有。想想自己为什么会被未知的凯尔特人的命运所吸引，也许是石头圈啦永生之国之类的词所唤起的意象都与楠元太郎相同。楠元太郎是个俗气的、任性的、惹不起的暴君。可两个人之间还是有相同点，那是无法用伦理、经营思想等标准去衡量的。

楠元太郎那与生俱来的戒备心让他非常谨慎，一直隐瞒自己的出身。但是在和庄田邦夫两人独处的时候，他会解除武装，聊起汹涌的大海，或是传授一些他的经验，教邦夫怎么对付敌人。

记得有一次楠元太郎把他一直非常信任，内外公认是楠食品第二把交椅的常务给撤职了，却没有什么明确的理由。庄田非常吃惊，楠元太郎的解释是："不行，这人脑子太好使了，净搞阴谋诡计。"

当时公司内部普遍认为是因为常务的势力扩张引起了楠元太郎的猜疑和不满，正所谓枪打出头鸟。

不久原常务曾偷偷地把股票拿出去想变换名义的事就曝光了，证明楠元太郎的直觉是正确的。当时外边很多人认为事件也是后来捏造的，但公司内部人员知道这个事实之后，都对楠元太郎的做法表示了理解。包括公司内外的反应在内，庄田感觉到楠元太郎给自己上了关于经营管理的一课。

庄田问他："您是怎么知道的？"

他没有直接回答，而是以教诲的口气说："谋反都是从内部开始发生的，你要好好记住这一点。"

无论是在KIGEN之会上，还是在业界集会上，庄田几乎从来不提楠元太郎的名字。人们都夸庄田是个要改变楠元太郎的独裁经营及对业界不合作态度的优秀的继承人，借此想把庄田拉拢过来。也许庄田意识到了这一点，他始终没有改变对经济团体若即若离的态度，即使楠食品已经成为最大企业之一，他仍然小心回避，不愿成为业界团体的领导。现在想来，或许是他意识到自己和楠元太郎其实有相同的理念，并不是人们所想的那种新一代企业家。也有可能是他意识到自己有责任把楠元太郎一直隐瞒的秘密继续保守下去。可是出生年代及所受教育等造成的差别还是非常明显，庄田留下的内容庞大的日记和资料便说明了这一点。解读这些资料不仅能探寻庄田的秘密，也能探寻到楠元太郎的秘密，在某种意义上这也是必然的。庄田去出席KIGEN之会、和高濑汲吉、大野安娜他们办同人杂志，对他来说就好像幕间休息吧。在那里，他遇见安部理惠，两人开始了半同居生活，大概因为她身上也有一种脱离日常生活的地方吧。物以类聚，人以群分，那珂崎时实也算是他们的同类人吧，这三个人各自都有异于常人的地方：庄田人称古怪的实业家；安部理惠研究伊坂杨严隆信那样诡异的伟人，还成了专家；那珂崎的失踪则非常符合他原激进分子的身份。

庄田和理惠有时会聊到那珂崎。

不知是在他们第几次去博物馆的时候，一天晚上，理惠突然说："那珂崎君他们去的是不是就是冲之波美岛呀。"

"也许是吧。"庄田回答道。理惠这么一说，他也觉得很有可能。

"你也这么觉得吧?"

两个人说着话，眺望着饭店窗外那无边无际的大海。

要说那珂崎带领矛之会队员去了西伯利亚，打算在那里再次发动革命，这实在让人难以置信。若说是逃到中东，参加了伊斯兰激进组织准备在世界各地同时发动革命，也不可能，因为他曾对此明确表示异议，所以才会退出激进分子的团体。他成立的矛之会其实是意识到三岛由纪夫的楯之会，并且还特地加上——自然力派——这样的名字，说明他根本无意要夺取政权啊、办启蒙运动啊什么的。

庄田眼前浮现出那珂崎的脸，他总是剃着光头，如果不是那细长的眼睑下射出强烈的光芒，白白净净的瓜子脸会让人觉得很女人气。

窗外，大海一望无垠。这天风平浪静，金银色的细小波浪在月光辉映下闪闪发光。在微微的涌动中大海看上去格外安静。

"什么时候我们要是也能去就好了。"理惠说。她所宠爱的同父异母的弟弟就葬身在海里。她也曾跟庄田讲述过自己出生在某个南方岛屿的故事。庄田顾及到理惠的心情，安慰她说:"能去的，总有一天一定能。"

两个人并排坐着，理惠的手轻轻握住放在扶手上的庄田的手。

"不行，你不能去。"

她一直很安静，可是说话的口气似乎她刚才在沉默中一直在想这件事，庄田有些意外，抗议道:"为什么，说得好像你要一个人去似的。"

"因为你得把塔建好啊。登上塔尖一定可以看见'那个王国'，那时候再去也不迟。"

理惠说话语气很肯定，像个女巫。

"真琴的反对运动已经陷入了谜团。"庄田把情况告诉理惠。

"可你现在也不可能回头了吧。"

庄田回了句"的确如此"。

"不过，我觉得挺不可思议的。以前你只要觉得不对劲就会及时掉头，但这次却不同。"

"是啊，我自己也搞不懂了。还想让你给分析分析呢。"

"不行，你工作上的事情我又不懂。我可不想像个巫婆似的，我不想看。"理惠表示强烈反对，"不过听说南方岛屿上有人有特异功能，被叫做安噶玛、诺罗什么的。"

楠元太郎的守灵仪式那天，庄田在小睡中梦见过桥的情景，打那以后他就觉得岳父的世界也许已进入到自己的体内，他一边想着这件事，一边试图把和理惠的对话拉回到正常的范围。但是，努力没有奏效，他的意识正逐渐走向深处。

庄田有时想，是不是已不在人世、肉体消亡的楠元太郎将他的特异功能移植到了自己体内。但是，像楠元太郎那种越查越出自不明的人，他的功能能如此简单地移植吗？就连眼前的理惠，也好像是从亚洲的某个冥冥之地钻出来的。庄田曾梦到她被装在木箱里漂流到海岸上，她听了，最初也只是一笑了之。

"人有时仅仅因为意识到此时此刻自己在这里，便会感到幸福。"

那晚，理惠像要阻止庄田继续沉思下去似的突然说了一句。这话似乎是在说她很珍惜和庄田在一起的时间，庄田点了点头，表示同意。

"对了，伊坂杨严隆信这个人哪，给我的感觉是好像挖到了一块宝藏。"

她接着又说："那个老头有些地方很可怕啊，你知道吗，他独自创造了日本式数学，就是所谓的'和算'，不过我对那些东西可是一窍不通。你看过他的肖像画吧。"

"那幅画感觉好像是浮世绘大师东洲斋写乐画的歌舞伎演员一样，要说的确看上去是个孤高的天才，鼻子也是鹰钩鼻。"

"不过真正可怕的是，越调查我越觉得自己一步步地陷入到了他的世界中去。"

理惠说自从她发现了时事感想录——那是她给一本记录取的名字，并请古文书专家帮忙破译后，就开始做些千奇百怪的梦。并不是梦见伊坂杨严隆信在夜里出现，也不是记录中关于幕府末期的混乱、法国军舰开到琉球、英国舰队炮击岛津藩、井伊大老在樱田门外被斩等情景的再现，而是会反复梦见和记录没有直接关系的一些场面。

"以前我因为阳光庄的关系制作过平家物语绘卷的小册子，好像是物语中坛之浦会战的场面。"

她解释说梦境是单色调的，是广阔的灰色大海，只有她一个人裹着鲜艳的红色丝绸在海上漂流。

"我能感觉得到自己一点点地被吸入到无边的灰色中去。那一定是被遗弃的
记忆。但并不是被父母或养父母遗弃，而是被什么更大的东西遗弃了。不管我怎
么哭怎么喊，还是看见自己越漂越远、越漂越远。"

理惠说自己认识的人死去的话就会觉得有人在后面扯自己的头发，那么要是
自己死的时候会怎么样呢？庄田听她说着，想到了这个奇妙的、不该是情人该想
的事情。

"告一段落之后咱俩去哪儿旅行吧。"庄田提议。

稍早前开始，理惠对伊坂杨严隆信的那种可称得上是异常的迷恋让庄田觉得
很不是滋味。庄田觉得理惠更适合在柔和的阳光中自由地飞翔，只有那样，她才
有预知能力，才能和小鸟及动物们交谈。当然这只是庄田自己的想象罢了。庄田
隐隐有些不安，理惠如果把所有的热情都倾注到一个对象里的话会不会很危险呢？

"你大概什么时候能行呢？"

他试着打听理惠调查的进展情况。

"还有一个月左右就能查到明治维新以后了，不过，"理惠顿了一下，"关于
他去世的时间没有任何记录。出生的年月也不清楚。如果按传说来推算的话，他
可是活了二百年呢。"

"就跟义经传说似的吗？据说他后来去了蒙古。"

"是啊，不过他可不像义经那样是老百姓喜爱的类型。"

"我这边时间也定不下来。因为到底是谁在煽风点火支持反对运动，对方的
真面目还没搞清。就你的时间吧，我这边反正是没完没了的。"说到这儿，他又
问道，"伊坂杨严隆信是在哪儿死的，有什么线索吗？"

"我总觉得应该是在南方，但谁也不知道。不说别的，就连证明他死亡的记
录都没有。"

理惠说这话的时候，他们俩都察觉到有一个什么东西靠近他们，蹲在他们身
旁。当然，是看不见的。

第二天，住在真琴的楠治子打电话到公司来。

"倒不是很着急，你下次来这边的时候我想和你见一面。有样东西要给你

看。"治子仍是平时那种略带撒娇的、缓慢的语气。

"是不是和反对运动有关的东西呀？"

庄田想到了松井五郎、疋田茂次的名字，很想知道内容。

"不是，是和公公有关的。"

庄田想起她一直称楠元太郎为公公的。

"最近我搬到了工厂旧址附近的公寓，我也想让你去我那儿看看。"

她留下了现在地址的电话号码。庄田很想知道她想让自己看的是有关楠元太郎的什么资料，加上本来就打算一周后去大阪，于是就跟她约好到后给她打电话。放下电话，庄田发现不知何时开始，一直暗藏在自己心中那股对反对派的敌意越来越重。那些人要把自己打算在工厂旧址兴建的非日常的巨大纪念塔污蔑成必须严加防备的怪物。在庄田看来，那种将自己不能理解的事物一味视为邪恶的态度是一种傲慢，是不能原谅的。他的这种情绪其实也就是他对世俗的厌恶感。这种感受与他从美国留学回来后日本社会给他的不和谐感，以及当年被看做是亲英美派的小崽子遭人白眼时对村里人的厌恶感和恐怖感都是相通的。

直到坐上车行驶在夜色中时，庄田心中依然充满对反对派的敌忾之心。他想，楠元太郎也好那珂崎时实也好，这些自己很亲的人活着时一直都在和群愚战斗。但自己的父亲虽被看做是半个英国人、很讨厌日本，却从未去斗争过。他又想起父亲启介和母亲之间的不和，似乎已忘却多时了。母亲阿梅对父亲庄田启介来说是不是很世俗呢？但本质上启介也许才更俗。在庄田的记忆中母亲能说流利的英语还会跳舞，她比楠元太郎的妻子阿郁年龄小一轮，但是想法却比大姐阿郁更传统。

庄田坐在车上时总习惯浮想联翩，直到司机问他"在哪儿等您呢"，他这才发现已经到了化装舞会会场的附近。

这天，为纪念"风之游牧民社"成立二十周年，举办了一个户外化装舞会。庄田也受到了邀请。因他曾受阿仙之托帮她卖掉了古地图，所以成了剧团的有力后援。大约三个月前，阿仙和主持剧团的团长一起出现在楠食品公司。

"托您的福，我们也算有了几个叫座的剧目，财务基础也稳定了。这都是多亏您上次帮阿仙筹得资金，给我们带来了转机。我们早就该来了，请接受我们的谢意。"

团长看上去还不到四十岁，他很有礼貌地道了谢，请庄田一定要出席纪念仪式。阿仙不知何时好像已经成了剧团的女主角之一，老成地附和着团长："那次真的非常感谢。"

她还提到自己一直没忘当时硬挤进庄田的车，而他没有生气还答应了自己的请求。团长规规矩矩地穿着一件西装夹克，看上去很拘谨。庄田不知该用什么样的态度才能让他放松下来，便说了句无关紧要的话：

"都二十年了，这么说你们剧团是在七十年代初成立的啦。这么久了呀。我知道你们是很久以后了。"

剧团刚成立那会儿，他刚结婚不久，被任命为楠食品的常务董事，一门心思扑在公司的事情上，可以说几乎与社会都脱节了。

会场里已经聚集了很多各种装束的人。他进到专为那些没有时间也不知道怎么变装的客人临时搭建的商店，买了一副红鼻子天狗的面具。他看到旁边还有很多小店，营业额的一部分应该是要交给剧团的，看来那个团长还有点理财的才能。

这是个在赛季时用作棒球夜场比赛的体育场，此刻被六个巨大的投光灯照着，浮在一片脱离日常的光亮中。场地中央有个很大的临时布景。庄田穿过四处聚集的人群，走上内场观众席。一个好像有共同意志的团队从人群当中冒了出来。这时响起了嘹亮的喇叭声，像是舞会开始的信号，于是有意志的团队开始列队行进。他们穿着咔叽色的制服，戴着同色的帽子，手脚都抬得高高的，朝着庄田站的方向笔直走了过来然后转了个九十度的弯。这副情景令人联想到那珂崎组织的矛之会—自然力派的阅兵式。等候在入口附近的乐团开始演奏，一位友情出演的有名的老演员宣布："风之游牧民社成立二十周年晚会现在开始。"

从四处响起稀稀拉拉的掌声。

"你在这儿呀。"一个似曾耳熟的声音在身后响起。回头一看，是阿仙。她穿着短裙，把身体涂成黑色，打扮成南方岛屿的舞女。运动场中央是一个中世纪城堡的布景，在一垒方的观众席附近架有一座大大的半圆形拱桥。听了阿仙的介绍，庄田又问道："那是什么呀？"

"是印度斋普尔宫。"阿仙回答完又说，"那里面才是舞会会场，要不要先吃点什么东西？"

三垒看台后面有几个卖吃的小店，庄田被阿仙牵着手带到其中一家。看他们进来，穿着黑衫打着领结的年轻男子打开了香槟的塞子。不知他是不是剧团的人假扮的，庄田开始感叹无法区分真假了。可仔细一想剧团的人演戏时都是假扮的。如果说是用假扮来营造出真实感的话，那么区别真实和假象之间的分界线在哪儿呢？真的有这样的分界线吗？想到这里，庄田这才明白原来这正是风之游牧民社风格的二十周年庆祝方法。

各个房间都传出开香槟的声音。

"这是哪儿产的，我没见过。"

庄田不愧是这行的专家，拿过瓶子看着商标问道。

黑衫人解释道："是从巴厘岛那边进口的。应该说是印尼产的吧。很像香槟，但其实是另一种发泡酒。听说是在跳凯卡克舞时喝的，但我也不太清楚。"

庄田听说过有一种酒可以使人进入恍惚状态。那酒喝到嘴里有股轻微的药草味道。

"刚才那些穿制服列队行进的人看上去真像矛之会的人啊。"

他回过头去，发现阿仙已经不在了。

庄田理解她是主办方的人如今又是人气女演员自然很忙，心想在她回来之前在这儿喝点酒吧，便朝烤鸡串的台子走去。周围的喧嚣和酒精一起慢慢渗入体内。他想，反正今晚回去也就是睡觉了，不如慢慢喝点酒之后也加入到化装舞会中去吧。自己每天又何尝不是在化装呢？这个念头一闪即逝。

从三垒的内场看台后面看过去，体育场上不知什么时候已经聚集了很多人。这时候，人群中出现了一队人，他们把双手举在头上轻飘飘地摇摇摆摆地跳着，把镶有金银丝线刺绣的袍子像苏丹人一样裹在身上，缓缓地在人群中穿插而行。大概是光的魔术吧，斋普尔宫殿周围出现了一条浅蓝色的带子，就像围了一条护城河，的确很像水上的印度城堡。人们开始三三五五地走过半圆形拱桥。

那晚发生的事情，庄田是这样写的：

　　我听见"呀"的一声，看见一张欧洲中世纪骑士戴的那种把脸全部遮住的面具，面具下面出现的是雨尾那张眼睛斜视的面孔。

　　他正有些闲得无聊，所以对我的出现很高兴。庄田意识到最近他和昭和经营史研究所的朝仓理事长频繁见面却完全没有跟我联系，他显得有些尴尬。

　　为了配合假面，我穿了一件苏格兰仪仗队士兵的红底白色刺绣的背心，还穿了一双长统靴。本来我是为了掩饰自己的斜视才戴的面具。看到我的样子，庄田回想起留学时代，面对我这个因自己来自于战败的东洋小国，而且还有严重斜视而烦恼的学弟，他用一种霸道的语气鼓励我说"负乘以负得正"，那声音仿佛就回荡在耳边。敢大模大样地说些连自己都不懂的话，那才是青春啊。庄田有些怀念过去。

　　"你是一个人吗？"

　　我觉得有点奇怪，便问他。

　　"是啊，理惠今天不巧去了外地。对了，你怎么也来了？对大学教授来说，这很难得嘛。"

　　庄田把手搭我的肩上——我比他要矮些——显得很亲密。我也觉得好像回到了在波士顿留学的时代。也许是刚才喝的发泡酒在体内开始循环了吧。

　　"你可别小看我了，我可是广告公司的外部董事，给今晚的化装舞会找赞助商就是由我们公司负责的。"

　　我这么一说，庄田很感慨，说是像什么广告、仪式之类的广告业的动向啦、技术的发展啦、筹办的经验等发展实在太快，足以让制造商为之瞠目。

　　看到外场席位后方"祝·二十周年·××股份公司"几个字的霓虹灯一闪一灭，原来是这样啊，庄田心想：那刚才那个酷似那珂崎的男子领着一群穿制服的人列队行进难道也是雨尾担任董事的广告公司安排的吗？他问我：

　　"刚才有一群像是矛之会的人走过去了，那也是你们公司安排的表演吗？"我不明白他说什么。又问了一遍，这才知道他能看得很清楚，而我却看不到。

　　庄田发现是自己的幻觉，有些狼狈，为了打圆场我赶紧说了一句："如今虚拟现实可是有要超越现实的势头啊。"

　　接着又说："矛之会—自然力派本身从一开始就像是一场表演。"

在KIGEN之会上，我曾就高消费社会作过简短发言，之后大家就"动摇的社会""off scene"等话题进行了热烈的讨论。庄田很清楚地记得那个晚上的事情，他在日记里写道：

　　　　我们这些经营者有的地方是跟不上了，不过仔细听听，我觉得其实
　　自己老早就有过那些体验。

他还写道：

　　　　也许再开发要建高塔的事情，不用想得太多，就当做是一种"精神
　　意境"好了。

"久等了。"

阿仙回来了，看到站在庄田身边的我，打招呼说："啊，老师，您也来了。"

我是通过KIGEN之会知道的风之游牧民社，还用他们做过市场营销实地考察的活教材呢。庄田对于我们互相认识丝毫不感到吃惊，大概是受化装舞会这种非现实气氛的影响吧。

阿仙走在我们中间，三人一起走下运动场去，这次我也看见了穿着很像矛之会制服的一队人走了过来。抱着试试看的心情，我朝那个站在前面酷似那珂崎的男子叫了一声："那珂崎君，久违了。"

下面的话"你怎么了"我忍住没说，只是盯着看他，对方像没有听见似的连眼珠子都没有动一下，表情呆滞地走了过去。再往前走了一会儿，突然没了人影。还是有点不对劲。

庄田想起矛之会—自然力派的队员失踪时，因为失踪的是那珂崎，其余也多是理工专业学物理、原子工程学的人，有人猜测说他们是不是被实行独裁制的几个国家盯上给绑架走了。

"咱们走吧。"

阿仙催促道。庄田用眼神邀我一起去。我说"我再喝一点再去"，没跟他们

一起走。庄田犹犹豫豫地，望着矛之会队员消失的方向，被阿仙领着过了桥。

走上去才发现是纸糊的道具，桥面发出木屐走道时那种吱吱呀呀的声音，让人提心吊胆的。

走进城堡，入口旁边的房间写着"魂灵小屋"。

"往里走吧。"

庄田跟着阿仙进到一个被蓝色光线笼罩的房间。一声"请进"，庄田还来不及判断是不是阿仙的声音，就像被人推着似的走到房间中央，坐到略靠出口处放的一张低台上。

"那你慢慢体验吧。快结束时我来接你。"

这次确实是阿仙的声音。庄田被一个人留在了"魂灵小屋"的角落里。

大概是门关上了，周围突然安静下来，只有断断续续的，像是遥远星球的 γ 射线射到光电管上的声音。那个声音后面还有隐隐约约的潺潺流水声。庄田看见眼前的光线像帘子一样在动，浓与淡的部分逐渐分开，从中出现一个女人的影子。那是死去的伸子。

她冲庄田微笑："你还是来了。"

那是庄田熟悉的有些落寞的笑容。

"我太早到这边来了，真对不住你。不过我并不难受。只是想跟你道歉。"

庄田不由自主向伸子伸出了手，但空空的，什么也没有。

"为什么？"

他差点想问。还想问"你在这儿吗？""你跑出来了吗？"，但不知该怎么说好，于是话到嘴边又咽回去了。

"你看着挺好的，我就放心了。"

"并不是那样的。"

稍微平静下来之后，庄田回答道。

"发生了很多事情。虽然我一直在努力，但我在的地方好像没有你在的地方好。"

"是呀。"

伸子歪了歪头，把手放在胸前好像在回忆自己还在时的情形。

"我有件事想问你。"

庄田说。说出来之后他才发现自己其实一直是很在意的，只是这件事过于重大一直没能问出口。

"什么呀?"

伸子用有些撒娇的口吻问他。和过去一样。

"你不是你父亲的亲生女儿吗?"

"也许吧。谁也不记得刚生下来时候的事情，所以还是有搞不清楚的地方。"这种说法也太过于幼稚、天真了吧。

"你为什么想知道这些事情?"

"也不是一定要知道。如果你不是亲生女儿的话，那我原本是没有资格继承楠食品的。"

伸子笑了。笑过后好像意识到庄田有些不高兴，马上严肃起来，"你是在烦恼吧，为什么事儿。"

"也许吧。"

伸子用烦恼这种形容年轻女孩子的词来说自己，庄田只能含含糊糊地答了一句。沉默良久，他感到有些憋闷，说:"我知道自己不是个好丈夫。"

自己总有太多事要做，一直把老实的伸子看做是那种默默跟在自己身后的女人。不知有时是不是甚至还用看无关路人的眼光看待过她。但他其实希望伸子能否定自己的话。果然，她说:"没有那样的事。你很温柔，对我很好，我很幸福。我觉得你性格还是像你父亲。"

最后这句却是出乎庄田意料之外的话。

"不，我父亲并不温柔，和我母亲关系也不好。"

伸子没有说话。睁大眼睛看着庄田，过了一会儿才慢吞吞说道:"嗯，我说的是邦夫你的亲生父亲，我的养父楠元太郎。"

"啊……"这次轮到庄田无语了。

"怎么可能有这种事呢"，庄田心想，但同时他也意识到其实很久之前，自己内心深处就有所察觉了。他有些不知所措。

"为什么会……"

他刚一开口便说不下去了。

"是的，那是真的。"

庄田死死地盯着伸子看。突然间，记忆中对楠元太郎那粗粗的脖子、走起路来晃动的双肩碰触时的感觉又复苏了。那还是上小学被寄养在楠家的时候，或是更早的记忆吧。但所有的细节都还是一团黑。

"但是……"

庄田咕哝了一句，但连自己想说什么都不知道了，于是陷入了沉默。

听伸子这么一说，庄田越来越觉得其实自己意识深处早就明白，早就觉得一定是这样的。

"她好吗？"

隔了很久之后，伸子突然问了一句。庄田明白她说的是安部理惠。他犹豫着不知道怎样回答才好。伸子却好像已经忘记了自己的问题："这里开着曼陀罗花，还有白莲花，可漂亮了。我想理惠会带你看的。鸟儿在歌唱，蜜蜂和蝴蝶都和我们说话，树和风也是。"

"老头子也在吗？"庄田不由得问道。

"是的，不过现在去岛上了。"

"岛？你们那里也有岛吗？什么岛？"

"我们这里都是岛。而且养父喜欢进山。"

"全部都是岛是怎么回事？"

庄田对岛的事很在意。

"漂浮在空中的岛，就像在海里一样。有的像一条扬帆起航的船，有的像一只小鸟，还有好多没有明显的形状。养父常常采摘很多很好闻的草回来。我说的进山是指去采集植物。"

庄田说了句"是吗"，但其实他什么也没明白。

"那个像大海一样的天空有波浪吗？"

"有啊，跟随时间快乐地漂流着。有时候会响起钟声。花儿也会手挽着手跳舞呢。"

那一定是天堂吧，但庄田却觉得很难想象。

"老头子去的岛屿是叫冲之波美岛吗?"

伸子淡淡地答道:"不知道。"

她微笑着,庄田一个劲地打听岛的事她也并没有觉得奇怪。

"没有名字吧。因为根本就没必要用不同的名字把每个岛屿区分开来呀。"

要说也的确如此。突然间,庄田毫无缘由地想到伸子还有她母亲会不会都是和楠元太郎一样来自南方的岛屿。和她一起生活的时候,她曾说过母亲是福岛人,但跟楠元太郎的情况一样,这种说明并没有多大意义。不过老头子把伸子当亲生女儿一般抚养,应该有什么原因。难道伸子的母亲也伪造了出生地点吗?想到这儿,庄田忍不住抬起眼睛,突兀地问了一句:"伸子,你是从哪儿来的?"

"我不知道。记得妈妈带我坐过金色的环线电车。就像山手线那样的。铁轨也是金色的,我坐在电车上被环绕在铁轨中。"

庄田的视野中浮现出那条环线。她的身影渐渐变小,列车在椭圆形的轨道上缓慢地行驶着。

这一意外出现的景象让庄田很诧异,他目不转睛地凝视着,想把一切都看清楚。没错儿,铁轨上行驶着的的确是金光闪闪的列车。浮现在金光之上稍暗的部分是楠食品总公司大楼。也许楠食品就像黑洞一样,是一个将时间和欲望都吸纳进去的洞穴。围着这个黑黑的洞穴,金色的环线列车划着圈地行驶着。其中一节车厢上,可以看到——完全不是透视画的比例—— 一个脖子上缠着绷带、患了感冒的少女坐在那儿,脸上的表情看上去所有的意识都集中在自己身上,好像完全忘记了坐在身边的母亲。少女看上去很瘦弱、有些神经质,因为脚够不着地,坐的时候身体靠前略向前倾,好像很害怕似的把眼睛睁得大大的。不知何时母亲的身影消失了。每当列车穿过桥下或是在桥上行驶的时候,朝阳便会斑斑点点地映在她的脸颊上。庄田想起以前伸子说过她很小的时候曾和母亲住在一个破旧的出租房里,每当电车通过就会听到路口响起警报声,看到外面的灯光一闪一闪的。庄田又想说不定那是他自己的经历,跟伸子说了以后,她就把它当成是自己儿时的经历了。

这时候突然响起了咚咚的敲门声,庄田的回忆和幻觉都被打断了。

睁开不知何时闭上的眼睛,伸子已经不见了。门缝里传来化装舞会的嘈杂声。

"我回来了，你还在呀？"

是阿仙的声音。

这个建筑里面像迷宫似的。除几个用于降灵术的房间之外，还有欣赏短剧的小剧场和摄影馆等。来宾都可以随时参演或是使用。中央大厅里还有喷泉，主会场叫"剧团二十年的足迹"，展示二十年来的剧照、宣传册还有道具模型等。庄田突然想起来这是化装舞会，便把手上拿着的红鼻子天狗面具戴上，跟着阿仙下到了运动场。

"一起跳个舞吧。"

阿仙邀请道。刚好开始演奏一支古典华尔兹舞曲，两人就着舞曲挽着手正要跳的时候，听见有人"啊呀"了一声，一看原来是高濑汲吉和大野安娜手牵手跳着过来了。

化装舞会进入了高潮，乐团的演奏声、娇笑声、爆竹的响声夹杂在一起，再加上不停炫动的灯光，弥漫着一种魅惑的活力。

"您也来了。"

"嗯，跳了好久了。这曲跳完后去喝一杯吧。"高濑用目光征求阳光庄女主人的同意。阿仙又不知道钻到哪儿去了。

三人从四处都是的露天小店中选了一家，在店门前摆放的铺着皮毛的低台上坐了下来。高濑殷勤地站了起来，拿来三杯刚才那种很像香槟的酒。

"真不想变老呀。才跳了三支就接不上气来。别看这样，过去我可是跳舞的高手呢。父亲在哈尔滨当总领事的时候。"

大野一边扇着手绢往胸口送风一边说。舞场上的年轻人连缓慢的舞曲也跳得很激情，一会儿凑近一会儿分开，一会儿拉手一会儿又打着响指，好像不是快节奏就不会跳一样。举着"文艺复兴"、"元禄泰平"等旗帜的广告人在人群中穿梭，远处，不知是街头表演结束了还是杂技表演成功了，哇的一声欢呼响起来，周围的气氛更加热烈了。

"真热闹呀。那个团长人虽年轻倒是挺能干的。那珂崎君他们不那么玩深沉，跟着时代潮流走就好了。本来很有才华，真是可惜。"

高濑汲吉发表了一通感想，然后把他长长的上半身向前倾："今天正好巧遇。

庄田君是自己人，说了也无妨吧。"

　　他在征求大野安娜的同意。她把像乔其纱一样薄的开衫衣又敞开了一些，用叠得很整齐的手绢摁了摁鼻子下面、脸颊还有领口，大概怕化的妆花了吧。她挺胖的，很爱出汗。

　　"我们决定结婚了。跟你也有很长的交情了，所以希望你能为我们高兴。"

　　庄田从参加KIGEN之会时就知道他们的关系了，所以真心替他们高兴，说："恭喜你们啊。太好了。"

　　"也不知道是否值得恭喜。只是觉得这样更自然一些。"

　　"我本来没有结婚的打算。可他向我求婚了，他本来该找个比我这个老太婆年轻的人的。不过我也觉得累了，所以就心存感激地接受了。"

　　"哈哈，原来是累了才答应我的呀。"

　　高濑说完自己先不好意思起来，用右手啪地拍了一下喝了酒后红红的脖子，"庄田君，你也该考虑了吧，理惠可是个好孩子。"

　　在高濑看来，理惠可能永远是个孩子吧，庄田觉得有些好笑。庄田没有理会他的建议，只说了句："大家应该好好庆祝一下。"

　　"我们想尽量只告诉自己人。"

　　大野安娜吸了口气，加快语气说："我们准备把阳光庄卖掉。"

　　这事他们两人可能已经讨论过多次了吧。庄田却在想，为什么自己没有想过要和理惠结婚呢？要说什么工作忙啊，觉得没必要啊，都是借口。高濑这么一说，他开始觉得自己是不是有些怪。当然他不是因为和伸子结婚吃了苦头才不想结婚的。庄田突然想起刚才见到伸子时，她好像说了一句"和理惠一起到这边来吧"。不对，伸子只是问了句"她好吗"，之外都是自己瞎想的。不过伸子的表情好像是那么邀请来着，庄田的分析开始混乱起来。

　　"那样也好。"

　　高濑看着大野安娜，像是在安慰她，又对庄田说："有人计划要把那一带的四五家都买下来建一幢新的大楼。"

　　"每个月都有好多家公司来问我卖不卖，如果不卖的话能否让他们建一幢联合大楼什么的，我可稀罕了，就是搞得人都累死了。"

她边说边笑了起来。

"如果我向她求婚的话，理惠会怎么回答呢。也许会哈哈大笑，也许会说'真好'，然后抓住我的胳膊把头靠过来吧。那是她的习惯性动作。但是之后她会不会又说'我可不喜欢麻烦事'呢？我要是辞去现在的工作，她大概就不会那么说了。但假如理惠有什么秘密注定她是不能和这个地球上的男子结婚的话又会如何呢？她第一次婚姻失败也可能与此有关。揭开这个秘密一定很恐怖。"

想到这里，庄田才发现自己和她交往了这么久，但对她还知之甚少。

"可是明知如此，自己却并不感到失落也没觉得受了打击，是不是自己也很奇怪呢？"

胡思乱想了一番之后，庄田又开始想另一件事："那样的话KIGEN之会也就该彻底结束了。"

阳光庄虽然是在一幢八层高的楼里，但夹在高楼大厦之间，就像一块被遗忘的小岛一样。庄田觉得它的欧式风格和KIGEN之会沙龙的气氛极为相融，不可分割。在这个世界上，人力可为的事情实在是太有限了。

高濑好像看出了庄田的想法似的，自言自语道："那个会也该到见好就收的时候了。"

"今天理惠去哪儿了？"大野安娜四下环顾。

"她刚好去博物馆了。就是和歌山的那个。她好像找了个叫伊坂杨严隆信的男朋友。"庄田开玩笑说。

"那样倒可以放心了。不是活着的人嘛。"高濑插了句可有可无的话。

"你说什么呢。不过，我们要是能一起举办婚礼就好了。"

"哈哈哈哈"，庄田笑着敷衍了过去。这也许是常人都会有的一种很温情的想法吧。自己和理惠的关系到底有多深呢，庄田沉默了。他听见远处传来放焰火的声音，化装舞会的喧嚣仍在持续着。

第十章

　　我在秋山工作的出版社借了个会议室，大家进行了长时间的讨论。宽大的桌
子上摆着我写的小说《庄田邦夫》的原稿、庄田日记重要部分的复印件、秋山
所收集的与楠食品有关的印刷品、公司历史、楠元太郎口述的自传等。对于如何
继续写下去我们面临着困难的抉择。三田绫的侄子所提供的庄田邦夫的几份笔记
也摆在那里。这些笔记记录了庄田邦夫在上中学时失踪的事；伸子不是楠元太郎
亲生女儿的事——这事他在日记中完全没提；以及灵媒声称庄田邦夫就是楠元太
郎儿子的事；还有在"风之游牧民社"化装舞会与灵媒相遇的情形等等重要的信
息。由此看来，只要下工夫去找，也许还能找到没被发现的资料，这一点也成了
会议的议题之一。

　　最大的困难是：楠元太郎的出身越调查反而越搞不清楚了。昭和经营史研究
所的调查能力是不容置疑的，他们有自己特有的情报网，可是这反而使事态变得
更为混乱了。就在这时候，发现了一份记录说庄田邦夫是楠元太郎的亲生儿子。

　　秋山说："我认为所谓灵媒就是让潜意识里的事借巫师之嘴说出来的过程。"

　　"那也就是说庄田邦夫从很早以前就开始怀疑自己是楠元太郎的孩子喽。"

　　我猜他作为楠食品的经营者，只要说出"我是楠元太郎的儿子"，公司一定

会更好管理，这样的局面他也一定碰到过多次。不过正像秋山所说的那样，"伸子是楠元太郎的独生女，就算母亲不同那不也成了近亲结婚了。"

我和秋山的对话不是讨论。他把他的想法说出来，我则质疑甚至推翻他的话。为了能进一步接近真相双方都有些着急。

"就像女管家三田绫所说的，楠元太郎知道伸子不是自己的亲生女儿，所以他对把她嫁给庄田这事没有丝毫的犹豫。"

"关于这一点啊，也就是伸子非楠元太郎所生一事除了庄田日记中女用的话以及伸子借灵媒之口所说以外，并没有其他的证据，并且那还只是庄田的记录而已。按常理，伸子的亲生父亲应该是那个在研究所死于药物中毒的研究所所长，但不可思议的是没有任何有关他的记录。"

我用眼睛探寻秋山这话的真意，这种时候我的斜视会更厉害。我意识到这一点，就垂下了眼帘。

楠元太郎从一开始就编造了自己照顾伸子的母亲是为了赎罪的美丽谎言。如果说出生于福岛的她或是她的丈夫一方是来自消失的岛屿的话，那也许就和楠元太郎无论如何都想保守的秘密有了某种巧合。随着时间的流逝，赎罪这个理由变得不那么充分了，于是就又有了第二个谎言说伸子其实是自己的女儿。当时他还没有让庄田邦夫和伸子结婚，使他成为自己接班人的计划。刚上小学的庄田邦夫寄养在他家里的时候，即便他确信这个孩子是自己的儿子，那个时候的他还很年轻，还没到考虑身后事的年纪。

"希腊神话中经常有乱伦的故事。"

我插话道，心里又想：别说楠元太郎了，就算是对庄田邦夫自己也并不了解。

"我想起以前在哪儿读过一个资料，说楠元太郎为数不多的企业家朋友中有个相机厂商，我就去找了。他本人已经过世了，儿子继承了他的事业，我见到了他儿子。"

秋山在周刊杂志编辑部工作的时候，就是公认的实干家。对于信息的真实性，他从不凭空想象，就跟取证的警察一样执著，一定要找到确切的证据。

他接着说："那人记性很好，他说他记得父亲跟家人商量说'楠元太郎好像有了个男孩，该送点什么好呢？'。他是个局外人，所以我认为他的话是可信的。"

如果庄田邦夫的父亲是楠元太郎的话，那么他母亲又是谁呢？我觉得还是庄田梅的可能性较大。梅和楠元太郎的妻子郁是年龄相差一轮的姐妹。有可能梅因为什么事去找姐姐，正好碰上只有楠元太郎一个人在家，见到跟妻子年轻时很像的梅，而且她和丈夫庄田启介的感情又不是很融洽，于是两人之间发生了某种关系。也说不定是楠元太郎用蛮力让梅成了自己的女人。

　　我记起在相片上见到的楠元太郎的面孔，想象他逼近梅的情景。我想，同样的想象一定让觉得自己没准儿是楠元太郎儿子的庄田邦夫很苦恼。把梅按倒在地的楠元太郎、受到惊吓发不出声音的梅。无言中搏斗的男女，昏暗的房间，架子上的东西在摇晃、掉下来摔碎的声音，那个声音响过之后安静下来时的叹息声，过了一会儿坐起身来的阿梅像变了个人似的异常地冷静。

　　想到这副情景的结果就是有了自己，这会对庄田造成什么样的影响呢？从他作为一名经营者的行为看不出个所以然来。人们往往认定一个人的经营手法和作风一定能够反映出他的全部人品，对此我则不置可否。我以为很多时候都只能反映出一个侧面罢了。在庄田邦夫的心中，对自己身世的疑问也许就像一股潜流一样流淌着。对于女人，一方面他会像在波士顿时对待朱丽叶那样潇洒自如，另一方面到了关键时刻他又变得很懦弱，这是否也和他对自己出生的怀疑有关呢？

　　从楠元太郎的角度来看，他不能告诉庄田邦夫实情。如果让年轻的邦夫知道自己是他和庄田启介的妻子所生的孩子的话，邦夫会是一种什么样的心情呢，说不定还会对自己产生敌意。大概楠元太郎回想起性格刚强的自己年轻时经常做出些不合常情的事情，所以害怕继承了自己血脉的邦夫会做出点什么事情来。楠元太郎已经逼死了长子喜一郎，他无论如何都想维护邦夫对他的好感，所以他不能说出真相。

　　是谁决定把刚上小学的邦夫寄养在楠元太郎家的呢？也许那个时候庄田启介还不知道实情。把邦夫日记中几个不完整的片段合在一起的话，可以看出大概是他们夫妇在伦敦的时候，楠元太郎给庄田梅写的信什么的露出的端倪，让启介知道了这件丑事。梅在丈夫的严厉逼问下，说出了实情，但也许她嘴上说着道歉的话，心里却滋生了一种对丈夫偷偷报复的快感吧。不过这些就无从得知了。

　　启介比谁都要面子，既然知道也已于事无补，还不如装作不知道。他是个有

修养的国际派人士，也是个人道主义者，知道孩子有自己独立的人格，再说楠
元太郎的公司也是他们商社的重要客户。然而对楠元太郎的憎恶还是不可抑制，
这也让启介变得不可救药地忧郁起来。后来他突然去世，接着梅也去世了。于
是，楠元太郎便有了一定要让邦夫来继承自己家业的想法。为此他想出的妙计
就是让养女伸子和邦夫结婚。所以他依然需要将庄田邦夫的身世秘密深深隐匿
起来。

当邦夫答应娶伸子、两人结婚的时候，楠元太郎坐在亲属席上，看着婚宴舞
台上并排站着的一对新人，他一定感到非常安心，心中充满复杂的喜悦之情。

所以虽然表面上是翁婿，但庄田没有任何受到牵制或是欠人情的感觉，所作
所为表现得就像楠元太郎的亲生儿子一样。伸子是什么时候察觉到的，察觉了多
少，这一点不得而知。庄田邦夫获知这个秘密大概已是晚年了。所以也可能像庄
田这样的人，他才不管父亲是谁、是什么人呢。他觉得自己就是自己，完全是靠
自己的力量打出的一片天地。

庄田邦夫通过灵媒证实了自己的怀疑和猜测，知道了自己确实是楠元太郎的
亲生儿子。不知这对总公司旧址的再开发计划产生了什么样的影响。只知道他对
建这座高达二百米的巨塔表现得异常固执，还计划在塔内修建创业纪念馆和美术
馆等等。他对反对运动的镇压虽说是接受了朝仓理事长的建议，但也可以说那也
是楠元太郎式的做法。与此同时，庄田邦夫的一部分热情又转向了对楠元太郎出
身的调查。此外，还有迹象表明他在人生最后的日子里，得知了一些关于楠元太
郎的新的事实。

也许是理惠从伊坂杨严隆信博物馆收藏的资料中发现的，也或许是昭和经营
史研究所追溯时代进行调查，最终查出了楠元太郎的出生地。因为没有准确的记
载和资料，目前还难以断定。在循序渐进的分析推测中，我和秋山都注意到，这
背后有某个岛屿的存在。

"关于冲之波美岛有没有什么线索啊。"

秋山说完后死盯着我看。他的目光中有种力量，使我不由得要移开视线。

"怎么样，要不要去喝一杯？今晚是睡不着了。"

我们并肩坐到了离出版社不远的酒馆"道"的吧台旁。我先开了口："还有

件事要对你说，我犹豫了很久，还是觉得该告诉你。"

"是野野宫银平的事吧。"秋山立刻接过话题。

"怎么？你已经知道了？"

看着惊讶的我，他说："他出现在我的梦里，还不止一次。所以……"

"所以？"我鹦鹉学舌般地重复他的话问他。如果真是秋山所说的那样，那么野野宫银平就同时出现在两个人的梦里了，不过也许时间上稍微错开了一些。

"他对我说：'我给你寄去了资料，该说的也都说了，该你问我了。'开始我还以为自己只是做了个怪梦，但因为老梦到所以觉得很恐怖。"

"这样啊。哦，……对不起。"

我不由叹了口气，把杯子里的酒喝光了。

"他在梦中说了好长一段话。开始我只当是做了个很长、记得很清楚的梦，可是不久之后原稿就寄到了。所以我也不能当做没发生过而置之不理了。"

"那他有没有提到楠元太郎的出身呢？"

既然他这么问，野野宫银平应该没有告诉秋山详情。

"没有。他告诉我的是他被绑架到一个岛上，在那里破译古文献的事，说的几乎都是关于他那段不可思议的神奇经历。因为和庄田邦夫、楠元太郎没有直接的关系所以我就没有告诉你，可又总觉得应该是有所关联的。"

我装作很不经意地解释了一下没有说出这件事的原因，"对了，差点忘了一件重要的事情，那个叫野野宫银平的好像就是和歌山博物馆的野见恭平。在梦中出现时，他本人是这样说的。"

秋山睁大眼睛，点了点头。

"第一次在博物馆见到他的时候我就觉得似曾相识，但那时绞尽脑汁也没想起来。我当编辑的时候见过诗人野野宫好几次，所以当他在梦里出现自我介绍的时候我一下子就想起来了，看来还真是这样。"

秋山说完后，马上又确认道："这么说，野野宫银平从那个被囚禁的岛上通过某种方法又回到了这个世界里。"

秋山说这话时的目光和语气就像是记者在招待会上提问一般，拉开一副马上重整旗鼓的架势。

　　如果那个岛和这个世界确实可以自由往来的话，那么楠元太郎曾在现实世界
与那个岛屿之间自由往返的可能性也就更高了。矛之会—自然力派的那珂崎和追
随他的那些理工科毕业的青年如果也是去了这个岛的话，那么就还有可能回到
日本。

　　"应该是这样的。"

　　我故意对秋山的话表示赞同，心中确定野野宫没有把他回到日本岛的经过告
诉秋山。可是他在岛上的生活、破译古文献的进展情况、他的一切动静等难道从
一开始就一一被什么人检查、监视着吗？

　　"都说野野宫银平和庄田邦夫长得一模一样，真是那样吗？"

　　对于我这个问题，秋山歪了歪脑袋："我只见过相片，没有见过庄田本人。"

　　"也是啊。"

　　我附和着，心里明白自己面对某种未知的事情开始感到焦躁。

　　"可是，如果他不再出现在梦里或是寄来资料后续部分的话，像你刚才说的，
他是采用什么样的方法回到这个世界上来的、他被抓起来后送去的岛屿在哪儿，
到底是不是冲之波美岛等等这些事情就都无法得知了。"

　　这一次我把心中的不安坦率地说给秋山听了。说到一半，秋山把手伸向了柜
台上放着的电话机，用眼神示意老板把有线广播里的爵士乐声音开小一点。

　　"喂，是伊坂杨严隆信博物馆吗？喂，喂。"他开始说话。

　　"怎么回事呀，喂、喂，喂？"

　　"怎么了？"

　　"打不通。"秋山摇了摇头，"只听见海的声音，波浪吧，不，应该说是波浪
敲打岩石的声音。"

　　说着，秋山把话筒递给了我。一听果然是，从远处传来好像短波广播的杂音
一般的声音，时而还掺杂着浪涛翻腾的声音。

　　打了好几次都是同样的结果。和电信局联系也说号码是对的，只是处于无法
通话的状态，没有解释原因。我很不安。难道楠元太郎所建的伊坂杨严隆信博物
馆被海淹没了？这一猜想浮现在脑海中，而我觉得它似乎已成为千真万确的事实。

"怎么办呢？"

我也无法立刻给出下一步行动方案，我有课要上，秋山也有工作没法说走就走。

"这样吧，我明天去社里请假马上去趟和歌山。"

"也好。"我表示同意，"不管怎么说今晚咱们好好喝酒吧。着急也没有用。我都开始觉得连我们这个世界都不是真实的了。"

我让老板给我来了一杯双料波本威士忌。

深夜回到家里，好像知道我们在担心似的，野野宫银平寄来的一个大大的包裹到了。不知道他是因为着急寄出还是本来就对礼节无所谓，抑或是一种打破社会上陈规陋习的一种故意的姿态，总之寄来的资料没有任何说明，也没有寒暄的话语，直接接着上次的报告就开始了。

"我想问问你刚到这个岛上时的情况。"

晚上，我一进德大寺的宿舍马上问道。他盯着我看，眼睛好像在说：请吧。

"你从指宿出发要到这个岛来，经过两个昼夜的航行之后遭到海啸袭击，等你醒过来后发现自己被冲到了海岸上。你办了漂流民的手续，从一个叫什么来着？"

"那珂崎。"

"对了，从那珂崎那里听说了我的事之后出现在医院。是这样吧？"

"的确如此。"德大寺很诚实地予以肯定。

"那个人是什么人？库尼玛也提到过同样的名字。就在发生海啸的晚上。对了，就是为了灭火准备让矛之会出动的时候。"

"啊，他说是'矛之会'吗？"

德大寺发出了吃惊的声音，我讶异地仰起脸，他解释道："是这样，前不久，矛之会成员失踪事件引起了很大的反响。原来他们是到了这个岛上啊。"

说着说着，他开始自言自语，做出恍然大悟的样子。也许是看到我狐疑的表情，觉得有些失礼，就又接着解释说："矛之会是一个叫那珂崎时实的原激进派领袖组织的小型社团，有意模仿三岛由纪夫的楯之会。意识形态上可以说没有方向或者说是处于混乱状态吧，他们自称是和平社会改革军，但也许是一种宗教共同体。那珂崎本人很有修养，完全不像是这类组织的头目。"

"楯之会的话，我还记得很清楚。正是三岛事件及赤军的迦叶山私刑杀人事件才让我远离了意识形态的世界。"

"是吗，我其实一直想向您请教这方面的事情。有政治思想的时代一定让人感到很充实吧，是不是很快乐？"

"也不尽然。"

德大寺的想法让我很意外，我有些不知所措地回答道。被他这么一问，我发现当时的痛苦回忆如今竟然也有几分怀念。当然那是和这个岛上安宁和平的生活相比较而言的。

"政治思想不就像是一支描绘理想的画笔吗？对了，您要不要见一见那珂崎？他是个非常聪明、友善的人。好，就这么说定了。"

"不要。"我回绝的语气非常重，连自己都吓了一跳。德大寺更是目瞪口呆，半张着嘴看着我。

"为什么呀？我是来这个岛后才见到他的，我觉得他是个好人。我想他和您在很多方面应该都有共同语言。"

"也许你无法理解，因为我是一个已经放弃了理想的人。对于我这样的人来说，见到跟自己一样的逃兵心情会很沉重。尽管如果当逃兵的话在某种意义上来说可能会更难受。"

我把视线移到德大寺那张没有受过挫折的、被太阳晒得黝黑的脸上，噤口不语了。我被突如其来的空虚所笼罩，心里空荡荡的，似乎又回到了脱离战线时为了不被从前的战友发现，与和枝一起躲躲藏藏的日子。昨天还是战友今天就是敌人，我当初的那种境况要让眼前这个在富裕家庭长大的年轻人理解，似乎太困难也没什么意义。这让我感到一种沉重的负担，失去了向他解释的欲望。

"这个世界就是这样，不是你有诚意就可以行得通的。有时甚至适得其反。但是人们通常只看结果，用结果去判断别人。说什么'那家伙是叛徒''他说了谎'之类的。这一点无论是革命组织也好，法院也好，报纸、电视全都一样。也许恋人之间也是如此吧。"

"啊，大概是吧。"德大寺好像难以理解我的话，暧昧地点了点头。我对他忽然生出一种羡慕、怜悯，以及两者混合之后的烦躁。

"你曾经真正相信过什么或是爱过什么吗？"

"让我想想。"

德大寺开始认真思考。他令人意外地显得很死心眼儿，只有农村长大的孩子才会那样。他也许是地方上某个大财主家的公子吧。小小尖尖的下巴还留有几分稚气。

"将来有一天我一定会经历的。或者说我相信自己也有去爱别人的能力。"

听上去像是电视剧里的台词，我突然觉得很讽刺，便逗他："都这么大了，这么没自信啊。"

"可是确实是这样呀。"德大寺有些生气地说，"对我们这个年代的人来说，已经没剩多少可以热衷的事情了。也许我早点来到这个美丽的岛上又会不同。说不定还会发生一段纯朴的爱情故事呢。"

"是吗？这还能预测吗？"

我知道是无法和这个人谈论诗歌的了。

"因为除此之外什么也没有啊，能解解闷的事情。"

没长大的人就是这样，爱情只是在脑袋里想象出来的，分不清爱情和消遣之间的区别。哎，真是可怜。

"我可是有自己热衷的事情哦，我一直在破译古文献。"

"古文献？"

"是啊，就是那个消失的岛屿的地志，我觉得多半和咱们这个岛有关系。据文献记载，在这附近曾经有一个很繁荣的王国。"

"哦，真的吗？"德大寺发出一声感叹，"那是关于那个王国历史的书吗？"

"不清楚，形式上是一个测绘工程师的手记。我们到这个岛上来就是为了破译它的。某个组织找我来，他们几乎是把我绑架到了这里。但是倒也无所谓。人的一生本来就像是被绑架一样。总之我已经沉迷于那本古文献了。"

我在对德大寺解释的时候，发现我对古文献和我之间这种只能说是因缘的关系反而更清楚了。如果只是为了破译文献的话根本没有必要到这个岛上来。在日

本利用国会图书馆的话，参考文献应该更丰富。如果说朝仓他们必须把我们囚禁
在此的话，那理由只有一个：就是他们想将破译工作瞒天过海。我不止一次想
过，解读工作一结束，我和阿兰就会有因知道得太多而被杀的危险。

现在站在我面前的这个青年德大寺四郎，有着出色的体魄、被太阳晒得黝黑
的身体，简直就是健康的代名词。现在的年轻人嘛，就算思想不深刻你也不能抱
怨什么。所幸他很信任我，我是否应该让他成为我的同伴以便随时和蛮不讲理的
暴力作斗争呢。我在这个用来收容漂流来的人的宿舍里和德大寺对坐着，想到即
将到来的危险，下决心要趁此机会把一切都告诉他。

"有迹象显示这个岛上隐藏着一个巨大的秘密。"我打开了话题，"我现在就
把我所经历的逐一讲给你听，你要好好记住，我希望你能帮我。"

"明白了，我能记笔记吗?"

"记吧。"

他个子虽大动作却很敏捷，走到屋子一角从背包里拿出纸笔，重新坐回我面
前，的确像个研修生。我心情好了一些，从造访昭和经营史研究所开始说起，告
诉他我是在那里受到委托进行古文献破译，委托我的人就是理事长朝仓喜久雄。
在那里我第一次见到了阿兰。接着我又说了那之后一直到今天的大概经过：我中
途失去了知觉，醒来后已经到了这个岛上。那之后在这个岛上进行了好几次探
险，但每次都被一种不可思议的力量所阻挠，我认为那一定是库尼玛的巫术。

"破译工作即将结束了。我说的这份古文献是类似这样的内容。"

于是我把这几天翻译的一部分念给他听。

凝神倾听，神殿广阔空间里充满了结晶破碎的气息。听上去很像流
水的声音或是数不清的鸟儿从黑暗的天空飞回过去时扇动翅膀的声音。
也有些像城里的女人用句尾上扬的口音小声说着什么的声音。所有的金
属都会生锈吧。这个城里的石头以及时间都会腐蚀……

"怎么听上去感觉像您的诗呀。或者说是箴言? 对于我来说太难理解了。"

我没理德大寺，继续念下去。

放弃了测绘任务的我已经是个叛徒了。我推测这座城成立的历史和
投降叛变有着很深的关系。所以尽管城市繁荣，任凭城市生锈，寻找神
灵的祭典年年举行，场面盛大，变成一种模式……

　　德大寺好几次都没听清楚，于是便让我再念一遍。让我吃惊的是，他竟然把
我的朗读逐字逐句都记了下来，而不是只记要点或是凭自己的主观判断去记，这
可以说是一种尊重原文的态度。我感觉他的脑子就像是一台复印机似的。

　　"昭和经营史研究所让我破译古文献不仅仅是为了搞清那座岛的历史，如果
允许我大胆假设的话，我想他们知道这部文献在当代的价值，也就是说它还有助
于解释日本天皇制的形成和结构。"

　　对我所作的分析，德大寺只是说了句："哦，这样啊。"

　　显得完全不放在心上。

　　"当然啦，像你这样的年轻人也许无法理解，要知道现在日本的繁荣是因为
战败后放弃了从前国家精神的原则，仅仅追求物质上的富裕才获得的。"

　　德大寺的表情越来越困惑，好像知道自己惹我生气了。如果想要拉他来支持
我，看来我得改变一下说话的方式。

　　"当然我知道会有人反驳我'怎么能这么说呢？不管大道理如何，物质丰富
总归是件好事'。其实我现在才意识到，我们那个时候从事的革命运动是以反抗
旧时代的领导人为动力的。那些人放弃了信仰，嘴上说什么民主主义啦、和平国
家啦等等心里根本就没有的东西，其实内心只是在追随美国，只想轻轻松松地就
变成有钱人。"

　　"我能理解。不过我认识的一个理论右翼分子也说过同样的话。看来理论是
不分左翼右翼的。"

　　德大寺发表了他有些奇怪的理解，这次显得很有自信。

　　"记得我们体育大会赛艇部换教练的时候，新教练提出了跟以前完全不同的
训练方案。因为新的方案比较轻松，多数队员都很高兴地接受了。但是我却不愿
放弃以前的训练计划。就因为这个，我被取消了正式队员的资格。我觉得如果是

一个认真负责的队员的话，不可能马上去适应新计划的。"

我有些失望，略微表示了一下异议："体育队换教练和思想运动可是不一样的。"

他的话让我想起了古文献里的一节。

不管是哪个时代、哪个国家，年轻人都是糊涂的。糊涂是他们的特权，也是他们的闪光点。这也是本文献中隐藏的主题之一……

测绘工程师在正文里还这样写道：

我想象一个年轻人用实战中派不上用场的盔甲武装起来，拨开石墙外的紫阳花走进花丛的情景。他讨厌背叛，为了寻找不变节的神走向了未知的领地。给他送行的我还有女人坐在浮在暗夜里的餐桌旁嚼着红色的鱼卵……

读这篇文章的时候，"派不上用场的盔甲"这个词让我想起了我们用于理论武装的革命文献，从"不变节的神"这个词我则联想到了天皇陛下的人间宣言。学生时代的我不就是个单枪匹马闯天下的年轻人吗？记得那次袭击地主宅院——那是拥有山林、代表地方权力的大地主——时，就是我一个人拿着匕首闯进他的居室的。

刚才德大寺听了我念给他的一段古文献现代文译文之后，评价道"像您的作品一样"，这话让我耿耿于怀。正因为他是无心说的，也许才说到了点子上。听上去像是对我作品的肯定，或许也正相反吧。我当时马上回应道："因为是我翻译的，所以多少有点吧。"

"消失的岛屿确实存在过。所以几乎可以肯定这部古文献和曾在岛上繁荣过的那个王国的成立和灭亡都有关系。"

我有些唐突地回到我们刚才的话题上来。

"问题是那个消失的岛屿和我们现在所在的是不是同一个岛。所谓消失，也

有不同类型，例如物理现象上的消失、作为一个独立王国的消失、或是作为一个
一个文化圈的消失等等，比方说在遭到核爆炸之后。"

德大寺顺着我的话分析道，显示出他聪慧的一面。我觉得他在某些方面的思
想范围比我要广。

"语言是怎么样的？那部古文献是用什么语或者说是什么语系的语言写成的？"

被他这么一问，我不得不承认古文献的语言方面的问题我都交给了阿兰，自
己从来没有考虑过。

"哦，我不清楚。阿兰输进电脑之后就变换成了日语显示在屏幕上。"

"那就奇怪了。如果是那样的话，一定有人事先把变换程序装进电脑，会是
谁呢？"

我回忆起阿兰从一开始就能够自由地使用这个岛上的语言。古文献用的大概
是岛上语言的古语吧。不过对城里各个拐角处石碑上的碑文，阿兰说她虽然能读
但不明白意思。再回想起朱雀师歌唱时的情景，也许这个岛的语言有着独特的多
义性，也许说暧昧性更准确一些。总之阿兰可以同时进行两种以上的解释，这一
点肯定没错。

"我没有语言学的知识，所以不清楚。"

我想说也许是阿兰制作了变换程序但话到嘴边又犹豫了。我不想将自己对她
所隐瞒部分的推测告诉德大寺。我相信我和阿兰是真心相爱的，我们之间建立起
了外人无法介入的信赖关系，我希望别人也都是这么看的。所以即使对于阿兰有
不了解的部分，我也不想给人一种印象觉得我是在偷偷地猜测。

"如果真有人事先装好的话，可能是昭和经营史研究所的人吧。"

我说出这一推测之后，德大寺问我："那你问过阿兰吗？我听说她也在研
究所。"

"没有，我不想逼她。阿兰对自己记忆中丧失了很重要的部分已经很烦恼了。"

德大寺听了我的话重重地叹了口气，"人到了一定年纪之后才有可能拥有那
样的爱情吧。"

他的表情沉重起来，看我满脸疑惑地看着他，就解释说："如果是年轻人的
话，无论如何都想知道真相，认为那就是热情，以为诚实就可以解决所有的事

情，结果往往破坏了最重要的东西。"

我贸然断定德大寺是在回忆失败的过去。

我不想总说阿兰的事情，就换了个话题："还有一点搞不明白的就是那个叫库尼玛的仙人在这个岛上所起的作用和他的权限。"

"这个名字您上次也提到过，我很想见一见这个人。"

"我也这么想呢。我想过你我一起去见库尼玛，问问他调查这个岛历史的目的何在，调查到了什么程度，为什么要妨碍我们的调查。但是你不知道库尼玛会在何时何地出现。"

我还记得仁仁告诉我坐上电梯用声音下达指示的话就能去到库尼玛的研究所，但我认为现在说这个还为时过早。我担心眼前这个环境生物学的研修生难以理解库尼玛的巫术。有可能是我心中的歪曲和褶皱才感应到了他的巫术，夸大了效果。但是德大寺很明显是个运动健将，是在校园和社会都安宁下来、进入和平年代之后出生的年轻人。库尼玛也许也意识到了这一点最近才没有出现吧。

"此外还有一个奇怪的人，或许应该说是奇怪的动物吧，是个叫仁仁的酷似狗的家伙。我知道它是库尼玛的随从。"

"原来如此。"

看见德大寺点头，我受到鼓励提议道："你愿不愿意跟我一起调查这个岛的历史？当然这完全取决于你的意愿。如果登上北边那座高山就能够俯瞰整个岛屿，光线好的话兴许还能看见别的岛。我也想练习潜水之后到你发现的洞穴去看一看。"

"我非常愿意。让那珂崎也加入进来不行吗？"

"嗯……"我陷入了思考。之前我有些情绪化，就像被人触碰到了伤口似的断然回绝了。如果德大寺说的是真的，那他至少对我没有恶意。不管他过去如何，现在应该是不属于任何党派了。而且他好像还有好几名部下，据说还有原子物理学的理论家和工程师。如果连他们都能加入进来的话，我们的战斗力就会有飞跃的提升。不过库尼玛很赏识他，这一点通过火灾时他和仁仁的对话就可以听出来，这倒是我所担心的。

我很难马上回答他只好沉默，朝旁边的墙望过去，上面挂着的潜水道具、捕鱼用的网在墙壁上投下巨大的影子。接着我的目光又移向正面那个用来当床的台子，形状好像养蚕的架子一样。海水的腥味和年轻男子的体味混合在一起，地上铺着像磨破的麻袋样的东西，上面好像撒了盐一样。地上胡乱堆着的大概是研究资料吧，好几本像小学生用的笔记本。还有可能是从城里的办公用品店借来的文字处理机，打印出来的稿纸什么的。看来对现在的年轻人来说，同时从事体育运动和学术研究并不矛盾。就在这个时候，从我身后外面的黑暗中间歇传来"霍噢、霍、霍噢、霍"的有些高亢的声音。我想起这里是遇难人员支援宿舍，离海很近，就在集会广场的对面。虽然大多数时候大海看上去很平静，但有时也会汹涌澎湃，也就会有遭遇海难的人吧。我正想着呢，又传来"霍噢、霍、霍噢、霍"的声音。

我自己住的房子因为面前有座山丘——山丘上还有图书馆和医院呢，与大海隔开了，所以除了风特别大的时候之外是听不见海的声音的。

"怎么回事？是有人遇难了吗？"

"不是的，应该是捕到了萤火虫鱼。"

"萤火虫鱼？"

"对呀，不是墨斗鱼，是那种银色细长的、有点像带鱼的鱼。因为眼睛像萤火虫一样发光所以在岛上是这样叫的。"

仔细听可以听见有七八个人的声音，不久就安静了下来。就在我们小声商量着要对这座迷雾重重的岛屿进行探险的时候，岛上居民们正过着他们日常、和平的生活，时光就在几分寂寥中流逝。我不禁有些缅怀过去。当我还是个革命者的时候，因为作战失败只好藏身在百姓之中过着隐姓埋名的生活。此时我的心情和那时一样。即使我落在警察或是革新派敌人的手里不幸牺牲，城里人们的平稳的生活仍将一如既往地继续下去，不会有任何改变。这种想法让我心里很不舒服。我无数次对自己说要想让革命取得胜利就必须克服这种心情，不能够害怕危险。

"可以让他参加。"我同意了德大寺的提议。我告诫自己重要的是能够切实掌控这些人，"要不明天晚上和他们一起商量吧。那珂崎住在哪儿？"

"他住在把海角层层围住的礁石对面的村子里面。"德大寺对我的决定感到很高兴，脸上喜洋洋的，声音很兴奋，"阿兰怎么办呢？"

"把她也扯进来就太可怜了。关于她的过去，库尼玛好像掌握了些什么，当然这只是我的猜测。在还不知道库尼玛对我们的调查持何种态度之前，阿兰加入的话，等于暴露我们的弱点。"

因为谈话越来越具体，所以我不得不说起阿兰的身世。

"明白了。"

德大寺出人意料地予以赞成。

"女人嘛，强行压制的话她自然就会跟来的。"

他说这话倒是很像他们搞运动的人的口气，我很吃惊、也很气愤。

"我不会用那种方法。不管什么时候。"

我心里骂了句"这小子"，有些严肃地批评了他。

"哦，对不起。"小声道歉之后，德大寺把手放在头上对我说，"您还是很爱阿兰的。"

第二天晚上，在德大寺的宿舍里我见到了那珂崎时实。

这是个怪异的男人。头剃成了光头，但开始长出些毛发，像烟雾似的盖着。有时候突然间脸庞的很大一部分会像被雾遮住一样消失不见，我觉得这跟他的头发应该没什么关系。如果不是在这个岛上被各种妖术所困、碰到过那么多非常事件的话，我一定会错认为那珂崎是个妖怪。

我问他为什么会来这个岛上，他的回答是："要让本岛上的人从沉睡中醒来就必须打破不变。这不是意识形态的问题，是方舟的问题。要让方舟离开岸边。从民主主义、社会主义、GDP的岸边解开船索，让其顺着历史潮流行驶。为了这个目标，在矛之会里和我共同行动的有十二个人。只有十二个人。到了关键时刻。但成品率还算不错的。"

我听呆了，看了看旁边的德大寺。从年龄上来看那珂崎大概四十岁左右。只要看到他雾蓬蓬的毛发下面发亮的头皮就会心生怪异。我一方面觉得这个家伙脑子是不是有问题，另一方面说服自己这和让他入伙没有关系。他好像看透了我的这种心思，"我这么说的话你可能会觉得我不太正常。"

他先发制人地说道，细长的眼角浮现出讽刺的微笑，让人感到不快。

"语言是时代体制的代码。日常使用的时候，不知不觉间意识就被束缚住了。在那边的时候，我无数次地体会到了那种屈辱。"

"所以你讲话就去掉语法啊。"

我想这多半是这个家伙的惯用伎俩，先给人一个下马威好赢得心理优势，我开始警惕起来伺机寻找对方的漏洞。

"是啊，那样更轻松。对能谈得来的人我从不掩饰自己。再说野野宫先生是诗人，我还读过您的作品呢。"

"谢谢，但是日本可没有思想诗的传统。"

"的确如此。只有四季派的风花雪月加上欧洲象征主义的点缀。"

那珂崎抬起头来，"野野宫先生，我们一起行动吧。我知道这个岛是一个拥有传统审美观的Asyl才到这里来的。"

"Asyl是什么意思啊？"所幸德大寺像学生一般不耻下问。

那珂崎用那细长的眼睛冷冷地瞟了一眼对方，回答说："就是避难所，或者说是隐居地吧。"

"在彼岸和此岸，来世和今生之间画上清楚界限的思想才是现代产业社会的代码。马克思主义也是以现代产业社会的存续为前提开展权力斗争的。也就是说取得胜利的革命从胜利的那一天起就变为镇压民众的权力。要想切断这种陈腐的恶性循环就必须粉碎界限。"

他所说的话我很难理解，但是我能感受到他那想打破一切常规的热情。

"怎样才能消除界限呢？本土的那些人可是很满足于产业社会的啊。"

"首先，要让他们无处可逃，要切断他们的退路。哪怕是动用核武器或是其他什么都行。我们虽然只有十二个人，但核的力量是巨大的。"

我几乎要叫出来："说什么傻话呢？"但是我告诉自己就当做他在打比方好了。

"那样的事你们能做得到吗？就算能，用了核武器你们也活不了。我是坚决反对战争的。"

"没关系。亲身经历过或是对战争留有记忆的年长者这么说，我非常理解。

我也并不是想发动战争。"

　　那珂崎很平静，没有用看德大寺时的冷漠眼光来看我，所以我还能忍受。

　　"那就好，总之不管采取什么样的行动都得先从调查这个岛入手吧。调查的话我们可以一起做。哪怕我们相互都觉得是支不稳定的同盟军。"

　　"好的。调查会有什么危险吗？"

　　"大概会被千方百计地阻挠吧。因为我们的调查在该岛的当权者看来是一种否定体制的行为。所以我们的行动不可能没有危险相伴。"

　　"为什么是反体制的？"

　　德大寺问道，他那从未经历过血肉战场的善良本性暴露了出来，我捺着性子跟他说："你要这么问，那连哥白尼的地动说还是反体制的呢。伽利略说'地球还是会转的'，这话你也知道吧？Asyl如果能够用科学解释的话就不是Asyl了。"

　　我不知怎的就变成了教训的口气。那珂崎听了我的话，说："我在那边的时候也调查过。起因是一个外号叫'老爷'的朋友给我看了'消失的岛屿'的地图。调查中我发现日本历史上这个岛似有似无、忽隐忽现的，就像在遥远的地平线上的浪花一样，跟忽隐忽现的冲之波美岛也是一样的。但是这个岛从地图上消失是因为它是一个非常神圣的岛，如果人们知道了它的位置都去探险的话，如同挖掘皇陵一样，是天皇制所不能允许的。所以明治维新后不久它就消失了。由此也可以看出这是天皇制有意创造的神话。"

　　"这个问题我也想过。"话说出口后我意识到我无法不说出心中长久以来的想法了，"这个岛的原初形态，也就是原始共同体反映了人类社会的本源状态。是共和制还是君主制其实并不重要，只要根据每个时代的需求采取相应的体制就可以，关键是当时的人们在当时的体制下是否能够拥有和感到自由。我认为这个岛上实行的是一种牧歌式的原始共产制，不存在争权夺利。"

　　"会是那样吗？"那珂崎大声说道，他把茶杯里剩的茶一饮而尽，重新坐好。

　　"也许只是一个散漫、和平、充满喧嚣的部落，在它堕落之后，君主制和革命势力便来到了这里。"

　　"那样的话，正是今天的日本的情况。"我马上反驳。

　　"你说得对。"那珂崎用力地说。

"不过民族构成是不同的。那个时候，来自中国大陆、朝鲜半岛、南方岛屿的各个民族漂流而来，形成了一个各民族保留各自文化习惯且和平共处的国际化国家。那个时候日本民族还未形成。如果这是史实的话，就能证明迄今历史上的概念都是现代主义歪曲的结果。而在对概念进行修正的过程中，可以想象在中国大陆的东方，出现了一个像锁链般相连的、和平的、野野宫先生所说的牧歌式的共同体。那是在日本浪漫派受到全面否定后出现的具有现实意义的超日本。我以为，要想弄清日本人的原象——并非现代国家意义上的狭隘的日本，就必须粉碎人们对永生之国的幻想。"

　　这次轮到我来说"会是那样吗?"了。要想继续反驳，就要忍受他每次摇头时面孔的一半在透明却有遮蔽效果的长发阴影下忽隐忽现的样子。他的头发虽然剃掉了但是有一种无法形容的怪异的感觉，无法继续讨论下去，就好像是和死人谈话一样。但我还是继续说："人没有梦想就不能生存下去，哪怕是千年王国的梦想呢。我来这个岛上好几年了，每天都跟古文献打交道，排斥'杂居国家'概念的梦想自然也就越来越膨胀，换了谁都会这样吧。"

　　那珂崎又一次不怀好意地笑了，但是这一次没有积极地反击。

　　"我也赞成野野宫老师的观点。来这个岛上之后，我的想象力很受启发。"

　　德大寺热切地表白，看来他并没理解。

　　"话说回来，拿出古文献来高谈理想并没有什么说服力，最终只会被视为个人创作而已。重要的是实地调查，得深入实地进行调查。"

　　我看着那珂崎像灯泡一样发光的脑袋，心想还真是个什么都喜欢主观断定的家伙。我回想起过去在革命战场上也遇到过这样的人。

　　"要让调查成功就必须动用武力。什么笔比剑强，那只是妄想。"

　　"所以你就成立了矛之会。"我半开玩笑地说道。

　　"不，那是实验室里的烧瓶。"他的回答让人莫名其妙，我想起了库尼玛的研究室。

　　"那是一个模拟实验，测试人们能在多大程度上忍受集体生活，以及对于散漫世界的示威效果。换句话说，对那边的世界——那个所有的一切都在富足的烟霭中漂游的世界——来说，强硬的示威抗议是必要的。三岛先生就是做得太斯文了。我吸取了他的经验。当然我也并没有愚蠢到专门去搞暴力斗争。"

从那珂崎时实身上，我看到了一个拥有坚定目标的男人的气魄。他是抱着破坏的目的来到这个岛上的，但如果这个岛却与他的天性不谋而合的话那就太有讽刺意味了。我对他的看法平和了许多，萌发出一种类似共鸣的感觉。同时我又想，德大寺虽然年龄与感性都相去甚远，但他的参与从整个团队的角度来看也是很有利的。

"那么从哪儿先开始调查呢？是北山还是海底洞穴？"我看看那珂崎，又看看德大寺，问道。

"我对两边都很有兴趣，但还是想先调查洞穴。因为错过时机，海上起风浪就不好办了。"

德大寺明显地又有了精神气儿，积极建议道。那珂崎点了点头，他好像也认识到让德大寺加入到探险队的作用。事到如今，他带来的十二个人也可以计算到队员人数里了。

"那就这么办吧。问题在于如何进行准备。"

"船和潜水用具我都可以从渔协借来。潜水只要训练两三天就行。因为那地方不算太深。真正要往深里潜的时候我一个人去就行了。"

我和那珂崎对视了一眼，笑了。

很晚我才从德大寺的宿舍出来，走在环绕着图书馆所在山丘的那条路上。那珂崎住的地方据说是跟我走同一条路，但不朝我家的方向拐弯，而是面对海角往左拐，在岛民住的村子里。他准备在德大寺住处附近找个废弃的仓库什么的，把分散的队员集中起来，强化集训。为了商量这事，那天晚上就住在了德大寺的宿舍里。

时有暖风从海上吹来。这条平坦的路要走上三十分钟左右才能到家。星星没有昨晚那么多，也没有听见捕获到萤火虫鱼的欢呼声，可能是太晚了吧。岛上非常安静，只有远处的波涛声。王国灭亡之后的几千年的岁月中，这个岛一直横亘在缓缓流逝的时间长河中。岛上的人好像从来没有想过要调查它的历史，只有我们因为要确认自身的来历才开始探险。今晚会面的这三个人，包括年轻的乐天派德大寺在内，都知道自己生活的这个地方无论在历史上还是地理上都是个谜。我离开日本、在这里破译古文献，这段经历让我见到了太多的不可信。昭和经营史研究所的朝仓喜久雄由于有在中国大陆生活过的经历，也许能够比较客观地看待日本。但那珂崎身在日本却能够认识到国家的不可信性，只能说他拥有超常的感性。他在原来的那个社会中一定非常孤立，心中的失落跟任何人都无法诉说吧。超越了虚无主义的他带着什么样的作战方针来到这个岛上我无从得知。但是他那略带嘲讽的撇嘴方式、斜眼看人时瞳仁放射出的不带任何感情色彩的光、还有他那如同总在变化的大海般的蓝色透明的头发、藏在头发后面忽隐忽现的死者般的面容、跟人说话时常发出的无声的笑，这些都说明他所陷孤独之深。

当我快走到桥边的时候，察觉到有什么动静。我紧张起来，定睛一看，原来是库尼玛站在桥畔。这段时间没有看见他，他明显憔悴了许多，好像用拐杖才勉强支撑起身体，那一瞬间我很吃惊。他无言地扬扬下巴，示意我到身旁来。

"怎么了？这么晚你还在这儿，看上去好像很疲惫啊。"

我心想要让他知道我们三个人的讨论就糟了，所以赶紧先开了口。

"城堡被烧毁了。"他嗫嚅道，好像在说他的憔悴就是起因于此。

"我知道，那天晚上从医院看见了。生病那会儿承蒙你的照顾。"

"那是我的堡垒，原始森林保护着它，阻止别人靠近。"

这是我第一次听他抱怨，他没有了平时全身散发出的那种魄力。

"火箭的发射基地也不行了。年轻时我是不需要那些东西的，但现在没有化学燃料的帮助就飞不了了，马上就会累。"

我有些怜悯地看着他。他连说话的方式都变了。库尼玛好像误会了我的态度。

"哦，是吗？你是说没有见过那些东西吗？"

于是他开始给我讲解自己建造的发射基地很小，它的特点是有一个控制装置，可以将主火箭的动力分给子火箭，并不是只有向宇宙发射卫星的才是发射基地。但我还是没太明白。

"但是要重建需要各种零件，还得收集催化剂所需的特殊合金，而我现在飞行能力下降，又不能自己到处飞。"

我心想库尼玛对我说这些是不是需要我的帮助，或是希望我去说服那珂崎帮助他。如果要让他说出岛的秘密的话，也许现在是个机会。我在瞬间作出判断后，便很着急似的问他："那是在这个岛上灭亡的王国的城堡吗？如果是的话，是什么时代的什么王国呢？"

"不，大部分是我根据遗留下来的平面图建成的。就算要调查历史也得做一个同样的模型反复进行实验啊。那不是过去的城堡。"

"我也想看看那个平面图，我觉得有必要拿它和我正在破译的古文献作个对比。到城堡去的路在哪儿？还是要穿过原始森林吗？"

"是的。"库尼玛回答道，但并没有说让或不让我看。我又问道："过去那个真的城堡的遗迹也在那儿吗？它的入口在哪儿？"

"你们不是已经知道了吗？至少应该知道入口在哪儿吧。"

我的直觉告诉我库尼玛已经知道了我们三个人制订的计划，也有可能是偷听到了。我们互相对视了一眼，眼神都在试探对方。我惊讶地发现，当面对他时，我竟然丧失了斗志。

库尼玛换了换腿，把头抬了起来。

"您在这儿呀？找不着您我挺担心的。"回头一看发现不知什么时候仁仁也来了。它总是出现得那么出人意料。

"啊，野野宫先生也在呀。都这么晚了。"它很不自然地跟我搭话。

"这一阵子你都没露面啊。住院的时候让你费心了。在忙些什么呢？"

我的语气显然是没把对方放在眼里。

"我确实挺忙的。"仁仁对我轻蔑的口吻也故意装作无所谓地回答。如果库尼玛不行了的话，就没有必要防备仁仁了。我正想再问库尼玛几个问题呢，远处传来了"野野宫先生"、"老师"的叫声。手电筒的光线在到处移动。

"有一点我得告诉你。"库尼玛用手把披在背上的斗篷裹紧，看样子打算回去了。

"知道得太多绝对不是一件好事情。搞不懂的部分最好留着。如果没有不可碰触的部分、未知的领域的话，人类也就不能生存。这是我作为一名探索宇宙公理的科学家给你的忠告。"

说完，库尼玛一挥斗篷消失在黑暗中。白色的仁仁好像也裹在斗篷里不见了。

大概过了三四分钟吧，德大寺气喘吁吁地赶到说："啊，太好了。老师您没事吧，妖怪没来吧。"又过了好一会儿那珂崎的手电筒光也靠近了。

"怎么了？出什么事了？"我吃惊地反问道，这时那珂崎终于赶到了。

"不行了不行了，不服老不行呀。"他气喘吁吁地拍着胸脯，那副样子与他的外表气质完全不符，略带滑稽。那是我从他嘴里第一次听到的一句中年男人的正常语言。

"没事。您走后我们两就开始商量明天以后的具体日程。但是周围太安静了，连平常总能听到的蝉鸣声都听不见了。我突然有些担心，打开窗户一看，发现这个方向被一种无法形容的奇怪的烟霭笼罩着。想想那正是您走的方向。"

"那是妖云，是妖云。"那珂崎又回到原来那个他了。

"没错，那个妖云般的东西，就像从山谷中涌出来似的蠢蠢欲动。"

德大寺用了一个较生僻的词，"我直觉是有突发事件，就不顾一切地赶了过来。"

"出现的就只有库尼玛吗？"那珂崎逼问我。

"是的。"听我这么说后，他偏着头说了句很奇怪的话：

"怪了，难道是库尼玛自身出现什么异常情况了吗？"

听了他的话，德大寺有些害怕地环顾了一下周围，不用说谁都没有。

我很感激他们对我的关心，但并不想把库尼玛憔悴的样子告诉他们。因为我觉得那就说明这个岛的神秘力量也在衰弱。这已经是我的岛了。可我还是考虑到既然和矛之会结成了同盟，就不应该再对他们有所隐瞒了。

"库尼玛好像不想见到德大寺君。"我说出了刚才觉察到的事情。

"为什么呀。真是个无聊的家伙。喂，出来吧。"德大寺对着黑暗胡乱喊道。

"我能理解。库尼玛很高傲，所以不愿意遇到自己的法术难以发挥作用的对手。"那珂崎敏锐地分析道。

"什么意思？"

我告诉还没明白的德大寺说："大概是因为他知道你是个强壮的、很难迷惑的人。"

那天晚上他们二人送我回家之后，我对于自己今后应该采取的行动作了种种设想，尽管很累却睡不着觉。阿兰对我说的"我总有些担心"这句话也影响了我。她反复说"我不要离开你","你好好看看我，绝对不要忘记，全身都要看"。我听从她的话，看她的乳房、深胭脂色的乳头、大张着的双腿间褶皱的起伏、覆盖在那周围的浓密的体毛，还有它们的颤动，但我并不觉得我就了解了阿兰。那天晚上我的脑子里全是那个对她似乎也有指挥权的库尼玛。每当我一个人去散步、眺望一望无垠的大海，或是凝视熟睡中的阿兰的脸庞、看见她双目紧闭、一动不动，我就会觉得阿兰的确是在我的心里。

她确实常常睡觉。不仅是在受伤发烧的时候，平常生活中也是，仿佛起床后活动着的她是不真实的，只有睡着时才是最真实最本色的状态。她睡得那么沉，让人不由得怀疑她是否在梦中找回了失去的记忆。我躺在床上，思考、想象了很多事，我发现我们的关系非常危险。库尼玛给我的忠告是"知道太多不好"，说明这次我们的调查也许会成功。只是我破译的古文献的内容和通过调查理清的岛的历史真的会吻合吗？

日本民族形成的过程、天皇制诞生的经过、日语的结构以及和周边亚洲各国语言的关系等等……

我难以克制一种担忧的情绪，担忧自己想要进行的这场调查会不会是有害而无益的。库尼玛的忠告让我的心情变得愈发沉重。在困惑中，古文献的一节又浮现在脑海里。

> 女人透明的手指之间有血滴下来。干干净净的雪白的手和放着异样光芒的黑色的脸形成了对照，让人无法相信那是同一个人。我意识到每次吞咽食物的时候，我那像瘤子般的喉结会上下活动。我太胖了……

在黑暗中我希望这段话里的情景反映的并不是我和阿兰的样子。因为她不会用手去抓鱼卵吃的，并且我也不胖。

正在我这么对自己说的时候，不知从哪儿传来了"不，你的精神很肥胖"的声音。听上去和朱雀师的声音很像。

"你希望可能的话在这个岛上继续过现在这种和平的生活。你不承认自己思想的转变，想用谎言蒙混下去是行不通的。你跟阿兰生的那个无法孵化的蛋是什么你应该清楚吧。那就是说你的思想已经失去生命力了。你调查岛的历史、专心于古文献的解读，但你打算如何让其结果为革命服务呢？你是想小心翼翼地将其进献给朝仓喜久雄以换取一条生路吧？过去的你曾有过斗争精神。这不是年龄的问题，重要的是心态。以你现在的心态，岛的调查也会半途而废的，你还会找借口说是因为可怜阿兰。

"但是阿兰又在想些什么呢？你不过是按自己的意愿把她理想化了，所以她必须有容易破灭的高贵的出身。你其实很有贵族情结。可是现实却并非如此。你不是还不明白阿兰在高潮时说的那些词的意思吗？如果那是因为拒绝阿兰的爱而被砍了头的英俊的预言者的名字，你怎么办？就像戏剧莎乐美中的预言者、那个莎乐美所倾心的约翰之类的名字。在高潮过去之后，你听见阿兰的身体里有流水的声音，那说不定是成为权力牺牲品的民众抽泣的回声。每当你问起过去的事，阿兰总是歪着头微笑。你总觉得她是失去了记忆，但其实不就是在拒绝吗？有一次你问起她做爱时的微妙感觉，阿兰把食指放在你的嘴唇上，说：'什么都不要问，我大概是无法说真话的。'这你还记得吧。不是阿兰不诚实，但诚实才是最高级的谎言，这你总该知道吧。那个女孩因为'诚实'对自己的命运看得比你更现实。她肯定也考虑过将来的生活，就在你夸夸其谈沉没的岛屿、天皇制、马克思主义、理想和现实的时候。"

"不是这样的。"我差点喊出来。

"你这种半威胁式的说教我在山村工作队根据地时听得够多的了，我不想再听了。"我想抗议但却说不出声来。那个声音和我刚脱离团队时常听到的声音非常相似，和只听过一次的朱雀师的声音也很像。

"人一定要从属于某个阵营，不然就是骗子，我反对这种看法。"我似乎是在向自己确认。

"算你说到点子上了。"这次无疑是朱雀师的声音，他又竖起食指做出威胁的动作。

"你想说要追求自由吧，那你就必须要有能够忍受任何孤独的坚强的心。但是你却不愿付出自由的代价。只是说说的话谁都会。不能忍受痛苦的自由自古以来都叫做自甘堕落。你对酒精的依赖就是个实例。真正的问题还在后面。你承认人类生活的空虚吗?"

我没有马上回答。我觉得这个问题里有陷阱。觉得空虚的时候有很多次,可如果问我:"承认吗?"我还不想放弃希望,想再努把力。

"你可能想说你经历过挫折吧。可是很奇怪,挫折并不是空虚。傲慢的心情像随风飞舞的沙子一样,可以改变形状入侵到各个地方。人类确实想要有个归属。孩子对母亲、男人对女人,当然也有相反的情况。尽管如此,并不是每个人都能有归属的。于是便会产生空虚。为什么,为什么呢?"

我保持沉默。虽觉无趣,也无法反驳。

"你确信阿兰把一切都托付给你了吗?"

"嗯,大概没有吧。"

朱雀师不满地在喉咙深处发出咕隆咕隆的声音,靠近我一步。

"不要撒谎。不要为了把自己表现得很有教养而故意很客观地看问题,其实心里却并不那么想。你也不过就是一个平凡的男人罢了。如果你认为你是出于对阿兰的诚实而必须那样说的话,那证明你甚至连'没有比伦理道德更大的谎言了'这种理所当然的思想都没有。你看看那些修身养性的教师还有僧侣的脸,那上面都写着谎言。

"你认为阿兰是属于自己的,但是对此仍有不安。因为无聊的虚荣心作怪,你故意不去面对不安。那你又怎会有资格去嘲笑那些伪装自己努力想要皈依的民众呢?那不成了把自己的问题束之高阁,只顾贬低别人吗?你的精神在四分之一个世纪之前就停止了活动,所以很肥胖。"

"你想说什么?你是朱雀师吧。跟你的说教相比,我更想听你的歌。"

"当然可以,但前提是你得有一双能准确无误听歌的耳朵。我先警告你,凡是能准确听我歌的生者都会死去。死去并获得自由。"

我想起在广场召开集会的晚上,我听到的歌和仁仁听到的歌本应是相同的但却各不一样。一阵沉默之后,似曾相识的歌声响起了。

晨星消失变幻的日子

失去的万有之梦该如何测量

哀思中绽放的花朵

是献给必败圣战的勋章

净夜　震颤的石阶

黄昏走入内园的年轻武士

高举象征逝去思想的长矛

他伫立在石阶上

俯瞰漆黑的广场

兵戈征戎之后的深深叹息

隔断的是灭亡的欣求

被囚禁的沉重悸动凝然滴落

照亮疯狂的黑暗

沉湎于罪恶的忧郁火焰

猛烈燃烧　忍受无边的凄惨

车驾声声　回响在昏暗的路上

　　朱雀师好像在慢慢靠近。我睁开眼睛发现不知何时一个活像生剥鬼的妖怪已逼近眼前。红色的大嘴、火焰般的气息。我知道会被吃掉就伸出两手试图逃走。他眼睛一瞪，熊掌般的手卡住了我的喉咙一点点地压下来。我拼命挣扎、想尽力摆脱，终于叫出了声。

　　"银平、银平"，细细温柔的声音在耳边响起，我醒了过来。本应在熟睡中的阿兰从被子上正摇着我。

　　夏天的时候总是不停地越过环礁蜂拥而来的大浪到了秋天也安静了下来。阳光依然强烈地照耀着海面，小小的涟漪就可以引发无数的光辉。德大寺、那珂崎和我把潜水用具放在旁边，倚靠着船舷，尽情想象我们即将开始的冒险。眯着眼睛看的话，每一根睫毛上都有光粒子停留，折射出淡淡的彩虹，伴随着缓缓的涛声。我真希望能就这么离开这里，和并膝相坐的阿兰一起漂流到海的尽头。大海替代了阿兰的身体，摇晃着、忽涨忽退。我的脑海中突然浮现出南海普陀洛迦山这个词。我明白幻想和阿兰一起在海上漂流是我放纵的愿望。我朝海上看过去，看有没有白色的大船通过。来这个岛之后，除了从图书馆最上层的病房远远看见过一次之外，从来看不见大船，也许是因为这个岛偏离了所有的远洋航线。

"山看得很清楚啊，挺高的，大约有一千四五百米吧。"

德大寺在跟那珂崎说话，声音听起来很兴奋，我看了看站在船头的两个人。太阳已近中天，北边的山露出了全貌。山脚下是平缓的丘陵，一直延伸到德大寺住处的那一带。从库尼玛小屋的所在地直到半山腰，茂密的树林看上去像一条深绿色的带子，面积不亚于岛上前些天被烧掉不少的原始森林。

"德大寺君，树林从半山腰一直延伸到了山顶。要想穿过可不容易啊。"

"是呀。"德大寺回答道。突然间，他狂叫起来，"哎呀，树林在动，一会儿伸长一会儿缩短，这是怎么回事？"我急忙定睛看去，但我看到的只是一条绿色的森林带。

"是海市蜃楼吧，是幻境。你看，空气中上升了大量的水蒸气，按说在海上才看得到。不过这个岛上反其道而行之的事情太多了。"

那珂崎用一种我难以理解的说法解释给德大寺听。看着他们，我忽然产生了一种奇怪的错觉。他那像雾一样的头发每次见面好像都更长些，整个头部就像是在海市蜃楼里摇晃的树海上出现的北山一样，眼睛放射出异样的光芒。那珂崎注意到我的视线，甩了甩头，像是要甩开它。于是头发垂了下来半边脸又消失了。

森林逐渐稀疏起来，朝着山顶逼近。山顶上只长着矮矮的灌木丛，星星点点的。山顶有一半都在背阴处，影子落在两座山之间的幽暗山谷里。我看见无数大凤蝶挥动翅膀乱舞是在穿越了那个树林之后，我用目光追寻着记忆。阿兰和我被暴风雨、红色箭雨袭击差点遇难的地点，应该是在靠远山的西侧斜坡上。因为第二天下山时我已经穿过并在原生林之上了。那么，那条河应该是流淌在两山山谷中的小溪吧。

山顶附近坡面很陡，时不时有裸露的岩石。我对自己发誓总有一天一定要登上那座山。什么库尼玛呀、朱雀师啦，我要让那些侮辱过我的人好好看看。脚下吹来的凉风轻抚我的脸颊，我在心里描绘一个凝视着广阔大海的身影，那便是自己。

在我的印象中日本列岛都很阴暗，大海在夜晚的黑暗中波动。是我的幻听吗？很多人低声呻吟的声音化为海啸逼近前来。我侧耳倾听是不是昨晚听到的朱雀师的呼吸声，又觉得此刻听到的应该是沉没之后无法回归的士兵们的合唱。我仔细辨别，心中浮现出"英灵"一词。这个词是写什么汉字来着？我着急地在脑子里寻找，可是只能想起片假名来。我的体内一定发生了什么变化吧。当然可以认为是岛上的生活改变了我，可到底是参加革命阵营的时候就已经忘记了"英灵"的字呢，还是因为我脱离阵营，英雄的英字就此消失了呢？抑或是因为战争结束后的苟且偷生使得英字和灵字都消失了呢？尽管当时我还只是个孩子。

就在我胡思乱想的时候，海上的波浪露出小小的白牙，轻轻地咬着环礁，然后柔柔地散去。海水透明极了，能看到十米左右的深处。在隆起的珊瑚礁的暗处，颜色鲜艳的鱼的影子在移动。

"今天是个正合适的好天气。"那珂崎愉快地露出了白色的牙齿。

在灿烂的太阳下面，那珂崎是那么地晦暗，像是从阴间来的。他看上去已经很怪异了，那用肉眼看不清楚的透明的头发还会突然遮住半张脸，等他一摇头又会恢复成整张脸。他愉快地说着、笑着，就像是胶卷底片上的黑影装上肉体在动。

可德大寺却好像完全不介意那珂崎的异样，也许是他的年轻和健康排除了那些病态的元素，他只是没有注意到罢了。

"快到目标了。"

德大寺完全没注意到我内心的踌躇和怀疑，他一心只关注着自己的目标，那紧张的声音听上去像是绷紧的帆。

"那我们也做准备吧。"那珂崎的口气半是建议半是催促。他把浮力调整装置背到肩上，戴上装有潜水眼镜的面罩，让我想起我失踪时一起生活过好几天的森林居民——乌鸦天狗。可是我马上意识到这很奇怪。我并没有失踪过，当然也就没有见过乌鸦天狗，更不可能和他们一起生活过。难道是梦中的情景变成了记忆？

我假装专心戴面罩，以掩饰自己内心的波动，可还是忍不住频频去看那珂崎的样子，带着一种恐惧和好奇参半的心情。

　　"老师，对不起，请把锚抛下去吧。"阿兰替我回答德大寺，"好的"，朝锚伸
过手去。

　　我放手后，锚溅起朵朵浪花沉入海底。这里尽管位于环礁当中，但还是很深
的。德大寺像是为了要记住我们的位置，朝北山、海角还有礁石看过来又看过去。

　　"我先潜水下去把绳子固定在洞穴入口附近的珊瑚礁上。系好之后我会重重
地拽一下绳子给你们信号，然后老师和那珂崎先生就顺着绳子下来吧。和攀岩正
好相反，但比那个轻松多了。注意不要让通气管离开嘴。"

　　说完之后，他把一大卷绳子夹在左腋下跳入海里，眼看着就和水泡一起消失
了。这时我才发现这一带的海水有一部分透明度很低，很明显有异质的水掺杂进
来。我也在胸前系好皮带，因为太紧了就松开一格，还在靴子外面套上了鳍。在
做准备的时候我还是很不安，计划定下来后只练习了一个星期，没准就会出现操
作失误。

　　"万一被海流卷走也千万不要慌张。"昨天德大寺还反复叮嘱过我。戴上通气
管，背上氧气瓶后我又仔细地戴上了手套。船上变得安静起来。阿兰把手遮在额
上朝山那边看。海浪敲打着船舷，发出恶作剧的呻吟声。

　　正在我担心别出什么事的时候，绳子被重重地拉了一下。那珂崎看着我点了
点头。我隔着面罩对阿兰说："我走了。"她无言地点了点头。眼里的神情很
寂寞。

　　下到海里，游到绳子附近。没想到小时候父亲在新宫的海里教我的游泳在这
个时候派上了用场。我想起父亲那时一心要把我培养成一个坚强不屈的孩子。

　　"还不能站起来。"

　　"你得表现得像个武士的后代。"

　　当我在浅滩游累了、不想动了的时候，父亲那洪亮的责骂声就会飞过来，那
是他在部队喊口令时练就的。

　　我吸了口气，检查了一下调节器，确认一切正常之后便潜进水里。耳边有水
的轰鸣声，眼前已经可以看见海里。那珂崎在我之前先下去了。海里意外地明
亮。绳子以三十度左右的倾斜通往大海深处。也许是对我们的身影觉得稀罕，一
群雀鲷突然散开，一会儿又若无其事地集中起来。稍微习惯一些后，可以发现儿

时见过的各种标本：绿石、菊目石、像树一样长着分枝的红珊瑚。大大小小的岩石上，海葵摇着触角和鱼儿一起玩耍。在我左手边，耸立着一块大大的珊瑚，好像夕阳照射下的积雨云一样，那一定是那种叫做海鸡头的珊瑚。

洞穴似乎在比我想象的更深的地方。海流变得更急了，我抓紧绳子继续下滑。鲜红的虹鳍、有橙色条纹的锦奴——以前楠食品公司的台部长介绍我去冲绳采访时，在酒店的大厅里我曾仔细地端详过、类似天使鱼的鱼儿在岩石之间悠闲自得地游动。记得那是妻子病倒后不久的事情。

我意识到和那珂崎的距离拉开了后便加快了下滑的速度。渐渐地，光线越变越弱。一直往下看，有通气管里冒出来的气泡在往上升，德大寺抓着岩石在等着我们。我们会合后朝他手指的方向看去，那里的珊瑚礁断裂开来形成了一个隧道形状的洞穴。因为身穿橡胶的潜水服感觉不到温度，不过洞穴里流出来的水好像特别凉。周围的岩石都裸露着，既没有让海底世界变得五彩缤纷的海葵，也没有像兰花叶子般的海草。德大寺指了指斜下方的岩石，示意我们抓住那个岩石往隧道里看。他好像准备进到里面去。

等我们到了那儿，他就跳了进去。里面很黑，但一直往里好像有摇曳的灯光。我想起了我们今天来这儿的目的。他被水势冲得跟跟跄跄的，靠在岩壁上调整了一下又往更深处游去，不久就看不见了。我和那珂崎不禁对视了一眼，点了点头。

从洞穴的形状来看，的确是人工造的。回头看去，热带海洋缤纷绚烂的海底世界就在眼前。我看了一眼从德大寺那儿借来的潜水手表。从潜水开始到现在是七分钟，从德大寺进到洞穴已经过了三分钟了。尽管是逆流而行，但也应该前进了五十米左右。我想看得更清楚，就抓住岩石朝更深的地方潜下去。如果不使劲抓住岩石小心行动的话就会滑走。我们定好一次潜水的时间是二十分钟，所以扣除慢慢往上升的时间，能够留在海底的时间还有五分钟。

换了一个观察地点之后，又可以看见刚才那摇曳的灯光了，不过这次是整个一片都很明亮，可能是因为水温的差异使光的折射率发生了变化。这时候，德大寺的身影出现在隧道的深处。他手上好像提着什么东西，游泳的样子有些笨拙。我急忙回到了原来的地点。

德大寺注意着不被水冲走、谨慎地游到了入口附近，用脚踢了一下岩石，一只手抓住了绳子。他扬了扬下巴、示意我们"上去"，便开始慢慢往上浮。初学者最容易出错的地方就是急于浮上去，我想起德大寺在注意事项里提到过，就和那珂崎一起跟在他后面。

回到船上之后，我们等着他调整好呼吸，我们也很累了。德大寺开口说了句"有个城堡"，就摆了摆手，拍着胸口示意我们稍等一下。我卸下装备，开始检查他从隧道里带来的东西。有些像胡琴，但是应该上弦的部分只有两条槽，大概是古代的弦乐器吧。

"那个洞穴的深处，有一个金光闪闪的城堡。我靠近一片如同海底广场般的安静的空地上，从那里远远可以看见城堡。可是当我想进到广场里面的时候，似乎有一种力量在阻止人接近它，一股水流来势凶猛地冲过来，所以我只能从广场旁边的岩石中伸出头来远远观望。"

我一边听德大寺一点点地讲述，一边和古文献作对比。

神殿广漠的空间，充满了结晶破碎的气息。

我想起有这么一节。

"城堡是一个还是两个？"我问他。

"应该是一个。但是不能进到里面所以也不能确定。怎么了？"

对于德大寺来说，他无法解释在海底所见的情景，这似乎很让他受打击，语气变得十分沉重，没有了平时的轻松。

"那个乐器呢？"那珂崎问道。

"那是我在刚才说的那个广场的入口处发现的，可能是从城堡里漂出来的。"

"这儿刻了什么东西。像是古代的象形文字。"

那珂崎把那个像胡琴似的乐器递给我。我接过来开始仔细研究的时候，船尾突然传来很大的东西落下的声音，再一看阿兰不见了。

"糟了。"那珂崎叫道，"阿兰掉下去了。"

我戴上面罩，背上氧气瓶，说了句"德大寺君，拜托了"，就跳了下去。我抓住绳子着急地往下沉，海里像什么都没发生过一样安静，珊瑚礁里和刚才一样游着大群的珊瑚鲷，友禅鱼在蝴蝶鱼后面追赶。

我很后悔自己太大意，没有注意到阿兰的表情。我还记得库尼玛制造的暴风雨中，崴了脚的阿兰一个人回来的事情。当时我看见她脱下来的衣服上有很多细细的像鳞片一样的东西。那时我曾想过阿兰也许是条人鱼。

最初我认为阿兰不是不小心掉下去的，而是察觉到我们即将对城堡进行彻底的调查而无法忍受下去了。也有可能是库尼玛的命令。或者可以认为她是在听了我们的谈话、德大寺的描述，失去的记忆苏醒之后采取的行动。无论如何城堡就是她的精神结构。也就是说我们调查城堡就相当于对阿兰的精神进行解剖和分析。尽管调查是学术性质的，但是自己成了研究的对象，一切都被暴露在光天化日之下，这对她来说无疑是痛苦的。我们是不是该就此结束调查呢？

我一边想一边记起了梦中朱雀师所说的话来。他说过，你会停止调查的，打着同情阿兰的人道主义旗号。我认识到这场调查也是我自己和自己的斗争。

下午的时间都花在找阿兰上。德大寺和那珂崎把呆呆的我留在船上，麻利地做了搜索的分工之后便各自潜进海里。过了一会儿，我也缓过气来，重新穿戴好潜水用具潜入海底。

我告诫自己：事情的关键地方还不清楚，要冷静下来好好想想。但我无法将注意力集中到一件事上。我在岩石周围没有目标地游来游去，或是抓住珊瑚丛中的枝杈——它们矮矮的，像草原一样向远方延展，我恍恍惚惚地四处打量着午后太阳照耀下的水下世界。

但是就在我恍惚发呆的时候，我还是为德大寺提到的城堡所震惊。

这无疑是个巨大的发现。古文献里记载的城堡竟然是真实存在的。就好像理论上的假设通过实验得到了证明。这会为查清岛的历史翻开新的一页。可以说库尼玛研究了一辈子的这个秘密即将被揭开。也许有我们国家的创世故事，还有可能包含了天皇制形成的秘密。如果那不可思议的力量源泉——它足以击败我过去参加的任何运动——能够大白于天下的话，今后我们将有可能阻止我们国家的没落和颓废。

我心乱如麻，嘴里不时念叨着阿兰的名字，却无法采取有效的行动。

　　周围突然变得明亮起来，我吓了一跳、回过神来。抬头一看，发现是一大群阿乙吴鱼围着珊瑚树边觅食边慢慢游过来。它们吃着附着在珊瑚上的海草，对通气管里冒出的泡泡也感到很好奇、凑近前来。我一转动身体就像受到惊吓般地散开去，过一会儿又开始若无其事地边觅食边游动。它们翻转身体的时候，黄色的鳞片会反射上面射下来的光线，周围就像点了灯一样亮起来。

　　我想起父亲带我去捕萤火虫的那个夜晚。那是日本战败之后，因离开军队被革了职的父亲到村公所上班后不久的事情。河边上成群的萤火虫飞来飞去，画出了一道流动的光河。父亲伫立在河边，久久凝望。那时候，他在想些什么呢？是在回忆他作为一个战败帝国的军人所走过的路吗？尽管先后顺序都已经记不清了。或者是在犹豫该继续呆在和歌山偏僻山村的村公所里，还是投奔原来的部下到大阪去呢？

　　有一条鱼儿突然游到我面罩旁边来。鱼嘴的形状就像人往灶里吹火时的口型。目光对视之后，它有些难为情地歪到一旁。它的眼睛周围有两条黑色的条纹，身子是像油菜花一样明亮的黄色。父亲老家的那片原野一到春天就开满了油菜花，旱地里则满眼都是莲华草的红色。

　　我想父亲也许一辈子都没有找到安居之地。究其原因，他不认为是自己不会为人处世，而是觉得自己的意志太薄弱了。所以他不仅对我严加管束，对自己要求也很严格，每天都坚持走一里山路。只能说那是他对自己的一种惩罚。有一段时间家运有所好转，但没能持续下去。那是因为在战后的日本，能接受父亲这种严肃生活态度的风土已经不存在了。而我不知不觉中也到了捕萤火虫时父亲的年纪了。

　　悲伤突然涌上心头。为生存而努力是多么徒然的一件事啊，这种感觉让我揪心极了。已经到了我该浮上去的时间了。父亲在捕萤火虫时说的，"这边的水很甜"这句话包含有什么样的意思呢？

　　在悲伤的同时，我对阿兰和我一起生活是否感到快乐而不安。我是一个不好相处的、自我中心的、异常追求"真理"的很麻烦的男人。我心想如果阿兰能够平安回来，我就不再去想那些没用的事情，安慰她说"过去的记忆就让它消失吧"，两个人一起安静地过日子。当然，也许已经来不及了。

古文献还剩下最后一部分。昨天破译的有：

> 这副景象非常鲜明地浮现在眼前，好像害怕被称作幻想一样……

这是变成异形人的测绘工程师和女人手拉着手逃到城里，去神殿探险部分的结尾。然后古文献唐突地、没有任何伏笔地提到了"年轻人"。

> 这个年轻人应该是我们的儿子，可是夜色中的我和女人对他并不关心，只顾在餐桌旁一直吃着鱼卵。这么看来，也许只是自己青年时代的样子映在了记忆的胶片上。变身之后，我的时间已经乱了秩序……

我就像抓住一根救命稻草般想起了破译古文献的事情，还剩下最后一点点，生性认真的阿兰不可能丢下正在做的工作而销声匿迹的。

阿兰没有回来。德大寺、那珂崎和他的部下也加入进来，我们猜她会不会被库尼玛劫走了，所以不仅仅是海里，对所有能想到的地方都进行了搜索。我还带了一个人去了第一次见库尼玛的那个山间小屋，也没有任何收获。

"真没想到事情会变成这样。"这是德大寺和那珂崎的感想。他们既没有被库尼玛干扰过，也不了解阿兰的那些奇怪的习性，这么想也在所难免。而我，明明能够预料到的，却视而不见，如今追悔莫及啊。我反省自己这种态度跟过去没有什么两样，明知会伤害对方，但还是自欺欺人地告诉自己说既然是为了追求真理，那就得让对方忍耐，于是，就算对方感到畏怯，也硬是鞭挞他让他一起参加革命。这其中，有人为了对信念忠诚，胆战心惊地去参加游行；也有人背叛承诺、暴露政府机密，事情败露后失去了工作。可是组织的理论就是：一切都是为了革命，所以必须忍受。

我对阿兰的态度也和那时一样。阿兰对社会上的勾心斗角、策略战术完全不了解，我却让不谙世故的她完全附和我。不同的只是从前的"革命"变成了调查历史、重建国家。我伤害了阿兰，所以她失踪了。最初德大寺认为阿兰是不小心掉到海里淹死了。他说话时用的一些词让人觉得他把漂浮在水中的奥菲莉娅和阿兰重叠在了一起。大概德大寺是想象到了阿兰安详得像睡着了般的遗容周围扶桑花和紫色的蓝花楹漂浮着的景象。

那珂崎对溺水一说持怀疑态度。他显露出敏锐的观察能力，强调说阿兰并不怕水，而且掉下去后一次也没再浮上来过，就算她不擅长游泳那也是有意识的行为。我说出了之前遇到暴风雨时的情况，于是我们搜索的范围扩大成为所有库尼玛的势力范围。

我一边参加搜索，一边在想：记忆缺失的部分对阿兰来说真的是一块神圣地带吗？就算如此，我也不是有意去侵犯的，我为自己辩解，但心情仍轻松不起来。

很快，一周过去了。

一天，德大寺捡到了一件奇怪的东西。是一块薄纱，据说是挂在海角的松树枝上的。

我拿来一看，发现薄纱的质地和上次我们在暴风雨中失散、各自逃回来之后，阿兰脱在厨房一角的衣服质地相同。那时衣服上面附着有细小的鳞片，这次也同样，放在阳光下会像云母一样微微发光。

我一直盯着那块纱看，心想阿兰是不是变成了仙女回到天上去了。即使和她一起生活，阿兰身上总有一种不属于这个世界的气息。强烈的性欲被包裹在超凡脱俗的光芒中。透过海角的松枝，我看见阿兰的身影，她裙裾飘飘正向一望无际的晴空飞去，身上摇曳的薄纱如同沐浴着霞光，光辉照耀。天空呈现出珊瑚礁的湛蓝色，海天交接，浑然一色，形成一个蓝色的球形空间。每次转动的时候都会看见一个光彩熠熠的波纹般的影子飘上天去。我把闪闪发光的薄纱搭在手上，游离在外的意识又回到了体内。

阿兰的裸体就是岛的秘密、岛的历史。和阿兰交媾的我注定要葬身在岛上。也许阿兰的生命已经变成了大海和天空中无处不在的分子。

我想起朱雀师集会的那个晚上，和阿兰一起走在月光下图书馆下面那条路上的情景。那晚的她很坦白地讲了她的秘密，让我觉得其实最痛苦的是阿兰。和我边走边说的时候，她时而歪头时而摇头，头发上月光流泻，如同被礁石粉碎的波浪一样。波浪四处飞溅，海水流向南方。一只扬着银帆的帆船像渡海到南海普陀洛迦山的僧人们一样随波漂流，朝着更南方漂流而去。那晚，目送那艘船飘到空中之后，阿兰在高烧的昏迷中反复说起了她的梦境：父王要出征，几乎没有生还希望。在为他送行之后，她和女官一起到了地下。岛上的地下，也许同那条海底隧道是相通的，阿兰一定就藏在那里。

这个接近直觉的推理，让我想起曾在渔协工会事务所所在的那个广场，也就是朱雀师召开集会的广场角落里看到的那口古井。井边装有栅栏，平时就连岛上的人也不能往里看，但是从旁边经过时总能隐隐约约地听见风声。说不定是井底有一条通往大海的通道，声音就是从那里传回来的。那个声音跟我在库尼玛的山间小屋里听到的水声完全一样。我曾经偷偷录下的夜半时分的磁带里也有同样的声音。也许为了不让任何人找到海底的水门和与之相通的古井，库尼玛一直在小屋里进行监视吧。在原始森林发生火灾、城堡被烧的那个晚上，他和仁仁之间的谜一样的对话："关上水门""发电站没事吧"什么的，如果假设我们居住的岛屿地底下遍布着像地下茎一样的通道，那也就不难理解了。也许那条地下水道是为了保护沉没的城堡，不让任何人调查它而建的。也许是建在那个灭亡王国的时代，当时的建筑技术和现代技术本质上是完全不同的。

阿兰看见德大寺从海里捡来的古代竖琴之后，一部分失去的记忆恢复了，于是她不假思索地跳进海里游向水门。大概是遗传基因在作怪吧，阿兰像是听到了无声的召唤，所以才会有那种突发性行为。

不，也许不是这样。阿兰的行为无疑是为让我们终止调查而采取的威胁行为。我这么说是因为我相信阿兰的失踪不是出于她的自由意志，而是她的身体里被装上了某种行为程序，只要受到外界的刺激就会启动。幕后操纵者多半是库尼玛，不可能有其他人。阿兰躲在古井下面使我们停止调查，这就起到了阻止我们进入到那条地下茎般的通道里的作用。如果真是那样的话，一定要尽快救出她来，解开她被施的巫术，然后再重新开始调查。

我若有所悟、克制住激动的心情，"唉，又多了一个搞不懂的东西。"然后把薄纱片还给了德大寺。我不知道为什么会那样做。只知道我想把阿兰从他的目光下藏起来。

月夜中飞回天上的她和沉到水里的她，二者毫无矛盾地在我想象的空间里飞舞。这个阿兰和像梦游患者一样听从库尼玛指示的那个阿兰虽然完全是两个不同的人，但在我心里，两个都是我的阿兰。我让德大寺先回去，看好时机朝广场走去。

已经接近正午了，亚热带炙热的太阳挂在空中。我确认好广场上没有人之后，翻过栅栏从井边探出身去，这才发现井高与地面平齐，上面盖有盖子。是个木盖子，但我不知道该怎么打开。我又不能站到那上面去，如果掉下去阿兰又在下面的话一定会砸坏她的。看来只能是用棍子什么的插到井盖上的通气孔里，然后用力撬开。我环视四周，发现栅栏的橛子刚好和通气孔直径差不多大小。不过只靠我自己可做不了。我只好去找宿舍就在广场尽头的德大寺帮忙，他应该在。

我环视周围，再次确认广场上没有人之后便跑了起来。火烤般的太阳在树底下投下了黑黑的影子。我觉得好像正在经受一种决定性的失败，这让我悲怆不已。

德大寺正惬意地把脚伸在床上休息，听我说完经过之后，马上拿起潜水用的皮带站了起来。皮带上有钩子，这样可以把船上垂下的拉绳系在自己身体上。

幸运的是岛上的人好像都去捕鱼了，我们没有被任何人看到，跑到了井边。井盖被打开了。井下很暗，没有人藏着的迹象。

"阿兰，是我。"我试着叫道。凝神听了一会儿，克制住期待和失望参半的心情，又一次呼唤她的名字。我的声音在颤抖，听上去像是"兰兰兰……"。这时，下面似乎发出了轻微的动静。这期间，德大寺早已麻利地把往井底垂落的绳子和从宿舍带来的绳子系在一起，然后再把绳子的一端系在树干上，而我只能当他的助手。本来应该是我进去找的，但即使阿兰藏在下面，我也没有信心能抱着她爬上来。

过了一会儿，德大寺抓住我拼命向上拉的绳子，用长长的双腿一步步蹬在井壁上，尽量减轻绳子的负荷，他抱着阿兰爬了上来。

她的身体冰凉，像金属玩偶一样发硬。好在还有轻微的呼吸。德大寺背着阿兰，我们回到了宿舍。

"老师，把这个让阿兰喝了。"德大寺好像以前也有过救人的经验，他从架子上的背包里取出一小瓶威士忌，看我还在不知所措，就说，"嘴对嘴地让她喝下去。"我照他所说，把唇贴在阿兰唇上，从牙缝间把威士忌给她灌了进去。阿兰皱着眉头，脸稍微偏向一边，有了知觉。

"可以按照人工呼吸的要领帮她从腹部到胸部向上摩挲。"

德大寺又告诉我："坐到她身上。"

不久阿兰微微张开了眼睛，看到我正想笑，但好像有哪儿疼，轻轻叫了一声就又闭上了眼睛。

德大寺犹豫了一下，从柜子里取出自己的长袍说："请给她换上这个。可能有点大，不过得用干布擦干她的皮肤。"说完他从房间走了出去。

过了一会儿，他手上提着一口锅就回来了。可能是在哪儿买的吧，锅里放了三块岛上产的木棉豆腐。他笑着说："需要的话，可以把这个加热后用布包起来当暖壶用，用完后还可以吃掉。"他好像是在参加运动部集训一样，很快乐。

换上了男式长袍的阿兰躺在床上，慢慢清醒过来，一旁的我也总算松了口气。

"是怎么回事呀？"德大寺的口气既不是在问我也不是在问阿兰。

"我掉到海里去了，这是真的。虽然我不喜欢但是对游泳还是很有自信的，所以我就想干脆我也到城堡去看看，就进了那个水门。"

"但是那么深的地方不带通气管就潜下去不太可能呀。"

德大寺向阿兰提出了一个常识性问题。她显得有些狼狈。

"因为我从来没用过那种东西。"

这回答等于是宣布了她的秘密。

"有城堡吗？"我想帮她，就换了个话题问她。

"非常漂亮，和从前一样。"

我心想"糟了"，可她已经说出来了。我还什么都没对德大寺说呢，我真想冲上去堵住她的嘴，告诉她，她可能是灭亡王朝的王族后裔这么重大的秘密可不能轻易泄露。所幸德大寺没有什么反应，也许是没听见吧。我想看看德大寺的表情，这才注意到他的样子有些怪，他一直在盯着阿兰的脖子看。阿兰的脖子上有个地方有淤血，好像是擦伤了，但也像是被什么东西爱抚过后的痕迹。我自以为很了解她，却不知阿兰有这么无助、柔弱的肩膀和美丽的脖子。她本来就是溜肩，看上去有些憔悴、落寞，仿佛在低声说"摸摸我"。

"有一个天花板很高的房间，那是父亲接见坐船来访的外国客人的地方。"她开始自言自语，好像是在描述自己的幻觉。我已经无法阻止她了，便放弃了这个念头，而且我也想知道她会说什么。

"到处都是贝壳，都是随着海流摇曳的海草。阿兰马上就能认出来。柱子上刻的避邪的面具还有象征宇宙的螺旋形花纹松开了我的记忆。和大厅相连的起居室是用完餐后和父亲一起读书谈话的地方。"

阿兰动了动身体，睁开了眼睛，但瞳仁里似乎空无一物。

"有一次用餐时水晶吊灯突然掉下来了，当时父亲虽然一直微笑着，但事后他严厉盘查是谁做了手脚，因为金属吊件上有刀割的痕迹。"

阿兰闭上眼睛，声音变成了庄严的男声。

"阿兰啊，我不想告诉你这些事情，但是你要知道，在人之上的人有时连自己的妻子和兄弟都不得不怀疑啊。"

那一定是她恢复的记忆中父亲的话。

"还有那时用过的雪花石膏的花瓶。上面有独角兽的雕刻，我和乳母一起把摘来的扶桑花、兰花都插在里面，所以记得很清楚。那是穿越了陆上沙漠的商队带来的东西。"

德大寺好像刚从梦中醒来似的，上半身颤抖着问道："那个花瓶是掉在什么地方的？有多大？"

阿兰不说话了。想坐起身来，却又放弃了，眼睛倒是完全睁开了，很惊讶地打量着周围。

"你刚才说什么？"

"哦，德大寺君问你那个花瓶在哪儿？是在井底还是在更靠近入口的地方？"我接过他的问题，加入了自己的解释。

阿兰看了看德大寺又看了看我，好像不明白我们的问题，脸上写满了疑问，很快意识又模糊了。大概因为疲倦的缘故眼皮有些肿，目光变得柔和起来，她慢慢转动着眼珠，就像是在暗送秋波一般。我知道她发高烧时会说胡话，就用眼色示意德大寺不要说话，替她整了整长袍盖住了淤血的脖子。

"想不起来也没关系。好好休息一下。"

不久阿兰就在略带痛苦的呼吸声中睡着了。她的梦境中会出现什么样的世界呢？我一无所知，我又陷入了虚无中。我常对她说，到达高潮的时候不要太大声。那是我与和枝住在狭小的公寓里时萌生的想法。我又开始想象，是不是被我遏制的声音变成了盲眼的鱼儿，在阿兰睡眠的空间里游动呢。

我和德大寺商量后决定等阿兰安静入睡后把她带回家。用宿舍的担架抬回去的话应该不费劲。我们还有古文献的破译工作要做。如果只是过度劳累，那过个两三天，阿兰应该就能恢复精神了。

破译工作结束后，就让德大寺把文献交给朝仓喜久雄吧。之后就和阿兰两个人过平静的生活。对岛的历史的调查就算了，想到这里，我感慨万分地看着她的脸，她的呼吸还是很痛苦。

> 方才，根据朝拜时的观察，我发现每个城堡都经历了很长的岁月。当然，我过去所属的组织只会把那样的城堡看做是过去的遗迹罢了。但是城堡依然存在，并且还有两个，也就是说我看到了不该看的东西。也许我不是用眼睛看到的，是用敏锐的手指代替眼睛触碰到的，抑或是用沉淀在皮肤下层的记忆感应到了生锈的时光中的金色……（这一部分原文意思不太明确）

这个部分的解读非常困难，我们必须把以前读过的部分又再三读过，确认前面的内容是：工程师和女人一起从被囚禁的房间逃出来，来到了正在举办祭典而变得异常热闹的城市。这一段说的就是在那里他见到了沉没的城堡的情景。可是，"生锈的时光中的金色"到底指的是什么呢？通观历史，某些事物因受统治者或是像幕府那样的当权者镇压，不得已暂时销声匿迹，然而它的文化价值却一直生存在人们的集体无意识中，一旦时机成熟它便会发挥自己的影响力、重放光芒。是这样的意思吗？

"有没有什么更好懂的合适的词呢？"我停下了笔，问阿兰。虽然我很高兴在中断了很久之后能够再次开始工作，但是也担心在这个岛上呆得太久自己的日语表达能力下降了。另一方面我希望能够恢复和阿兰的生活，可是她却没精打采的，变得很安静。有时呆呆地想事情，说话前言不搭后语，好不容易领会我的问题后也只是虚弱地一笑而已。我分析是那场事故给她造成的身心疲劳，再加上发现自己背负的命运竟是意志无法改变的，这也给了她沉重的打击。

"'生锈的时光中的金色'这个部分也可以写成时光流逝后的变质，但那样一来'金色'就成了物质的变色。工程师所写的城堡应该是光辉闪耀的理想的象征，所以他不愿把它写成物质的变化。"

我对阿兰解释道，同时也在整理自己的思绪。

　　也许我的先祖就是建造城堡的未开化民族，大概还混入了城外贱民的血。两个城堡就是两个血统呀。那个时候有真正的对立和纠葛吗？

我写下这一部分后发现古文献只剩下最后的一页了。按照以往的速度还有三天，就算再困难有五天也足够了。

"今天就到这儿吧，你也累了。"我安慰阿兰。

"没关系，再做一点，我也想早点知道结局。再加上约定的时间早就过了。"

"但是这和报纸杂志是不一样的。"

阿兰本应很累了却显得很积极，坚持要继续工作。我没太注意似乎有些不合常理，对她解释说："这种东西是没有什么期限的。"

我把下面想说的"等这个工作结束之后"的话给咽了下去。因为将来的计划还什么也没有。我知道应该认真设计我们的生活，但那却是我不擅长的领域。

"那就再做一点吧。"不知为什么，我有一种获救的感觉。我重新面向桌子开始工作。

　　如果真是那样的话，寻求抛弃敌对关系的公理也是一件很有意义的事情，但那已经不是我的工作了。

工程师这样写道。

他的这些话又一次让我觉得似乎与自己不无关系。

在古文献的破译过程中，我发现这个生活在两千年前的男子，作为一名测绘工程师，他在追求逻辑性的同时，又为不合逻辑的事情所吸引，而挣扎于二律背反的矛盾中。这一发现让我很不自在，我觉得那个技师至少比我要坚强。

在我的内心也有两种相互对立的倾向存在。一种对理想如痴如醉、情绪性地热衷；另一种则很冷静，遇事患得患失。可是这两种相互矛盾的心理都建立在没有耐性的、脆弱的基础之上。在历史长河中漂流的我是那么的渺小，可我却傲慢地想去改变历史、改造社会，一旦遇到困难就马上灰心丧气转而去依靠别的东西：有一个时期是妻子和枝，之后就是酒精了。说不定对阿兰的爱也是这种性质的感情。一直无法越过两人之间的隔阂是因为我太软弱了。

就在我陷入沉思的时候，一个不知该用硬的、软的或是其他什么词来形容的圆球滚到眼前燃烧了起来。我下意识地想：这个球的名字叫黑暗。这股烧焦的水银般的臭味是野兽的脂肪的气味，名字叫狂妄。空中升起的烟雾则是扭曲的空间及被称为文化性的东西的丑陋。我心中充满了厌恶的感觉，朝远处看去，火焰中浮现的是热闹的祭典、欢乐的集市。人声嘈杂，听上去像是要将现实忘却的悲鸣，和护城河的巨大石壁上吹过的风声很相似。

古文献这样叙述道，还没有给出任何结局故事就快要接近尾声了。在读这个部分的时候，我心想作者也听到了我在海角上听到的风的声音。阿兰失踪后在松树枝上发现了那片薄纱，让人联想到仙女的霓裳，于是那段日子我每天都去海角，心想也许能在那儿见到阿兰。站在海角的断崖上朝海望去，看见海潮好像是有意识地往遥远的南方流去，我便想是什么力量在让海流动呢？自己到这里来看上去像是逆流而来，但结果也只能是随波逐流、身不由己，一种深深的无力感笼罩了我。那时候我听到便是风刮过海角松树的声音。

德大寺从海底洞穴返回时说了句"有个城堡"，拿出一具古代的竖琴，阿兰便掉进了海里。但我想，她之所以坠海，也许是因为太紧张，因为她是那么期待看到城堡、恢复记忆；也许是因为太激动，因为她预想到看见城堡之后自己便能成为一个正常的女人，生出正常的孩子而不是一个蛋。在她心里，命令她"去看城堡"的是命运的声音，而告诉她"不要看"的则是珍惜跟我在一起生活的女人的声音。两种声音激烈地对撞，结果她就像被吸入一样掉进了海里，穿过海底广场到了井底，然后再也动弹不了。也许阿兰的行为中也包含了对我的爱和反感这两种情绪吧。

又过了几天，古文献已经读到几乎再有一天就能完成的程度了。我心情沉重，没有工作完成时的成就感。发现古文献最终没有描写历史真相时我身心疲惫，还没有设计好和阿兰今后的生活又让我心中充满焦虑。就在这个时候，仁仁出现了。

看到它，我才意识到由于调查海底洞穴，加上阿兰的失踪我已经有很长时间没有见到库尼玛了。

"哦，快结束了吧。"

仁仁来到我身旁，灵巧地坐到了旁边的椅子上。阿兰隔着计算机和我相对而坐。它旁若无人地盯着我的稿纸和阿兰输入后显示在屏幕上的文字，一边比较一边用监督的语气问道。依然是那种没礼貌的态度。它像看不见我不高兴似的，小声嘟囔道："还有一张呀。"

"对呀，大概明天就能结束。不用担心。"

"终于快完成了。"

阿兰看着对面的我，在我用动作表示同意之后，回答仁仁道。阿兰的语气中好像并没有对结束工作之后的不安。

"今天我是有事要麻烦你，库尼玛请你马上去一趟他的研究所，我是来接你的。"

"明天吧，明天可以去。"

"是想请你现在就去。说实话库尼玛也许活不了几天了。"

我终于发觉仁仁的语调和平时很不一样，尽管它故意装作若无其事。

"为什么？是病了吗？库尼玛也会死呀。"

"不久之前他的身体就开始衰弱了，今天早上他让我叫你来，要你一个人带上记笔记用的东西来。"

仁仁的眼睛看上去很悲伤。记得以前我曾经想去它那里，结果搞得几个月都回不来。

"要带记笔记的东西呀。"

"他好像有话要和你说。"

我很不舍地用手按了按堆在那里的稿纸。心里有些担心能否平安回来。心想这总不至于是拐骗我的借口吧。

"好的。"阿兰替我作出了明确的回答，让我很吃惊。这还是她第一次不管我的意见自己作决定。

"你就去一趟吧。我想肯定是因为情况很严重。"

她的话表明她是很了解库尼玛的。我无法生气。本来我也有很多事情要问库尼玛。如果赶不上在他临终前问、错过这个机会的话，就有很多关于岛的历史的秘密再也无从得知了。那可是个巨大的损失，到时候后悔都来不及了。我开始着急起来，默默地拿了一摞稿纸、一个笔记本还有一支钢笔站了起来。

"我很快就回来。你也好好休息一下吧，你的身体还没有完全恢复。"

"我会把大概的译文打出来，依照你的风格。"阿兰一边说，一边盯着我的眼睛看。眼睛里好像包含了很多复杂的情绪。

"那你多保重。"

"你也是。"

她的表情渐渐变得落寞起来。如果仁仁不在的话，我会像父亲一样摸摸她的头发，亲亲她的脸颊。

我们沿着图书馆所在山丘脚下的路往家赶，去坐那台电梯。我有些不满地对仁仁说："我还以为库尼玛是不死之身呢。"心里盘算着如果再出现什么奇怪的事情就不去了。

"就算是不死之身也还是有寿命的。"

"你家主人都病危了，你还挺平静的。"

"没有办法，请不要这么说。"

仁仁跟在我后面小跑着，发出了近乎悲鸣的高亢的声音。

"吭"我哼了哼鼻子。看来库尼玛的病是真的。

库尼玛睡在一个杂乱的房间一角,房间里堆满了实验用品。

这个房间我以前来过。他的房子很大,那次我们用餐也是在一个天花板很高的大厅,所以我以为他会像皇帝一样躺着,由那个黑衣老妇人服侍着。但我猜错了。他看见我进来,想坐起身来,可是却衰弱得已经无法自己改变姿势了。他呻吟了一声,不知是在对我还是在对仁仁说:"不好意思,扶我起来一下。"我们扶着他的背,给他换了个方向让他坐在床上。

我几乎认不出这个曾经控制了整个岛屿的独裁者了。他喘着粗气半天没有动弹,胡子长到了膝盖。水槽里长出了绿藻,实验用品又满是灰尘,房间散发出刺鼻的霉味。

"我终于要死了。"库尼玛平静下来,调整好呼吸,弓着背看着我,"但是在那之前我有话要对你说。谢谢你能来。"

他的态度一改之前的傲慢,我感受到了他的真诚。

"因为你对我有很多误会,我还怕你不来呢。"他说完后笑了笑。

"那你倒不用担心,我不认为有什么误会。"

我决定还用之前跟他说话时那种有些抬杠的口气。像他这样的人应该最讨厌别人的同情了。我这样反而会让他打起精神,你一言我一语地说出很多事情来。

"阿兰还好吧。"

"托你的福挺好的。她前不久掉到海里去了,后来总算平安回来,现在又和我一起继续破译古文献呢。对了,有件事要告诉你,古文献还有一两天就能译完了。但是也许还是没法弄清这个岛的历史。"

"你也辛苦了。"

"还行吧。"

我暧昧地点点头。突然开始怀疑库尼玛是不是已经知道了古文献的内容。果然,他对我说:"我能猜出个大概来,那一定是在这个岛上写的。"

"为什么你都知道了还要让我们破译呢?你和昭和经营史研究所的朝仓喜久雄是一伙的吧。"

我忍住了没用"一丘之貉"这个词，而是改用了比较温和的"一伙的"这个词。

库尼玛用力摇了摇头，"我和他没有任何关系。他是——"，说到一半他大概改主意了，在脸前方摆了摆手，一副"怎么可能呢"的表情。

"我和他也许更像敌人，当然敌我双方也会有合作的时候。"

"二战时中国的蒋介石和共产党就是那样的关系。可是破译古文献到底有什么意义呢？我对它很感兴趣，可是他们从来也没有催过我。"

"那倒也是，嗯，话也不能这么说，破译本身并不是目的，而是要让阿兰帮你破译，所以才会需要你。在这一点上，我和朝仓的意见是一致的。"

"啊？"我不由发出很愚蠢的声音，不明白他是什么意思。

"我们希望破译古文献、将其输入电脑的过程能让阿兰恢复她失去的记忆。很遗憾，到了现代人类只能通过语言才能找回失去的记忆。那个程序是我编的。"

库尼玛告诉我阿兰脑子里藏有某种禁忌，所以她没法想起岛的历史来。

"这样就算万一被敌人抓到，岛上的机密也不会泄露。要想消除阿兰身体里的程序，就必须让她无意识地参与到解读秘密的工作中来。谁也没有教过阿兰那本文献所用的语言，可是她却能读。阿兰不能读的只有各个路口所立的碑而已。所以就能知道碑文用的不是阿兰的王国的语言。"

尽管他这么解释，但我仍不明白。没人催促我们的原因我懂了，可是我就是因为这个被拐骗到岛上，被囚禁了这么些年吗？我无法释怀。

"如果是因为这个，为什么找我？"我必须得问清楚。

"你说什么呢？你不曾经是革命者吗？"

我知道库尼玛生气了，我不说话了，看着他。

"阿兰的记忆如果恢复的话，就可以知道怎样才能解除天皇制这个咒语的束缚，它可是束缚住了所有的日本人啊。对一种集体无意识，我们只能用另一种集体无意识去否定，如果那是民族性的话。"

我不明白他说的道理，但是能感受到库尼玛深深的绝望。

"你是个革命者，所以你也是天皇制的赞同者。但是你曾真心希望从这种双重束缚中解脱出来，所以这件事得由你来做。"

"你的意思我明白。"我只好这么说。因为我今天不是来和他争论的，是有很多事情要问他，我必须开始问了，"阿兰和你是什么关系？你好像还收养了一个和阿兰很像的叫阿玲的女孩子吧。阿兰是你的女儿吗？"

"不是，完全不是。"

库尼玛又一次做出了强烈否定的姿势。而我，这时慢慢才品出他刚才的话其实也是在对我的堕落严加批判，这让我很颓丧。在破译的过程中，我只从和阿兰的关系上去思考灭亡的王国、岛的历史，根本没有想过整个日本民族的事情。经历过战争和革命运动的失败，我已学会不再从个人情况以外的角度去思考问题了。库尼玛好像在影射这是我的变节。可库尼玛你不也对阿兰持有某种爱意吗？我不服气地想。

"那个女孩子是造出来的，用你们的话应该叫做机器人，但其实是不同的。机器人只是在机器里装上电子脑，但是阿兰是活生生的人，有生命也有感情。这一点你应该很清楚。"

也许我已经消除了植入她体内的部分非人类的程序。这样想着，我稍微恢复了一些精神。

"你说得很对。阿兰是个好女孩。"

库尼玛用锐利的目光盯着我看。他的眼睛比以前陷得更深，但是目光却比以前更敏锐了。肉体在枯萎，眼睛却越发富有生命力。

"不过她可不是男人和女人结合所生的。王国灭亡的时候，用某种方法把生命基因保存了下来。是我让那个长年沉睡的卵子进入了繁殖过程。这么说吧，发酵这个词最接近事实。"

库尼玛没有任何前奏地就已经开始讲述重要的事了，我赶紧翻开笔记本。

"当然，在那之前我一直在等待时机成熟。"

"那是什么样的时机呢？"我边写边问。我开始期待一直以来心中的疑问都能得到解答。

"是日本灭亡的时机。"

库尼玛若无其事地回答。

"也就是说那个王国是先被日本毁灭的？"

"是的。不过那个时候还没有日本这个国家，只有海洋蛮族。我发现阿兰的卵子是在日本灭亡二十年后。"

"灭亡指的是战败的时候吗？"

"可以那么说吧，我指的是失去独立精神、只追求物质享受。当然了，我年轻的时候也那样。"

"你年轻的时候？那是什么时候？"

"嗯，大概是两百年前吧，或者再近一些。我来到这个岛上，听说了那个王朝把王族后裔密封在箱子里放到海上漂流的事儿。我本来以为箱子应该不止一个，但是我从井里和古文献一起打捞上来的只有一个。大概是因为海流的关系吧，从水门那里逆流过来的就只有装着阿兰的箱子。我破译了文献，制作了特别的孵化器，按照指示设定了固定的温度，添加了淡淡的海水和某种酵素。一开始孵出的是一个蛋，我把蛋移到特殊的保育器里之后，它又变成了乌龟的形状、鸟的形状，然后才逐渐进入到人类胎儿形成的过程。当然我还制作了代替母乳的营养供给管道。但是我却没有给她能感受母亲心跳的节奏，那是我的疏忽，是失误。"

"就在那个井里我们前两天刚把阿兰救出来。一个叫德大寺四郎的青年帮了我。"

"德大寺？是德大寺四郎吗？那个家伙。"

库尼玛提高了声音，有一瞬间眼睛也瞪大了。他对德大寺四郎的名字反应如此强烈让我很惊讶。德大寺四郎到底是什么人呢？难道年轻的他却已是昭和经营史研究所秘密成立的右翼团体的一员吗？或是和这个岛有着某种因缘的家族后裔？我还没问过他的出身和家世呢。

"他乘坐的游艇碰上海啸就漂流到了这个岛。是一个运动健将型，没有什么思想，但是很能帮忙。你是什么时候、在哪儿认识他的？他是不是谁派来的间谍呀？"

"我还没见过他。只是有预言说在某个时候会出现一个叫德大寺四郎的人，他会拯救城堡。在日本的古代记录里。"

我觉得很意外，问他是不是和天草四郎搞错了。

　　"德大寺是个普通人，是个心眼不错、智力普通的年轻人。完全看不出是个干大事情的人，也许是同名同姓的不同人吧。"

　　我用带有些辩论的语气予以反对。我可不想把他当成个大人物。

　　库尼玛疲惫地长长叹了口气，慢慢朝我看过来。也许是我多心，我觉得他眼里带有一种怜悯的意味。他有些不舒服似的动了动身子，对我说"把那个透视球递给我"。

　　也许因为那个球太重了双手都拿不动，他就放在膝盖上非常投入地看了起来，一语不发。我还想问几个关于德大寺四郎的问题，但是库尼玛非常专注，让人没法去打搅，只能在一旁看他在通过透视球观察正在发生的事情。他一直看了很长时间，我只好无聊地又一次四下打量研究室里面。

　　与我上次来的时候相比，房间看上去更加脏乱，说明研究已经中断了很久。测量宇宙 γ 射线的函也不再发出声音。观测天体对于搞清楚岛的正确位置是很有必要的，因为岛也会消失、也会漂流。库尼玛知道光靠解读文献是远远不够的。他时而飞到外面去也一定是去和什么人交换意见或是筹措研究用的器材。所以他才成功地孵化出了阿兰、孵化出了人。

　　可是她失去了记忆。库尼玛搞不清是因为他的技术缺陷呢，还是因为没有给她母亲心跳的节奏，或是阿兰的卵子本身就有缺陷。库尼玛知道，写进遗传基因的大部分神话就像旧底片一样模糊了，但受到某种刺激会突然变得鲜明起来，所以他一心想找到一种规律，能弄清什么样的刺激能使哪一部分记忆复苏。尤其是他知道岛的历史在很大程度上不依靠阿兰的记忆就不能查明，就像张着大嘴的黑洞一样。库尼玛想：为了让阿兰很轻松地进入到记忆中去，就需要让她参与一种模拟体验，而破译古文献就是最好的办法。同时需要寻找一个能从这个工作中感受到思想意义的男人，这件事就交给了朝仓喜久雄。这个人必须是非常不现实的，已经沦落到穷得揭不开锅的地步了。同时他的文笔还得不错，他过着半隐居的生活，这样即使把他和这个充满诱惑的社会隔绝开来也没有什么问题。当这些条件被一一列出来的时候，他们发现野野宫银平是个非常合适的人选。虽然他酗酒、还会因此产生幻觉，这一点不太让人放心。于是他们就想了个办法，那就是干脆把他带到岛上来。

库尼玛很坦率且简单扼要地把事情的经过告诉了我。他们导演了这出戏，把我推上了主角的位置，但目的始终在于让阿兰恢复记忆。只是他们没想到我和阿兰会相爱。但事情发生了，他们反倒希望恋爱会对阿兰记忆的恢复起到促进作用。知道阿兰怀孕的时候库尼玛很紧张，觉得有必要和我建立良好的关系，这才请我吃了晚餐。但是，阿兰体内所设置的防止记忆取出的程序也是很强大的。

如果库尼玛的话是真的，我分析我上次之所以能回到日本，是因为库尼玛认为在对阿兰的分娩进行科学调查的时候我不在场会更好一些。

库尼玛的呻吟把我拉回到了现实世界里。他从透视球上抬起头来，低声嘟囔了一句："还是那样啊，那就没办法了。"

"是什么？你看见了什么？"

"不，不，没什么。"他沉默了一会儿。

"野野宫君，你知道天意这个词吗？"

库尼玛罕见地用缓慢、甚至有些踌躇的语气问我。

"知道啊，天意怎么了？是不是要发生什么事了？"

"不是。我只是想问问你。"

沉默了一阵后库尼玛又开始说。

"我研究宇宙万物研究了一辈子，我深深感到，该怎么说呢？是说'还不能'呢？还是说'永远不能'呢？总之世界上有些事是人类无论如何都弄不明白的，也是不应该弄明白的。"

说完，他像是有些喘不上气，挺直上半身，调整了一下姿势。

我把那天晚上库尼玛对我说的话记在事先准备好的笔记本上，经整理之后，内容如下。整理是为了避免内容重复，而且他的话里有顺序混乱、年代混乱、中途插进别的话题、前后矛盾等部分，必须得整理。大概是因为他身体太虚弱的缘故吧。

"我是文政年代出生在这个岛上的，比明治维新还要早五十年左右。我刚记事的时候，法国的黑船就开来了，接着又是美国的黑船。那是我不知道的世界，但那个世界好像朝着这个岛就驶过来了。我想，这样下去的话国家要大乱了。我投靠亲戚去长崎学习兰学①，那年我十三岁。可是日本本土比这个岛还要乱。执政者似乎没有任何对策和远见。任何人当权时间太长，便会丧失对时代对社会的洞察力，当时的社会状况正体现了这一规律。那时我想，日本大概会变成一个四分五裂的殖民地国家。因为我在岛上时有机会了解邻国清王朝的历史，大人们说英国为了争夺鸦片的利益，发动了侵略战争，清王朝战败后只能把香港割让给它。记得那时因为地理位置的关系，常有大陆的船只漂流到岛上。

"如果被挑起战争怎么办？很明显靠武力是无法抗衡的。既然这样就不要为世事变迁亦喜亦悲，积累知识、看清时代，等待时机建立新的独立国家，为此就需要有智慧和体力。在长崎收养我的是个药草批发商，所以我又学了药学，也因此还调查过徐福传说。这个人两千年前受秦始皇之命，为了寻找长生不老的药草渡海来到日本。从海流方面来看，说他漂流到了和歌山新宫附近的说法应该比较可信。随着调查的深入，我渐渐明白历史书都是当权者撰写的。锁国传说便是如此。所谓明治维新使现代化之光第一次照了进来的说法，这里面其实也包含了明治政府大肆宣传的成分。

"在和歌山有很多从南方岛屿漂来的植物和种子。不过话说回来，要找一个与世隔绝、可以继续进行秘密研究、必要时可以去京都和大阪等地收集信息的方便的地方并不容易。

"不久明治维新运动开始了。我开始也想过'日本人也还不错嘛''看来有救了'什么的。可那之后又不行了。俗话说'井底之蛙一片天'，当权者文化素质低的话，国家体制的堕落就更快。明治维新的成功最终断送在同一当权者手里。"

"是因为他们镇压自由民权运动吗？"我立刻问他。

"有这个因素，也有西南战争的原因。是他们变质了。把自身权力看得比国家前途更重要。"库尼玛用力挥动笔直伸着的手指。

"我对明治维新精神变质的过程进行了调查。我发现这个国家有种奇怪的现象。一旦当权，就没有人能控制它了。真是一种可悲的现象，只有谄媚的人才能

---

① 江户时代，经荷兰人传入日本的西方科学。

出人头地，整个国家就像从坡上往下滚一样不断堕落。但它并不温和，不温和却没有思想情操，这样下去的话一定会出大问题的。"

"所以你又离开了和歌山？"我问道。我想说你不也只是在一旁看着、发发牢骚而已吗？可是这等于是自己打自己的耳光。我仿佛听见"那你又怎样呢"的声音从哪里传来，已经忘却了的痛苦记忆又出现在心里。

"等一下。"库尼玛向上仰了仰下巴、打断了我。房间一角传来信号器断断续续的声音，看上去坏了的测量仪器又开始工作了。声音好像出自于库尼玛床边那台天象仪旁的盒子。

"哎呀，又有哪儿在发射卫星了。"库尼玛看着仁仁说，"不会是那珂崎和矛之会的人吧。"

仁仁没有注意到我吃惊的表情，走近天象仪旁的盒子，汇报说："美国的，大概是航天飞机。"

"等一下。"我忍不住问库尼玛，"你刚才提到了那珂崎和矛之会吧。"

看他点头之后，我又问："是怎么回事呀？他们会不预先通知你就发射火箭吗？"

"你⋯⋯"这次轮到库尼玛吃惊了。

"你真的是什么都不知道呀。你不知道那珂崎他们为了要造原子弹和远程火箭简直到了不择手段的地步了。"

库尼玛解释说那珂崎他们之所以来这个岛就是为了制造核武器，不被政府干涉。听他这么说，我觉得自己受到了背叛。在那之前我只知道他非常憎恶本土的生活。我还分析那是一种理想主义的结果，是浪漫主义的行为。我这么一说，库尼玛笑了。

"朝仓选你是对的，你是个认真的好人。"

我觉得自己受到了愚弄。

"你是什么意思呀。你刚才的话里不已经很清楚了吗，是你和朝仓串通好把我带到这个岛上来的，你还在这儿说什么风凉话啊？"

"干嘛那么生气啊？"

库尼玛看我生气，显得很意外的样子。

"反对核武器不过是现在的体制罢了。把过去的反体制变成体制，这就是永久执政的秘密。你的国家还挺会做的。不过那珂崎不能忍受这一点，他觉得不通过革命就进行政权交替是欺诈，他也许比你还要更无政府主义吧。"

"但我还是无法赞同，不是说这么做人们就能就此觉醒。革命组织在革命成功之后就变成了权力，所以要建立一个能够推翻永久革命、也就是总是能够革命成功的权力。"

"呵呵呵……"库尼玛奇怪地笑了。笑得太厉害，咳了起来。

"托洛茨基是个有魅力的思想家啊，只是现实往往是和文学、理想相反的。斯大林明白这个道理。明知如此还是要发动革命，并且在取得了成功之后，就像你说的那样，从胜利之日就开始堕落。"

这次轮到我沉默了。摆出这种谁都明白的道理，这简直就是在向我挑衅嘛。我才不上当呢，我气得鼓鼓的，但尽量压住愤怒伺机反击。

"那珂崎并不是在制造武器。"他安慰我。

"要想打破这种不能推翻体制的可悲现象，只能消灭太平天下。否则的话，自然规律就不起作用。那珂崎忠于这种想法，所以决定要制造核爆炸装置，所以才来到这个岛上。他们的目的是要改造社会而不是为了攻击敌人。"

"那样就更不行了。"我恢复了信心，表示异议。

"如果破坏了自然就什么都做不了啦。再说，一个人怎么可以对自己的理想那么的自信呢?"

这是我——一个放弃了革命思想的人——的真心话。直到现在，生起气来时说的话还是像个革命家，还会蹦出"非国民""卖国贼"之类的词。这是我那个时代的烙印。在把古文献译成现代语的过程当中，为了不被这种混乱所束缚我可是没少下工夫。而与我相比，库尼玛的语言不受时代束缚，更有威胁性。他一定觉得我的观点都很陈腐吧。对我的意见也只是漠然置之。

不过库尼玛也有无法预知的事情，比如之前的那场火灾。而且他的巫术似乎对德大寺也不起作用，所以他到底能不能控制那珂崎他们制造核武器的行为，我有些担心。那是全新的知识体系，我和库尼玛都跻身于那个世界之外。

"真是愚蠢。宇宙卫星也是，那么个小小的装置，根本不可能搞懂宇宙规律。

野野宫君，不要相信科学，那只是假说而已。你可以利用它，但不要忘了它的适用范围是有限的，而且非常窄。"

尽管库尼玛的研究所使用的装置这么杂乱地堆放着，里面还有不少看上去很有些年头，但他的话很有说服力。他的研究大概是把这里的实验结果拿到前些日子被烧毁的城堡那边，通过最新的装置完成的。有些必需却缺少的零件也许是通过朝仓理事长的关系从国外采购而来。他是从什么时候开始意识到科学的极限的呢？不可能仅仅是因为那场火灾。

库尼玛好像猜到我在想什么似的，说了一句"我也反省过"。

他继续说道："开始抚养阿兰之后，我便不得不承认有无意识领域的存在。那个孩子体内装有拒绝科学研究的程序。我虽然知道这一点，可还是希望了解岛的历史和由来。再说阿兰也是在这个岛上出生的人，她应该也想知道为什么王国会灭亡、是什么势力使之灭亡的，我相信她会理解我的研究。

"有一天我把阿兰叫到这个研究所里，告诉她我正在调查岛的历史，第二天她就失踪了。那时她还只有十三岁，所以我认为她是被拐走了。

"我想尽一切办法找她，终于在两年之后发现她漂流到了本土，被某个人发现并收养了。我喜出望外，在总结上次的经验之后，我没有把她带回来，而是制订了一个新的方案。小阿兰是怎么漂流到本土的，是谁让她坐什么走的至今我也不知道。只能想象是集体无意识起了作用，岛民们不约而同地携起手来帮助阿兰逃跑了。那是阿兰父王的遗恨、或者说意志吗？还是所谓历史那恶魔般的智慧使然的？我不知道。我自以为很了解命运、还有异界，可是看来我的知识也只是半瓶子醋罢了。"

我一边听他回忆一边忙着记笔记。我发现他的话里并没有对自己的反省，反省自己就是因为和其他岛民太格格不入，阿兰才会被夺走的，那是报应。我有些自我陶醉地想：库尼玛可以作为我的反面教材。

故事讲到这里，库尼玛和阿兰的关系也越来越清楚。我们在一起生活之后，我总有一种阿兰被什么人操纵着的感觉，曾经以为那个人是库尼玛，现在看来是个误会。当初阿兰为什么不愿和我一起去见库尼玛，现在我也明白了。但为什么她对我们的调查一直都很合作呢？是为了到关键时刻搞破坏吗？还是因为她即使不乐意却想成全自己的男人，帮助他实现自己的理想呢。我很想这么去理解但却没有自信。就算阿兰是这么想的，那看不见的力量什么时候会发作谁也不知道。

"我知道阿兰会爱上你，透视球预示了你们的命运，不过程度和时期略有出入。我也想过要利用你们的关系。"

我差点说，那你还真没少妨碍我们。我没说，因为看来并非所有的事情都是库尼玛的意志所能左右的。

库尼玛今天和以往不同，他似乎想要把一切都说出来。此时与其回嘴惹恼了他，还不如趁此机会从他那里多打听一些东西。

"我们这些微不足道的生命是无法接触到真正的事实的。不管你怎么调查，都只不过是肉眼看到的情景罢了。为什么会有外界的存在呢？是神创造的吗？那么神又是谁创造的呢……那里只有无限的存在，我们必须接受这种无限。所谓真实就是与天球的运行保持一致。"

库尼玛像是在宣告什么。他向我提问、自己回答、然后又盯着我看，这一连串的动作让他的情绪越发激动，他说话时语尾发颤，高低起伏得厉害。

"我可不是在谈本质论或是美学。"库尼玛加重了"不"字的发音。

"我们也是自然界中的生命。本应高高兴兴地迎接死亡，如果是和民族共命运的话。等等，我说的是灭亡。"

他看我动了动身体以为我要表示异议，用手势阻止了我，继续说下去。

"当今世界的领导人是没有资格谈论民族和国家的。只有鲜血像无尽的夕阳一样辉映。只有血是真实的。"

我保持沉默。这简直就像是希特勒所推崇的诗，无从讨论。

"不管是生长在什么土地上，是干还是湿，是花就总是会开的。不要谈美，也不要论善。历史决不会评价自己，也没有什么历史规律。即使有也没有人有窥探的权利。我们能做的只是遵守法则。没有资格入门的人就站在门前，好好看着。我已经看了二百年了。谈论神的时候把法则藏起来。科学不过是索引罢了，是落到地上的天文学。"

库尼玛看着我，笑了。我从没见过他有这种表情，喜悦、安详。像刀刻般的深深的皱纹也没有那么明显了。

"但是那也很快乐噢。落英缤纷人升天，流水一去不复返。"

我不知道这是名人之作还是库尼玛的作品。他不说话了。刚才说得太多他大概有些难受，调整了一下呼吸，再慢慢抬起头来。用一种和刚才不同的平静的语气说："我说这些，你大概会认为我是在宣扬不可知论。"

"没有。"我简短地答道。我正忙着记笔记呢，再说还有太多的部分不明白。但是我还是能听出库尼玛的话里有更深的意思。

"你能不能说一下你回到这个岛的经过？"

"我还没有说吗？"他看我，我点了点头。他的说明大致如下。

库尼玛在和歌山建了一个研究所，他以通过兰学学到的数学和物理知识为基础，再加上日本数学的思维方式，发现了关于宇宙的生成、变化和扩大的规律。准确地说应该是"他认为发现了"。据他的发现，宇宙的结构和天体运行规律与支配生命现象的二重螺旋结构同出一辙。

微观世界与宏观世界结构相同，这一发现说明我们所想象的宇宙其实就是生命现象的投影。根据这个方程式推算，日本是会灭亡的，只是时期还不确定。库尼玛心想那也没关系。第一个转折点日本靠推行明治维新顺利通过了。他在和歌山海边的住宅兼研究所里开始研究历史的位相变换规律。不久，他研究出日本明治维新获得成功不是因为灭亡规律发生了变化，只是延期了。如果能够停止即将开战的日美战争的话还能再往后延一些。然而狂热赞美、崇拜天皇的军国主义国家将库尼玛定罪为非国民，大报纸首当其冲批判他，他再也无法发表论文了。

如果不是因为他会用巫术，他早就被警察逮捕、拷问致死了。他还没有掌握供个人使用的远程火箭技术。于是他打算在国外出版自己的研究成果，然后再带回日本。他避开特警的监视，寻找去中国的办法，这样就认识了当时往返于上海和日本之间的朝仓喜久雄。朝仓那时是海军部门的特工人员，他认准库尼玛的研究成果、尤其是远距离火箭炮的技术可以帮助海军从陆军手里夺取主导权。年轻时朝仓就很有头脑，他知道库尼玛的研究还可以帮自己获得成倍的活动经费，所以有一段时间两个人建立了合作关系。

库尼玛那个时候还没有失去对国家的热情，而且对自己的卓越才能也相当自负。他还没有领悟到这些努力最终都是徒劳，自己所发现、所总结的规律也不是万能的。愚民啊，他诅咒着，觉得自己义不容辞，要思考国家灭亡之后该怎么办。

为了寻找一度灭亡的国家又东山再起的方法，他开始想要调查自己出生的岛屿的历史。孩提时代，库尼玛常听父辈们讲岛上王国的传说。另一方面，战况全面恶化，一亿玉碎①的标语满街四处乱飞。他开始读约瑟夫的犹太战记也是在那个时候。他想无论如何自己都要活下去，把在马察达牺牲的英雄的故事告诉给战败后的日本人，教给他们即使灭亡也绝不灭绝的生存方式。

他下定决心、开始编木筏，模仿渡海到南海普陀洛迦山的情景，在夜色掩护下离开了熊野的海岸。他做好准备如果被已掌握制海权的美军发现的话，就像约瑟夫被罗马军队抓到一样，他就到美军阵营里去写《太平洋战记》。

终于到了海上。回头望去，灯火管制下的日本列岛一片漆黑，静卧在起伏的波涛上。因为计算好了海潮的流向和风向，不一会儿船帆就鼓满了风，朝着冲之波美岛驶去。船帆被涂成了黑色，这样可以避免光的反射。

就这样，库尼玛逃离了本土。这个过程也能看出他非同凡响的行动力和略微偏执、不服输的性格。

过了一会儿，风更强了，船的速度也变快了。左手边很遥远的地方，可以看到被刺眼的光芒笼罩着的冲绳本岛。闪光弹交错飞舞，炮声轰鸣，还夹杂着像是呻吟的声音。整个岛都在挣扎，似乎马上就要沉下去了。眼前的情景把库尼玛的思绪带回到了故乡。他心想："冲之波美岛也灭亡了很多次了。"也许岛的名字就包含着在历史潮流中时隐时现、仿佛波浪一样的意思吧。那么它本来的名字是不是冲之波见岛呢，库尼玛在紧张的航海中、在水花四溅的船上思考着这样的问题。

海面上这片异样的光亮，把这座岛的历史、神秘都毫不留情地暴露出来，把这里正在发生的残酷的亵渎也暴露出来：只要是非合理性的事物，哪怕是一棵树也不能让它留下。在船上漂流的库尼玛对此却无能为力。

藏在库尼玛记忆里的冲之波美岛，可以根据不同季节的日月星辰的位置推断

---

① 二战时日本军国主义的口号，指让一亿国民都战死。

出大致的位置。可是现在是否还能找到它，库尼玛心里也没底。也许冲之波美岛只是意念编织出的想象中的岛屿吧，这一幼年时的不安在他长大成人之后依然存在。那么多岁月都已经流逝了。

在经过了冲绳以北的海域之后，库尼玛按照计划把船舵打向了西南方。

我想象那个夜晚的库尼玛就像渡海到南海普陀洛迦山去的饥饿的僧人一样。一身黑衣裹住他精瘦的身体，眼睛熠熠放光，心里合计着万一被美军捕获怎么办。那时的他已经开始有异形人的风貌了。

漂流数日后，他抵达了一座死一般寂静的岛屿。上岛之后，他发现自己出生的这座岛不知何时人们说话的单词和语法全都变了。最明显的变化是肯定和否定完全颠倒了。他不在的约一百五十年的时间里，这个岛上似乎发生了某种天翻地覆的变化。他花了很长时间才查出原因。多年以来，这个岛上一直都有来自中国大陆的优秀的学者和工程师，他们受当权者迫害漂流而来，岛上为这些人建了专门的研究设施，在那里进行着非常先进的超前研究。灾难也许就是在这当中发生的吧。据说也是某种核爆炸，就发生在明治维新之后还不到三十年的时候。

库尼玛回答我的问题时说：从那以后冲之波美岛就变成了看不见的世界，用生与死来区分是地下黄泉；以和人世相对的概念来理解就是阴间；用凯尔特人的说法则是永生之国。至于事件的发动者是谁，有人说是德川幕府的余党所为。因为"跟维新政府的当权者相比，幕府体制下有更多的优秀学者"。

库尼玛看着我的眼睛，说完之后笑了，那笑容让人很不舒服。从他的表情我直觉库尼玛是认识那些学者的。德川时代的社会不像现在这么单调一致，既有灭亡王国的国民，也有外来人的文化部落。大概那珂崎也是在哪儿读到了和冲之波美岛有关的资料，了解到有永生之国的存在，才下决心到这里来的。

"那是个可以依靠的危险的同志。"

库尼玛说。他在离城址很远的北山山脚下发现了一个建筑物，实验器具等还都堆在里面。那就是这个研究所。

"你也注意到了吧，这个建筑物同歌德纪念馆的设计师斯坦纳的建筑风格一模一样。这是那个神秘人的作品。"库尼玛解释道。我不知道谁是神秘人，只好暧昧地笑了笑。

库尼玛有时咳嗽得很厉害,我每次都只能等他平静下来。他今晚是想把他知道的、他的经历都尽可能准确地讲给我听。仁仁像是快要哭出来了,脸抽动着。为了掩饰,它表情僵硬得不自然。它把药递过来让库尼玛服下去,我也站起来帮他揉揉背。

"后来我又发现有不少人平安无事地活了下来。不过他们的命运更加悲惨。他们变成了异类,经常出现不明病因的症状,能在本土找到亲戚的人都让儿孙们离开了岛。好像记忆和编造历史的才能还是过去的人擅长。我就是从这个族群的人那里听说了关于岛的历史、大爆炸前后的情形、爆炸后出现的狗人等等情况。仁仁就是狗人中血统优良的犬种。它有语言的才华,又像狗一样忠诚,很快就掌握了过去岛上的语言,开始帮助我。"

听到库尼玛这样表扬,仁仁得意地抽动着鼻子抬头看主人,突然把脸藏进了他的被子里。由于鼻子和嘴朝前突起,好像插入了两层被子中间。大概想到这是严厉的主人最后的遗言而悲伤起来。

"我要先告诉你,阿兰生蛋和核爆炸是没有关系的。这是在王国灭亡的时候就设计好的遗传基因,如果对方是对共和国来说不令人满意的男人,那阿兰就只能生下蛋来。"

库尼玛的这番话深深地刺伤了我的自尊心。酗酒、脱离革命阵营、作为作家的失败等等,这些我常常感到负疚的事情一一浮现出来。

"不,好像是因为你是个纯日本人。这个岛受日本的伤害最深啊。"

库尼玛对我解释道,但我的心情没有好转。

"永生之国的特点包括人们的嫉妒心不那么强、对于性很淡漠、爱护自然等等,都和现在的日本人不同。"

说着说着,库尼玛的表情变得忧伤起来。我开始想,那么阿兰的性欲是怎么回事呢,也许她是成为永生之国之前的人种吧。库尼玛的话还有一点让我不太明白,在他渡海到本土的时候,也就是明治维新的四五十年前,这个岛上好像也深受江户末期颓废文化的影响,那也因为核爆炸一扫而光了吗?但是库尼玛开始咳嗽,扭动身体,表示对这种意见的不满。不久他的话题就转到了对阿兰的抚养上。

"阿兰是个非常可爱、率真、自然的孩子。看着她的成长，我内心一直在做激烈的思想斗争：是让她恢复并取出她的记忆呢，还是让她跟普通孩子一样健康正常地成长？"

　　此时库尼玛的语调和说到夜晚漂流时完全不一样，安静得像在唱歌。他说慢慢地他发现只要一让阿兰回忆过去，她的情绪就会很不稳定。那时她还只是个孩子，不稳定只是表现在不说话、没有食欲等事情上。但库尼玛说这个发现等于为弄清岛的历史提供了某种线索。

　　"让阿兰受到伤害就可以搞清历史，这到底是怎么一回事？"我有些神经质地问道。尽管我自己也曾经追问她、让她痛苦。

　　库尼玛低下声说："灭亡王国的人最终意识到是知识的发达导致了灭亡。于是从阿兰的遗传基因里取消了、或者说是试图取消记忆的元素。但是他们没有完全成功，因为反知识也是知识的一种。"

　　库尼玛再三强调这不过是他的一种假设。他解释说知识的根源在于语言，所以想消除记忆却留下语言这本来就是矛盾的。不幸的是阿兰的语言能力是超群的。

　　"至少王国的人们很清楚由于语言给了人类想象这个世界之外的世界的能力，并因此产生了欲望、无止境的欲望，最终导致了王国的灭亡。在这一点上他们比现代人更睿智。"

　　他这么一说，我觉得我无法再继续保持沉默了。

　　"我感谢神保留了阿兰的语言能力。"

　　我心想，库尼玛的想法不就是科学万能主义的反面吗?！我想在他面前显示通过破译古文献这一运用语言的工作，我和阿兰相爱、结合并且难舍难分。库尼玛用怀疑的眼光久久地盯着我，令人讨厌。

　　"野野宫君，你曾在革命组织里活跃过，对吧？"

　　"那时我以为自己是马克思主义者。反对安保运动前后出现过一批新左翼激进分子，我是在那之前。不过走上社会以后，多少做过一些帮助激进分子的事情。"

　　"通过那些运动，你应该看到过思想是怎样变成凶器支配人类、抹煞自由精神的吧。你不还把那些经历写成诗了吗？德大寺君是后来成长起来的非政治一代，不过你应该能明白我的意思。"

"大概明白吧，你现在说的意思。"

我含糊不清地回答道。因为我并不认为库尼玛是在认真地告诉我那么教条的
东西。在我看来，他才是操持凶器的人。我想可能他其实很讨厌什么自由、平
等、进步之类的词。他更像是个浪漫的思想家，我之所以在排斥他的同时又被他
吸引，也是因为这个原因。我感到这是他死期临近，将真正的自己隐藏起来了。
同时我又想我是不是也在不知不觉中被阿兰感化了呢？因为如果是过去的话我一
定会不顾一切地和库尼玛辩论，而现在我已无法理解他的那些理论，我甚至对用
大脑思考这件事都持怀疑态度。

"我一直在和阿兰，不，应该说和阿兰所背负的历史斗争，我已经累了。"

说完，库尼玛长长地叹了口气，好像是想让我觉得自己的推理正确。这么
说，之前他讲的这个关于阿兰的故事其实是在告诉我他的思想历程，我终于有些
理解了。

"以为科学能搞清楚一切，那只是一个梦。"库尼玛像唱歌似的轻快地说。这
本应是他痛苦的表白，但是唱歌般的语气是不是说明他已经超越了挫折感，大彻
大悟了呢？也许现在库尼玛说的这些话，就是我一直解读的那本古文献中隐藏的
主题之一。

"即使能统治万物，人类也不可能从无边妄想之假象中逃离出来。我对阿兰
的培养是失败的，因为我否定了自然。"

"怎么讲？"我问他，"是说你把阿兰的天性扭曲了吗？"

库尼玛使劲摇了摇头否定了。他像一条蛇一样缓缓地抬起头来："我喜欢上
了阿兰。"

他很不自然地窃笑了一下。皱纹都挤到了一边脸上，上面好像有黑色的脓一
样的东西滴到床上。以前我也想过库尼玛是不是对阿兰抱有某种感情，但始终是
在"像父亲那样的"这个符合逻辑的范围之内。如果说"扭曲了天性"的话，是
解释成库尼玛控制住了自己的感情呢，还是说一个快两百岁的老男人爱上二十几
岁的美丽女子呢……我颇费了一些时间去想这件事，直到我发现这种"科学的"
推测才是没有意义的。

"两百年都在追求理想的话当然会累。变化总是开始得很愚蠢。一旦时机成熟就会变成现实，然后从那一天开始新的愚蠢又开始蔓延、腐败。我居然和这样的日子打了两百年的交道……"

库尼玛的表情柔和起来，我想开个玩笑但是一下子想不出合适的词。眼前的他就像一块黑乎乎的物体，近在咫尺、伸手可碰，但我又觉得似乎还是远在天边、遥不可及。

那晚，库尼玛在那之后又说了很久。甚至还谈到岛的地质学特点、植被特点——亚热带地区的树林里混杂有北方系统的针叶树——等等。据说植被的混乱是由于核爆炸引起极地气象发生异变的数十年当中生态系统混乱的结果。库尼玛的话从分析那本在洞穴里发现的古文献开始讲到现代、然后突然又跳到徐福传说，在时间和空间之间纵横交错、扩展，不知要讲到何时才会结束。

他生命的最后时刻最想讲的中心部分是什么呢？还是那个部分已经被他悄悄地穿插在他漫长的讲述当中了呢？我紧张地听着，但渐渐地不得不与逐渐袭来的睡魔搏斗起来。他的声音有时候很低，有时又突然高起来，我想起身穿黑衣服的老妇人多次送进来像是加有强壮剂的饮料。

"也许应该这样说：在我的身体里，宇宙和混沌共生。"

"我到这个岛上以后才开始思考：古代人通过使用工具了解到自然以及对自然的看法都会发生改变时有多么的惊奇。"

看到我笔记本上记的类似这样一些只言片语的句子，我知道那是我在稍稍清醒一点的时候，勉强记下的库尼玛的话。

不久后库尼玛在仁仁的帮助下重建了研究所，开始正式调查岛的历史。家里的事情就都交给了那个老妇人，她是被库尼玛从一只遇难的船上救下来的，当时她倒在船上就快死了。和阿兰不同，她遇难的时候失去了语言，这反而有利于保守研究和行动机密。阿兰逃到日本是库尼玛悔悟的契机，他开始相信某些不可知事物的存在，但实际上这又大大加速了他的研究。后来我才注意到我忘了问库尼玛，他喜欢上阿兰是在她失踪之前还是在发现她之后，但也许这些都无所谓了。

"基于假设的实验、为了解谜的计算公式，这都是为了找出到底什么地方不明白。"库尼玛说。

库尼玛根据海流判断阿兰漂流到了九州的某个地方，于是他第一次去到了战后的日本，不久就联系上某个学术机构，那就是他过去的熟人、朝仓喜久雄的昭和经营史研究所的前身。

已经掌握了阿兰脾性的库尼玛在和朝仓商量后，决定让他当阿兰的养父，让阿兰做了一名研究所的职员。打算在阿兰工作期间，再次继续之前没有成功的记忆恢复实验。于是，他们编制了破译古文献的程序，进行了几次模拟实验，最后把实验地点定在了冲之波美岛，虽然有些危险和不便的地方。

回答完我的问题之后，库尼玛问我："你认识一个姓台的人吗？"

这好像不是谎言。

"没跟你事先说明就让你来到这个岛上，真是对不起。"库尼玛第一次向我道歉。

"已经没关系了，我那时也是走投无路了。你们让我做了件有意义的工作，只是我很难相信你已经活了二百年啦。"

"也难怪。"库尼玛说着话又开始呻吟了，可能是想忍住咳嗽吧。

"我也没有想过自己能活这么长。"

"……"

"你没听说过只要保持某种状态人类是有二百年左右生命的说法吗？"

被他这么一说我又觉得好像是在哪儿读过但是记不清楚了。

"长生不老之药并不是治疗疾病或杀死病菌的药，可以说正好相反。两千年前来到日本的徐福就很清楚地知道这一点。那是要让人恢复一个最自然的状态，也可以叫做环境剂吧。他想告诉秦始皇，要想长生不老，首先就得放弃皇帝的宝座，可是他知道如果这么说，一定会被当做阴谋策划者杀掉。于是他造了两艘船，带着家人随从来到了据说是纪州的新宫附近，也算是亡命天涯了。"

说完，库尼玛像是漏气的皮球一样一下子瘫倒在床上。我睡意顿消，赶紧站起来，他却轻轻摇了摇头，示意我别出声。他把双手撑在床上，过了一会儿平静下来。大概是由于想说的话还没有说完，靠意志支撑着慢慢抬起了头，露出我从未见过的善良、慈祥的笑容。

"我什么事都想弄清楚、查清楚，可是岁月不饶人啊。"

他的语速更慢、声音也更小了。

"可是",我想反问他,却发不出声来。我感到有种和睡魔不同的疲劳感正一点点裹住我。让我想起那次离开昭和经营史研究所时的大雾来。一瞬间一个想法在脑子里一掠而过,就算这样和库尼玛一起死去也没什么不好的。

"你刚才一直在说日语。"

库尼玛的声音隔着玻璃从对面传来。

"这说明你在按照约定俗成的规律思考问题。就像岛上的人用波美语一样。"

"波美语啊。"我心想,分不清是梦境还是现实。眼前浮现出阳光照耀下闪闪发光的浪涛滚滚流向远方的情景。海流会随季节的变化改变方向,浪涛声也一样,那喧嚣不正是岛民们说话时的语调吗?如此简单的事情,为什么我以前从未注意到呢?

库尼玛到底是何方神圣呢?每次快要露出真面目时,他又总会躲进雾里,要不就是打岔过去。

"库尼玛,你到底是什么人呀?我越听你说越弄不明白了。"

我几乎是喊一样地问出了这个问题,当然声音并没有那么大。

"到哪儿才能查到你的事情呢?"

"你是要杀死我吗?"

"为什么这么说?难道查清你的来历你就活不下去了吗?"

"是的,认知会杀了我。不过,我告诉你吧,反正我很快就要换地方了。我叫你来也就是想要告诉你。"

我用尽全身的力量睁大眼睛看着他,可惜灯光很昏暗。被深灰色的破旧睡衣裹着,库尼玛看上去就像是被遗忘在路边的包袱皮。让人吃惊的是他的身体开始一点点浮起来,朝着研究所的天花板的角落缓缓向后退。

"我是波浪,我没有形状,我的形状随着海流和气压的改变而改变。我是波浪,但并不是大海表面的喧嚣声。风是什么?我就是风。鸟是风的伤痕,鸟是花。太阳是什么?太阳是我的幻想,幻想就是力量。当我扔掉共同的幻想时,我就自由了。这个时刻好像来临了。"

库尼玛的话里响起了某个以前听过的旋律。是朱雀师的歌。

465

　　我醒悟过来朝库尼玛上升的方向追去，他的胡子落下来，皱纹消失了，不知不觉间他变成了朱雀师。

　　　　琴弦远征苍穹
　　　　如一曲乐章
　　　　黑暗中吟诵的　异教的诗歌
　　　　在温暖的现世腐烂
　　　　幽暗的秋天　在厨房旦
　　　　远飞的是想念之鸟

声音转瞬变得微茫，不久我的视野被黑暗笼罩了。

第
十
一
章

　　野野宫银平的文章就到此结束了。最后结局是库尼玛的死，也算是收了场
了。但我更关心的是，在那个消失的岛屿上生活了几年之后，他是怎样回到日
本，又是通过什么关系当上伊坂杨严隆信博物馆馆长的。如果能搞清这一点，就
能搞清这个世界和消失的岛屿、和那个世界的关系，而野野宫和庄田邦夫之间有
过哪些联系，或是根本没有联系也就应该清楚了，说不定还能从科学的角度照亮
日本国的历史、天皇制的历史呢。

　　如果野野宫银平—野见恭平的文章里没有误解和谎言的话，他应该是在庄田
邦夫失踪之后当上馆长的。野野宫提到庄田邦夫曾经帮过他、关照过他，但这并
不代表两人关系亲密，事实上甚至找不到能证明两人曾经见过面的资料。庄田从
情人理惠那里听说了野野宫这个人，读了他的作品，又听说他酷似自己，于是萌
发了见一面的念头，仅此而已吧。不过，庄田的日记里这样写道："他（野野宫
银平）是我遗失的另一半吗？"失踪前一天的日记里还写道：

　　　写诗让自己远离霸道，就像政治陷入唯美主义一样危险。

　　当我再次读到这个格言般的句子，我开始觉得庄田对野野宫银平绝不仅仅只
是好奇，而是有着更深的认识和关心。我注意到两人的过去——无论是相关地名
还是成长的家庭环境——有着不可思议的共同点，我的这一推测仿佛更有说服
力了。

　　庄田启介只是庄田邦夫户籍上的父亲，暂且不提。邦夫的亲生父亲楠元太郎
是个白手起家的企业家，而野野宫银平的父亲则比楠元太郎要年轻得多，他在军
队里混不下去便到村政府当了一名不起眼的小公务员。这两人是老乡，都曾住在
滋贺县那个被淹没的村子里。

　　我也知道，硬把庄田邦夫和野野宫银平扯在一起，想象他们之间有一条看不
见的纽带，其实是很荒唐的。一个是落魄的左翼分子、酒鬼、靠别人介绍校对的
活儿勉强糊口的流浪汉。他因为经历了太多倒霉事而变得固执己见，总是在与人
目光相遇时飞快地回避。人长得又瘦又高，看起来要比实际年龄老得多；而另一
个却是著名食品制造企业的第二代老板，作为战后第一批留学生，曾赴波士顿学
习美式经营学，成绩优秀。他个子跟野野宫银平差不多高，外表看起来像个运动
员，尽管好像并没有什么特别擅长的体育运动。人很开朗，第一面就能给人留下
好印象。既然是企业家，我猜他一定也干了不少不可告人的事，但我认为那可以
算作是一种手腕吧。

　　在跟女人的恋爱方面，这两人更是无从比较。野野宫银平每次都是在厄运之
后才收获爱情，虽然也可以说是耐人寻味吧，但终究还是太辛苦。而庄田邦夫
呢，你简直搞不清他到底是逢场作戏还是认真投入，这一点是我在开始写他的传
记之后注意到的。说得好听些是潇洒不羁，但也可以认为是玩世不恭。这样批评
他也许有些委屈他了。可如果他对待任何事情都认认真真的话，说不定他那被驯
服、被压抑，如同命中注定般的热血早就喷涌而出了。从年轻时起，在他面前我
就总是得退后一步，不仅因为他是学长，还因为我感到他身上有一种让人害怕的
东西，那是我所没有的。我想他之所以答应楠元太郎娶了伸子，是因为他知道只
有在那个独裁者统治的王国里，他才能驾驭自己那狂放不羁的血。谁要说他是为
了发家立业，他听了一定会觉得很意外、很可笑吧。

　　越分析我越觉得庄田邦夫和野野宫银平的关系非同寻常。我觉得野野宫银平

似乎是在提醒我，尽管我跟庄田曾来往密切，但我对他的理解其实是很片面的。

我从大学的研究室给秋山发了个传真，告诉他："昨天夜里收到野野宫发来的手记，现转发给你。希望还有下文，但不确定。看完后请跟我联系，一起商量下一步该怎么做。"

我一边写传真，一边想应该告诉秋山野野宫在梦中出现的事。

秋山的回信来得很快，那时我还没离开研究室。于是我们跟前一天一样，约好在那家"路"碰面。

"就快了。"秋山说。

我不知道他这话是指什么，于是暧昧地点了点头。

"我有种预感，野野宫一定还会发来下面的手记。说不定就在你写庄田传记的结尾时。"

"是吗，你怎么越来越像预言家了。"

"你这么一说，还真是啊。"

秋山沉思了一会儿，大概是在整理思绪。过了一会儿他把身体扭向我，"你别说，这两个人有些很奇妙的相同点。"

"怎么讲?"

"比方说对人生的态度吧，两人都很含糊。可对事业却很有野心，这一点野野宫也一样。也可能是为了消除内心的不安吧。"

我没有马上表示同意。我在庄田邦夫身上感受到企业家的那种过剩精力的时候太多了。不过我这种看法也许太偏重于经营学立场。秋山看看我的表情，大概觉得有必要进一步证明自己的观点吧，接着又说："我去伊坂杨严隆信博物馆时，偷偷拍了野见恭平的照片。这是在周刊当记者时练就的本领。我把照片拿给算命先生看，得出的结论是野见恭平和野野宫银平从骨相学来看是同一个人。看了三个算命先生，意见都一致。如果看两人的体型呀皱纹的深浅或者是发型什么的印象大不一样，但是这就跟乔装改扮能掩人耳目是一回事。"

"那就是说这两人是双胞胎了。至少能证明是长得一模一样。"

我仿佛看到眼前未知的世界正在慢慢褪去面纱，我怀着一种很不确定、很困惑的心情努力想去辨认事实。

"野野宫银平的父亲和庄田邦夫的生父楠元太郎都是滋贺县人，这也是两人的共同点之一。野野宫的祖父因为村子沉没被村民误会，于是带着他的父亲离开滋贺县搬到和歌山县，而没有像一部分村民那样搬到真琴市。那时候银平的父亲还是个孩子，后来他当了兵，战争结束，驱逐令解除后到村公所工作，后来又做起了生意。但他那武士般过于耿直的性格在生意场上是行不通的，最后把生意给做砸了。而庄田呢，父亲是楠元太郎，生母是楠元太郎的妻子郁的妹妹梅，梅比郁要小得多，是庄田启介的妻子，这一点毋庸置疑。所以就算再像，两人也不可能是双胞胎。"

秋山又说："不过这只是地球人的想法，如果看成是某颗行星上的生物，那不妨可以认为是另一个被编程为共命运的生物出现了。就好像布谷鸟借巢下蛋一样，一个生物借其他行星上生物的身体生出来的。"

"臆想，不过还算是有点意思的臆想。"我回答道。

"当然我也知道当今时代科学进步，很多过去以为是臆想的东西不再是臆想，传说中认为是迷信的东西反而被证明是客观事实。不过……"

"不过什么？"

秋山好像在鼓励我反驳他一样。

我顺其意接着说："不过还是不可能这么写啊。虽说也算本小说吧，但毕竟还是在写企业家传记啊。"

我故意这么说，想激秋山再次反驳我。我希望他在这个问题上纠缠不休，这样没准能使已经开始明朗的事态更加清楚，但他却很快赞同了我的意见："是啊，是这样。"

我不禁苦笑，笑自己居然还想继续沉浸在臆想的世界里。

"就该构思庄田邦夫传记的结尾部分了，他最后的选择，或者说失踪吧，你怎么看？"

我问秋山。其实我心里非常犹豫。我担心自己的写法会使人们对企业家庄田邦夫的评价一落千丈。正因为他的失踪怎么看也不合逻辑，所以以我才担心我的写作会带来负面效果。换句话说，我运用经营学方法去分析庄田邦夫，可这个家伙完全不配合。

根据我的判断，即使去查楠食品公司的财务报表也决不会有什么问题，从这方面也是找不到他失踪原因的。

关于他的失踪，之前相关报道中提得最多的是经营不善，这个说法多半是不成立的。可是另一方面什么情死了、患不治之症了等等猜测也缺乏说服力。还有人说他是中老年抑郁症，对我这样年轻时就认识他的人来说简直要笑掉大牙。庄田失踪已经三年，事情已经平息下来，在这个时候，我作为一名小有名气的经营学者写他的传记，影响力一定是很大的，我必须得慎重。

"庄田邦夫的死，准确地说是失踪，不过也可以说是死吧，尽管还没有找到遗体。很多人说他是因为经营陷入困境。那些哗众取宠的报道可以不去管它，但事实上总公司原工厂旧址再开发计划的确是进展不顺。而且还听说政府也施加压力，要他们答应美国公司的并购。"

"庄田可是一个擅长跟压力抗衡的人啊。"

我回想起从前美国公司来收购我们俩那家广告公司时庄田的态度，回了一句。记得那时庄田说"小吞大也不是没有可能的"，他对接受美国公司并购表现得很积极。不只是这一件事，庄田这个人有一种才能，他往往会接受一些常人无法忍受的条件，在按条件行事的过程中却不知不觉变守为攻。我之所以很早前就选择走学术研究这条道，也是因为年轻时代与庄田相遇，他让我认识到自己是不适合做经营者的。所以，在某种意义上可以说庄田是我的恩人。

"如果是那样的话，只能说他的失踪是他的一个错误选择。我曾经去他定期体检的医院调查过他当时的健康状况，并没有什么重大疾病的记录。"

"这要是普通传记的话，就不用管他个人生活的一面，只要掌握经营业绩、公司规模以及经营状态的一些数据，实事求是地写就可以了。"

我说这话也是在说给自己听。老实说，没有比"普通传记"更让人无聊的了。我感到有点后悔，当初不该口口声声要写小说，因为我始终找不到一个中心点去展开一段虚构的故事。当初只是考虑到说是小说的话即使加些虚构成分也没关系，现在我才知道这种想法是多么的浅薄可笑，而我现在的困境似乎是作茧自缚。

"也许可以这么写：'庄田邦夫做了一个错误的选择'，由此去突出他的存在感。"

秋山建议道。我想起不久前给某位已故财界领导人写传记，为了表现他的包容力和人格魅力，我加了一些他的风流韵事，挑的还都是天下人皆知的例子，没想到却遭到他家属的起诉，让我苦不堪言。我解释道："我只是想给他的形象增添一些人性魅力，并无恶意。"

可对方律师却说："写的人也许无所谓吧，可您想没想过我当事人手下有多少员工啊。总之您如果不删掉的话，那就只能暂停发售了。"

"那你们一开始就别叫我写什么传记！"尽管我心底的声音在大声鸣冤，但却只能压在心里，按照对方的意思删掉了相关章节。好在这次不会有这样的事情。

"就算是写企业家传记，也照样可以写他的失败啊。失败中才更能看出人的性格嘛。"

"你这话很有魅力，但听起来也像是恶魔的引诱。当然，我不能不写安部理惠的事，你也知道，她可是堂堂正正地出现在我小说里的。"

其实，我的烦恼还不止这些。因为他在事业成功时的"想法和行为"实在令人费解。

他的那些能力：从新产品的创意、试制到产品形象的包装、宣传，这一系列过程中展现出的才能，让我在调查过程中越发觉得非同寻常，当然那也是楠元太郎亲眼见证的。可以说他就像一个把灵魂出卖给魔鬼从而获得了非凡智慧的人，他巧妙利用别人的弱点，却将它披上慈爱的外衣。

为了让楠食品公司快速发展，他几乎不择手段。一次他们和一家同业竞争对手M公司抢着兼并一家有技术却没有经营能力的公司。刚开始，M公司笼络那家公司的工会，在集体谈判时软禁了他们的总经理，强迫他在和M公司合并的誓约书上签字。楠食品的常务董事听说这事以后脸色煞白地来找庄田，庄田却异常镇静地说："这只是第一个回合罢了。下面你就看我的吧。"

他买通了那家公司所在地的当地媒体，让他们对M公司进行负面报道，然后又找到公司工会的上层干部，威胁他们说："你们工会充当资本家的走狗，用暴力团的方法去干涉企业管理，地区工会一定会调查这件事的。"

而就在此时，工会会长在自己家门前遭到了右翼分子的袭击。据说袭击者当时大叫了两声"劳动者的叛徒",可能是原激进分子吧。总之,工会会长被打折了腿、气势也似乎被打了下去,他向公司高层道歉,表示工会要做工作在临时股东大会上否决与M公司的誓约书。

这场闹剧的结果是,那家公司并入了楠食品系列,而楠食品在之后的商品开发,特别是发酵技术方面超过了M公司。这时候庄田说话了,像M公司那样靠收买工会去吞并公司的做法决不能原谅。

"就算是斗,也得斗得堂堂正正,不管到哪儿都能挺得起胸来。"

他的话非常有说服力,公司员工就不用说了,连报刊记者都连连点头称是。庄田有一种变色龙般变幻莫测的本领,他可以根据需要变成国粹主义、变成进步的国际人士,有时候又变成权力主义者甚至温和的有识之士。

我在写庄田邦夫时,常常在这一点上踟蹰不前、无从下笔。从经营学的角度来看,他是一个很有魅力的企业家,但我总觉得那与真实的庄田邦夫是相互矛盾的。

庄田善于宣传、善于说服别人,这些都明显带有独裁者的特点。记得什么时候秋山无意中发过这样的感叹:"庄田邦夫大概跟戈培尔、希特勒属于同种类型的人吧。"

"你们这一代人啊,根本不了解战争和法西斯的罪恶,所以才会这么随随便便地下评语。"

我说了他一顿,心里却想秋山也许说到了他性格中的一个方面。他像着了魔一样地扩展事业,也许正是想满足内心的某种饥渴吧,我一直未能将这个想法从脑中拭去。

我寻找庄田邦夫这个人人性形成的根源,却意外发现楠元太郎是他的父亲。于是我寻的范围进一步扩大,开始追溯起楠元太郎出生的秘密。然而秘密却越挖越深。人为什么要创业?这一经营学最根本的问题用在楠元太郎身上的话,答案则与那个消失的岛屿密切相关。

当我已经山穷水尽,《庄田邦夫传》再也写不下去的时候,偶然间看到一句话:"以死亡为消失点构建的'悲剧'。"这是被称为十九世纪最后一位国王的路德维希二世被逼自杀后一位精神分析学家评论他的话。

  当我发现各种联想链接而成的庄田邦夫的形象与我平素认识的那个庄田邦夫
是那么的不同时，我不禁惊讶不已。他是一个追求效率的实用主义者，就像是一
台准确无误的市场营销与精密细致的经营管理组合而成的机器一样，在食品业界
大刀阔斧推动革新，是个典型的美式经营学的模范生。而他也因此屡屡被人说成
是个"冷酷无情的人"。

  尽管多次和秋山讨论这个问题，但我困惑的事情依然未能找到答案。最棘手
的是，我的困惑其实与我对庄田复杂而矛盾的心情不无关系。从在波士顿留学时
起，我对他的感情就混杂了友情、尊敬以及嫉妒等多种复杂的因素。他身边总是
不乏女友。虽然他教我要把我的高度斜视当做武器去征服女人，但我心里总觉得
那是出自他的优越感。不过他身上的确有我所没有的才能，而我一直都想要搞清
楚那到底是什么。

  事实上，有一段时间我很不满他那些非常自我中心的行为。特别是当他接受
楠元太郎的邀请到楠食品的前身——楠面包公司工作时，我对他很失望。我认定
庄田邦夫也是一个追求世俗地位和名利保障的人，于是心安理得地与他疏远了。
但是通过这次调查我了解到那不过是我肤浅的印象罢了。我开始体谅他，觉得楠
元太郎和他既然是父子，那么就算不得已答应他的要求也是情有可原的。当然，
我对他形成一种比较稳定的看法是在我作为一名学者有了一定地位以后。最终我
还是觉得我跟他在性格、想法上完全不同，早年分道扬镳对我们双方来说都是件
好事。后来我跟他在政府会议上重逢时，我感到我们之间存在的只是一种让人怀
念的老朋友关系。

  我把写完的部分重读了一遍。庄田邦夫接到楠治子的电话后来到真琴市，约
好去她的新公寓拜访。当晚，他参加了纪念风之游牧民社成立二十周年的假面舞
会，通过降灵术见到了死去的妻子伸子，确认她不是楠元太郎的女儿，同时也等
于被告知楠元太郎是自己的亲生父亲。后来的几天里，庄田邦夫的日记不知为什
么一直是空白，再后来就写了在楠治子公寓里的所见所闻。关于这一点，秋山找
到了庄田家的保姆三田绫，她现在寄居在老家外甥的家里，秋山从她那里借到了
两本相簿，一本是邦夫和庄田启介、母亲以及他自己小时候的相片，另一本里面

的相片则很古怪。两个相簿里面都夹着几张纸片，上面有邦夫随手写的一些东西。

治子拿出的那本相簿里怪怪的照片不知道是用什么方法拍的，照片上植物的种类、风景看起来像是在南方。接下来还有一张楠元太郎站在草原上的照片。庄田邦夫翻看着相簿，心想原来她打电话来说想让我看的东西就是这个啊。

照片大概是楠元太郎在壮年时期、五十岁左右拍的。庄田发现楠元太郎的身影照得有点模糊。如果是因为从空中拍摄相机抖动的缘故，那么背后的风景也应该很模糊。但并不是那样，那只能说明拍摄时楠元太郎的身体因为某种原因在振动。

"这是哪儿？冲绳吗？"

"应该是在南方，但到底是哪儿我也没有问过。"庄田似乎有点紧张，但治子却不紧不慢，一如她一贯的风格，"看这些树郁郁葱葱的样子应该是亚热带吧。"

庄田点点头，继续专注地翻看相簿。他的目光停留在另一张照片上：沿着海岸有一列狭长的建筑物，有点像个城堡。建筑物过于庞大，反而没有一眼就注意到。虽然不知道照片的缩尺是多大，但估计那建筑直线长有好几百米，长长的一列，与沙滩的颜色明显不同。还有一张照片上有两座连在一起的山，其中一座好像较高，有一条河蜿蜒曲折地流到山腹，与茂密的丛林旁池塘里流出的另一条河汇合在一起，注入海湾。照片大概是一个晴朗的日子从高空中拍的吧。

还有一张也是从高空向下俯瞰的照片，中心部分右手边有一座丘陵，丘陵四周有一些黑影子，大概是分散的村庄。河流入海口附近是个小镇，有很多密密麻麻的房屋，还有几栋七八层高的较大的楼房。右下方是个海角，海岸线从海角向远方无限延伸。黑白照片也可以看出海水的颜色有些斑驳不一，显示出海底珊瑚礁的存在。从房屋大小来判断，照片拍到的部分大概有石垣岛一半的面积，从形状来判断，有海底隆起形成的部分，也有珊瑚礁扩大延伸而成的部分。庄田心想："如果这是个岛的话，那就应该是之前日记里很抽象地写过的那个好几个人都曾提到过的冲之波美岛吧。"可是那座岛不是已经消失了吗？怎么能这么轻易地就露面了呢？这里面一定有什么诡计，庄田心想。

"老头子是不是常到这个岛上去啊。"

庄田儿时在楠家生活的那一年里，听楠家人都这么称呼楠元太郎。

"对。他说那是他出生的岛屿。他从没带我去过，不过喜一郎生前、在跟我结婚以前去过一次。"

治子将身子贴近过来回答道。那副神情是少年时的庄田曾暗自倾慕的。

"据我调查，老头子刚创业的时候，曾经悄悄地去过几次南方的岛。大概就是这个岛吧。我知道他在岛上采集了不少药草。"

治子没有说话，庄田抬起脸来接着说："老头子从前做过加了药草的健康面包。他对药学、植物学还有中药都懂得很多，我却没有跟他学到这一手。"

但这话说得不对。其实楠元太郎有好几次都曾想把药草秘方传给庄田，是庄田自己有意回避了。原因有两点：一是他担心如果接受的话，就会被楠元太郎式的商品开发法套牢；再就是他认为从现代药学、发酵化学来看那些都是应该被否定的歪门邪道。再说，在楠元太郎那样的独裁者手下干活，还是不要知道得太多为妙。那时，他还不知道自己是楠元太郎的儿子，跟岳父打交道他一直都非常谨慎。

"那是工人运动闹得正激烈的时候，委员长突然不明不白地死了，都说是公公干的。喜一郎为这事也一直很苦恼。但我知道那不是真的。公公其实是个心地非常善良的人，他绝不可能也干不了那样的事。这一点治子我最清楚了。"

庄田看出治子今晚要跟他推心置腹，决定趁机问个明白。

"也许这么说会很失礼，但我想你虽是儿媳，却最能理解老头子，就像现在这样，所以他才会爱上你。他爱你也许甚至超过爱喜一郎。"

他想起喜一郎自杀后当晚，庄田启介引用的《圣经》的一节：

"邪恶之人的路上充满荆棘和陷阱。"

对庄田启介来说，邪恶之人指的大概就是楠元太郎了。想到这儿，庄田中断了回忆，接着说："上次开工仪式后你来找我，说是跟老头子有一个儿子……"

治子动了动身体，凝视着庄田的那无助的目光逃向了天花板，庄田追随着她。过了一会儿，目光终于重新回到庄田身上。治子的两只眼睛一大一小，瞳仁里散发着一种异样的光芒，让庄田畏缩不前。刚去波士顿留学的那段日子，治子送他的那个般若面具的钥匙链是他最宝贝的东西，眼前治子的脸在异样的光线下似乎变成了那张般若面具。

也许是注意到了庄田神色的变化，治子的脸慢慢地又恢复成原来那张温柔圆润的女人的脸。她似乎想拭去方才不经意间流露的异样神情而微微一笑，笑得一点也不牵强，庄田松了口气，治子骨子里还是一个温柔的女人。

"我说过那样的话吗？"她像是在表现自己怎么想也想不起来，故意说得慢腾腾的。

"没错。你还说那孩子性格怪僻，不适合经营企业。"

治子笑了起来，起先是脸朝下用手背掩住嘴偷偷地笑，慢慢地大笑起来，笑得前仰后合，好不容易才停下来。

"是吗？如果是那样，那就是我瞎说的，不好意思。不过的确有个男孩子我对他像对自己的孩子一样。

"我确实曾经爱过公公。这是很可怕的事，但它是事实，所以我也不打算对你隐瞒。你是他的儿子，治子本来也可以疼爱你，不过你不是去了美国吗?! 后来治子不得不回老家，因为发现自己怀孕了。本打算自己一个人把孩子生下来呢。一点都不觉得孤单哦，这种心情男人大概无法理解吧。不过怀孕只是错觉罢了，虽然我常想要是真的该有多好。

"再后来我有了喜欢的人，他是个律师，之前就常帮我拿个主意什么的，他也为楠食品工作过。"

庄田不太相信治子的话了，就在治子向他说出一个又一个秘密时，他却感到有一种想用尽全力搦住她的冲动，他不容分说地冒了一句："那个律师后来突然死了，在他去找老头子说要跟你结婚之后。"

治子的眼睛闪出犀利的光，与她把手放在庄田膝上抬头看他那温柔的样子简直不像是同一个人。

这个晚上，治子的样子变化多端，她似乎被一些看不见的东西逼得走投无路了。她扭动着身躯，像是在同黑暗中攻击自己的力量对抗，而后又转向庄田做出向他求助的样子。治子是个令人费解的女人，这也让她更有一种奇妙的魅力。她不再掩饰自己的谎言。她似乎已被逼进了死胡同，根本无暇去想什么才是真的。她的头发还是很多，却已变成灰色，随意地束在脑后，让人看不出她的实际年龄。

"你没有怀疑他的死因吗?"

治子喃喃地,几乎是用身体阻止了庄田。

"别说了。"

庄田想起听别人说过,被逼到尽头的野兽是决不出声的,但他却似乎听到治子在小声地叫喊。治子脸上的表情既不是恐惧也不是看破红尘。她之所以阻止庄田,一定是不想再记起当她知道自己所爱的男人被曾经爱过的男人杀害时的那种感觉,那种几乎要晕厥过去却又有一丝满足的感觉。她像是在为自己辩解,语无伦次地说:"我一直想要忘掉,已经成为很遥远的事了。"

不知什么时候,她拿出一条手绢,身体在轻微地颤抖,就像是耍赖撒娇时的样子。

"上次治子你说有件什么东西想给我看对吧?"

庄田换了个话题,治子想给自己看的难道就是这个影集吗?他有种被愚弄的感觉。他想那只是为了把自己叫来的一个借口罢了。

"是的。"

治子平静了下来:

"你在调查公公的事吧。你的表情已经告诉我了。"

她仿佛猜到庄田一定会问"你听谁说的",先把答案准备好了,用一种淘气的眼神望着庄田。

"治子有时也很想了解公公。他根本就不是滋贺县的人。还有,我说不好,他那个的时候,很不寻常。"

"而且不仅只是姿势噢。"

她的话像个谜,好像在说楠元太郎做那件事时不像常人。

接着,也许是为了吊庄田的胃口,也许是不想继续自己提出的这个令人窘迫的话题,她有些唐突地说:"治子那时候觉得你好可爱。打那以后就开始对比自己年纪小的男孩子感兴趣了。"

"你这么说好像是我的责任。"

她伸出白白的手放在庄田的手上。尽管已经七十多岁了,她的手还是很柔软。庄田心想治子是在掩饰什么。

"所以你现在也有跟儿子差不多年纪的男朋友。"

庄田很肯定地说。他甚至想问是朝仓的部下抓的那个松井平五郎呢还是疋田茂次，但最终忍住了。威胁一定要暧昧些才更有效。

治子又笑了，笑得很轻。大概以为庄田在为自己那个看不见的情人而吃醋。要是那样就太可笑了。

庄田尽量抑制住涌上心头的不快感，心想只要自己表现出至今仍然深爱治子，那她一定会给予全面协助的。此刻他的思维方式完全是一个即将进行一场艰难谈判的企业家。

庄田当楠食品总裁这么多年来，曾经不止一次地从高级料亭或是夜总会的女招待那里获得过重要情报。那些女人因为对他有好感，所以就把他的竞争对手们在那些地方谈话的内容透露给他。大概他在美国留学时练就的风度和谈话技巧也帮了他。

"上次你不是特意来参加再开发计划的开工典礼嘛，可那个计划因为反对运动搁浅了。前不久还出了件事，也是因为反对派故意刺激年轻人挑起的。现在警察正在秘密进行调查，犯人基本查出来了，查清幕后人物也只是时间问题。现在看来，这倒成了消灭反对运动的大好机会。"

庄田握了握治子的手，把她的手包在自己的掌心里。他有意夸大了警察的进度。

"你一定很不好受吧。那会儿治子也不知道怎么安慰小邦才好，整天坐立不安的。"

治子皱了皱眉说，她的身体再次靠近过来。一股栀子花香传来，大概是搽了那种香型的香水。

"不过我说啊，"治子压低了声音，她似乎有点犹豫，"你别怪我多管闲事，那个再开发计划我觉得好恐怖噢，总觉得要发生什么可怕的事。没有什么理由，是我的直觉。我原来也不是这样的，好像是从公公那里得到了某种灵感。你知道吗？那个工厂周围河渠里的水是咸的。"

她这么一说，庄田想起好像是听说过，于是点了点头。他想，治子终于要说真心话了。他盯着她看，握住她的手更用力了。

　　"这种事情不能瞎说，所以我说的都是真的。"治子特意强调了一下，接着又说："那条河渠应该是跟海相连的，但听说怎么也勘察不出。不过那块地底下是有很多神灵的，要是挖出来的话不知会有什么灾难降临。公公建工厂时也完全没有挖地基。所以那块地才会那么便宜吧。"

　　这倒是真的。工厂就像是随便搁置在地上的一个建筑物，人们都说大概是楠元太郎刚创业时为了节省工程开支吧。就像是在松软的地面上放了一个箱子一样，所以锅炉才会爆炸的吗？不过那些其重无比的面包加工机器居然还能正常运转，让人不可思议，难道是楠元太郎有操纵那些神灵的魔力吗？

　　"不过小邦你是从国外留学回来的人，一定不信这一套。"

　　治子喃喃自语道，语气越来越沉重。庄田能理解她。

　　他想起发生爆炸事故的时候，楠元太郎为了安抚地灵，曾经举办过盛大的驱邪除灾的仪式。当时邦夫还是个孩子，是庄田启介告诉他的，他的语气如同在对东洋的未开化民族表示怜悯。

　　说不定揭开秘密的钥匙就藏在这本影集里，庄田心想，于是又开始翻看影集。看到一半他发现，影集里没有一张家人团聚的照片，像是女儿伸子的"七五三"仪式①、学校运动会啦或是妻子梅的肖像照等一张也没有。但却有很多翻拍江户时代植物图鉴的照片，有的是常绿树科羊齿类植物，有的像是毛茛科鸟头类植物的花和块根，还有露兜木科的露兜树，结着菠萝形状的果实，还有一些庄田也叫不出名字的草的照片。在这些照片旁边贴着海滩的风景照，好像符咒一般。是在说明这些植物都生长在海边吗？照片是黑白的，只有岩石和一小片白色的波浪，很难确定具体地点。

　　连续排列了好些张风景照之后，突然出现了一张奇怪的照片，照片上一个奇异的东西飘浮在空中。不是画上去的，也绝不是合成，这一点庄田凭他在广告公司工作的经验一眼就可以看出。那东西长得像是风神。但画中的风神往往长着鬼怪一般的脸，两手抓着大大的风袋，靠风袋吹出的空气的力量在空中驰骋。而照片上的东西却长着一张留着长长的胡须、看起来很孤傲的老人的脸，穿着一双以

　　―――――――――

　　① 日本儿童在三岁、五岁、七岁要举行祝贺仪式，称为七五三仪式。

前中国人常穿的那种鞋，鞋尖微微上翘，鞋底好像正喷出什么东西，使他脚下的空气密度发生改变，可以看出下面的草在动。也说不定是背上背着小型喷气式发动机一类的东西，不过照片上看不出来。

"这是谁呀，这个仙人般的人。"庄田不由得出声问道。

治子把脸凑过来，淡淡地说了一句："啊，那就是库尼玛啊。我没见过他，听公公说这个岛上有个长者叫库尼玛，学识非常渊博。"

库尼玛身后是一座山，山顶圆圆的。由此也可以看出这个岛不只是一个小珊瑚岛。庄田想这一定就是冲之波美岛了。楠元太郎跟儿子都没说起过这个岛，却把它的照片寄放在治子这儿，说不定还让她等时机成熟就告诉邦夫。庄田记得昭和经营史研究所的报告里提到楠元太郎有可能在南方的岛屿上学会了某种巫术，这个打扮得像风神一样的老人是不是就是传授巫术给他的高人呢。

风神和地灵。庄田想要解开摆在自己面前的这两个谜而陷入了沉思。为了让自己镇静一些，他喝了一口桌上治子给他倒的白兰地。酒里有点淡淡的药草味。自从再开发计划搁浅之后庄田的酒量就有所增加，不过眼下他顾不得那么多，重要的是要集中注意力。

谜底还是猜不出，庄田继续翻看相册。看了几张之后，他又发现了一张怪异的照片。

照片上的"生物"嘴巴朝前凸出，两腮上的胡须根根立起，目光犀利。长得好像"犬人"一样，也有点像猴子。身后是一棵很像是榕树的大树，从旁边小屋的比例来判断，它大概只有小学二三年级学生那么高。相册下一页还有一张它与库尼玛的合影，库尼玛一副主人的样子站得笔直，而它的身高才到他的膝盖那儿。这个岛上的"生物"真是怪异啊，庄田联想到在某本书上看到的有关最近发现"鼻行类"动物的记述。

"鼻行类动物的原生地是南方海洋的海埃埃群岛，人们一直不知道这种动物，因为该群岛一直不为人知，直到1941年太平洋战争期间，一个从日军的战俘收容所逃跑的瑞典人发现这个岛，才使得它有了首次与文明碰撞的机会。"

庄田记得这段说明性文字是一位叫做哈拉尔特·舒廷普克的人所写的，据说他是个著名的生物学家，而给他的书撰写后记的是格尔鲁夫·舒泰纳博士，这个人确有其人，是个动物生理学家。而哈拉尔特在书中还写道，海埃埃群岛后来消失了，原因是在那里秘密进行的核试验。

就算这本书的内容只是这位著名学者幻想和杜撰出来的，但他的书被翻译成几国文字出版却是事实。所以就算冲之波美岛上有什么怪异的生物存在，事情本身并不值得大惊小怪。问题是楠元太郎为什么把相册留给治子，治子又为什么在这个时候拿出来给庄田看，其意图和动机何在。想到这儿，庄田表现出他作为企业家精干的一面，再次开始向治子发起攻势：

"老头子跟这些人是什么关系啊？治子你有没有听说过什么？"

"这本相册里的照片只有两三张公公生前给我看过，其他的都是他去世之后才看到的。"

治子的回答很没有底气。

"我回老家的时候，因为有隐情，就是刚才跟你说的那些事，公公给了我很多东西，其中一件就是这本相册。他交给我一个行李箱，叮嘱说'在我死之前绝对不许打开'，相册就压在箱子最下边。"

庄田不禁想象当时的情景，又旧又重的行李箱旁边，坐着已经不再年轻的治子，以为怀了孕的身体被行驶在乡间小道上的车颠得摇摇晃晃的。

一个丈夫自杀身亡后又和老公公不清不白的寡妇，回到娘家后老家人一定没少在背后嘀嘀咕咕、说长道短吧。老家人为了避风往往几十户人家屯居在一处，对治子来说，那绝不是能够舒心过日子的地方。庄田邦夫担任负责销售的常务董事时，为了走访各地代销点曾去过滋贺县的山村。他记得那里无论走到哪儿都能看到琵琶湖，深山里有时会突然出现一座大大的寺庙，小河旁边还有水车在缓缓地转动。到了夏天，四处盛开着紫茉莉和火焰般的美人蕉，在游客看来是一幅非常美丽闲适的田园风景画。不过对天天活在白眼和讥讽中的治子来说，美丽的田园风景一定更让她难过。那时她每个月可以从楠食品领取一笔生活费，她特意指定大津市的银行专门上那儿去领，多半是因为想在这一天呼吸呼吸城市的空气，让自己放松一下吧。

心情好的时候，楠元太郎会跟治子聊起岛上的事情，这一点庄田听了感到很意外。因为在他面前，楠元太郎对自己的出身一向缄口不谈。也许是怕一旦谈到这个话题，说不定顺着话茬会忍不住说出其实你是我儿子之类的话，所以他才克制住自己、保持沉默。也有可能是他那独裁者特有的猜疑心在作怪，认为即使是父子也有可能变成敌人。他之所以不让治子和比她年轻的律师再婚，大概也是出于这类猜疑心吧。在他看来，治子的再婚已不仅仅是男女之间的事情，而是一种变节、一种背叛。当然如果他不是这种性格，也许当初就不可能创办楠食品公司了。不过对庄田邦夫来说这一点倒是很新鲜，他想在楠元太郎看来自己多半只是个靠不住的毛头小子罢了。不过也许正因如此，他才会指定自己做他的继承人。

"老头子曾经说过些什么？关于那个岛也好其他事情也好，只要你记得的。"

听庄田这么说，治子像个小女孩一样歪着头做出一副苦思冥想的样子。

"对了，听说那个岛上的人都很长寿，所以他常说'我的日子还长着呢'。他还说有一种草药吃了能够长生不老。"

楠元太郎的确对自己的健康非常自信。在他八十八岁寿辰的庆祝会上——庆祝会表面是由女婿庄田操办的——他发表讲话时说：

"我觉得自己的人生走了还不到一半。"

平日里他就常说人的自然寿命是二百岁，说这话也再次证明他的确相信。公司干部们听他这么说也都觉得很正常，在心中祝福着他。

回想起来，楠元太郎常跟庄田邦夫谈起滋贺县的事，给庄田造成一种他是滋贺县人的印象，这一点与对治子的态度完全不同。他谈到每年夏天都会下山住在熟人家里，去湖边练习长泳等，如果这些都不是真的，那真可以说是他煞费苦心编造出来的故事。而且那个据说是他出生地的村子如今已经沉没在人工湖底不复存在。庄田这个人一向对利用裙带关系出人头地没什么兴趣，因此对楠元太郎的身世也几近漠不关心，从没想过要去刨根问底。不过楠元太郎对外虽然隐瞒身世，他应该还是想把事实告诉给谁吧。但为什么不告诉自己的儿子，却选择告诉治子呢？治子现在所说的话，又能相信多少呢？

治子仿佛看出庄田心中的种种疑问，装作很不经意的样子冒出一句："我妈妈好像也跟公公一样，是在那个岛上出生的。"

翻过相册里那张怪异人物的照片，下一页上有一张老式实验室的室内照片。楠元太郎是不是在那个岛上有一个秘密研究所呢？庄田想起跟安部理惠一起在馆长陪同下参观的那个伊坂杨严隆信博物馆，博物馆里陈列的一些实验器具跟这张照片上的有点相似。楠元太郎的吝啬是出了名的，可他居然会出资修建博物馆，说明他对伊坂杨严隆信情有独钟，这里说不定就藏有发现楠元太郎秘密的关键，庄田一边想一边目不转睛地盯着照片看。据说伊坂杨严隆信也是个神秘人物，活了很多年之后，在太平洋战争快结束时突然就消失了踪迹。那时他到底多大岁数，谁也不知道。

参观完博物馆的那天晚上，庄田对伊坂杨严隆信在战争末期失踪这一说法表示了怀疑："怎么想也不对啊，年月都不符嘛。"

理惠当时刚刚开始研究伊坂杨严隆信，她似乎也没有自信："我也觉得很奇怪，说不定是他儿子。"

说完又订正说："说不定是孙子。"

那天两人只谈了这些。庄田心想如果把照片给理惠看，说不定楠元太郎与伊坂杨严隆信的关系、还有他身世的秘密等都会发现什么新的线索，这个念头一下子吸引住了他："能不能把这本相册借给我四五天？"

他想这么说，但却忍住了。

相册最后一页贴着一张那个像风神一样的老人正从一口水井里钻出来的照片，水井位于一个广场的一角。如果这个人能使自己浮在空中，那么钻进幽深的水井也应当易如反掌，但这到底有什么意义则不得而知了。庄田想起工厂里也有水井。当初因为再开发拆除厂房时，旁边的稻荷神社下面发现了一口水井，人们都很吃惊。治子刚才问庄田是否知道工厂周围的河渠是咸水，她问这个莫名其妙的问题难道是在向庄田暗示水井、河渠和海的关系吗？但那又是为什么呢？

庄田在开工典礼后见到治子时，她表现出希望中止再开发计划的意思，让庄田怀疑她是否与反对派的人有什么关系。但今晚她并没有提再开发的事情，她的态度表明她至今仍对庄田很有好感。这么看来，她也许是在暗示只要搞清楚水井的事，就能找到发现楠元太郎秘密的关键。庄田心想，明天得再去看看那口井。

庄田合上相册，对治子说："谢谢。有很多不可思议的照片。我可能还会需要看，会再来找你几次。"

"当然可以。"

治子飞眼看了看庄田，表情很有挑逗性，"建创业纪念馆是个难得的好事，有什么治子能帮得上忙的，你尽管说。"

她的话里有种自信，仿佛在说我才是楠元太郎最爱的女人。也许她想见庄田也是为了通过庄田证明自己和楠元太郎之间的爱情吧。

如果能查到冲之波美岛的所在地和出航路线，那么就很有可能发现楠元太郎隐瞒已久的身世秘密，但对治子来说，这算是件好事吗？她刚才说她母亲也是那个岛上的人。一般人都以为治子是滋贺县有钱人家的小姐，丈夫自杀后为避人耳目回了娘家。如果有一天创业纪念馆的陈列品将谎言全都戳穿的话，治子会觉得高兴吗？

如果楠元太郎的身世水落石出的话，公司方面一定会担心影响到楠食品的社会信誉吧。社会和媒体都需要一个传说中的英雄，所以如果庄田邦夫将事实公诸于众，人们一定会谴责他损害创业者的名誉。庄田感到这个社会上还是存在着根深蒂固的门第观念，根据出生和成长的环境把人分成三六九等。他回想起儿时失踪的经历，又想起在波士顿学习的现代经营学，那是门以消除人种歧视的思想为基础的学问。就算它是门恨不得把人也放在传送带上加工的学问，但那也是"进步"，至少庄田在学校里是那么学的。

这晚，他头一次看到了冲之波美岛和楠元太郎在那个岛上的照片，那里既有南方岛屿上的植物，也生长着北方的树。有像风神一样的老头浮在空中，也有像南方岛屿上被称为"肯门"的怪物——长着狗脸的小矮人。这些情形不太可能为世间所接受。如果将它公诸于众，那么庄田一定会被当做是愚弄大众的恶人，要么就是脑子进水、已经无法胜任公司领导职务的疯子。这个社会不欢迎那些故意动摇人们心中根深蒂固的常识和价值观的人或事。抨击异端的评论家、动辄分析别人心理的速成心理学家太多了。

大多数公司在公司史中都将创业者描写得跟神一样，无论在道德方面还是在个人能力上都完美无缺。尽管这样的写法既了无生趣，也削弱了真实感，但企业需要将创业者伟人化，同样，社会也需要。

这些想法在庄田的脑子里一闪即逝。他转而像是为迎合治子似的问了一句："创业者得是一个神、一个神话，所以这本相册里的照片应该是没法展出的吧？"

没想到治子出乎意料地答道："会是那样的吗？"

治子的瞳仁熠熠发光，"总不能建一个虚假的纪念馆吧。虽然公公把冲之波美岛的事只告诉了治子一个人，但不能让它永远沉睡在黑暗里。"

治子说话的口气跟刚才的表现完全相反。她似乎在告诉庄田：纪念馆的展出方式直接关系到她自身存在的意义，关系到那些逝去的岁月的意义。如果怀孕那件事不是想象而是事实，她真的生下了楠元太郎的孩子，那么就不会是现在的情形了。治子的想法和她的性格，其实是很实际很世俗的，庄田心想她也是个被命运捉弄了的可怜女人。不过眼下他不知该以怎样的态度面对治子，觉得有点窘迫。于是他放弃对治子的各种揣摩，以一副楠食品株式会社会长的面孔问道："话虽这么说，那你说我们能把你的照片公开吗？说这才是楠元太郎真正爱过的女人。你希望我们这么做吗？"

治子眼睛朝上斜斜地瞟了一眼庄田，隔了一会儿说："当然，我希望。这样我也就可以把事情的真相告诉所有人了。"

治子这话背后隐藏的是她回到滋贺县之后长年遭人白眼和歧视的辛酸往事。

"其实我也赞成把老头子的一切都搞清楚。"

庄田也摘掉公司会长的面具，说出了真心话。

庄田发现其实治子是个非常强悍的对手。在他的记忆中，年轻时的治子是个柔弱无助的女子，被动地等待男人的爱，难道那只是幼年的他所看到的幻影吗？要不就是现在治子身后的男人把她变成了一个不好惹的女人？庄田眼前再次浮现出昭和经营史研究所的报告书里所附的松井平五郎和疋田茂次的照片，但他们俩都不像是治子的恋人。

"今天太晚了，我就此告辞了。刚才说的这件事我回去好好想想。"

"你今天能来我很开心。"

说这话时，治子仿佛又变回庄田记忆中的那个治子。

庄田走到外面，夜色漆黑，路上已经没有行人了。他边走边琢磨那本相册的事情。治子的话可以证明，楠元太郎的确是到过那个冲之波美岛，这一点与朝仓理事长的调查结果一致。但即便如此，如果那个岛已经消失，也就无从证实了。

这就跟楠元太郎说自己出生在滋贺县，但整个村庄被水淹没所以无从考证一样。所以，楠元太郎在那个岛上究竟学了什么巫术，也就完全不得而知了。

朝仓理事长暗示说楠元太郎之所以隐瞒出身是因为有几件见不得人的事，所谓见不得人的事是否包括杀人行为呢？说不定还有使用毒草、毒品等违法之事。

庄田走在漆黑的路上，脑海里浮现出楠元太郎那张被人戏称为"饭团子"的脸。明明是父亲，却从未在儿子面前自称过，对楠元太郎的自制力和内心的苦衷，庄田感同身受。他在心里对楠元太郎说："你儿子现在正走在总公司附近呢。"

晚年的楠元太郎笑起来就像是个和蔼可亲的好脾气的老爷爷，很难想象他会是个用阴险的巫术打倒对手以赚取财富的人。那时候，公司的员工都亲切地管他叫老头子，大家都很敬爱他。庄田下意识地想起了他那性格完全相反的养父：庄田启介。楠元太郎和庄田启介谁更有可能杀人？这个问题其实毫无意义。因为他们俩都是公司经营者，只要需要就有可能，但换个角度也可以说连一只苍蝇也是不能拍死的。问题是楠元太郎对他那不为人知的过去一直不能释怀，而他的事业心、对人的爱心等都与之有着密不可分的关系。关于自己的出身，连他自己都没搞明白，都不能够完全理解，所以他根本没指望别人能明白。可是他制作了那本相册，说明他还是想告诉别人的。当然也可以反过来理解为是他为了进一步隐匿自己而设的一个陷阱。又或许是他希望告诉别人、希望得到别人理解，可是他的行为本身却又蒙蔽了事实，这大概是他对自己不寻常身世的认识、自豪感和对家人的顾虑交织在一起而引发的混乱吧。"可怜的老头子"，庄田第一次这么想。他想象楠元太郎一个人偷偷渡海到岛上去的样子：双手扶在船舷上，凝视着曙光笼罩下的大海。他在努力寻找自己，我从哪里来，又将向何处去？他思索着。想到这儿，庄田不知为何突然想起自己曾在显微镜里看过的长着两条小尾巴的精子，为了寻求一个卵子，它四处漂流，等到愿望终于实现的刹那，它却已变化成了另一种东西。

庄田在心中祈祷，一定要找到那座岛，到岛上去祭拜父亲楠元太郎的在天之灵。

治子为什么反对总公司工厂旧地的再开发，原因还是没有搞清。从她说话的口气来看，她虽然反对在旧地上兴砖动瓦，但却很希望让某些事情真相大白。所以她才会告诉庄田楠元太郎的出生地，还说让他公开展出公诸于众。如果说再开发会使什么见不得人的东西曝光出来，那只能是所谓的"地灵"了吧。

不知不觉中，庄田来到工厂旧地的后门门口。大晚上的，门却开着。得跟总务部长说一声，要加强管理才行，此刻的庄田又恢复了他作为公司领导的面目。他想起相册里那张从井底爬出来的像风神般的老人，忽然冒出一个念头想去井边看看，于是他走上河渠上的小石桥。

工厂旧地面积很大，厂房早就拆了，到处杂草丛生。远处，真琴市繁华街区的灯光像雾一样将夜空染得明亮缤纷。起风了。楠元太郎第一次站在这块土地上时会是什么心情呢？是回顾一路走来的艰辛坎坷而感慨不已吗？一定不是。庄田回忆当初自己引进世界先进技术，创建了一小时能生产一万斤面包的全自动现代化工厂。那时一门心思放在工厂运作上，根本无暇顾及其他。后来，他又建起了加工可储存食品的工厂，用瞬间冷冻技术把纳豆、豆腐、咸菜、煮海带等传统食品用真空包装以便储存。之后又是零食加工厂，目标人群是十几岁的孩子们，开发出触感跟儿时吃奶时母亲的乳头一样的零食。而每一次的心情都是一样的。一名企业家往往无暇回顾过去。自己也是在不当总经理、开始参加KIGEN之会以后，才有了这样那样的感慨。既然自己都是如此，老头子当时站在这里环顾这片土地时，一定更是满腔热情、血脉沸腾吧。如果说他还有一点点迟疑的话，那就是担心自己的力量能否压制住这块地的地灵。而像楠元太郎这样的人居然也有要给自己鼓劲说"你一定要更坚强"的时候，天下人一定都难以置信吧。因为人们都觉得他是个用武力说话的人。

庄田至今还记得工厂发生锅炉爆炸事故，死了很多工人的那次。公司为遇难者举办了联合追悼会。会上，楠元太郎拖着走街串巷叫卖的平板车，在台上边走边喊："热乎乎的面包啰，刚出炉的楠氏面包！"

那是在同地灵搏斗呢，庄田心想。

庄田最近才听说，自己跟老头子一样，也是一般人惧怕的对象。而要是比较起来，老头子还有些人情味，自己却是一个冷漠的效率主义者，说不定口碑更糟。这是他在再开发计划搁浅时听说的。不过，让他感到意外的是，得知这事时他并没有像年轻时那样斗志昂扬。为什么呢？他感到不解，正是从那时起他开始更加热心地调查楠元太郎的往事，也许是希望通过了解父亲的真实经历重新激发自己的斗志吧。

庄田很久没来这里了。这晚，他再次来到这块旧地，想象当年楠元太郎仿佛一头孤独的野兽徘徊在这里，他感到某种失去的力量似乎重新回到体内。有点冷了，他看了一眼角落里用栅栏围起来的那口井，决定今晚先回去，明天再来。

当他正准备踏上通往门口的石桥时，无意中看了一眼河渠的水面，却发现映着两张从未见过的男人的面孔，死死地盯着他看，而且距离很近，似乎直逼他身后。庄田立刻佝下腰来，回头一看，紧贴着他身后站着两个魁梧的中年男人。年轻的那个很敏捷地跨过他站到前面，好像是要拦住他不让他跑。庄田根本没听到脚步声，这两人如同从天而降一般。他从站在他前方的男人身上感到了杀意，年纪大些的那个像是要阻止他喊出声来赶紧问了一句："你就是庄田，庄田邦夫吧？"

"你跟我们来一下。"

"你们是什么人？"

"你来了就知道了。"

气势汹汹地答了一句之后，两人拽住庄田的胳膊和肩膀朝工厂方向推。

庄田被他们从桥上撞了下去，在门口那儿他总算站稳了脚跟，面向两人拉开了架势，这是一瞬间发生的事情。庄田心想，虽说是二比一，不过也不一定就对付不了。他们好像没有带刀和手枪，不过还不能确定。

"失礼了。我叫疋田茂次，是个杂货商。"

"我是律师，叫松井平五郎。"

没想到两人竟然很有礼貌地打起招呼来。

庄田忍不住"啊"了一声，因为他想到这两人一定是跟治子串通好了的。治子先负责打电话把他约出来，故意跟他聊到很晚，而这两人则潜伏在外等机会下手。

"我们无意加害于你，你冷静一点，先听我说。"

叫松井平五郎的律师开口说话了。庄田转过身来，从正面打量他。他戴着一副无边眼镜，颧骨很高，面无表情。身材很魁梧，不像是要扑过来的样子。大概是个三流律师吧，身上的衬衫袖口在夜里也能看出磨出了毛边，裤线也磨平了，寒酸的打扮和大骨架的体型似乎更凸显出倔强固执的性格。

"我就是庄田，你们这么做也太无礼吧。"

"你现在说什么也没用了。"

杂货商疋田嘟囔了一句。他比松井个子矮，年纪也大些。他肩膀很宽，格斗起来一定很凶猛。

"我们也知道这样不好。不过这么做也是被你逼的。"

"胡说。"

"你还敢说胡说？"

疋田哼了一声，身体微微下蹲，好像随时准备扑上来。松田阻止了他。

"不是胡说。是你先派人盯我们的梢，暗中调查我们。"

松田说话时而礼貌、时而粗鲁，给人的印象是他对这种场合轻车熟路。

"我不懂你在说什么。"

"别装蒜了。"

疋田用一种嘲讽的语气挖苦道：

"知道你不会承认。不过这里就我们三个人，还是打开天窗说亮话吧。"

松田也加了一句："不然事情就越来越麻烦了，大家都很忙。"

庄田看了看表，八点四十分，他赶紧说：

"好吧。九点钟有车来接我，那之前你们有什么话就说吧。"

疋田抄着手，踢着脚边的小石子，好像在说："你们谈吧，我就不管了。"

"我想说的是，首先希望你们停止对我们的恐吓。"

庄田动了动身子，正想反驳，松井却忽然加大音量："我是认真的，请你也认真地听着。"

庄田心想，这个人以前大概干过审讯官吧。

"不久前我抓住了盯我梢的人，逼他交代了他的幕后指使人。"

那一定是朝仓手下的那个小白脸秘书了。

"什么昭和经营史研究所？真太可笑了。那分明就是以前谋杀委员长的暴力团伙。你要是那个楠元太郎的继承人，就得帮他把这笔账算清。"

疋田抄着手大声嚷嚷道。他可能跟那个被人杀害后扔到河沟里的委员长有什么关系吧。庄田看见他紧握的拳头在颤抖。

"我说疋田哪，我在跟这家伙讲道理，你冷静一点。"

松井制止了他的同伙。

"第二件事，如果你要开发这块地，希望你成立一个包括居民代表和楠食品公司过去的相关人员在内的委员会进行民主讨论。"

"我明白你的意思。"庄田捺着性子回答道。

"是吗?"松井板着脸说。似乎是下了决心今晚无论发生什么都不苟言笑。

"关键是怎么选举委员会委员。"

庄田说话的语气跟在公司讨论问题时没有两样。刚才的恐惧已经烟消云散，对方既然要玩，那么就陪他玩到底吧。

"这个由我们决定。"松田步步紧逼，"从开发对策委员会中互选出来。"

庄田曾听总务部长跟他汇报过，说是成立了这么一个委员会，但不知是谁出于什么目的组建的。

"那可有点太单方面了吧。"

庄田刚表示异议，疋田茂次便大叫了一声"嘿!"，将他那暴躁的性格表露无遗。

庄田没理他，继续说："公司方面也该有发言权，当然还有否决权。"

"好吧。"律师回答。

"第三件事，如果要建创业纪念馆的话，就应该把楠元太郎的所作所为彻底公开，不能掺假。作为他的继承人，你有这个义务。"

"不能掺假!"疋田又在旁边助威。

"这话怎么讲?"

治子也表示过同样的意见。庄田心想，刚好借此机会把这两个人和治子的关系搞清楚，他感到斗志开始勃发了。眼下自己身处困境，这个时候之前那些想查清楠元太郎真实面目的想法如同是让自己在敌人面前暴露无遗，显得非常愚蠢。在激烈的竞争中，最重要的是打败对手，为自己公司创利。任何一个小失误都可能导致惨败。至于自己在感情上是否能接受则无关紧要了。

庄田刚开始在楠元太郎手下工作那会儿，工作非常投入，所作所为全都是为了公司利益。看到公司业绩见长、前景广阔时，他感到无比的欣慰。那是因为自己那时是个工作狂吗？如果真是那样，那现在自己已经不再是工作狂了吗？楠元太郎活着的时候，对自己来说，他既是支持者，又是监督者，同时还是一个充满危险的竞争对手，不知什么时候也许就会妄加猜疑，把自己赶出公司。所以也可以说他是个敌人。

庄田在KIGEN之会上曾听到有人这么说过："你的想法在企业界是行不通的。企业家的任务是要在竞争中取胜。"

那是一个月前在KIGEN之会上谈到修建巨大纪念塔的计划时的事情。当时，理惠、高濑他们都在场。庄田警惕地看了看松井平五郎和疋田茂次——这俩人紧挨着他站着，仿佛只要他一有什么动静就要冲上来攥住他的胳膊一样——回想起那天晚上的事情。

火车载着一个个灯光明亮的车窗驶过远处的铁桥。闹市区的嘈杂声仿佛涨潮时的浪涛声一般，在被霓虹灯反射的云层下回响。繁华的确可以带来经济发展。庄田作为楠食品的经营者，为这片繁华贡献过，旧地开发计划本来也应能够为繁华锦上添花，可是为什么现在自己却如此孤立无助呢？

疋田像伺机捕捉猎物的猫一样一点点逼近，庄田先发制人，问了一个他一直想问的问题。

"你们跟治子到底是什么关系？"

"没什么关系，你不要故意转换话题。"

律师脸上浮起一丝嘲讽般的微笑回答道。

"我们的要求你到底答不答应，请给我们一个明确的答复。"

"要是我不答应呢？"

"那你就甭想走了。"疋田立刻答道。

"我没说要回绝，但是也不能马上答复，我需要时间考虑。已经九点了。"

庄田看了看表，时针已经指向九点。

"我得走了。"

庄田正想迈步，疋田"嘿"了一声攥住了他的胳膊，他刚挣脱疋田又将双臂环绕到他的腰上来，拖着他走到桥边。"放开我。"庄田扭了下腰，顺势把疋田甩开，疋田打了个趔趄，差点摔倒。

"这个混蛋!"

疋田怒喝了一声，这时候松井平五郎也一语不发地扑了上来。

正在这时，隔着马路从大门外面传来了一个很尖的叫声"小庄"，是治子。

"你们干什么呢?"

"啊"，庄田不禁发出了一声叹息，放下心来。他用力推开那两个还在继续纠缠不休的人，向治子所在的河渠方向靠近。庄田暗自庆幸自己身材比较高大，还曾经在健身房练过健美。可就在这时，他突然被人从身后紧紧抱住。那人既不是疋田也不是松井，比他们俩更高大有力。庄田差点被他抱起来，他用尽吃奶的力气才总算把脚落到地面，正想用胳膊肘捅对方的腹部，却被用布蒙住了鼻子，他不禁深深地吸了一口气，闻到一股在哪儿闻过的药草味儿，身体松懈下来，紧张消失在无边的黑夜中，他似乎听到很远的地方传来扑通一声，好像是什么体积很大的东西被扔进水里。

木箱子浮在水面，摇摇晃晃地漂向前方。装在里面的是理惠，不过庄田觉得自己好像也在一起漂浮着。水势越来越猛，时不时打个旋儿，使得木箱也跟着旋转，时而被推上浪峰，在浪尖上停留瞬间，时而又朝着波谷飞快地下降。呈弓形的日本列岛从东北横亘到西南，而水流则越来越大，开始向南方行进。"我早就想回到这个岛上来了。"庄田用一种不像是自己的声音说道。按说自己应该是在环绕岛屿的水面上，但却像是从空中俯瞰着整个岛屿，很是奇怪。那个高高耸立，就像是造物神将柔软的大地向上拉高形成的物体就是富士山吧。

"这样我们就再也不会分开了。"

说这话的是治子吗，又像是理惠，那声音仿佛是从夜空的一角撒下的金色的沙子。

这时又插进来一个声音，那是自己在对养父庄田启介发牢骚。

"你总是站在日本看外国，我可是去了波士顿。我们还是互相不干涉为好。"

一个大浪打过来，庄田的话被淹没了。苍穹辽阔。今夜的天空特别宽广，星星在天幕上一个个小洞中闪烁着，黑漆漆的小洞里面是荡漾着微风的庭院。靠近地球的天空如此闪烁发光，一定是大风的露珠凝固了的缘故。当然，那是几亿光年以后的世界了。

一个留着白胡子的老头嗖的一声从眼前掠过。那是相册里的那个库尼玛。而
紧跟其后像卫星一样追随而去的是比他小一圈的肯门。

"那些人回不来了。因为他们太傲慢了。他们也不会死，只能永远在宇宙中
游泳。"

这次毫无疑问是理惠的声音，但她好像只在思想中说话。因为如果说出声来
就会被别人发现。庄田任由身体漂浮在浪中，心想自己也差点就跟他们一样，永
远也回不来了。

"大众是愚昧的，容易被煽动和利诱。就算是为了保卫大众，我们也必须彻
底消灭反对运动。"

"这叫以其人之道还治其人之身。"

昭和经营史研究所的朝仓和自己谈话的情景好像是唯一留存下的现实，穿过
庄田的记忆。

不过，这些事都已经结束了，他一边在水面上漂浮着一边想。浮在浪上的感
觉很好，只是有点冷。脚上好像缠绕着什么，是海草。他双脚互相搓了搓，想把
海草踢掉却没成功。有点担心会被海草拖着沉到海底，转念又想就算沉到海底又
有何妨？理惠的方舟好像长了翅膀一样灵巧地向前行驶着。

不一会儿，耳边传来一阵安静的旋律。不知不觉中，自己跟着方舟进入了一
个迷宫。四处光线暗淡，天花板上时不时滴下几颗冰冷的水珠。宫殿好像是某个
已经灭亡王国的遗迹。一只全身透明的大虾挪动着它长满全身的脚消失在视野尽
头。庄田知道自己已经不再是人的样子了。为了保护遗迹，就必须改变自己的样
子。住在这个洞穴里面的，其实都曾经是人，大家都洗心革面变成了异形。

正当他安下心来的时候，海啸般的黑色波浪逼近了方舟。他被一个硬硬的东
西重重地击了一下而失去了知觉。

好像过了很久。身体各个部位的疼痛将庄田的意识从久久的昏迷中拉回了现
实。眼皮上方有些亮光。

庄田用力睁开眼睛，发现自己躺在床上。朦胧中看见被角上的印花图案，闻
到一股好闻的味道。他想动动身体，却感到腰部的疼痛，这使他完全清醒过来。

这儿不是酒店。头重重的。天花板上有几道光在晃动，是水槽反射的太阳光。没有任何响动。他很费劲地用胳膊支撑着坐了起来，环视了一下，发现这是女人的房间，昨晚的事情一下子又都回到记忆里来了。什么时候，怎么会到这里来的呢？房间里没有别人。自己还穿着衣服。记忆中的情景，哪些是噩梦，哪些是实际发生的，好像也分不太清楚了。

庄田用拳头轻轻敲了几下头，又甩了甩脖子然后轻手轻脚地下了床。看看表十一点了。桌上放着一本相册，是昨晚和治子一起看的那本。看来那不是做梦，是确确实实发生了的。相册旁边还扔了一串钥匙，大概是这屋子的。

"治子。"

庄田很拘谨地叫了一声。各种记忆在脑海里变得清晰起来。治子没有答应。

庄田感到一种莫名的恐惧。松井平五郎和疋田茂次到哪儿去了？他把钥匙揣进裤兜，想了一会儿，拿起那本相册，然后仔细听了听周围的动静，悄悄地拉开了门。还好没有人，走廊尽头是电梯。外面很明亮。

庄田掸了掸外套、挺了挺胸，装作若无其事地来到一楼门厅里。昨晚来的时候很急，没有注意观察，今天才注意到是个很豪华的公寓。这个时间段没有什么人，庄田跟谁也没碰上。

走出门外，阳光灿烂，照得他有些目眩。他朝跟工厂旧地相反的方向走了几步，叫了辆出租车赶回酒店。他记起自己本来是要从大阪到福冈，办完事后再飞到冲绳与理惠会合的。离出发时间还有两个小时，还来得及。口袋里钱包、机票和记事本都还在。

庄田坐在即将起飞的飞机上时还在努力记忆着，到底发生了什么？他感到很不安。昨晚不到九点，他离开治子的公寓去了工厂旧地，在那儿被松井平五郎和疋田茂次抓住，差点被他们怎么着了。后来治子来了，自己正要朝她靠近却被什么人从身后抱住，然后就失去了知觉，一定是被熏了麻醉药什么的。醒过来时已经在治子的房间里了。把自己抬到那儿的是那两个人或是三个人吗？又是为什么呢？

治子多半还是跟他们一伙的。幸亏药劲过去得早自己逃了出来，不然说不定会被他们给杀了。虽说是险里逃生吧，他还是觉得心有余悸。

　　庄田到福冈后忙了半天，晚上在福冈的繁华区中洲请批发商吃饭喝酒，那晚疲倦至极，不过倒是睡了个好觉。第二天在冲绳那霸机场见到了理惠，一起来到离那霸市区不远的一家海景酒店住了下来，这时他的不安才缓和了许多。他把这一系列不可思议的事情讲给理惠听，自己也在心里梳理了一遍。

　　"你要是一个人死了我可不答应。就算被人杀死的也不行。"

　　理惠是这样表达她的震惊的。

　　"虽然我不想把治子往坏里想，可我只能认为是她和他们串通好才把我叫去的。我不知道她为什么要那么做。"

　　庄田想起治子对他说曾爱过少年时的他，她说话的时候眼睛半闭，尖尖的下巴微微上翘，神情暧昧，像是在诱惑他。那一刻，她是否回忆起当年自己的年轻、美貌和经历的痛苦了呢？她反对工厂旧地的再开发，是不是因为她就是地灵的化身呢？所以她憎恨开发会扰乱周围的静谧，憎恨巨蛋的建筑方案，认为那是忤逆神意的。可在庄田看来，那个超过两百米的巨蛋才是跟神沟通的最佳场所。

　　"我想说不定跟工厂旧地里那口水井有关。我从治子那里借来了相册，有张照片很怪异。看来有必要作一次科学调查，听说工厂周围河渠里的水是海水。"

　　庄田一边说一边打开相册把风神的照片给理惠看，理惠一看"啊"了一声，惊讶不已，仔细端详之后回头看着庄田说：

　　"这人是伊坂杨严隆信啊。你不是在博物馆看过他的肖像画吗？你看，不就是胡子变了吗？"

　　理惠把相册举高递到庄田眼前。她这些日子在研究伊坂杨严隆信，她把有关伊坂杨严隆信的古文献及伊坂本人写的东西收集起来，通过熟人拿到大学去请专家解读。其中，有关于伊能忠敬、江川太郎左卫门以及伊东玄朴等人的资料，有佐久间象山评价伊坂杨严隆信的文章，还有象山的弟子们和伊坂杨严隆信的交往记录等等，里面还有不少关于那个消失的岛屿的资料。关于岛的名字有各种不同的汉字，冲乃波美岛啦、隐岐之牙见志摩什么的，说明冲之波美岛在那时就因为某种原因已经成了人们传说中的岛屿，同时也可以证明这个岛历史相当悠久，从远古时代就已经存在了。在大和国还未形成、日本列岛还处于绳纹文化向弥生文化过渡的时期，位于琉球弧附近海域的冲之波美岛上就已形成了一个国家，有着非常丰富的文化。那个国家后来因为某种原因灭亡了，而日本列岛在神代一直是权力斗争的战场，战败方很有可能从日本列岛逃到那座岛上去。总之，理惠他们大约在两个月前开始议论有必要进行实地调查以搞清那座岛的地理位置。理惠与冲绳一所对此比较感兴趣的大学一起开始着手进行调查。幸好不是旅游旺季，游客较少，岛上很安静。

"在调查中越来越清楚的是，整个琉球弧从远古时代就相当于中国大陆、日本以及南方岛屿的海上十字路口，它在历史和文化上的地位与北海道、本州是完全不同的。"

理惠拿起放在房间里的一本记事本念道：

"1462年，僧自端冒充尚德使节，以赠送南蛮国王的名义获取了上细子一万匹，木棉一万匹。"

"1478年，琉球国使节新时罗（新伊四郎）、副使萨米三郎，分乘三艘船向着朝鲜驶去。"

理惠接着又说：

"十五世纪时，博多港不少商人出海前往东南亚各国。锁国期间虽有减少，但还是不断有人偷渡出去。我刚才念的都是《海东诸国纪》中记载的内容，伊坂杨严隆信把这些事情以及发生的年份都详细地记载了下来。"

据理惠说，商人开始出海是在应仁之乱之后、足利幕府时期，当时的岛津藩很像个独立王国，并且对冲绳也有野心。京都方面争权斗势持续不断，九州的豪族们则争相扩大自己的势力范围。

伊坂杨严隆信调查这些史实是在多年以后，大概是十九世纪中叶吧。1844年法国军舰阿尔克梅努进驻那霸港，要求通商和传播基督教。第二年英国军舰萨马兰大号进驻，1846年英国人贝特海姆在冲绳定居。七年之后贝利来航，第二年又带领七艘军舰进驻下田港。

当时，萨摩藩统治下的冲绳对欧洲列强来说无疑是一块肥肉，他们刚刚在鸦片战争中尝到了甜头，殖民地的下一个矛头指向了冲绳。年轻的伊坂杨严隆信生活在那样一个危机时代，一定是忧国忧民、胸怀抱负吧。如果像理惠推测的那样，他出生在琉球弧的某个岛上，可以想象欧洲列强强大的军事力量一定让他深受触动，决心要学习先进的科学技术。而且他亲眼目睹英法美列强你争我斗，说不定已经想到要摆脱暴敛诛求的萨摩藩统治，建立一个独立王国。他也许还想到了近世琉球王国鼎盛时期的一代天骄蔡温，蔡温既是哲学家、科学家又是政治家。理惠的笔记里提到，伊坂杨严隆信的文章里出现的"山林真秘"等词语以及有关测量的基本理论都能明显看出是从蔡温的著作中摘引的。

理惠继续念笔记给庄田听。

"凌云寺里的隐士'湖广之人'到底是什么人，是像徐福那样的人吗?"

这是伊坂杨严隆信的资料中后来加写的句子。据说蔡温年轻的时候曾经师从于那个隐士。

庄田在构思工厂旧地再开发计划时，从那珂崎时实还有KIGEN之会的几个学者那里知道了谢德尔的《世界编年史》、贝里伯爵的《最美时祷书》。当时他就觉得，这个世界上有太多自己完全不懂的历史和学问，古代人比现代人视野更广，有更丰富的感性。而今这种感受更加强烈，还让他想起自己甚至连亲生父亲也不甚了解。

"我到这儿来以后，在大学图书馆里查了很多关于伊坂杨严隆信与琉球弧的资料，具体事实知道得越多，范围也就扩得越广。"理惠说。

"蔡温这个人，夹在中国和大和之间，却游刃有余，还想建立一个独立王国。"

理惠强调说伊坂杨严隆信早在明治维新之前就看出了日本的弱点，"他钻研物理和天文学也许是想远离尘世的喧嚣。选择和歌山县一个一般人都不会去的海边建起研究所，一方面是想不被卷入权力之争、专心研究，另一方面似乎也跟他远离凡尘秽土、超凡脱俗的思想有关。"

听了这话，庄田接话道："人的才能如果不能宜时宜地的话就会是这样的。那珂崎就是一个例子。如果是现在的话，他可以选择定居国外。"

庄田边说边想，自己修建巨大纪念塔的计划之所以不被认可也是因为为时过早了，这么想，他觉得得到了一点安慰。

"他说不定是从南方漂流过来的贵人的后代呢。比如说巴厘岛什么的。他带来的那些超前了几个世纪的先进技术在岛上的人们看来如同巫术一样。"

庄田想起了自己小时候遇见的乌鸦天狗一族，但他没说出来。

"这张像风神一样的照片，治子说是库尼玛。"

"治子？怎么叫得这么亲热？"理惠的音调和刚才完全不同，带点恐吓的口气。她用犀利的眼神盯着庄田，却又莞尔一笑，"算了，不追究了。"

"那就是说，你爸爸楠元太郎见过库尼玛了？那如果这个人就是伊坂杨严隆信的话……"

理惠仔细端详着那张照片，歪了歪头，一副不可思议的神情。

"我的确听老头子说过南方岛屿上野生的药草中有吃了能长生不老的。"

庄田回忆道。

"老头子对南方岛屿的事很谨慎，他其实很少跟我提，是说到他年轻时开发的畅销产品'健康面包'时说起的，而且还强调是他听说的。"

"把气球吹得鼓鼓的，然后打开吹气口，一喷而出的空气会带动气球向后跑。伊坂杨严隆信经过反复试验控制空气喷出，开发出了能使人浮在空中的机器。他其实已经掌握了制造火箭的原理。"

"他用什么做燃料呢？那个时候还没有液化燃气吧，更没有能迅速气化的催化剂。"

理惠当然也不可能明白，她歪着头想了一会儿便放弃了。

"这个长着狗脸的家伙一定就是肯门了。听说见过的人还有人活着。要是能联系得上，你有兴趣见见吗？"

庄田又想起了乌鸦天狗一族的样子，"是住在深山老林里的人吧。"

"我还没调查呢。肯门的传说奄美比冲绳要多，人们可能觉得那是一种树精。"

理惠用左手握住了庄田搂在她腰上的手，"我说啊，我总觉得冲之波美岛不是一个真实存在的岛。"

理惠这话等于否定了之前的一切。庄田知道不固执己见、思维自由是理惠的优点，但他还是忍不住问了一句："那你说到底是怎么一回事？"

"对了，好像这里的古语里把从没去过的理想世界称作波浪汹涌的地方。虽然不是西方净土，不是完全的空想，但的确是人们所憧憬的世界。所以……"

"这么说是根本不存在的岛屿了。可是我在古地图上看到过，在'老爷'那儿看的。"

"说得也是啊。"理惠表示同意,"那我再查查吧。希望它是存在的吧。"

理惠说完这话,很暧昧地看了看庄田。他们俩已经有两个月没有身体接触了。

以上这部分文章是我根据从三田绫的外甥那里得到的新资料和这之前庄田的日记写成的。但是,庄田在那霸见到理惠之后直到他失踪的最后这段时间却没有任何资料。日记只写到他去治子的公寓拜访,归途中被两个人袭击,昏睡之后在治子的房间里醒过来,然后坐飞机飞到福冈再到冲绳与理惠会合就结束了。

庄田与理惠失踪应该是在几天后,但这部分资料却没有。按说这也是很正常的,庄田虽然是个一丝不苟做记录的人,但最后几天他可能已经没有记日记的心情了,或者是碰到什么突发事件,又或者发生的事是他们不想留下任何记录的,到底是出于什么原因呢,我很困惑。当然,我也问了问秋山的意见。

他认为是在某种突发状况下没办法留下记录,他的观点是:"既然在工厂旧地有人袭击他,很有可能是那些人的同伙追到冲绳去了。"

但我不这么认为。庄田是个引人注目的人,而且他们住的高级饭店保安措施相当严密,除非有楠治子那样的人充当囮子,否则没有那么容易被绑架。

"发生的事情很可能超出我们的想象。那珂崎和野野宫银平不是也失踪了吗?!"

我说出自己的看法。其实我心里不希望庄田这么轻易地就死去了。

"雨尾先生您的想法我明白。就算是那样,也得有点什么线索啊。"

秋山说话的时候,我忽然想起高濑汲吉与大野安娜应该在冲绳的酒店见过庄田和理惠。

"他那会儿是那么的精神饱满……"

我记得我在哪儿看过一篇采访高濑的报道,他不认为两人是情死。不过,高濑接下来却又说:"人啊,真是难以理解的动物。"

这话仿佛又是对各种猜测在某种程度上给予了认可。

我马上找到他的地址,去他和大野安娜的新家拜访。他们俩把阳光庄卖掉之后,用那笔钱在逗子买了一栋能看见大海的非常雅致的房子。

"雨尾先生您今天来让我想起了这个。"

我跟高濑汲吉刚开始谈话，大野安娜就走了进来，把一封写给三田绫的封得严严的信封放在桌上。

"这就是那时我们在名护分手时，庄田先生托咱们帮他投的那封信。"

安娜一边跟丈夫说，一边解释说当时高濑马上就投了，但因为收信人地址不明被退了回来。高濑这个人比较谨慎，寄之前为以防万一在寄信人一栏写上了自己新家的地址，使得这份资料没有丢失。就这样，我终于找到了庄田邦夫和理惠失踪前几天的记录。看来庄田还是把自己的这个习惯一直坚持到了最后。

以下就是我根据所获得的所有关于庄田的资料撰写的，中间也有部分内容用上了村派出所警察的话。不过我还是不明白，庄田日记的结尾部分描写了一些类似幻觉的情景，那是为什么呢？难道也是因为他的幻想癖吗？

第二天早上，庄田从房间下楼到大厅时已经不早了，他看见警察干部坐在一角的椅子上，很无聊的样子。庄田叫了他一声："××先生。"

警察干部吓了一跳，从椅子上蹦起来："啊，庄田先生，你在这儿。"

"你怎么会在这儿，在休假吗？"

庄田问道，他注意到他穿着一件和平常一样的蓝色西服。看他那副吃惊的样子，猜测他是不是跟谁悄悄来旅行却没想到碰上了自己。

警察干部显得很尴尬的样子，打了个马虎眼："怎么说呢，也算也不算啦。"

"我跟安部理惠一起来的，是休假，也有点东西要查。"

"是吗？你要查什么？"

"一件很不可思议的事，一座消失了的岛屿。"

庄田想起曾经跟他一起谈论过那珂崎的"矛之会"的事情。

"那座岛说不定跟矛之会成员的失踪事件也有关系。"

庄田以为这么说对方肯定会感兴趣，但他却并没有表现出好奇的样子。庄田发现他的表情有点不寻常。

警察干部似乎用意志阻止了表情的流露，面部僵硬地说："楠治子死了。"

声音低得像在耳语，但很有力。庄田看着对方，好久才想起该说点什么，动了动嘴，重复道："楠治子死了。"

说完，他才略微回过神来，问道："什么时候？"

"前天晚上我才刚见过她呀。"这话已到嘴边，但他还是咽了下去。

"前天晚上。死亡时间大概是晚上九点半左右。"

"可是……"

警察干部接过庄田没说出口的话："对，是非正常死亡。尸体浮在楠食品工厂旧地的河渠里，附近的居民第二天发现的。尸体没有外伤，也没有喝水，所以可以推测是休克死后掉进河里的。"

"怎么会这样？"

庄田喃喃自语，说不出话来。眼前浮现出治子浮在河里的样子。

"那条河里的水是咸的，你知道吧？"

庄田想起治子有些责难般地告诉他时的样子，想象她死时的表情一定很安详，看上去很年轻，就像多年前的那个治子一样。薄薄的衣服紧贴着她的身体，几条海藻缠绕在胸前和脚踝上。

庄田在昏迷中做的那个梦也梦见自己双脚被海藻缠绕拽向水底，难道自己也掉进河渠里了吗？不对，不可能。在治子的床上醒过来时，衣服一点儿也没有湿。

"您最近一次见楠治子是在什么时候？"

也许这就是治子的命运，命中注定她要死在那条跟楠元太郎有关系的河渠里，庄田正这么想着，听到警察干部问他，便打算将事实和盘托出。

"其实当天傍晚我见过她。不过你怎么会这么问？"

庄田开始觉得有些狼狈，也许自己正是被怀疑的对象。

"干我们这行可不就这样吗？什么事都瞒不过我。你见到她时，有没有什么不对劲的地方？比如像是被谁威胁，显得很不安什么的？"

"我全都告诉你吧。"

"等等，我还有个同事也一起来了，我让他也来听。"

"好。"

警察干部的口气是不容分说的命令式，庄田抑制住心里的不满，答应得很干脆。

他打了个手势，一个戴着眼镜、看起来老实巴交、像是研究室助手的年轻人从大厅的另一角站了起来。原来他和警察干部一左一右，一直在大厅里等着庄田的出现。

庄田向他们描述了那晚的详细情况，他从治子的公寓出来之后去看工厂旧地，在那里被松井平五郎和疋田茂次挟持，而这两个人是反对旧地开发计划的激进分子。

警察干部全神贯注地听着。此刻，他脸上的表情既能看出他为人忠厚的一面和替朋友捏着把汗、充满善意的忧虑，也能看到出于职业本能的严厉。

"昭和经营史研究所就是那个有名的、朝仓喜久雄担任理事长的组织吗？"

庄田点了点头。

"果然如此。"

警察干部抱着胳膊，目光投向大厅天花板。庄田也跟着往上看，装饰用的古典风格的风扇正慢慢地转动着。这不合时宜的凉风装置的转动，让庄田感到一种恍若隔世的悠闲和空虚。他简短地叙述了事情的经过。

听完他的话，警察干部叹了口气。

"明白了。我也猜到可能是这样。有两点值得注意，一是你为什么昏迷了那么长时间，二是你是怎么被抬到治子床上的。"

说完，警察干部紧紧地注视着庄田，眼睛里有很多问号。庄田避开了他的视线。

"附近的居民有人说好像看见你了，还有人报告说看见你被推下河了，老实说，我很担心，所以马上赶到这儿来了。"

警察干部说到这儿顿了顿，他眼睛盯着部下，看他把庄田的话都记录了下来，然后抬起头来，"看来你的处境仍然很危险。你打算开发真琴市工厂旧地、修建巨大纪念塔的计划使很多鬼神受到了威胁，那些所谓地灵的魔力也许会被超现代所利用。但详情我还不能告诉你。"

警察干部说完这段谜一般的话后，交代部下说："你负责保护庄田先生，尽量不要打扰他。县警察局和酒店这边我会跟他们打招呼。"

说完这话，他便从酒店大门走了出去，完全不给庄田问话的机会。

庄田在理惠面前很坦白地承认了自己是警方的怀疑对象："真够窝囊的，但也没办法。治子是个牺牲品，她只是被人利用了。"

庄田听了方才警察干部的话，觉得在松井平五郎和疋田茂次背后一定还有股子什么势力在蠢蠢欲动。本来一直以为是反对势力，现在看来这个组织还不仅仅只是反对。"被超现代所利用"这句话是什么意思呢？居然还想陷害我是杀人犯，简直是妄想，愤怒再次涌上心头。

"我那晚失去意识，这很不利。"

庄田尽可能详细地讲述了那晚发生的事。他其实是想一边讲一边梳理自己的记忆，找到能够证明自己清白的线索。他想起自己闻了麻醉药失去了意识，在那之前清醒的时候，听到有一个很大的东西掉进河里的声音。从身后抱住自己的不是松井也不是疋田。可是就在推搡之间，治子却从公寓跑了出来，这似乎过于巧合。治子应该是被和楠元太郎有关系的同伙强迫才不得已去把自己约出来，庄田希望是这样的。不过要想陷害自己，方法可以有很多，对方为什么一定要铤而走险杀害治子呢？

"会不会除掉治子才是他们的真正目的呢？"

理惠说。的确，治子是唯一一个知道楠元太郎秘密最多最深的人。那么她的死可以封锁什么信息呢？冲之波美岛与本州岛的通行航路？关于麻药、药草的不为人知的秘密？消失的王国的历史……

松井和疋田这两个人正是摇滚音乐节之夜那场事故的肇事者，这一点昭和经营史研究所朝仓理事长的报告里也有记载。

"朝仓这个人，不知为什么我很不喜欢。"

理惠说。庄田知道朝仓战前的经历以及楠元太郎利用他摧毁工会的事，所以理惠这么说，他也无法反驳。不过他觉得自己是楠元太郎的儿子，朝仓怎么也不会对自己下毒手吧。一直以来，只要是自己的合作伙伴，就算他是人们常说的所谓坏人，庄田也从不介意。这一点也许也是继承了楠元太郎的风格，同时也是业界同行对他持有戒心的一个原因吧。

"介绍朝仓给我的是雨尾，那个研究经营学的。跟他有关系的广告公司和朝仓他们有来往。见了之后才知道朝仓原来曾经是老头子的心腹。"

庄田向理惠解释说。他越来越觉得所有的一切都是不确定的、不可信任的，这种情绪在他心中逐渐蔓延开去。他担心自己被人算计、会被诬陷成杀人犯，这让他感到很郁闷。但这事又不能随随便便地告诉朝仓那样的人。如果去找他商量的话，他一定会目不转睛地盯着自己，用他那与外表很不相称的金属般的高亢声音说："首先得看清这件事对企业经营的正面和负面影响。"

他一定还会主张说："企业家要把任何一个突发事件都当做机会利用起来。楠治子的死会使旧地开发计划上轨。作为一名企业家，必须得借此机会让计划上轨。"

庄田心想，自己过去常说企业家精神，所谓企业家精神大概就是这么回事吧。

"无论你发生什么事情，我都会在你身边的。"

理惠好像明白庄田在沉默中心里都想了些什么，突然说了一句。

庄田有时候觉得理惠是由两个女人组成的：一个热衷伊坂杨严隆信的研究，策划组织画展、艺术节，非常理性；另一个则爱嫉妒、凭直觉判断男人心理、极为感性。

"昨天咱们不是一起看夕阳来着嘛，在残波岬。海平线上方飘着朵朵积云，云层边上透出令人目眩的光，鲜红的太阳款款沉入大海。那景色是那么的美，当时我就想，要是能和心爱的人一起死在这幅风景里，那也死而无憾了。"

理惠告诉庄田说自己在很久以前也看过同样的落日。

"不知道是什么时候，说不定是在我出生以前。两个月前我来到这个岛上，就觉得我一定是在这儿或是附近哪个岛上出生的。我觉得我对伊坂杨严隆信这么着迷一定是有什么原因的。"

"伊坂杨严隆信的研究后来怎么样了？有很大进展吧？"

庄田换了个话题，因为他预感到如果继续这个生与死的话题，就再也收不回来了，他觉得重要的决定该迟些再谈。

"我现在很困惑，总觉得伊坂杨严隆信好像不止一个人。很久很久以前就有一个神秘的族群存在，他们用完全不同于常人的思考方式研究历史和宇宙的规律。这些人至今仍然活着，在普通人无法前往的地方做着同样的事。我们这些生活在现代社会的人本应该和他们有同样的想法，但是我们总是会在某个地方误入歧途，认为个人力量可以左右历史，而当无论怎样探索也搞不明白的事情越来越多的时候，就会彻底地迷失方向……"

"生物科学的权威也曾谈到，说用既往的科研方法研究人类的起源，谜团总是越钻越深。"

庄田记得楠食品公司曾经从美国请过一位生物物理学的权威，那人在日本生活一段时间后慢慢变成了虔诚的禅宗信徒。迷失方向的现代人会误入什么样的歧途呢，庄田心想。

如今，自己中了那些人设下的低劣圈套，被警方怀疑，这也许是对庄田邦夫人生歧途的一次总清算吧。迈错的第一步就是答应楠元太郎的邀请、走上了这条楠食品经营的不归之路。不过那也许只是表面，真正的错其实在于自己。庄田回忆起和乌鸦天狗一族一起生活的那一个星期的时间，是那么的自由自在、无拘无束，也许自己不是被他们劫去的，是心甘情愿地跟着他们去的。

不知为什么，他眼前浮现出一只猛禽，驻足在很高的树枝上，猛禽背对着他，背影显得很不开心。那是一只鹫，是美国的象征。这种鸟本来不该降落到地面，可是它性格中有善于交际的一面，于是它跟很多人都友好相处，可结果却是跟这个世界过于"友好"了。猛禽彻底地欺骗了这个世界。留学回国以后，那些没有目标、浑浑噩噩的日子现在回想起来很后悔。也许被警察怀疑是自己应受的惩罚，因为自己闯入了这个本不该进入的世界。

"我的研究是没有止境的，也就是说随时都可以停下。只要我把研究笔记交给这里的大学，研究蔡温的那个研究小组应该会继续把伊坂杨严隆信的研究做下去。他的研究以及冲之波美岛之谜都会慢慢浮出水面，而且一定跟我们想象的完全不同。当然这并不等于我们就可以搞懂居住在另一个世界的族群。"

庄田大概听懂了理惠的意思，但与她平时热衷研究的态度截然不同，他感到有些惊讶，看了看理惠。理惠的脸上既没有悲怆的表情，也不像是很想不开时脸部肌肉紧绷的样子。她眼里的阴翳更深了，可以看出在岛上研究这两个月对她的影响，也许岛上那曾经的王国受难的历史已经深深浸透到她的体内。而自己如果不是因为无端遭人陷害的话，能够像现在这样理解理惠的变化吗？想到这儿，庄田觉得有些欣慰。

"我给公司打个电话吧。"

庄田很唐突地说了一句。他想对总经理和楠食品的其他干部们叮嘱一句，你们在这个正常的世界可得好好干啊。

庄田直到此刻还在担心公司的经营业绩，一家竞争对手公司刚推出一种小食品很受欢迎，使得楠食品在这个领域退居守势了。毕竟，他在这个激烈的你进我退、你退我进的战场上已经指挥了快三十年了。想当初那些老干部们都是楠元太郎那一代的，于是他便使用战争期间日本军指挥官的座右铭"常在战场"这句话来勉励他们。一旦习惯，战场也是令人怀念的。

接电话的是总经理："我也正想给您打电话呢，大事不好了。"

难道自己被卷进去的这件事已经传遍了全公司？庄田很吃惊，反问道："怎么了？"

"公司有将近百分之三十的股票被买断了。"

庄田没能马上理解这句话的意思。

"怎么回事？你别着急，慢慢说。"

总经理好像意识到了什么，加了一句："你要是现在不方便的话待会儿再打给我也行。"

"没事。前一阵子我就开始觉得有些不对劲，因为股价一直在涨，后来我请承销商给调查了一下，直到今天早晨才明白是怎么回事。抱歉。"

庄田接着问了几个问题，总经理回答说大量购买公司股票的是一家外国同行，因此才迟迟没有发现。总经理并不知道庄田被牵连进杀人案的事情。庄田可以想象出眼下公司内部的狼狈和混乱，决定暂时先不说自己的事情。作为一名企业经营者的强烈意识涌上心头，他感到自己的表情都变了。

"不对啊。加上稳定股的话，控制股应该是没问题的。A证券是怎么说的？"

话说到这，庄田悟出一定是稳定股股东里有人见利忘义当了叛徒，他眼前浮现出了几家公司经理的面孔。

庄田本已做好了引退的准备，遇上这种事情只能继续坚持，以完成他作为楠食品公司会长的使命。总经理是个搞技术出身的老实人，这种事情大概很不擅长。庄田看出这一点，所以还专门从一家有关系的证券公司请来一位财务方面的专家当了副总经理。那那个副总经理都做了些什么呢，庄田又恢复了他那企业家大脑的反应，而他所想的似乎通过电话线传到了总经理那边，总经理说："本来不应该随便猜测，但副总经理好像早就知道这件事。"

这么说，副总经理就是那个替对方从内部活动收购股份的内奸了。一般来说要想收买稳定股的股东，如果公司内部没有内奸的话，可没那么容易。

"最近并购很时髦嘛。"庄田看似在发表感想，其实是在心里琢磨对策。

"真对不住。"总经理一直在重复这句话。当下首先得稳住总经理，赶走内奸。要加强防守，不能让敌人攻进来，同时制订反击方案。

"胜败并不只看股份的。"庄田断言道。他心中有过瞬间的动摇"都这个时候了我还在做什么啊"，但他很快克制住这个想法，对总经理说，"哪怕股份被拿走一半，公司执行部门还是我们掌握的。还可以通过向第三方定向增发等改变占股比率，当然这首先得团结全体董事。对方如果是外国企业的话，他们是不能独立经营的，如果我们打持久战，他们必然会妥协。首先把副总经理给辞了。就算不能马上解除职务，至少可以命令他停止执行业务。法律上不好操作的话，你就用我的名字强行执行，我来负责。我现在有点事脱不开身，我会通过电话和传真指示。"

庄田脑子里突然闪过一个情景，冲之波美岛的王国灭亡时，城堡里是否也曾有人说过类似的话呢。

"好。"

总经理的声音很没有底气。

"多少家庭的餐桌要靠着咱们公司呢。公司不是商品，不是说买就买、说卖就卖的。你沉住气，好好想想办法。我给大臣打个电话打声招呼，你去见见求他帮帮忙。"

说完之后，庄田开始琢磨怎么才能把被买走的股票再重新买回来。如果让对方知道手里的股票已经到顶、再也无法多买的话，说不定他们会把目标转向其他公司。另外也得给那些协助对方的股东一定的制裁，最终让他们交出楠食品的股票。

庄田知道老实温厚的总经理没有魄力，无法果敢地指挥这场战斗。也许只有亲自赶回东京去发挥自己最后的力量了。自己是创始人楠元太郎唯一的亲属，在日本，通常这种情况下这是一个很能起作用的优势。

庄田感到自己燃起了熊熊斗志，这是总公司旧地开发计划触礁以来他第一次产生这样的感觉。他决定把事情的原委告诉警察干部，然后立刻返回东京。本来楠治子的谋杀嫌疑就是无中生有的事情，等解决完公司的问题再慢慢解释吧。

想到这儿，他感到方才自己的抑郁情绪简直可笑，完全是一种懦弱的表现。

他回到理惠呆的房间，简单地跟她说了发生的事情，告诉她自己得马上返回东京。

"治子的事情只能推后。我去跟警察说一声。"

庄田站起身来，看见理惠流露出一种很害怕的表情，这在她很少见。

"我也跟你一起回东京。"

"我回去以后就得四处东奔西跑了。你还是留在这儿做研究吧，不用担心我。"

理惠像个不懂事的中学生似的，固执地摇头："不，我不想让你一个人回去。"

庄田心里着急，心想没有时间再争论这个，于是答应了她："那我去订两张机票。"

说完他下楼来到大厅。

他找到了早晨警察干部介绍给他的那个便衣警察，他还坐在刚才那张椅子上打盹儿。听了庄田的解释后，他显得很为难。

"这事儿没有我们头儿的同意不行，我做不了主。"

"那他什么时候回来。我很着急，你赶紧跟他联系吧。"

说完，庄田来到航空公司的柜台，不巧飞东京的直航班机得到傍晚才有，他订了两张票后回到房间。刚进门，电话就响了。还以为是警察干部呢，拿起听筒却听到一个似曾熟悉的声音。

"我是××。"

原来是大臣，他居然没有通过秘书直接打来了电话。庄田很吃惊："我也正想给您打电话呢。是因为我公司的事，不好意思。公司股份好像被外国资本买断了。"

"哦，这样啊。我也是因为这件事找你。"大臣好像在很小心地遣词用字，

"我听到下面汇报之后，很惦念这个事。"

"是啊，太出人意料了。我们太大意了，现在得马上采取紧急措施，我已嘱咐总经理，我先给您打电话之后让他去拜会您。"

说完这话，庄田突然想起："对了，您怎么知道我在这儿？我可是悄悄来的。"

"你要知道，处在我这个位置的话，重要人物的行踪随时都可以查得到。"

这话大臣说得很随意，但若要细细琢磨其实里面大有文章。

"食品加工属于国家重要产业，政府也不希望发生这样的事，本来是想内部干涉一下的。不过呢，你也知道，在乌拉圭回合的谈判中，日本在农产品自由化贸易这一点上遭到了各国的批评，特别是大米。所以，怎么说呢。"

大臣吞吞吐吐地说出这番话来。庄田顿时警惕起来，有了一种不祥的预感，他不由得问了一句："所以？"

"所以，"大臣鹦鹉学舌般地重复了一句，接着说，"如果说，当然这只是假设了，如果你表示同意外资进入，就说是在政府的劝说之下，决定作为大股东给予积极合作，那么这就可以成为政府的一个最好的佐证，证明日本是积极支持门户开放的。你们不是一般的小公司，是楠食品，所以必定会产生很大的影响。"

听了这番预料之外的话，庄田非常愤慨，正琢磨怎么回绝时，大臣又说了："当然这只是假设，所谓'政企分开'嘛，你要是不同意的话听过就算了，权当是我这个为大米问题伤脑筋的农林水产大臣在自言自语好了。"

大臣似乎越说越来劲，继续滔滔不绝地说："我猜是美国的F公司，听说你也认识他们的会长。如果你从大局出发和平解决的话，我想全国农民都会感谢你的。"

庄田气到极点，不禁叹了口气。对方可真够深谋远虑的，连政府方面的关节都这么快就打通了，这就是国际资金收购战的作战手法吗？自己决不能输给他们。

几年前，现在的敌人——F公司的会长曾经请庄田到美国去参加了一个音乐节。那是每年秋天在犹他州的山里举办的一个很有名的音乐活动，活动经费一直是由F公司赞助的。那个地方冬天是一个有名的滑雪场，音乐节有来自世界各地的著名演奏家和指挥家的演出。

庄田记得他参加的那年，音乐节的最后一个节目是巴赫的合唱曲，经编曲后在歌词里加上了F公司的名字，合唱队一唱道"啊，光荣的F公司啊"，下面的观众们就开始不停地欢呼："F公司、F公司。"会场人声鼎沸，人们仿佛都很热衷于这种噱头。如果是在日本，媒体一定会批判这种利用古典音乐来宣传的做法，认为这是对经典的亵渎。庄田回忆起自己的波士顿时代，看到眼前的美国听众能接受这种噱头，他觉得很羡慕，因为他认为那是从容和自信的表现。在波士顿留学的时候，美国对欧洲文化的接受还没有这么自由，他深深感到五十年的岁月所带来的变化。当歌词里唱到"F公司"的时候，坐在最前排的会长便站起来，非常得意地环顾一周观众席，脸上的表情似乎在说："你们都听清楚了吗?"这个动作再三重复之后，连观众也被他那不加掩饰的快乐所感染，会场气氛更加热烈，人们都毫不吝惜地送上欢欣鼓舞的掌声。庄田看见F公司会长那洋洋自得的样子，不禁想起楠元太郎，想起他曾经在员工慰劳会上拖着小拖车大声叫卖，让员工们感动得涕泪涟涟的事。虽然情况完全不同，但在庄田看来，他和楠元太郎表现出的是同一种精神境界。庄田没有想到这次的对手竟然是那个笑容满面的F公司会长，他很困惑，也很意外地发现自己似乎丧失了斗志。

"原来这样啊。"庄田又嘟囔了一句。他告诉自己，一名独裁者天衣无缝的笑容会在一瞬间变成恶魔狰狞的面孔。

"那你是说让我们跟F公司合作，当一个善良的大股东了。"庄田再次确认道。

"可以这么说。如果你愿意也可以转让所有的股票以获取资金。这种以大局为重的做法可以化解一切危机，包括个人的困难。当然，到那时我会出面向F公司为你争取一个体面的位置。"

庄田因过于震惊一时间不知说什么，大臣却误会了他的沉默，显得有些得寸进尺。

"我不同意。决不同意。我从没打算要给别人打工。"

庄田粗声粗气地大声嚷嚷道，仿佛变了一个人一样。他的脑海里浮现出犹他州迎宾馆的情景，那里下榻着来自世界各国的宾客，庭院里大大小小的鹿安静地吃着草。迎宾馆很像一座欧洲的古城堡，黄昏时分，鹿群就会从森林里来到庭院里戏耍一直到天黑。那副光景与大臣所说的"和平解决"几个字眼在庄田的脑海里重合了。

"我能理解你的心情，非常理解。毕竟是你从岳父手里继承下来的产业，当然很难放手。不过，我刚才跟你说的这些话都是非正式的，看在我们多年交情的分上，你也别往心里去。"

听着听着庄田发现大臣的话其实跟刚才警察干部话里的话如出一辙。警察干部先声明说"一般来讲的话"，然后露出一副很关照朋友似的表情说：

"要想洗清嫌疑有几个办法。一个是在法庭上。警方和法官都是尊重人权的，所以完全有机会证明自己的清白。不过这会对你的社会形象影响较大。第二个办法很实际，就说当事人目前正参与处理一宗国家性重大事件，在该事件告一段落之前，警方不能采取任何行动。而且如果这一要求是由重要机构或人物提出的，警方自然会给予考虑。我也好在里面帮你活动。"

警察干部说完这段令人费解的话之后，又似乎很胸有成竹地说："当然，如果罪犯穷凶极恶、继续不断犯案的话，这一方法就不适用了。不过，你被卷进去的这宗案子，只要给我们一些时间，我保证一定会解决的。"

再看大臣是怎么说的。

"一般来说，对一个很有诚意与自己合作的人，谁也不会步步紧逼。用我们东方的话来说就是将心比心。"

"这件事你不必马上回答，好好考虑个两三天。我不会强迫你同意，也知道你不是个能强迫的人。我之所以给你提这些建议是因为担心你，看在我们多年交情的分上。"

庄田一边接电话，眼前再次浮现出那幅画面：夕阳薄暮笼罩下的庄园式庭院，草坪上大大小小的鹿一边吃草一边踱着步。这一次庄田还看见它们身后幽深的森林。听了大臣的话，他觉得这种卑鄙的做法才应该狠狠打击呢，但又觉得对方还算不上是对手，而且他从F公司会长的身上还能看到楠元太郎的影子。

跟大臣你问我答了几个来回之后，庄田说："总之给我一点时间。"

"好的好的。"

大臣兴奋的声音透过听筒传来。

"这是个大事情，你好好考虑一下，免得以后后悔。感谢你的合作。企业家要都能站在国家立场考虑问题的话，贸易摩擦问题也会少得多了。世界是广阔的。"

电话中传来大臣的一阵开怀大笑，然后突然断了。

庄田缓缓地放下电话，有点头晕。他觉得自己如同遭受了精神绑架，又像是体内被注入了工厂旧地那条河渠里咸咸的水。之前隐藏得天衣无缝的敌人，以一种出乎意料的方式出现了。而且这个敌人是受人支持的政治家，也是跟庄田很熟的几个政治家中的一个。

"好奇怪啊。"

庄田跟理惠说。

他无法想象，针对工厂旧地再开发计划的反对势力一开始就和国外企业勾结在了一起。而如果真是那样的话，说明已经形成了一个反楠食品的联盟，那也是他更为畏惧的。松井平五郎和疋田茂次也许是中途才变成了外国企业的走狗，而一直对楠家抱有一种微妙感情的治子并不知道情况已经发生了根本变化，自以为在利用他们却反而陷入了圈套。她的遇害则起到了将庄田逼入困境的作用。

大臣虽然没有明说，但话中流露出他知道楠治子遇害事件。而如果他是从警方那里获得了相关情报，那就更说明了这场阴谋规模之大。难道F公司的会长是这一切的幕后策划人吗？音乐节上，他回头看到观众席上坐满了来自全世界的观众，露出满脸得意的微笑，从那张脸上你是绝对无法想象的。也许每个环节的负责人都并不知道整个计划，就连F公司总经理可能也只是下了个命令说要收购楠食品、拿下日本市场。这就是机构这种东西的特性，而资本竞争市场是允许这种特性的。但尽管如此，庄田猜想在日本国内的某个地方一定有一个负责指挥行动的指挥部，而如果有一个人知道所有的一切的话，那个人就是昭和经营史研究所的朝仓理事长。

他曾经受楠元太郎之托为摧毁工会杀了工会委员长，这一次说不定是受了F公司的会长之托。不过其实他也不一定就了解整个事件，那这场戏的主人公到底是谁呢？难道说时代和历史潮流才是操纵所有一切的真正的指挥官吗？

想到这儿，庄田觉得空虚极了。也许所有的人都只是在扮演属于自己的角色。而自己呢，到底为什么要计划修建巨大纪念塔，而且还固执己见一意孤行，那不是记者招待会上几句套话能说得明白的。如果说是为了提升楠食品的形象、回报社会什么的，这类冠冕堂皇的话未免太不真实。不仅是言辞不真实，内容也无法令人信服。如果说是他对楠元太郎的一种扭曲的爱、一种反抗、甚至是一种报复的话，也许更接近他内心真实的声音。

也许庄田修建巨塔是出于对命运的仇恨。母亲梅曾经跟他讲过欧洲寺院的高塔。被楠元太郎强暴的记忆在时间的过滤下带她走入一种崇高的境界。屈辱变成苦痛、继而又变为喜悦，而这种矛盾正是自己所承继的直面高塔的力量源泉。丈夫庄田启介的修养也好西洋情趣也好，在出身不明的蛮勇武夫面前，都成了一碰就碎的玻璃工艺品。

庄田邦夫回忆起他曾经参加过的几次在首相官邸召开经济政策国民会议的情形。当时因为敌人就在眼前，是有眼睛有鼻子的实实在在的人，自己才会有那么高的热情去斗争。可是F公司会长、大臣、朝仓理事长、楠治子，再加上松井平五郎和疋田茂次，如果他们都只是按照事先写好的剧本在表演的话，那自己大概只会在恍惚和疲惫中勉强打起精神观望一番罢了。

不久前，庄田发现自己不像从前那么热爱楠食品的管理工作了。自从他开始计划要将工厂旧地重新开发成一个与楠元太郎时代完全不同的地方，他发现自己对日常公司运营以及商议新产品促销方案等公司业务不再那么有热情了。这一点庄田从未告诉过公司的人，连对理惠也没说过。

"怎么办呢，我丧失斗志了。这到底是怎么了。"

这是他第一次坦言自己内心的感受。

"刚知道有人反对再开发的时候，我干劲可足了，心想一定要打倒敌人。可是现在我觉得这只是一场主角永远不会露面的舞台剧。真正的主角也许是让楠老头子拼命隐藏身世的这个社会，也许是良知，都是些抓不着碰不到的东西。"

说到这里，庄田又想起了收到恐吓信的事。恐吓信上完全没有钱财方面的要求，但字里行间却充满对楠食品的历史及公司本身的憎恶之情。现在想来，这件事也许可以理解成是整个社会对大企业的不满以这种形式爆发出来，而楠食品恰好被当做了攻击的对象。所有的一切都只不过是为了让社会的不满得到宣泄而演的一出戏而已。

"巨大纪念塔到底是什么呢？当然我这么说你一定觉得很奇怪，因为主张修建的人是我。"

"我刚才也一直在想这件事。我觉得也许它对于你的意义就像是伊坂杨严隆信博物馆对于楠元太郎的意义。"

楠元太郎第一次带庄田去和歌山的伊坂杨严隆信博物馆，是在他进入楠食品、就任总经理之前的那个冬天。

去之前，楠元太郎只是简单地告诉他说"我也不是很清楚""应该是个伟人"什么的，用庄田的话来表述他的意思，就是训诫他说一名企业家必须要有伊坂杨严隆信那样的钻研精神。他还说自己之所以投那么多钱建博物馆，是希望继承人也能理解他的精神。庄田一直以为那是楠元太郎在教给自己做总经理的心得，是一种接班仪式。但最近庄田对于那是否真如自己所想是个仪式产生了怀疑。如果说是企业管理的交接仪式的话，他应该召集公司干部和那些退了休的老功臣们开上几个会吧。可他没有那样做，只带上庄田一个人去博物馆参拜，这难道是一种"政教分离"吗，就是说跟企业管理并无关系，只是一种祭典性质的行为。庄田记得父子二人住在博物馆的迎宾馆那晚，他叫人把伊坂杨严隆信的肖像画从展室拿到房间，在画前双手合十，嘴里还念叨着些什么。

楠元太郎去世的那个晚上，庄田邦夫从心底感到一种解脱，也许是因为觉得自己终于从楠元太郎的巫术世界中解放出来了。他想要建一座能和天空对话的高塔，也许是因为想要摆脱楠元太郎的"地球重力圈"吧。他决定建塔的材料全部使用无机质，铁、铝合金以及其他化学材料。他还打算在塔基的内部空间放置一个直径为二十米左右、表面贴着细瓷砖的蛋形建筑，也可以说是能让人联想到地球的球体建筑。塔将包容"地球"并凌驾于其之上。

庄田还记得那次在纽约看的那个建筑绘图展，就是在看到那些希望打破苏联时代俄罗斯的封闭状态而描绘的建筑图时，修建巨塔的计划在自己的心中逐渐成了形。他又想起了很早以前读过的意大利经济学家皮埃罗·斯拉法的理论"用商品生产商品"。决定企业经营方针时绝不掺杂个人感情，这是他在波士顿时代学到的东西。之前庄田对修建巨塔只有一个笼统的概念，他和那珂崎时实、理惠还有参加KIGEN之会的几个学者讨论过几次，但一直没能形成一个具体意象。高

濑汲吉和管理学学者雨尾提出的意见虽有一定的参考作用,让他明白自己想要建
的不是他们所说的那种东西,但也仅限于此,庄田更希望得到一种意见,能够帮
助他形成建筑构想的核心。就在那个时候,他在纽约的一家画廊看了一个建筑绘
图展。据说某位诗人把那次展出称作"绝望的净化作用",不过庄田是在两年之
后才听说的。

　　这个塔用无机材料建成,所以也可以认为它具备飞行物发射基地、宇宙卫星
基地等超前因素。换句话说,纪念塔是庄田所有矛盾的集合体。

　　"那是因为你一心扑在再开发计划上,所以对其他事情的兴趣自然减弱了。"

　　理惠正说话的时候,电话铃响了,是饭店客服部打来的:"非常抱歉,我们
尽了全力但还是没有订到票,因为有人订了团体票。现已申请在等候退票。"

　　这个时候说订不到票,庄田认为一定是警察干部做了手脚,故意让他不能离
开这里。

　　"那没办法,只能延长逗留时间了。"

　　庄田很不高兴地说。不过关于收购那件事,如果不能确定根本方针的话,即
便回到东京也没有用。而根本方针还得靠庄田本人亲自作决定。

　　那晚,他和理惠为打发时间到酒店餐厅看了一场所谓的"晚餐秀",表演的
琉球舞蹈是根据当时被称作"大和人"的岛津藩的侵略史实改编成的一个描写青
年男女殉情的舞蹈剧。早在封建时代,琉球王国遭到外国侵略,一位琉球姑娘坚
决不屈从于敌方将领,从海角跳海身亡。她有一个相互爱慕的恋人,也牺牲在了
战场上。

　　"以前咱们一起看的是曾根崎情死还是天之网岛来着?"

　　说完,庄田记起那正是在工厂旧地举办的摇滚音乐节上的一个节目,现在想
起那个音乐节就好像是这一连串事件的开端一样。

　　"那个阿仙怎么样了?没再交往了吧?"

　　理惠故意用了一种男人吓唬人的口气。

　　"什么交往啊,你怎么也用起这种小报记者的话了?"

　　两个人用阿仙开着玩笑,手牵手回到了现实社会中。

　　"你就骗人吧,唉,算了。"理惠转念又开起了玩笑,"你要是被抓走的话,

我也跟着一起去。监狱里也会有女人，我得看着你免得你花心。"

"就算你想跟我一起去也没那么容易哦。你要是跟警察说'逮捕我吧'，肯定会被当做疯子送进医院。"

"那要是我把你打伤不就可以构成伤害罪了吗?"

"哦，那倒是。"

庄田心中突然涌上一阵爱意，他用胳膊搂住理惠的腰将她揽了过来。

"那样做也许可以。大概罪名就是爱得太过了。"

理惠悄悄把头靠在庄田肩上。在这种被逼得走投无路的时候，两人的感情却变得鲜活起来，这是庄田没有想到的。他现在的心情很像是在波士顿第一次爱上朱丽叶的时候。

周围都是年轻的恋人。他们看上去是刚开始旅行，可他觉得自己和理惠是被遗忘在了这个岛上，也许是命里注定的。庄田已经有些醉了，似乎比平时醉得要快，他的左肩能感受到理惠的头的重量。要是两人能一起隐居在这个岛上一起调查历史，那倒也不错。庄田也开始对理惠所热衷的伊坂杨严隆信的研究感兴趣了。

两天之后的早晨，警察干部打来了电话。

"我昨晚才回来。发现了新材料所以想马上告诉你。"

他说自己已经到了酒店大厅，订了一个适合两人单独谈话的房间。放下电话之后庄田看了看理惠。她正在看大海，全身的紧张都写在背对庄田的后脖颈上。庄田下楼之后有可能就回不来了。

"我走了，马上就回来。"

庄田小声简短地说了一声，没有等她回话就走出了房间，他能感到她在那一瞬间颤动了一下。

庄田急急忙忙下到大厅，警察干部把他带到前台后面的一个很小的接待室，劈头第一句话就是："松井平五郎和疋田茂次的身份搞清楚了，和我猜想的一样。"

他把右腿跷起来，显得很放松。有些像过去和财界人士聚会时的气氛，脸上浮现出善良的微笑。

"两人都是昭和经营史研究所的秘密特务。朝仓喜久雄的这个组织，研究所只是个幌子，实际上是个否认日本战败的秘密团体，已经有将近五十年的历史了。你托他镇压反对运动，对他来说可是个求之不得的好机会，他觉得是楠元太郎把你们联系在了一起。我记得有一次你无意中提到过有某个组织在帮你，但你没告诉我详情。"

"对不起，总觉得有些难以出口。那他和外国企业有关系吗？"

庄田问出了自己最在意的事情。警察干部却又给了谜一般的回答："怎么说呢，总之他们是不承认战败的。这一点对外国企业来说也许反倒有利了。"

战争刚结束朝仓喜久雄就被捕了，他和美国的特务机关之间有着什么样的往来和交易，谁也不清楚，庄田心想。他总算有些冷静下来了。

"想开点，什么事情都是有可能的。"

一阵沉默之后，警察干部做出一副什么都明白的样子，点了点头。他的双颊随着年岁的增长日渐饱满了。

"这两人有嫌疑杀害了楠治子。因为没有物证，还不能逮捕，但嫌疑很重。那样的话你就是受害者。不过他们对你的暴力威胁是否能立案还不好说……"

"原来是这样。"

庄田回答说，很自然地露出了笑容。昨晚他意外地睡得很好，但是早晨一睁眼就想起自己被人限制了人身自由，于是变得愤怒起来。

"如果可以的话能不能尽可能详细地谈谈你和昭和经营史研究所迄今为止的关系呢？这儿不能一直用下去，能否借用你的房间？因为还是要避人耳目为好。"

庄田和警察干部一起回到房间，他边走边想：不知雨尾知道多少朝仓喜久雄的真面目呢？如果"照实说"的话，就不得不说出雨尾的名字来。可不想给朋友添麻烦。难道雨尾也和外国企业有关系吗？

根据警察干部刚才的话，朝仓一直在进行秘密行动，当然和警方是完全没有关系的。解除了嫌疑让庄田感到很高兴，但想不明白的事情反而增加了。首先警方和大臣方面的关系就很可疑，也很不明朗。朝仓理事长的手下又有了新的嫌疑，是不是因为隐藏在背后的敌人再次改变了作战方案呢？

庄田过去与别人合作的时候，无论是企业还是个人，对对方的来历身世他从不过问。他的判断标准只有一个，那就是对楠食品是否有利。只要有利，不管对方政治上是左派还是右派都无所谓。他不仅不在乎其他大公司的老总们对他的评价，还竟然公开主张一个企业家是绝对不能让同行都称赞他"人格高尚"的。这些都是被看做是从楠元太郎那儿继承的也是他最让人畏惧的地方。但现在庄田觉得那时因为是经济高速增长期，所以那种做法才行得通。他回头看看默默跟在后面的警察干部，想对他说："难道是因为时代变了吗？"但突然又觉得即使说了对方也不会明白，便什么也没说。两人走进房间，理惠一下子跳了起来。在那之前她一直保持着庄田离开时的姿势，她从眼前的大海里看到了什么呢？是自己离开灭亡的城堡被装进箱子里投进海里的经过？还是从自己的掌心里慢慢消失的庄田，还有自己和他一起沉到水底的情形？

她有些怯生生地转过身来，用看陌生人的眼光注视着庄田，然后很不情愿似的看了看警察干部。突然，她像是从咒语中解脱出来一样，脸上所有的肌肉、肩膀和胳膊都放松下来，整个人一下子扑到庄田身边。

庄田抱住她，轻轻拍了拍她的肩膀，坐了下来。

"朝仓喜久雄在战争结束之后和我岳父有过来往。"

庄田开始述说道。理惠这才放下心来，走进别的房间。

"对不起，等一下，我能让警察做个记录吗？"

他说得好像自己不是警察似的，庄田笑了："请吧，也没有什么可隐瞒的。这个时候记录得清楚一些会更好。"

"冲绳真是个好地方啊。冬天温暖，夏天因为干燥也不那么闷热。退休之后要能住在这儿就好了。不过我那口子是东北出生的一定不答应。"

在等部下上来时，他模仿电视里警官可伦布的口吻试图使气氛变得融洽。

"你就不同了，要经营自己的公司，所以也没法退休吧。"

"那倒也不是，要是想的话……"

庄田心里想着收购的事，很谨慎地回答道。对方毕竟是警察干部。

"对了，我记得以前问过你矛之会的事，还被你批评了一顿。"

他像是突然想起了一件毫不相关的事情似的问道。也许是想到矛之会多名成员的失踪和朝仓喜久雄有什么关联。

　　"不，那不是什么批评。我只是想告诉你那珂崎君不是那种策划政治阴谋的人。"庄田解释道。

　　"那之后有什么消息没有？"

　　他这么问，一定是时常想起那件不可思议的怪事。

　　"我这边完全没有消息，警方呢？"

　　"杳无音信啊。有消息说他们到了冲绳附近，但还无法确定。我本来到这里来的目的就是为此事要找当地警察商议呢。"

　　这时，一个戴着眼镜很斯文的便衣警察和穿着制服的警官两个人走了进来。

　　"那么你是从什么时候开始和朝仓喜久雄或者说是昭和经营史研究所来往的呢？"

　　警察干部告诉部下庄田邦夫并没有嫌疑，只是纯粹的调查，于是便开始询问。

　　"是真琴市总公司工厂旧地再开发计划遭到反对的时候。"

　　"你说的那个计划是？"

　　"那是，"庄田调整了一下坐姿，挺直了背，很有力地说了起来，好像说明计划即是实现计划的第一步似的，"那是要建一个社区的计划。社区的象征是一座高塔，高得足以和宇宙进行对话。社区里有市政厅、教堂、寺院还有美术馆，可以说是一个二十一世纪的主题公园。社区到处都设有互联网窗口，既可以发信也可以收信。在回廊上种有用生物技术培养的珍奇花卉，一年到头都在盛开。整个社区被一个透明的天棚所覆盖，从远处看就像一个宇宙卫星发射基地一样，也像是太古巨石文化的遗迹。"

　　接着庄田又解释说自己希望实现这个计划是因为想把楠元太郎的创业精神用现代的、易懂的形式表现出来；希望通过回报社会的方式使创业者的挑战精神、感谢和奉献的宗旨得以实现；同时这样做也可以否定那些关于创业者的黑暗传闻以及对他所作所为的不负责任的观察和分析。

　　"所以你根本就没有想到会有什么反对运动。但却发生了，所以你便找到了朝仓喜久雄的研究所商量镇压手段。"

　　"是的，那个时候我也找你商量过，还有人把恐吓信寄到了公司。"

　　"对啊，那封恐吓信在总厅还留有复印件呢。"

警察干部对默默做记录的便衣说。

"那时，也就是你托他们镇压反对运动的时候，有没有别人在场？还有，朝仓接受委托时关于报酬方面提了什么要求没有，签没签合同？这一点对调查此次杀人案件非常重要，所以希望你能说得准确一些。"

庄田回答说在场的还有经营学学者雨尾弘，自己和他是从波士顿时代开始交往的老朋友，关于楠食品经营方面的事情也常会找他商量。和昭和经营史研究所之间没有合同，对方也没有提出什么明确的要求。

"当然如果事情得到圆满解决，我是打算付他们报酬的。不过因此事不便记录，所以没有交换书面合同。"

庄田想起两个人第一次见面时，朝仓曾非常感慨地回忆年轻时受楠元太郎关照的事情。他给人的感觉不是接受镇压反对派的任务，而是他看到恩人的继承人有难才要拔刀相助的。他看上去是那么朴实、正直，实在难以相信其实是个狡猾的双重间谍。是中途有外资介入使他"变节投敌"了吗？

"那么他提出的方案是？"

"首先对周边进行调查，然后故意挑衅。"

庄田脑子里闪过一个念头：说不定连那封恐吓信也是昭和经营史研究所所为呢。

"对周边进行哪方面的调查？"

"比如说查明我岳父的出身，还有南方的消失的岛屿什么的。"

"你说什么？"

警察干部反问了一句，声音大得让庄田吓了一跳。庄田很后悔不经意说出了"消失的岛屿"。

"我刚才的话有什么问题吗？"

庄田忍不住问道。到底可以对警察干部说到哪一步，他有些犹豫。

"那倒不是。只是朝仓喜久雄这人一向行事诡异。刚才我也跟你说过，毕竟他是否认日本战败的那种人。我们听说那个'消失的岛屿'和他诡异的行事多少有些关系，不过我觉得那不过是很幼稚的猜测罢了。"

警察干部似乎也忍不住对庄田多说了几句。说完，他像是为了掩饰自己的失言，赶紧把话题转了回来："这么说你基本上是赞成昭和经营史研究所的方针的？"

"是的。"庄田明确地回答道，"我非常希望能建起高塔还有社区，所以无论如何都要镇压反对运动。"

隔壁房间的理惠发出了点声响，警察干部朝她的方向看了看，缄口不语了。声响停止了，理惠继续保持沉默。庄田决定跟警察干部谈一些更深入的情况，以此也从他那里获取一些警方所掌握的情报。

"因为我们怕反对派是那些跟楠元太郎有仇的人，所以打算把关于他出生的秘密还有过去做过的事都尽可能地调查清楚。昭和经营史研究所在这方面展现出的能力超出我的预期，他们的调查简直可以说是过于周密了。"

"那发现了什么没有？"

庄田一直盯着警察干部，观察他的反应。

"是的，发现楠元太郎好像是冲之波美岛的出身，他在那里跟什么人学会了巫术等等。不过也许只是很幼稚的猜测罢了。"

"冲之波美岛啊。"

他嘴里嘟哝了一句，胸前抱着手，眼睛朝上望去。他的表情很像是警官办案时看得见表皮却抓不住核心时的样子。

"我越来越觉得，也许这次的整个事件都和楠元太郎的过去有关系。"

庄田坦率地说出了内心的疑惑。他觉得，眼下自己无论作为一个普通人还是一名企业家都正被遗忘，不能再因害怕而畏惧不前了。尽管他一直觉得自己是误入了歧途并在此迷失，但那也是从楠元太郎那里承继的血脉使然的。他还没有说出自己是楠元太郎的亲生儿子。因为他觉得这与这个事件本身没有关系，而且他很不愿意因为这一点自己的行为被世俗化地理解。他内心深处总觉得自己和楠元太郎是完全不同的人，修建巨大的纪念塔和新社区并不是为了彰显创业者的精神，而是为了否定他。

"楠治子知道多少你岳父的秘密其实很关键。"警察干部不无遗憾地说道。

他说得很对。庄田从他的话中觉察到警方已经相当接近事件的本质了。庄田差点告诉他从治子的房间里拿走相册的事情，但他决定不说了。现在理惠在隔壁房间应该正在看那本相册。说不定刚才发出的动静就是因为又看了一遍库尼玛的相片。

两个人的会话有时像是在盘问证人，有时又像是在闲聊。庄田认为这个事件的起点可以追溯到自己和伸子结婚的时候，甚至还可以再往前追溯到父母去英国、年幼的自己被寄养在楠家的时候。有些定理、规律是人的判断或意志所无法左右的，就像自己是楠元太郎的儿子这一事实不可改变一样。庄田像在说服自己似的想着。

"庄田先生，你知道有个冲之波美岛小组吗？"

这次似乎是警察干部决心要投石问路了。庄田表示否定后他又接着说：

"怎么说呢，就像过去巴西的'胜利集团'，还有朝仓喜久雄他们也是如此，总之是不承认日本战败的一种思想性集团。"

庄田又摇了摇头："就算有那样的集团存在，他们为什么会取名为冲之波美岛小组呢？如果主要从名字去分析的话，他们应该是有相信非现世的倾向吧？无法融入所谓的经济高度增长以及物质丰富的现实社会。按照美国的说法，就是'孤独的群众'皈依神秘宗教或沉湎于占卜等，这都属于同种现象。"

庄田一边说一边想起曾经和警察干部就矛之会问题有过类似的会话。他却说那是"受到了庄田的批评"。

"等等，刚才说的这段话可不行啊。"警察干部不失时机地插进来，给那个便衣下命令说，"这部分得修改。"

斯文的便衣用事先准备好的尺子认真地画了两道线，以示删除。

"你这么说会被看成是赞同冲之波美岛小组的。我知道你是从市场营销的角度说的，但如果在报纸上登出来的话，人们就会认为庄田邦夫这个企业家支持冲之波美岛小组、同情神秘宗教团体。"

被他这么一说，庄田对警察的作用有了更深的体会。这个团体不同于已得到世间公认的宗教团体，而且还相信非现世的存在，这本身就是一种对社会风气的破坏，是需要提防戒备的。总而言之就是他们被视做危险分子。而如果他们又和外国企业有关系的话，那情况将更加复杂。也许战后左翼分子的矛盾、悲哀以及滑稽等一切的一切全都包含在内了吧。

"知道了。我并没有赞同他们，所以你可以删掉。但是作为一种社会现象，我认为是可以理解的。"

庄田自己也觉得这么说太乏味了，于是又加了一句："做生意就得彻底讲求效率，我一直是这么做的。但是岳父他不一样，不知道要怎样才能超越这一点。"

"好吧，今天就到这儿吧。"

警察干部看了看部下说："我会在这个饭店住一段时间。其间能不能再请你抽个几次时间？刚才说的那个小组还得再接着调查。"

"当然没问题。如果那个小组和楠元太郎有什么关系的话我也很有兴趣。对了，还有一点想请教你，那个冲之波美岛到底在哪儿？"

警察干部露出像是很为难、又像是在怀疑庄田的表情，也许他觉得警方的威信受到了侵害吧。

"不知道，所以要调查。地图上也没有，我觉得有可能是一种暗号。那珂崎那伙人据说也是去了那个岛。对，是叫矛之会—自然力派吧。"

警察干部和便衣走后不久电话铃响了，是总经理打来的。

"抱歉跟您联系晚了。情况有些变化。对方要求和我们谈判。听说他们在加拿大投资不顺，没有可用资金了。"

"你见到大臣了吗？"

"见到了，但他说政府不好干涉企业的事，还说向您问好。"

"是吗？看来真的不能指望政治家，以后也是。"

"我想把股票重新买回来。"

"对方会全都卖给我们吗？"

"他们在打如意算盘呢，说是如果我们只买一半的话可以用高于他们买进时一倍的价格，如果要全部买回的话就得付三倍的价格。"

"那就回掉。"

"可是……"

"你知道吗？俗话说痛打落水狗。一定要把对方逼到走投无路，用他们收购时的价格全部买回来。决不能作任何妥协。你可是总经理啊，我现在还可以给你出出主意，以后就全靠你自己决定了。"

总经理很没底气地"哦"了一声，挂了电话。庄田开始觉得自己在楠食品的使命也该到头了。他感到自己急于逃离某个地方、某件事情，但又不知要逃到哪里去。杀人嫌疑解除之后，他觉得过去让他放不下的那些东西：和大臣与警察的良好关系、所谓为人行善的道理、企业繁荣就是国家繁荣的理论，这一切全都变得那么空虚且毫无意义。总经理的电话更加深了他的这种感觉。庄田在扶椅上坐了很久、一动不动。等他回过神来找理惠的时候，她却不在，也许是放下心来去买东西了。

电话又响了，这次是大臣打来的。

"哎呀，前些天失礼了。我了解到你的想法，也告诉给了对方，他们说要重新考虑一下。所以那件事如你所愿，就算了结了。不过农业问题依旧严重啊，有机会咱们一起想想有什么积极的法子。"

"好的，只要我能帮得上忙。我也不能光顾自己啊。我什么时候都行。"

"那太感谢了。听你这么说我就放心了。今后也就好办了。谢谢。"

大臣的声音很轻快，电话就在轻快的余音中挂断了。他过去是早稻田大学演讲部成员，今天还好没有发表长篇大论，庄田松了口气。

理惠总也不回来。游客们似乎都出去玩了，整个饭店变得很安静。庄田觉得自己好像进入到了一个奇妙的时间真空中。再没有什么事情可以做了。也许停留在幽树树枝上的鸽子突然消失就是这样的吧。正在他想那是自己看到的情景还是雨尾告诉他的时候，理惠回到了房间。

两天之后，作为杀害楠治子的嫌疑犯，松井平五郎和疋田茂次被捕了。新闻以《再开发引起的麻烦？》为题登在了报纸社会版的头条。正文报道说犯人计划要挟楠食品公司以获取高额资金，于是便笼络创立者楠元太郎的情人楠治子，可楠治子中途发现了他们的阴谋并进行抵抗，于是他们便把她推进河渠致死并伪造成意外死亡。

"本公司决不会受此等事件干扰，我们将继续努力推进再开发以彰显创业精神。"

报道还登了总经理讲话。也有的报纸提到会长庄田邦夫由于操劳过度正在休养。关于外国企业收购的事情似乎进行得很隐秘，没有任何报道。

　　就算企业所有者换了，工厂仍会一如既往地运行，产品也会一如既往地被生产出来、被摆上人们的餐桌、直至被消费掉。庄田心想，这种现代化社会正是自己一手创造的。同时，员工们也会一如既往地默默走上各自的工作岗位。自己过去一直看不清自己的事业，但如今却似乎可以依稀看清了。自己真的是为了继承楠元太郎的遗志而奋斗至今的吗？他回首往事，陷入梦境般的世界。

　　在庄田的想象世界里，波光闪闪的彼岸浮现出一座绿色的岛屿。那是和巫术、爱憎、争执都无缘的阳光照耀下的永生之国。也许楠元太郎正是为了寻找它才去海上漂流的吧，不，也许是他曾经抛弃的岛屿，经过记忆的净化之后才如此光彩照人。不知为何，庄田至今仍然觉得楠元太郎一定是在自己出生的岛屿上犯下了重罪。他意识到自己有着最强烈的执念，因而随着岁月的流逝在心中构建了一个净化之后的冲之波美岛。

　　"我不知道那些人会怎么说，总之人们都喜欢猜测别人并以此为乐。不过你终于又回到了原点。"理惠说，"你和高濑汲吉第一次到KIGEN之会来的时候，我还以为是野野宫银平回来了呢，这我以前也跟你说过的。并不是说你们俩长得很像，而是你们的存在感完全一样。他们介绍说你是楠食品的总经理、董事会会长什么的，我觉得可奇怪了，总觉得是假的，要不就是打印错误什么的。高濑还笑我什么都不知道居然还能企划个展览会、演出什么的。其实对我来说，楠食品这几个字到底意味着什么我根本不懂。我只知道，你早就该从里面解放出来了。"

　　理惠既然这么说也许真是这那样吧，庄田暧昧地点了点头。

　　"可是我现在突然无事可做，很是不习惯。也许我回来得太迟了，要不我帮你做调查吧。"

　　看庄田一副困惑的样子，理惠提议到岛上转一转。

　　"伊坂杨严隆信的调查我已经委托大学方面做了。要想进行专门的学术考察，我们这些外行是无法做下去的。所以我现在也自由了。"

　　听她这么说，庄田心想一定是理惠预感到他身边会有大变，为了让自己能够自由行动，所以提前作了安排。理惠有种奇妙的预知能力。这时候电话铃又响了。

　　"我是高濑，高濑汲吉。听说你来了。安娜也在这儿。"

"你们是来新婚旅行的吗？"

"不，不是的。是工作，工作。"

高濑显得有些不好意思。庄田一看表，发现早已过了午餐的时间。

四个人围着一张餐桌刚坐下，高濑就迫不及待地说："松村君去世了。"

自从理惠当上和歌山的博物馆馆员之后，KIGEN杂志的编辑工作便由松村负责，他是研究日本浪漫派的，据说几天前死于心脏病。

"大概KIGEN杂志也得停刊了。"

说话的是安娜夫人，她不知何时戴上了眼镜。说完她摘下眼镜，举起来对着外面的阳光晃了晃，点了点头。

"来这儿之前，我去阳光庄看了看，已经全拆光了，都开始打地基了。"

而后她又像想起什么似的，安慰庄田说："公司那边不太顺吧，已经处理好了吗？"

"唉，就那么回事吧。真琴市实在太守旧了。我也要退休了。你们两个人倒是挺幸福的。"

庄田转变了话题。

"你可是公司所有者啊，怕是无法退休吧。我还准备接着画呢，这次还带了画具来。大楼建成后一楼要开个画廊。这里的光线比法国南部还亮呢。"

高濑汲吉和多年的恋人结婚之后好像恢复了活力。庄田看着他，想起了他的出身名门的同行。那是个性格温厚、遇事从不慌张、没有过度野心、会用策略但绝不卑鄙的非常绅士的会长。不过自我表现欲很强，又很看重名誉，所以周围人都很疏远他。不过他又很有人情味，最终反正是步步高升吧。庄田回忆起男人们聚在一起的情形，如今就像在看一场戏一样。

"我们正商量着明天去岛上四处转转呢。你们来得真巧，再晚一天就失之交臂了。"

用餐时，他们聊了聊KIGEN之会的事，还相互打听那珂崎时实的消息。

"我听说是在这附近呢。不知道在岛上转转会不会有什么发现。"

安娜说，显得很关心这个年纪很轻的朋友。

第二天一早，庄田他们在服务员和便衣警察的目送下出发了，几天下来大家

都是熟面孔了。庄田心想如果今天自己被当做嫌犯被捕的话，这送行的气氛一定
就大不一样了，尽管自己并没有发生任何变化。想到这里，他很感慨，所谓现
实，其实只不过是建立在一个临时约定之上的危险幻觉罢了。高濑汲吉说是要在
可以俯瞰大海的山丘上作画，于是庄田和理惠与他们一直同路到了屋我地岛。在
那里，一家餐馆装筷子的纸袋上印着一首琉球的歌谣：

> 朝与夕，
> 划过屋我地，
> 心系我部之平松。

旁边还有解说，说这首歌描写的是在我部平松下面幽会的恋人的故事。
"听说这个岛上有很多很好的爱情赠答诗。"
理惠骄傲地说，好像这里是自己的故乡一样。
"你们比我们更像是新婚旅行啊。"
高濑汲吉说。那天，理惠显得比平时更年轻，一路欢声笑语，掩饰不住和庄
田同游亚热带岛屿的快乐。
和高濑他们分手之后，他们开车沿山脚继续走了一段，到处都可以看见岩
礁。从海浪涌起的方向看，这里应该是岛的北部。道路下方就是绝壁。到了边户
岬之后，他们干脆扔了汽车，朝山里步行。理惠穿着旅游鞋，轻快地走在前面像
个导游。身后的西铭岳山势和缓，茂密的原生林直逼地面。他们斜着身钻过仅容
一人通过的岩石缝隙之后，眼前又再次出现蔚蓝的大海。远方就是绵延不断的琉
球弧。
陡峭的绝壁之上有一块相当宽广的平地。理惠说，二战使冲绳被从本土分割
了出去，在4月28日这天，就在这里举行了反战和要求回归祖国的集会。理惠说
话的语气就像是在这个岛上出生的人。庄田这才想起战后这个岛被美军占领了二
十多年。
他曾调查过楠元太郎渡海前往的岛屿的位置，也曾和老爷还有那珂崎他们讨
论过琉球弧的事情，但他从来没有想过冲绳战役的罹难者，还有美军占领之下冲

绳人的生活。原因很简单,他从未对冲绳发生过兴趣。因为从开发楠食品产品市场的角度来看,冲绳实在是太小了。庄田心想,战后不久自己就去了波士顿,在那里,虽然也曾被人看做是来自原敌国的留学生,但自己并未因此沮丧或逃避,而是积极接受现实并很快学会了美国人轻松愉快的社交方式。但另一方面,自己是否忘却了些什么东西呢?安保运动爆发时,说什么要冷静、没有永远持续的骚乱之类的话,现在想来可以说是极为傲慢而冷漠的。想到这里庄田觉得心情很微妙,为什么普通人可以看到的东西自己总是看不到,而普通人看不到的东西自己却时而产生幻觉呢?具有讽刺意味的是,自己的公司差点就被美国公司收购了。虽然总经理说事情已经告一段落,但一定不会就这么简单收场的。当年聚在这里的人们期望回归本土,可本土如今已经完全被美国包围了,而站在最前方的不正是高喊要实行效率管理的自己吗?

放眼望去,大海闪烁着金色的光芒,中间夹着白色的波浪,好像在齐声歌唱。如果西北方向是本土的话,那冲之波美岛又在哪个方向呢?

庄田眺望着熠熠放光的蓝色大海,开始回想从波士顿回国之后这段说长也长说短也短的岁月。他的记忆慢慢又飘向冬天从波士顿市郊看到的大西洋洋面;嘴上逞强但暗自爱恋朱丽叶的那颗年轻的心;父母的不和等等,而记忆中突然又响起了面包自动生产线上那些精密器械的轰鸣声。

突然,他觉得周围好像有人,便将视线从海上收回,发现有三个男子从海角尖端正朝他和理惠慢慢走过来。这时,左手边上又出现了另外两个人。庄田知道理惠很害怕。

“是野野宫银平吧。”

站在前面的男子问道,声音里有丝嘲讽的意味。表情看上去既有捕到猎物的喜悦,也有愤然燃起的仇恨,但他努力克制着。那是那个诗人的名字,庄田现在已经记得了。

“不是,你们认错人了。我经常被人认错,我是庄田邦夫……”

这时另外又有两个人从天而降般地出现在海角尖端。他们可能是攀着绳子或是从陡峭的近道爬上来的。那样的话,他们应该是坐船从别处来的。是从哪个岛上来的呢?几个人互相看了看点点头,根本不听庄田的抗议,慢慢朝他逼近。突然间，理惠冲了出来，把不知何时攥在两只手里的沙子朝他们扔过去，然后用力抓住庄田的手向后跑去。庄田这才反应过来，想起刚才来的路上有一个只容一个人通过的岩石缝隙，就对她说："往这边走。"

"站住！"

"别让他们跑了。"

他们叫道。

看来这些人要抓的人不管是野野宫银平还是庄田邦夫都可以。庄田觉得他们很不讲道理的同时，也能感到他们的仇恨。

穿过岩石缝隙后，为了摆脱那些人的追赶，两人走进了原始森林。树木丛生，行走艰难。庄田想起了小时候失踪的事情，想起目睹那珂崎飘向空中的那个大雾之夜。异界其实就在隔着一层纸的地方。所幸理惠和邦夫都穿着登山鞋和登山衣，背着轻便背包。庄田盘算着，"那帮家伙没有带狗。"他回忆从那霸那边到这里来时，从下仰望过的那片原始森林，然后爬上了太平洋那侧绿色更为浓密的山坡。

在丛林中走了一段时间之后，他们来到一个长有很多大榕树的地方，中间有一块长有草坪的空地，感觉就像是森林中宫殿前面的样子。庄田和理惠累得走不动了，坐了下来。

"那是些什么人？"

"会不会是激进分子的内讧呀？最近不太流行了，但我听说野野宫银平和某一派有过关系。不过还是很奇怪啊。"

理惠对自己的推理显得没有信心，摇了摇头。

"没听说他和他们有太深的关系，以至于要遭到袭击，而且那些人好像从天而降似的。"

"他们被警察追捕，在东京和大阪都很难行动了，所以才选择了冲绳。"

"但是，野野宫银平在很久以前就失踪了。这事报上登过，记得我还是和你一起看的呢，他过去的朋友说要给他出一部遗稿集，后来也不知怎么样了，不过激进分子们不会不知道这件事。难道他也在这附近吗？"

"是不是他们知道我是庄田邦夫，故意装作认错人来袭击我呢？"

这种情况也有可能。而且好像是自报姓名之后，他们互相点头示意才朝自己逼近过来的。既然他们也知道野野宫银平的名字，那么一定有一个对双方都很了解的人就藏在他们中间或背后。

"真是的，才刚出了松井平五郎和疋田茂次那档子事。"

庄田和理惠留意着四周的动静，躲在榕树树阴里低声商量今后该怎么办。他们很后悔没有带手机。一时也想不出什么好主意。只是既然生命都有危险的话，不能轻易从这儿出去。

大臣打电话来的那件事总觉得很可疑。如果把最近发生的一连串事情倒着分析的话，楠治子遇害一事也是一个陷阱，目的是要把庄田逼入绝境。策划这个阴谋的不知是昭和经营史研究所的朝仓喜久雄还是大臣身边的人，或者是外国企业。总之他们的目的是要顺利收购，既然庄田不像是要拼死反对，那他就只是个知情过多的麻烦了。不过也说不定理惠先前的分析是正确的，只是原左翼激进分子的内讧，他们是认错了人。但那样的话可能就更没救了。

"哪种情况又都不像。刚才那七个人大概不是本地人吧，你看他们都不敢到原始森林里面来，可看上去也不像是杀手。"

"也许野野宫银平还活着，就在这一带。我跟你说过吧，我一直认为他没有死。因为虽说他死了，我却从没感到有人从背后拉我的头发。"

庄田心想，还有这种推理方法呢，他只能沉默。理惠的表情就像大风天的天空，一会儿阴郁一会儿平和。这时，好像从海上吹来一阵强风，榕树的树梢开始晃动、沙沙作响，但靠近地面的部分则一动不动。

"如果野野宫银平是逃到冲之波美岛来了，那么追他的有可能是之前警察干部提到的冲之波美岛小组那帮人。除此以外，没有可以把我和野野宫银平联系起来的因素。"

"除了这个和长相酷似以外。"理惠插嘴道。

考虑到种种情况，哪种推理都是不确定的，但是也都有可能。也许是庄田不知情，其实外资收购楠食品的事情在政治的明争暗斗中很不幸地变成了一个工具。

"说不定你是因为和我的关系，才被人以为是参加了那个小组。"

过了好一阵，理惠才很不情愿似的开始对刚才的话作了一番推理。

"我的出生、和那珂崎的交往、对伊坂杨严隆信的研究……这样推理下去的话，肯定会被人认为是跟冲之波美岛有什么关系。也许我研究伊坂杨严隆信，其实就像你要开发真琴市的总公司旧地一样，当然这么说有点抬高自己。"

"倒也不是抬高自己，不过这么说来的确是有受人怀疑的因素。"庄田的情绪也稳定多了。

"如果说袭击我们的那些人以为我们是冲之波美岛小组的话，那他们又是何方神圣呢？"

理惠躺在树下的杂草上，用一只手撑起身体看看庄田，又躺下来透过榕树树叶仰望蓝色的天空。庄田也将视线透过树叶投向天空，树叶的缝隙就像打在密林上的一个个黑洞一样。不知从哪儿飞出来一大群白色的栖红蝶，蝶群放慢速度，像是要给两人施催眠术一般，在树木之间、榕树的气生根周边浮游着。有一只透明的肉色的手从远处的天空伸过来。那时候，查尔斯河畔的教堂墓地里那些停留在幽树上的鸽子一只又一只地消失，也许就是被这样一只手给抓走了，虽然当时他看不见。现在也好像有一只看不见的手要把两个人拉到异界中去。我们两只要想去自己就能去，还需要人拉吗？庄田觉得受到了侮辱。那珂崎也好他手下几名矛之会的成员也好，他们都是自觉自愿地搬走了。这一点庄田最清楚了，是他亲眼看到那珂崎消失在皇宫前的雾霭中的。

突然，理惠把食指放到他的唇上，似乎要事先警告他不要提出异议。

"我从一开始就知道你不是庄田邦夫，从一开始就想把你变成我的俘虏。"

然后她小声说，"所以我们不要再回去，一起远行吧。"

夕阳西斜，黄昏悄然降临，淹没了森林。

"今晚就在这儿露营吧，不过晚上可能会有些冷。"

"我想小便。"

她让庄田给她看着，又叮嘱他不要看，然后走进了凤尾草的草丛中。尽管如此，他还是透过绿色的草叶看见了她那不是很白但很耀眼的屁股。屁股上方的草在晃动着，然后就听到了厚厚的枯叶层上一股急急的水流声。

他环视四周寻找适合的露宿场所。好在现在不是露水季节，离蚊子出动也还有一段时间。问题是水和食物。

"别走太远了，马上回来。"

庄田再次走进了原始森林，听见理惠在后面叮嘱他。他发现香蕉、椰子还有木瓜都结了果实，这样他们就可以靠果汁来补充水分。他采摘了足够当晚饭的果子，想起很久以前也有过这样的经历。那是战时打仗打得最激烈的时候，他被带到被称为"隐国"的和歌山，在那里和乌鸦天狗般的山人一起过了一个礼拜。

在那里庄田和首领的女儿有了有生以来第一次男女肌肤之亲。他那时已经是中学生了，从少女的年龄推测，如果那时她怀了孕生下个女儿的话，应该也有理惠那么大了。

黑暗慢慢地笼罩了整个森林。那个时候他也和异界的使者相处得很好。一不小心踩滑、头朝下坠向山谷的感觉和被一双柔软的手掌托住的感觉在他体内同时苏醒过来。现在他开始觉得自己对刚才出现在海角的那些人表现出了过分的敌意。他们是来自于这个世界的追捕者，这个世界是和异界完全相反的两个世界。他们没有异界人身上多少会有的快活。不过，那些人的出现也许是在告诉来自异界的旅人们：到了该回去的时候了，所谓预兆就是指这种事吧。庄田在梳理自己的思绪。

环顾四周，庄田发现旁边的密林里有一处地方发出微弱的光线。他觉得有点奇怪，走近一看，发现密密麻麻的大树只有那一块地方像被锯空了，挖出了一个洞，洞里有些大大小小的物体围成圆圈散在那儿，发出微微的磷光。仔细一看，是人的骨头。再仔细看，发现是六具由肋骨、腰骨、大腿骨、手还有骸骨组成的人骨架子，围成一个圆圈。骨头排列得很整齐，互相面对着面。他们大概是保持着最后的晚餐的样子，慢慢地腐烂掉了。庄田想起"集团自杀"这个词，一个早已被人们忘却了的词。大概他们是在冲绳落到美军手里时自杀的吧。北部很多地方没有成为战场，原始森林也保留了下来，于是他们就躲在森林里，作出了自己最后的抉择。可是都已经变成白骨了，怎么还会发出磷光呢？是在证明自己的思想还没有死去吗？

他小心地绕着围成圈的骨头架走了一圈，想象当时远方的轰炸声、燃烧的城市、染红的天空、逐渐消失的呻吟声。这使庄田又想起了他们被疏散到新宫时，他曾从山顶上隔着几重山看到和歌山市燃烧的景象。那也许不是和歌山，是某个更近的不知名的城市。庄田在原地呆了一会儿，想到从波士顿回来以后，这些记忆就完全被尘封了，心里觉得很不可思议。

因为怕理惠担心，他赶紧抱着采摘的果实站起身来。等他安全回到榕树林中时，发现理惠已经在草地上铺好塑料布当餐桌，坐在上面抽泣着。

"我还以为你被他们抓去了呢。"

她有些怨恨地说道。庄田向她道歉，解释说："因为怕有危险，所以也不敢大声叫你。"

两人吃了采摘来的果子当做晚餐。吃完后又回到榕树树阴下。从树梢间可以看见星星一闪一闪，就像大颗的露珠。

"早就想跟你这样了。"

夜里，两人在榕树下相拥而卧时，理惠心满意足地说。

"本想让你有个高贵的身份，但好像没那么简单。装在箱子里的洋娃娃的梦也做过了。不过你还是这样赤裸着最像公主了。"

庄田也低声说道。剧烈运动之后出了满身汗。那帮人的袭击实在有点不明不白，知道他们不会再来，不安也就迅速消散了。

"很久很久以前我就想过这种生活了。"

庄田心想，她所说的很久很久以前大概是指她来到这世上以前吧。自己身上有楠元太郎的基因，那一定是接近野性的。他觉得自己也没有什么牵挂了。那个晚上他们尽情做爱，然后进入了梦乡。

第二天，风停了，碧空沉静，万里无云。这一天又平安无事地过去了，可到了傍晚，就在太阳即将沉入东海那一刻，有村民看到两个人影从边户海角尽头猛地坠入海中。两人的身影起初合在一起，但中途却分开了，像两个漆黑的石块消失在海里。

"可不是咋的。茅草捆子掉下来还散得满地都是呢。"

派出所的中年巡警接到报告后不紧不慢地说，边摩挲着腰边站起身来给县警察局打电话。

第
十
二
章

　　我去图书馆查了庄田邦夫失踪前后和楠食品有关的报纸杂志的报道、业界的
内部信息等资料。因为楠食品是大客户，所以连广告公司的调查室里也保存了不
少相关资料。根据这些资料来看，一些外国企业为了进军蓬勃发展的亚洲市场，
似乎有在日本设立据点的动向。但是并没有资料显示有公司计划收购楠食品。而
且，批评日本市场过于封闭的也主要是美国的保险业、建筑业、房地产业、汽车
等行业，至于食品业，因为美国一贯主张农产品贸易自由化，所以并没有对食品
业进行直接干涉。至于说主管大臣站到外资那一边，就更没有任何相关资料了，
连查都没法查。由于即将实行大米贸易自由化，政府和农林省正在努力周旋，这
一点的确是事实，但是根本无法查证政治家有庄田在笔记中记录的那种倾向。

　　但问题的关键还是在于楠治子的溺水死亡事件。案发后，松井平五郎和疋田
茂次作为疑犯被捕。但是并没有任何资料记载说庄田邦夫也差点被作为嫌犯逮
捕。关于这一点，庄田只提到对方是"警察干部"，至于他是警察厅的还是警视
厅的、是局长还是部长都没有明确记述，再加上因为他是警官，想要查清官职身
份就更为困难了。我通过熟人关系找到兵库县警察局，他们介绍说一开始就认为
那是一起杀人事件，他们把搜查一科的科长派到真琴市警察局，成立了搜查小

组，从搜集信息和追踪调查两方面展开侦查，查出了那两人的相貌、打扮和年龄，证实他们就是在摇滚音乐节上挑拨女中学生酿成惨案的人。最后在证明他们没有不在现场证据之后将其逮捕归案。这一系列办案过程完全符合规定。至于朝仓喜久雄在背后做了些什么手脚，那可就无从考证了。尽管有人丧命，但整件事仍属于"正常"范围，这让我不得不庆幸我是把庄田邦夫的传记当做小说来写的。我暗地里松了口气，这样一来认为庄田是因为被怀疑成杀人犯才情死的推理就不成立了。但如果那么写的话，和当时周刊杂志的写法也就没有什么太大区别了。他们把两人的失踪断定为情死，认为是痴情和经营不善两方面原因造成的。

"这种情况该怎么解释呢？"我不知如何是好，就去问秋山的意见。

"是不是他对没能救楠治子产生了强烈的自责，陷入是自己杀了她的妄想当中，以至于以为警察在追捕自己？或者说是因为他非常重视个人名誉，他的朋友警察干部便吩咐部下销毁了记录？"

对于我的疑问，秋山清楚地给出了"两者都不是"的回答。

"一般来说一个企业家，尤其是像庄田这种接近创业型的企业家是不会那么富有人道主义、会觉得自责的。通常他们只会把自己的罪过推到别人身上。还有，就算警察干部跟他是朋友，可他毕竟代表警察部门，不可能做那种事。"

我也觉得秋山说的有道理。

"我以前在周刊杂志社工作的时候，也碰到过好几次这种难解之谜。不过那时通常都因为截止日期临近，所以只能自己定一个方向去写。后来才知道难解的原因在于当时没去注意的一些东西其实很关键。楠治子被害一案，在松井、疋田二人之外，应该还有一两个人或是组织存在。之所以抓不到他们，是因为他们没有像松井、疋田那样亲自动手。"

我被他很肯定的语气镇住了，揉了揉眼睛含糊地问道："那会是谁呢？把昭和经营史研究所的朝仓喜久雄介绍给庄田的可是我哟。庄田来找我商量镇压反对运动的方法，所以我又去找我供职的那家广告公司负责危机管理的常务想办法。"

我也觉得有点像是在为自己辩解，但还是指手画脚地跟他说道。

"雨尾先生你不必因为是自己介绍的而自责。他之所以失踪应该是对很多事情，例如生存本身，还有事业发展等等都失去了兴趣。虽然他知道自己是楠元太郎的儿子，但是时代不同了，他不可能成为像父亲那样的独裁者。至于那个疯狂的巨大纪念塔的构想，我认为它也许说明庄田邦夫的意识已经从这个世界转移到了别的世界里。"

秋山不愧是个思想敏锐的编辑，很有自信地分析道。我对他思路如此清晰有些不服，用鼻子哼哼着说："要是那样，要是那样的话，庄田邦夫晚年已经不再是个企业家了。"

我一边说一边回想起自己虽然是庄田的朋友，但一直以来都觉得他身上有些另类的东西。

在开始写他的传记之前，我习惯于把企业家分为两种：一种是有野心的创业型，另一种则是善良的以管理为重的绅士型。不同的时代需要的企业家类型也不同。我认为理想的企业家应该同时具备这两种素质，并能够进行很好的自我调整。这一点再加上有创意的想法，这便构成了我所主张的企业家理论的核心。

但是，通过追寻庄田晚年一步步走向灭亡的足迹，我终于明白将这两种互相矛盾的素质玩弄于股掌之间是件多么危险的事。庄田也许正是因为同时拥有两种矛盾的素质而遭到周围人的误解，最终连他的继承人都疏远他了。

另一方面，我在开始写庄田邦夫的传记小说之后，用不同的视角对好几个企业家进行观察，发现成功的男人同时拥有这两种素质的人居多。当然，我也很冷静地思考过，发现那只限于战后四分之一个世纪，也就是整个日本的企业都处在创业期的那段时间。眼下，正如秋山所说，"关键是要搞清楚庄田为什么不顾公司内部谨慎派的反对，要去找右翼组织来击退反对运动；又为什么一定要建造那个巨大纪念塔，害得公司经营陷入危机。"

如今的时代，一切不合常理的事情都会遭到非议，被斥为疯狂。庄田说他要建的是一座直入云霄、抬头仰望时恨不得连天都会掉下来的高塔，还说要利用这个塔和天体对话，听上去的确是个疯狂的计划。计划刚出炉时，大概是得到高濑汲吉的热心引荐吧，建筑杂志等平面媒体都给予了较肯定的评价，说它是"古都真琴市的绝望的净化作用"，还有说"该计划融合了古代灭亡的记忆和未来灭亡的预感"什么的。如果是从艺术和文化评论的角度出发的话，无可厚非。可是如果将它与实际的企业经营混同起来则是不被认可的。庄田邦夫那样精明的企业

家，为什么连这么简单的道理都不明白呢，我实在是很想不通。他晚年的行动充
满了不解之处，如果不能解开这个谜团的话，就不可能替他恢复名誉，想到这儿
我不禁叹了口气。我时常会想起庄田的女用三田绫，头发一丝不苟地在脑后挽成
一个发髻，看上去是个性格很倔犟的人。她为了能帮到主人，专门把满满两箱资
料送到秋山的出版社。我印象中的三田绫还是她穿着做饭时的大罩衫送庄田出门
时的样子。我又想起那几个看上去非常忠诚的楠食品的干部。庄田有这些人的
关照，又有环境优雅的大房子可住，可他居然还是要抛开这一切投身到异界当
中去。

庄田作为一名企业家，他的先见之明和执行能力，一半是受被称为半个英国
人的养父庄田启介的影响，也得益于他在波士顿所学的美式经营学。还有一半应
该说是因为他体内流着楠元太郎的血。如果这么解释的话，可以勾画出一个大致
的框架了。但如果要把他放入这样一个框架中去分析的话，我又觉得会漏掉什么
重要的东西。为庄田恢复名誉的想法、我和庄田的友情、我作为一名经营学学者
的立场，也许这些东西当中我如果不放弃其中一样的话，就无法去写庄田邦夫。
甚至可以说我必须放弃这一切，才能刻画出真实的庄田邦夫来。可是怎样才能做
得到呢？我很迷茫。

看来只能把写好的稿子交给秋山，和他一起讨论了。

"很有意思啊。"秋山看完后告诉我，我们是在出版社为作者提供的宿舍里见
的面。

"昨晚我花了一晚上的时间读完了。再好好润色一下的话一定很有意思。在
有关企业经营的作品中，这应该成为一部前所未有的重量级著作吧。"

"也就是说，虽有这个可能，但还需要进一步修改？"

我发现自己的口气很像个初学写作的入门者。这也说明庄田邦夫这个题目是
多么地难，我几乎失去了信心，连自己都难以置信。

"有些地方我自己也觉得很不满意。但又不知道到底是哪儿不对劲。"我很坦
白地说。

"我认为无论是哪种类型的作品，作品中人物是否能给人真实感这一点很重
要。不过如果人物原型的性格本来就包含几种互为矛盾的因素的话，应该重点描

写哪一部分，其他部分是轻描淡写还是干脆舍弃不写，这可就值得好好琢磨了。当然，我这是在班门弄斧了。不过也许雨尾先生您和庄田的关系过近也影响到了写作，我读了总有这种感觉。"

"楠元太郎的形象还比较突出吧。虽然他的出身很不明朗，但是性格清晰，所以比较好写。"

"是呀，庄田邦夫尽管在很多方面继承了楠元太郎的性格和脾气，但是含糊不清的地方还是太多了。"

秋山劝我喝点东西。他似乎觉得喝点酒会更利于谈话。

"我注意到庄田邦夫年轻时就有幻想症，好像还有过自视性幻觉。"

"这也许是解决问题的切入点之一。"秋山重重地点了点头，"还有和野野宫银平的关系。这两人的关系总觉得很奇怪，就像是被一条无形的纽带联系到了一起。"

"怎么说?"

"他们看对方似乎就像自己的幻影一样。我说不清楚，据台部长说庄田邦夫对野野宫银平这个诗人很明显地流露过好感，不知道是不是真的。"

这么说，也许是野野宫失踪之后，庄田从安部理惠那里听说了他的事、读了他的作品并且产生了兴趣，于是便向台部长打听过。

"但似乎也有一种抵触心理。"秋山一边说一边从包里拿出了一些资料，"从三田绫的侄子那里也陆陆续续得到了一些资料。"

资料都是打印出来的，看来为了便于我阅读，他事先已在出版社里整理过。资料上这么写着："对一个性格和才能都与自己完全相反的人产生一种又抵触又像是憧憬的情绪，这到底是有益的还是有害的呢?"

我只能沉默。话的意思我明白了，可我还是难以相信现实生活中会有这种事情发生。

如果说是两个竞争对手互相借助对方的存在来证明自身存在，那不光是在企业界，在体育界、艺术界这种事也很常见。可是这种互为幻影的关系却实在是连解释都解释不清楚。

对于庄田的幻觉症，虽然我们曾一起在广告公司共事，那之前还一起留过学，但我并没有很清楚的印象。不过他到楠食品公司以后，特别是开始计划修建纪念塔以后怎么样就不知道了。是不是可以认为是理惠的出现引发了他的幻想癖呢？我东猜西想，脑子一片混乱。

"庄田邦夫和野野宫银平真的没有见过吗？他不只是得到一份校对的工作，还被任命为伊坂杨严隆信博物馆的馆长哦。据说两人像是一个模子刻出来的。"

秋山说完，我们俩对视了一眼，互相揣测着。

"不过楠食品公司有两万员工呢，也有可能没见过。"

我其实也搞不清楚，只是想排除不可理解的因素，按照常识进行推理。

"说不定他们俩见面不是很方便。"

"为什么？因为他们暗暗担心双方可能是同父异母或同母异父的兄弟？周刊杂志倒是有可能那么写。"

"不，我想说的是他们俩也许根本见不了面。"

秋山想了想，又说："再说也不能小瞧了周刊杂志，他们写得虽然低俗了一些，但其实很多是真事。"

"算我失礼。这么说野野宫银平只是一个虚像啰。"

我再次回想起自己和庄田邦夫自从在波士顿遇见之后，一直以来交往的经历。这么一想，野野宫银平只是个会写点诗的酒鬼罢了。

"哦，到底谁是虚像呢？"

今天的秋山和平时不一样，说话云山雾罩的。

"实业家沉浸在虚幻的世界里，虚业家却生活在现实中，这样的事情也常有啊。"

被他这么一说，我好像也没有足够的自信明确地否定。如果按虚和实分类的话，我不得不说已经失踪的那珂崎具有意想不到的存在感。而一直陪伴庄田到最后的理惠也是如此，有点胖、胸部丰满，据庄田日记的记载她好像还怀过孕。她跟和野野宫银平生了个蛋的阿兰是否形成了某种表里关系呢？而且这四个人都像是波士顿教堂后院幽树上的鸽子一样，突然间就消失得无影无踪了。经秋山指出后我才发现，他们四个人的经历既有不同、也有相通的地方，似乎是被一条割也割不断的纽带联系在了一起。

"庄田邦夫和野野宫银平，这两人的'禀性'或者说是'命运'很相似。也可以说在超越了现代科学的层面上，两人具有某种相似性。"

秋山又补充说："上个月我负责编辑的一本书就是写这个问题的。"

"'禀性'、'命运'相似怎么解释？用阴阳历吗？"

"我说了，是不能用科学思维和方法来证明的。"

他的语气很平静。不知道最近是不是在流行一些奇怪的认识论，我教过的学生里也有人做了研究者居然还会堂而皇之地大谈一些放在过去只能付之一笑的学说。

"不过，"他顿了顿，"这一点我也想了很多，但自相矛盾的地方越来越多。说句很突兀的话，我总有种预感，只要能搞清楚'消失的岛屿'和这个世界的关系，很多问题都会迎刃而解。"

"那个岛的确是个问题。"我决定先听秋山的意见，就顺着他的话说。我对那个岛是否存在并不感兴趣。那个岛的故事可以成为文化人类学或是民俗学的研究材料，但是却不能作为经营学的对象。话虽这么说，我在写这篇小说、描写企业家形象的时候，又不能无视它的存在。正是这个冲之波美岛，让我进退两难、陷入困境。

"可真是个奇怪的岛啊，可以说它是黄泉国，也可以说是永生之国。读《古事记》你就会发现，里面把伊邪那美命死后去的那个黄泉之国和须佐之男命藏身的那个根之国巧妙地描写成不同的地方。"

秋山似乎觉得时机正好，把他对冲之波美岛作的调查说给了我听。

"这个岛的名字在江户时代的文献里多处出现，可是不知为什么却没有具体的记述和描写。它的消失只能认为是被人为地抹去了。就像是某种事物或现象，很多人都提到过，但它却最终从历史上消失，其实这样的例子有很多，例如西方历史上的蔷薇十字团，我国的南北朝对立斗争；还有地理学上沉没的亚特兰蒂斯大陆，法国布列塔尼地区的人们至今相信的'沉没的都城·以斯'等等，日本也有从别府湾洋面上沉没的岛屿。"

"也就是说，冲之波美岛从地理学上来说是存在过的。"

我插了一句，觉得这一点似乎无法否定。

　　"是的。但是把它限定在地理学的范围恐怕是错的，因为即使是同一个岛不同的人也有不同的看法。应该把它的存在看做事实，在此前提下去研究野野宫银平是怎么回到这个世界上来的。按说他是从日本去的那个岛，所以回来也应该是可能的。我们又不是在写推理小说，却总也搞不清楚，只能说是我们的想法被什么东西束缚住了。"

　　秋山的话听起来就像是在指责我，那天他说话的语气一直是这样的。

　　"那之后野野宫出现了吗？"

　　"没有，连稿子也没再寄来了。"

　　解决问题的关键看来还是握在野野宫银平手里啊。我很想一吐心中的苦衷为快，一气喝干了杯里的啤酒，毫无意义地翻开笔记本看了起来。

　　"如果没有音讯的话，那就只有下决心去伊坂杨严隆信博物馆去看一看了。不过这次说不定会很危险。"

　　"一个曾经失踪的人突然回来，而且还当上了博物馆的馆长，也许有必要从户口和税务方面去调查一下。"

　　稍加思考就可以预想到这个最后关头的调查会相当困难。野野宫银平到底有没有户口？就算有，是不是就真的是这个做了博物馆馆长的人的，怎么才能证明？如果调查不顺利，就干脆把野野宫银平的部分全部删掉，那庄田邦夫的传记就只能是从业绩和为人的角度去写，只能写成一部普普通通、平淡无奇的企业家传记了，但我作为一名经营学学者也许那样更为稳妥，我在心里权衡算计着，陷入深深的疲劳。

　　"可是就算野见恭平，也就是野野宫银平消失，这个作品还是得把它写完吧。"

　　秋山这话的口气明显跟之前不同，我很诧异地看了看他，他很不硬气地垂下眼帘。

　　"秋山君，你是不是已经调查过了？他是不是已经不在了？"

　　听我这么一问，秋山坐直起来，把手放在矮桌上一低头："对不起。"

　　"其实我第一次听你说野见恭平出现在梦里表明了身份，讲了他在消失的岛屿上的生活时，我的直觉就告诉我他可能已经决意寻死。"

　　"可是他的故事才讲到一半啊。"

"是的，所以我后来又想，也许到故事讲完为止不会出什么事。"

"而且后来他又寄来了稿子，不过那也还是未完稿。"

说到这里，我开始担心这个故事很可能就这样没有结局了。

"那样的话您将会面临一个困难的抉择，要么发挥想象力把没他讲完的部分补写上，要不就是等他再寄来结尾部分。我怕刺激野野宫，一直不敢给他打电话，直到昨天我想今天要见您，在读您的稿子之前想跟他联系上，于是终于下了决心给博物馆打了个电话。"

"他在吗?"

秋山无言地摇摇了头。

"据说几天前就没有了踪影。因为以前也有过一两次这样的情况，所以博物馆的老妇人说打算再等几天看看，如果还没有音信再报警。对不起。"

"你用不着道歉，又不是你让他消失了。"

我虽然这样安慰他，但还是掩饰不住自己的沮丧。和野野宫只见过三四次，可他给我留下了深刻的印象。现在想来他也许是故意留上胡子、改变发型让自己看上去显得很老吧。如果他从此再不出现的话，"消失的岛屿"的秘密就石沉大海了。我感觉一切都像是一场梦一样。

"没有办法，如果真是那样的话那就只能写成普通的传记了。"

"不，再考虑考虑。好不容易都写到这儿了，再等两天，然后再跟博物馆联系看看。有必要的话可以去一趟，在那之后再决定也不晚。"

秋山的表情很认真，他时而会表现出编辑那种坚持不懈的精神。

那天晚上回到家后，妻子告诉我伊坂杨严隆信博物馆给我寄来了一个四四方方的包裹。没准是……我激动地打开一看，包裹里是三盘大型的盘式磁带。期待和不安在心头交织，我马上打电话去告诉秋山：

"你赶紧找个能播放盘式磁带的机器，大概是野野宫银平给我寄来的资料。越快越好，我想马上开始工作。"

所幸秋山所在的出版社出资的一家唱片公司同意让我们用他们的一个工作室，第二天中午我们就进到了录音棚里。棚里很安静，外界的杂音完全被隔绝了。

磁带放出来后，一开始就是"库尼玛消失之后，我在研究室的椅子上坐了很久很久"，那的确是野野宫银平的声音。我和秋山不禁对视了一眼，暗自窃喜。
两个人的目光都像是把猎物逼到了猎枪的射程之内的猎人一般。不过他为什么不
寄笔记，而是录了音寄来了磁带呢？我感到有点不安。

四下里鸦雀无声，好像他的死让时间也停止了。宇宙线测定器不断地发出敲
击无线电似的声音，电动机发出运转小型生物反应器的声音，反而更加衬托出房
间的安静。当然，眼前并没有库尼玛的遗体。他升天了，让人怀疑他是否真的死
去了。

夜更深了，我好像睡了一会儿。当清晨的阳光犀利地射进房间，照在长椅一
角的时候，我醒了过来。有好一会儿不知道自己身处何方，迷迷糊糊地朝屋子四
周看去，看到架子上面的天球仪，才想起是在库尼玛的研究室里。接下来他消失
时候的情景又浮现在脑海里。我坐在椅子上胡思乱想着，心想今后这个岛会变成
什么样子呢？四下打量了一圈，发现仁仁也不见了。

我站起身来用手托着腰，仔细地观察那些实验器具。我并没有什么明确的目
的。有的器具看上去很久没有用过，落满了尘；也有的金属部分磨得闪闪发亮。
我开始想象库尼玛伏在这些器具上做实验的样子，还有他那有些怪异的犀利的
目光。

有些器具可能是库尼玛新近设计的，或是从别的国家借来的，就算如此，要
备齐这么多研究设备肯定需要大量资金。他说他是在日本战败时，结束在本岛的
研究来到这个岛上的，在岛上发现有座古老的研究所，但他没说研究所最早是谁
在什么时候建的。

被库尼玛称作祖先的徐福，公元前就率领两艘大船航海到了日本，这说明中
国人早在秦始皇时代就有了非常先进的技术和天文学知识。直到很久以后，江户
时代才有葡萄牙人、荷兰人航海而来，稍后是英国人、法国人和俄国人。研究所
有可能是他们建的，也有可能是后来战争时期日军的秘密研究所，我的推测范围
越扩越大。我知道研究所那幢楼的建筑风格为什么很像神秘主义者斯泰纳所建的
歌德大厅，但从库尼玛令人费解的行为和思维方式来看，说他不是地球人也不是
没有可能的。

他在北山山脚下研究理论，然后在穿过原始森林的遥远的海边基地进行实验，甚至还试制了火箭。当然那只是个模型，要想继续进行下去，又不想被当权者和媒体发现的话，实验很有可能是在另一个世界进行的。至于半导体的芯片、微电子部件等一定是在本土弄到手的。

我一直在破译的古文献中也处处显示出在遥远的古代就已经有了很先进的工业技术。古文献大概是一千几百年前写成的，从它的记述来看，这个地球上存在着我们完全未知的世界，生活着人口统计中没有计算进去的栖息者，不知道他们能不能算作人类，他们有着不同的和平时间。难道是他们把位于与异界交接点之处的冲之波美岛选作他们探险时前进的基地了吗？这方面的事情库尼玛死前什么也没说。

想在这个岛上制造核武器的那珂崎又知道多少这些事情呢？对于原子炉引发火灾、烧毁古城、发生海啸等等事情，库尼玛是怎么想的呢？他也什么都没说。本来他应该非常愤怒的，也许原子炉是他造的吧。

我看见阳光透过高高的百叶窗照进来，落在对面墙角上分光器的三棱镜上，反射出七色光芒。这些器具就像是有着悠久历史的大学研究室里摆放的器具，一定很古老了。透明的七色光没有流露任何感情。我走到近处去看，却无缘无故地流下泪来。心里觉得库尼玛其实挺可怜的，我不认为他住在这儿、进行实验就达到了他的人生目标。也许他不过是在周而复始地重复着宏伟的愚行，也许他在长年累月的研究中已经悟出了人类行为的极限。而那个时候，也许他所感到的只是一种彻头彻尾的无奈吧。他自已也说过，活了二百年，我累了。

他到底想跟我说些什么呢？是想让我继续他的研究吗？我只是个诗人，那根本不可能。是想告诉我岛的历史的不可知性吗？对我这种对革命和理想主义已经绝望的人来说，这倒是个让人感觉亲切的想法。或者他只是想要有人给他送终？除了仁仁之外，希望有个人在他身边？

我发现，从昨晚到现在，那个一身黑衣、一语不发、默默照顾库尼玛生活起居的老妇人一直没有出现过。还有阿琳，她本该弹着竖琴的，却也没有动静。

我走出门外，发现仁仁正背对着研究所在看海。这还是我第一次从库尼玛的研究所方向看到山对面的大海。

"真是个安静的早晨呀。"我从背后跟他打招呼。

"一到冬天海的颜色就会变深。"仁仁回应我，却没有转过身来。

"你不困吗？"它问。

库尼玛不在了，我应该感到解放啊，我告诉自己，我可以随心所欲地去任何地方了。可是我一点也高兴不起来。虽然库尼玛说过"我不是统治者"，但可以说，正因他不想掌权反倒形成了很多无形的权力。如果真是那样的话，就算他人不在了也不能算作是死亡。重要的是库尼玛是否会在岛上的人，在我们心中活下去。只要关于他的记忆还留存在心里，我就无法获得真正的自由。我虽然表面上否定权力，可是就像写古文献的测量工程师一样，在内心深处其实我也在寻找城堡作为支柱。这么一想，我感到我无法预测岛上的人们是否会有解放感，是否可以建立起自主性。库尼玛对于岛的历史异乎寻常地关心，他一直在执著地调查，而且不让任何人参与到调查中来。他大概是想搞清楚到底为什么岛会消失，它明明就存在，自己明明就住在岛上，怎么就会消失了呢？

临死前，库尼玛告诉我他是谁，他是这样说的："我是波浪。我是风。"

谜一般的语言。

"在假设基础上所做的实验，发现潜在规律的计算公式，其实都只不过是知道了不知道什么罢了。"

库尼玛的话措辞很绝望，但语气并不那么黯淡。也许他在晚年进入到了一种"看破红尘"的境界。

"看破红尘"是个多么讨厌的词啊，我告诫自己绝不能放弃。古文献的破译就剩最后一点了，结束后我就可以带着阿兰凯旋归去了。

"回去吧。"我对仁仁说。它无言地回头瞟了我一眼，就像是在看陌生人一样。

"好吧。"它很不情愿似的转过身来对着我。

"你今后打算怎么办呢？"我问它，"要不你跟我一起到本土去吧。"

仁仁皱着鼻子无声地笑了。一副既没有想过也不可能去想的表情。也许是觉得我这种即兴的邀请有些轻浮吧。

"当然，那样的话可能会招来很多麻烦。"

电视、周刊杂志一定会把它当个稀罕的玩物大肆渲染。

《会说人话的狗》、《绝世大发现》、《进化论遭到致命打击》，我脑海里浮现出各种各样的标题。一旦卷入其中，仁仁一定会遭人愚弄，直到那些人不再觉得它稀罕为止。或许楠食品的台部长还会用它做广告。仁仁的形象很符合楠食品的产品以及智能型企业形象。至于用完之后，对方是否会像一块破抹布一样被扔掉，那就不是企业所关心的了。

"那样不行，还是不要那样做。"我又收回了自己的建议。

如果库尼玛说的都是真的，仁仁应该出生在冲之波美岛第一次发生核爆炸之后。由于做了他的助手，它应该也受到了岛民的孤立。库尼玛没有融入到岛民当中，没有在岛上建立一个支持他行为的根据地，他对岛民一向只是冷眼旁观，这大概也是他失败的一个原因吧。他在岛上是孤立无援的，这个念头在我脑海里一闪即逝。

"仁仁，咱俩交往的时间也不短了。"

我觉得自己刚才的建议也许无意中伤害了它，怀着一种歉意，我的语气非常柔和。

"你别那么说。我一直在控制自己。很久以前，这个岛上发生爆炸之后，岛上的人就失去了眼泪。就在我出生前不久的时候。"

它的话音有些颤抖，说话断断续续的，我这才明白它一直在对着大海哭泣，只是没有流下眼泪。

"对不起。"我向它道歉，"那我先回去了，我还有工作要做。"

它顺从地点了点头，在我前面走了起来。它好像仍然把给我带路当做是库尼玛布置给他的任务。

我们走到山脚下的电梯门口，我再一次回头朝库尼玛的研究室看去。不知道是不是错觉，研究所那弯曲的房檐、圆圆的屋顶好像在微微摇晃着。看着看着，屋顶明显地歪到一边、变了形，房檐的一端好像被热量融化了似的垂了下来。大门歪得更严重，就像恶魔露出牙齿狞笑的面孔一样。

正在这时，一直在垂死抵抗的圆屋顶塌了下来，仁仁叫道："危险，要爆炸了！"

我急忙扑倒在地。过了一会儿，耳边响起了一阵轰鸣声，就像远处的雷声一

样。我抬起头来，发现原来研究所的那块地方已经空空如也。眼前出现的是湛蓝
的天空和大海，仿佛树林中只有那一块是通天的洞穴。蓝色很透明，可是却让人
觉得那里就是通往异界的入口，所以里面一定很灰暗。不知从哪儿传来了低低的
声音，原来是仁仁在唱歌。也许它用了腹语，声音听上去不像是从它嘴里发出来
的，而是从空荡荡的空间里冒出来的。

　　　　努唧　努唧　杨巴拉嘎　伊呛多拉　伊拉郎　卡拉郎　挞契力契

　　歌曲很像是冲绳地区赞美彩虹的儿歌。它的歌声很深沉，音色很亮却很持
久，一直在大地上回荡。仁仁是在给库尼玛送行。不久周围的草木都被它的歌声
所感染，没有仪式也没有悼词，但连草木都在悲伤地摇晃着，这无疑是为无冕之
王库尼玛举行的最好的葬礼。
　　"再见，我也要走了。"
　　我静静地站在那里，觉得再看下去太难过，便跟仁仁道别。仁仁背对着我轻
轻点了点头。
　　我上了电梯，因为不知道该怎么表述自己的家，情急中只好说了句"图书
馆"。门静静地关上了，在电梯运行的黑暗中，我才意识到自己所住的那个家是
没有地址的。也可能有，只是我不知道罢了。电梯没有像上次乘坐时那么摇晃，
不久便停了下来。我走出来，发现这里是我和阿兰一起工作的房间前面的走廊。
我才知道电梯居然还能通到这样的地方。
　　没有人的图书馆，就像学校放假时雨中的运动场。最上层应该是病房，中间
那层大概是书库吧。眼看着统治者死去之后，我变得大胆起来，想把整个图书馆
都调查一遍，不过又想到要先告诉阿兰库尼玛的死讯，于是走出了图书馆。
　　沿着这条熟悉的山坡走下去就到家了。
　　阿兰不在家。房间里安静极了，令人觉得不安。我很奇怪为什么今天哪儿都
没有人，我大声喊道："阿兰，我回来了，你在哪儿?"
　　我的声音在房间里回响。我重复唤着阿兰的名字走到了厨房，厨房收拾得很
干净，不像是前一天刚用过的。我又回到房间，这才发现桌子上放着一个白色

信封。

　　我要离开这个岛了。我并不是突然决定这么做的。自从我生下了那
个不能孵化的蛋之后，我就知道我们的结合是不被允许的。
　　我和你说过很多次，你也帮过我很多次，你知道的，我对自己的过
去一无所知。每当我想要知道的时候，就会有人命令我说不能够。那个
声音不是库尼玛的，我想也不是我父母的。一直以来我都在忍耐，可是
现在我忍不下去了……

我读不下去了，站起身来。手里还拿着那封信，四下里打量。我看见墙上不
知何时留下了雨水溮进来的痕迹，得重新贴墙纸了，我心想。
　　过了一会儿，我慢慢平静下来，仔细检查一番才发现，阿兰留下的信，除了
像是临走前匆匆写成的三页信纸以外，还有一个以前记的笔记本。信上的内容是
这样的：

　　你知道吗？长大以后我发现自己和别人不一样。比方说我虽然没有
学过外语，却能懂好几个国家的语言。我总觉得应该隐瞒这事，所以就
故意装作不懂的样子。你还记得朱雀师集会那晚的事情吧，其实我只是
想做一个普通的女孩子。
　　当我知道怀了你的孩子时，我感慨不已。想到自己也能成为一个普
通的女人，我觉得如释重负，暗暗希望能够从此获得解放。我说的解放
不是指从这个岛上解放出来，而是说从以前的那个我解放出来。孩子如果
能够生下来的话，我是想好好爱他的，就像岛上渔民的妻子们那样。
　　有件事要向你道歉。就在大群飞蝗袭击图书馆那件事发生之后，我
和库尼玛见面了。我一直没有告诉你，是怕伤害你。有些事情即使说出
来，也解决不了问题，这我从小就知道。

我突然觉得很生气，心想这可不是简单说说就算了的，看来一切还是如我所

料啊。

　　那个时候，库尼玛给我的指示是，为了这个岛，我要去爱你；还有不要试图去调查冲之波美岛的历史。当时我清楚地告诉他，"是不是为了这个岛我不知道，不过第一点你不用担心。"库尼玛显得很意外，只说了句"是吗?"看着他的表情，我当时就想，这个人也不理解我。其实我所期望的是，男人爱我但不要爱得太投入，这对库尼玛那个年代的人来说大概很难理解吧。

我总觉得阿兰是在说谎，但是是哪个部分给我这种感觉，我也说不清楚。

　　对不起。因为他不让我告诉你。因为已经没有告诉你的机会了，所以我把第二次见面的事情也写下来。

我非常气愤，心想"这个骗子"，但还是继续往下读。

　　就在我们去海底考察之前，库尼玛告诉我说不久后岛上会发生不幸，而能够避免的方法只有一个，就是我和你分开。我觉得库尼玛是在嫉妒我们的关系，我很高兴。我回答他说，我知道自己也有爱人的能力，所以就算遭到不幸也不怕。

　　说实话，第一次与你做爱，并不是因为情之所至，大概你也一样吧。我想进入到一个完全不同的世界中去。我期待着你进入到我的身体，带领我进入另一个世界。我的愿望实现了一半，我的身体产生了强烈的欲望，结果生下了一个蛋。蛋没能孵化成婴儿，我受到了沉重的打击，就连你的温柔也没能将我从痛苦中解救出来。你有没有注意到，从那之后，我的睡眠变得很浅，睡眠时间也变得很短。异常高涨的欲望让我难以入睡。

这段话也正是年过六十、体力衰退的我时常感到的那种隐隐约约的不安。

那次我和库尼玛发生了激烈的争执。我质问他，为什么要干涉我的自由？也许我是出于一种捍卫自己的心情。但是库尼玛却不为所动，只是反复说些"是为了岛的利益，是对历史负责"等莫名其妙的话。

这下我只能叹气了。我感到心中充满无从发泄的愤怒，充满对阿兰的爱恋和焦急，同时也从她的信中感到阿兰有我所不了解的另一面，不太优雅的一面。

也许是对我的反抗很恼火，最后库尼玛竟然说"我就是野野宫银平。更准确地说是野野宫银平未来的样子"。对不起，你不要生气，我只是把库尼玛说的如实写下来罢了。"过于相信自己的大脑和感性，以为自己能把世界上所有的问题都搞清楚，在这一点上野野宫银平就和过去的我一样。他也将会迎来转机，到时候你就会被抛弃。"库尼玛就是这么说的。

这是什么诡辩呀？我眼前发黑，对库尼玛的愤怒和对阿兰的愤怒重叠在了一起。我非常不舒服。这话其实是阿兰借库尼玛之口在批评我。这种做法未免太卑鄙了吧，不过是给自己离家出走找借口罢了。

我们开始在这个岛上生活之后，我常常觉得自己是不是就出生在这里。也许是所谓的幻觉记忆吧。明明是第一次来的地方，却觉得自己以前曾经来过；大街上素昧平生的人里，也能发现似曾相识的面孔。而且对方好像也有同感，会亲热地和我打招呼。这些事我以前都和你说过。当我看到德大寺从海底拾来的竖琴时，我那依稀的幻觉记忆瞬间凝固成了千真万确的笃信，让我无法再忍受下去了。

这太可怕了。我心想我要变成一个被过去束缚、没有自由的人了。我以前常会手脚冰凉、没有血色。每当我碰到什么事，直觉告诉我自己

在几千年前就被赋予了生命的时候，我就会那样。我的身体就像在批评
我隐瞒真相反叛我而冷却下来。在那样的夜晚，为了不让你发现，我费
尽了心思。当时我想，哎呀，我就要因为这事不行了。我很害怕被你识
破。你一直都把我看成是王室后裔，而不去注意我的缺点。有时候我觉
得，也许你在心底对王室怀有一种深深的向往吧。

尽管库尼玛那么说，但我觉得让我和你分开，却仍在同一个岛上生
活是不可能的。可是，你还有重要的工作要做。我说的不是古文献的破
译工作。

该怎样办才好呢。要防止即将降临的灾难，要让你尽到自己的职
责……

我一直在思考，在犹豫。不得不离开你是一件非常痛苦、悲伤的事
情。不管是现在还是将来，我都会一直喜欢你。但是我也想做我自己。
我不想再像以前那样做过去的奴隶。我知道那样会让你讨厌。请原谅
我。我想起了很多和你在一起的事情，恨不得放弃自己的决心投入到你
的怀抱中去。但是我还是要像你所期待的那样，为了今后永远被你所
爱，我决定离开。非常感谢。

笔记上的内容是：

我从一开始就能读懂古文献。说什么有人在我体内输入了语言变换
的系统，其实都是骗人的。这一点连库尼玛都不知道。

朝仓喜久雄就是我漂流到本土时收养我的人。虽然很多人都很怕
他，但他其实是个非常了不起的人。

大概都是些这样的内容。但是我已经没有了继续读下去的欲望。我觉得这些
都是谎言，是自我欺骗。不知为何，我总觉得死去的库尼玛、还有仁仁，都事先
知道阿兰要逃走。这封信既混乱又矛盾，而且很没有品位。那么文静聪明的阿兰
怎么会变得如此混乱呢？她一定是出了什么事。

我必须马上找到阿兰。她应该还在岛上，还是像上次她掉进海里的时候那样，找德大寺和那珂崎帮忙吧。当我把信放回原来的信封里时，我才发现还有一张附加的信纸。

又及

古文献的最后两页我已经大致翻译出来了，放在图书馆常用的那个抽屉里。请好好修改，把它完成。对不起。

我以前也告诉过你，我们的孩子就葬在海角最前端的松树底下。为了让他可以一直望海而眠，才选择了那个地方。没能和你商量，我至今都觉得很抱歉。

因为不知道那珂崎宿舍的具体位置，我打算先找德大寺，他住在渔业合作工会办的漂流民救济宿舍里，宿舍就在广场上。当我走到图书馆所在的小山丘脚下时，由于昨晚以来的疲劳，已经是气喘吁吁的了。

过了一座横桥之后——记得上次库尼玛就是在这儿从河底冒出来的，就来到了广场。德大寺不在。我便没了主意，不知道该如何是好。我不想怀疑什么，但疑念开始在脑子里滋生。我开始后悔平日里没有好好学这个岛上的波美语，没有做好准备以便需要时能请岛民帮助。我老说阿兰是王族后裔、是公主，但其实日常起居的所有事情我都交给了她。

就在我失望地慢慢走下台阶时，碰到了正往上跑的那珂崎。

他对我说："岛上的情况有些不对劲。"

我却不理会他，告诉他说"阿兰不见了"。

"我们借用德大寺的房间说说吧。"

"他呢？"

"不在家。"

我简单地答道，转身又走上台阶。

"到底还是这样啊。"我感觉到那珂崎似乎很沮丧。

"你说'还是'是什么意思呀？"我追问他，口气严肃，一副不问到底不罢休的样子。

"大概，"那珂崎看着我的眼睛。他那细长的眼睛里泛着冷漠的、能刺伤人的光芒，"大概阿兰是和德大寺在一起。是私奔。"

"私奔？"他用的这个词似乎很久没听说了，我一时间没反应过来。

"你说的是私奔吗？"突然我觉得一切都那么荒谬，追问他，"你怎么知道的？你能对自己的话负责吗？"这时我的愤怒已经超越了语言，我大声怒吼起来。

"不要生气，因为我只能这么想。"说话时，那珂崎并不看我的眼睛。大概他是怕流露出同情，反而会更加伤害我的自尊心。或者是想避免刺激我，担心我的愤怒会进裂收不了场，事后平静下来自己都会感到羞愧。

他灰色的头发像云环一样圈住他的头，微微晃动着。这个动作唤起了我的悲伤。我的心在下沉。如果是当年还在革命阵营的时候，我一定会抓住对方的胸襟使劲摇晃。而如今，那个时代早已过去，革命阵营已成为我青春时代的代名词了。

那珂崎露出很难以启齿的样子告诉我说，昨天傍晚他看到他们俩坐上小艇驶走了。德大寺因碰上海啸漂流到海滩上，后来他把船的残骸收集起来，又买了些新的零部件，造了一艘小艇。现在想来库尼玛临死前仁仁来找我的时候，难怪阿兰会自作主张地替我回答说"可以"，还劝我"亲爱的，你就去一趟吧"。

"混蛋。"我无声地骂着，觉得自己彻底被人愚弄了。

"开始我还以为他们是要再次去海底调查呢。后来一想时间太晚了，也没有事先听说过，才觉得有些奇怪。关键是你也不在。"

"应该是私奔吧。"他很肯定地断言道，然后又像是为了弥补自己过激的言辞，有些抱歉似的对我说，"而且他们俩都不是下海的装扮。我大声叫他们，他们好像注意到了我。德大寺竖起大拇指，然后双手合十向我拜了一下，我不知道他是求我不要告诉你呢，还是在表示歉意。所以我才决定到这里来看一看，原来还真的是那样。"

"阿兰留下了信。说她很抱歉不得不离开这个岛。当然丝毫没有提到德大寺。"

"德大寺做出向我恳求的动作时，我听见阿兰在一旁爽朗地笑着。"

那珂崎的目光又一次刺伤了我。

"简直是在戏弄人。"我有气无力地说。

"是的，是在戏弄人。"

不知什么时候，我们坐到了德大寺的房间里。窗外，老鹰在尖声啼叫。两个人都没有说话。没有出口的愤怒在屋子里盘旋着，追赶它的猎物。本想再静静地读一遍阿兰的信，可是不知什么原因只看到第一行我就觉得要吐了。时间已经是下午了，懒洋洋的阳光毫无生气地照在房间里。

"对了，我还没有给你介绍过，我带着十二个队员一起到了这个岛上。趁这个机会我们对整个岛进行一次彻底调查怎么样？

"以后有机会再找个时间慢慢给你解释，其实我一直都觉得你是我的前辈，在这个岛上是，在很多事情上都是。我还在那边的时候，对激进分子感到失望，因为觉得他们在谈论思想之前首先做人就有问题，于是我脱离出来自己经营了个出版社。"

那珂崎突然讲起了自己的经历，我觉得有些意外，但只是默默地听他讲下去。我感到他是出于好意，想尽量减轻我所承受的打击。我精神恍惚地想，这个人到底是想在和平岛屿上制造核武器的法西斯呢，还是说法西斯本来也是温和善良的人，只是精神错乱罢了。

"那只是个地方上的小出版社，我们出了几本地志、地方史之类的书。我还想过要出一本你的全集呢。在这个过程中，我了解到了冲之波美岛的存在。这是一个曾经拥有非常发达的文明，却突然消失了踪影的共和国。在查阅资料的时候，我发现这个岛消失的原因不是由于战败，而是因为核爆炸。

"另外还有一点引起我注意的是，有关这个岛的记录绝不会是以史书的形式一目了然，而是像暗号一样悄悄地隐藏在很多文献里。如果不是我掌握了从多种文献中提取出相同文化结构的方法论，那大概我也看不到冲之波美岛的存在。

"有一天在我读折口信夫的著作时，发现了一个符号。一旦读懂了之后，我发现无论是当过官僚的柳田国男也好，还是有着创新精神的南方熊楠也好，抑或是更早时候的伊波普猷、菅江真澄，以及不太有名的伊坂杨严隆信，他们的书里都藏有同样的符号。我不知道他们在多大程度上意识到了冲之波美岛，也许只是纯粹出于对南方岛屿的向往，但是那样反而会使冲之波美岛的形象变得鲜明起来。其实往往学术关心或是从科研角度来看比较薄弱的部分反而会呈现出岛的特征，这一点我一开始忽略了。等我注意到已经是很久之后了，很遗憾。如果早点注意到的话，我就能对现代知识体系给以更强烈的批判，对于联合赤军事件也可以发挥影响力了。

"后来我制订了一个计划：那就是调查岛的存在，建立一个理想的共和国。我知道跟别人说的话，会被笑作是异想天开。成立矛之会—自然力派也是这个计划的一部分。在很早以前，我就痛苦地认识到，日本这个岛已经堕落成了一个只知道追求物质丰富的集团。我认为要想改变这个状态、恢复人性，只能靠核爆炸的方法把人们意识深层中关于永生之国的幻想炸个粉碎。但是这个想法也会被那些喜新厌旧、一心顾及所谓的社会常识的人当做危险的思想加以非难。然而它对于我来说却是像名誉一样珍贵的东西。"

说到这里，那珂崎停了下来，低声笑起来。笑声在空中相互碰撞慢慢大起来，最后变成了哈哈大笑。他脑袋周围环状的头发和发光的头皮也像是碰撞在一起闪闪发光。过了一会儿，他停下来，又说："在那边的时候，我有时会去参加KIGEN之会，一个特别无聊的沙龙。我把它当做反面教材，每次去的时候都提醒自己，我要改变的就是这样的空间。但是那儿也有两个挺有意思的人。一个是我自杀了的同学的同父异母的姐姐，她是一家画廊的工作人员。据我观察她应该是冲之波美岛上的人，或者说是冲之波美人种。另外一个是她的恋人，他是一家大公司的经营者，处在一个很怪的环境里。"

说到这里那珂崎突然停下来，用奇怪的眼光看着我。

"你和那个男的真像，不，简直是一模一样。"

"你说的是不是庄田邦夫？"

我第一次看到那珂崎吃惊的表情。一般形容人吃惊时会说"瞠目结舌"，但他却是这样的：表情在一瞬间僵住，脸色煞白，像大理石一样。

"啊。"他从喉咙深处挤出了这个声音。如果不是因为阿兰逃走的话，我也不想这么刺激他。但是我已经有些自暴自弃了。

"哦，是吗？世界还真大呀，是吧。"

那珂崎把自己的右掌像拍球一样轻轻放到左手上，做出认真思考的样子，其实是在给我施加无言的压力。我不知道他在多大程度上、以怎样的方式接收到了我发出的信号。但是我知道那珂崎基本上已经失去理智了，程度不亚于我。

"所以你才带着从矛之会里选出来的十二个人来到了这里呀。"

我有些勉强地把话题又引回到了他说了一半的话题上去。我也想通过和他的谈话忘掉阿兰的事情。

"是的。但是真正的意图我对谁也没有说过。人们都以为我是在模仿三岛由纪夫的楯之会，自然也就开始嘲笑我，说我是时代错误、依葫芦画瓢、危险的思想集团、不知羞耻的背叛者等等，但是我并不放在心上。"

"库尼玛好像真的很相信你们，你们是什么关系？"我试着问他。我渐渐被他的话打动，心想如果能把我一直以来百思不得其解的几个地方问清楚的话，今后我们一起行动也未尝不可。毕竟，现如今我再也没有其他人可以一起谈话了。

"关于这一点本来有一个准备好的答案，那就是他是我出版社网站上的会员。不过既然你对我没有保留，我也就告诉你吧。"

"你真的觉得我没有保留吗？"我开玩笑问他。

"唉，那倒也不重要。"他敷衍了一句。

"其实是朝仓喜久雄的介绍。"

"还真是这样。"这次轮到我这么说了。

"所以一开始我也有些戒备。但是我逐渐发现库尼玛和朝仓的思想就像水火一样不相容。朝仓是国际资本集团的代理，库尼玛则是反世俗的先驱。"

"可以理解。"我也表示同意。看来那珂崎是在坦诚地回答我的问题。

"还有最后一个问题，你是用什么方法来到这个岛上的？我是几乎等于被诱拐来的，实在是很没面子。"

"我们是靠自己的力量飞到空中，中途换乘了能在空中飞行的帆船。那时，我想到以后再也不用和那些无聊之辈打交道了，一种解放感让我兴奋得想跳起来。"

这个人怎么说还是有些奇怪，最初对他的印象又回来了，我盯着他，目光看向他那引人注目的头部。

我第一次见到他的时候，他就剃了光头，头皮上处处可见黑色的疤痕。那怎么看也说不上美，就像被潮水冲刷到岸上、就快腐烂的深海鱼一样。

注意到我的视线，那珂崎用手摸了摸头问："我的头吗？"他解释说：

"来到这里之后，头上慢慢长出来和以前不一样的透明的头发。特别是在处理完城堡遗址处工厂爆炸的现场之后，受了放射线的辐射。"

"长出来？你不是一直在剃光头吗？"

"哎呀，坦白告诉你，是头发掉光了。自从联合赤军事件被报道之后，我就得了圆形脱毛症，而且很快就扩展到了整个头部。我很懊恼，只好对熟人解释成是因为过去的同伴有好几个都牺牲了，虽然我反对他们的运动，但毕竟做不到无动于衷。再说了，从前的人不是都会因为厌世而剃发入佛门吗？"那珂崎有些自嘲地微微一笑。

我想起以前曾听人讲，神灵背后的光环是金色的，吃人肉的人背后则会有紫色的光环，我偷偷朝那珂崎脑袋后面灰色烟雾一样的光环看去。我还听说死人的头发和胡子也还会继续长。不知道为什么在这个时候我会想起这些来。也许是因为他的脸色今天看上去有些发青。

"之后呢？"

看我用催促的目光看着他，那珂崎继续说下去："在我们悄悄做准备的时候，遇到了几个不可思议的人。有面孔苍白的空手道选手、经常嚼着奶糖的舞台女演员，还有被同伴称作鼠男的小矮个。他们中有些人想打探矛之会的目的，不久我发现原来是有个组织把我们称作波美岛秘密行动队、永生国防卫队，说是要把我们这些关注波美岛的危险分子消灭在萌芽状态。那些人一定是想给我们封个破坏民主主义的罪名，让舆论都站到他们那边从而粉碎我们的计划。事实上，社会上已经有人批判说这是任由危险分子肆虐以寻找机会发动防止破坏活动法。所以我们只能加快行动。"

"原来如此。"我很自然地附和他说，"真是个有趣的故事。那么把我送到这个岛上来的昭和经营史研究所的朝仓喜久雄理事长是属于哪一派呢？"

"他是冲之波美岛防卫势力的领导人之一。但是他只在国际资本家允许的范围之内行动，这是个必须得提防的人。"那珂崎不假思索地答道。

"他们非常憎恨冲之波美岛，可是同时也很向往，也许可以说是一种对天皇的无上崇敬吧。从前这派人好像更单纯一些，憧憬着建立某种共和国。有人说是在日本战败之后，他们开始憎恶所有的理想，但真的是那样吗？我不太相信这种说法，因为我觉得他们更加庸俗。总之他们要消除一切对那个岛关心、向往并想去接近的人。就算是你，破译完古文献之后会怎么样还不好说呢。

"打个比方，有一家公司看了古文献之后，打算在岛上建一个大的旅游设施。不用说他们肯定会反对。但如果是一家大国际公司的话，不知道朝仓会如何反应。他们反对的理由是要保护自然，保护环境，但是其实本意却并非如此。"

"话虽如此，但是我也反对让游客参观，那会让冲之波美岛世俗化的。"

"是因为圣地会受到亵渎吗？"

"就算是吧。金钱总是会成为助长世俗的力量。"

我装作没有听出那珂崎话语中的讽刺，继续和他聊下去。

"我理解你的心情。可是如果一个企业不想使用金钱世俗化的话，那它一定会被股东和舆论指责，因为这违反了民主主义的常识。"

那珂崎继续说道，他真的理解我的心情了吗？

"问题在于他们只想把冲之波美岛当做自己的专属物。命令别人'要去崇敬'，可是知道的'只有自己'，这才是他们的理想。"

"库尼玛也是那样吗？"

"大概心情是一样的吧。但是他也知道这种理想只是种浪漫主义。所以为了让自己的态度具有客观性，他无论如何都想得到科学的、实证性的证据。他对我们矛之会示好，也是因为想阻止朝仓他们把这个岛变成一个鄙俗的神秘主义场所。

"库尼玛和朝仓喜久雄的相同点只有一点，那就是反对各类人等来岛上调查，反对查明共和国形成的历史。但库尼玛是想自己一个人去调查，所以两个人注定会发生冲突。他们两个人的关系让我想起日军侵略时中国国民党和共产党合作的历史，对岛的调查和旅游资金的进入就等于日军的侵略。"

那珂崎分析道，他说这个永生之国的岛屿就如同人们心中高不可攀的圣地，任何变革的力量在这里都如同海绵吸水般地被吸收掉了。他反复强调说他们的目的就是想通过核爆炸来打破这样一种状态，所以矛之会才会来到这里。

那珂崎似乎想表明自己离开联合赤军那样的激进团体是因为希望在思想上有更进一步的变革。我对他的说法既有同感，也想反对。但是现在我已经没有力气和他彻底辩论一场了。

"那阿兰到底是怎么回事呢？我以为她只是想寻求世俗意义上的安稳日子。"

我低着头嘟囔了一句。我希望在那珂崎面前证明自己的愤怒不是出于嫉妒而是出于正义。

"我也不知道，但是如果相信她的主观感情，她一定会回到这个岛上来的。"

那珂崎好像重新意识到了自己的角色，用力说："她肯定会回来的，因为她受了你的影响。"

如果阿兰在本土生活的话，她那种不懂世俗人情的性格肯定让她四处碰壁。话说回来，她说向往过普通女人的生活，那她到底是在什么星球出生的呀，我心里还是放不下她，为她的将来忧心忡忡。

那珂崎好像意识到到为了安慰我，自己有些太随声附和了，于是又加了一句："当然也要看库尼玛会怎么做了。"

我这才想起自己因阿兰逃走慌了神，忘了把重要的事情告诉他。

"库尼玛已经死了。我忘了告诉你了，就在昨天晚上。"

"真的吗？原来是这样。"

那珂崎发出很大的声音，站起身来。他的脸颊泛红，眼梢有些往上吊。

"你确定？"他又问。

"不会有错。我为了给他送终，一晚上都呆在他的研究室。他升上天后影子也慢慢消失了。"

"库尼玛是我们强有力的支持者。他的缺点在于没能理解走群众路线的重要性。这也是他那个时代的局限性。可以说他的超能力也助长了他的弱点。"

我记得那珂崎过去曾把人民的希望贬为"猪的和平"，还发表过"不能让愚民接近理想"之类的过激言论，现在他却谈起群众路线，让我觉得很奇怪。

"看来我们必须要抓紧时间开始各项行动了。没有权力统治的状态持续下去的话，一定会引发预想不到的人民运动。这个岛可不能那样，否则只会导致独裁。"

我从前身处革命阵营的时候，曾对领导者抱有一种很不以为然的感觉，刚才那珂崎的一番话也让我产生了同样感觉。尽管我憧憬革命，但是我总是无法对权力、对争夺权力的斗争感兴趣，无法融合进去。

"我还有没做完的工作，先要把它做完。最多再有两天吧，就应该能完成。在这期间你能不能先理出一个调查的顺序来？大后天早上在我家里集合。"

"知道了。在这期间，调节水门水位、保卫发电站什么的就交给我们矛之会吧。"

那珂崎回答得铿锵有力，就差要举手敬礼了。

和他分开后，我径直去了图书馆。我想早点投入工作，把别的事情都忘掉。在岛上发动革命、掌握权力什么的，对我来说根本无关紧要。而古文献的破译却是我和阿兰一直做下来的。书桌下的抽屉里，就像阿兰在信里说的那样，放着她用打字机打好的译成日文的原稿。我把椅子拉了出来开始工作。

> 好像已经到了离开的时候了，离开这个如同幽深洞穴般的神殿。

我看着阿兰打好的稿子开始写。平常阿兰坐的椅子现在已空无一人，打字机也悄然无声。

我知道阿兰离开带给我的痛苦又要开始袭击我了，赶紧抓起了笔。

> 女人点点头向前走去。我们又牵起手来，朝放养着白色鹭鸶的广场走去。可到那儿一看，人群已经从广场上消失了，石头地上到处都撒着面包屑和纸屑。我现在才发现，自己其实是希望融入群众之中的，放纵自己随着人群随波逐流，沉浸在与大众融为一体的感觉中自我陶醉。可是已经晚了……

写这一段的时候，我开始反省自己，在朱雀师集会的那个晚上，我也应该融入到群众中去。阿兰肯定希望我和岛民们融为一体。阿兰认为自己出生在这个岛上。也许她一直希望我能融入进去，这样就可以和我过上踏踏实实的生活，而绝非一时之计。即使她是君主制共和国的王族后裔，我也应该像个群众中出类拔萃的英雄一样，有些粗暴地把她拉进群众中。但是我却做了相反的事情。我把她从群众当中拉了出来，追问她为什么懂这个岛的语言，我被带到这个岛来是不是权力的阴谋，而她也是其中的一分子。朱雀师的歌在仁仁和我听来是不同的，但是阿兰却都能理解，为此我觉得很不满，还去逼问她。

阿兰在信里写道，女人有时候即使不是出于爱，也会跟男人有肌肤之亲。注意到这一点后，我再把那封信在记忆中回味一遍，我知道这是她在告诉我其实我根本不了解她。

"你对我很好。"

阿兰写道。但其实这是她在证明她对我很好，而且是在告诉我这种好很容易变成一种讽刺。对不起，我在心里对阿兰说。那珂崎虽然安慰我说她会回来，但我知道已经无法挽回了。

> 我不由得跪倒在石头地上，为了接受神的启示，告诉我通往两个城堡的路。不知从哪里吹来了浅蓝色的风。我看到女人不声不响地睡倒下去，眼看着就飘了起来越飘越远了。她好像已经厌倦了异形者的丑陋，双眼紧闭。我狼狈地站起来想去追她，风流动得更快了。

最后一章的这段描写和我现在的心境很接近，令我很不舒服，这种情况之前也曾多次出现。我会产生一种错觉，觉得这个古文献的作者就像在哪儿观察我一样，让我不安。这段描写可以有各种破译，也可以读作是完全委身于水和风和没有形状的东西，放弃了自主性。朱雀师不就是个典型的例子吗？放弃自己也许体重就能变轻。求死的愿望也许也属于其中一种吧。

我想这空荡荡的阅览室里是不是也有浅蓝色的风在流动呢？不由朝天花板看去。可以看到高高的窗户外面，树木被风吹得摇摇晃晃。我突然觉得这个岛整个都沉到了水底，天和海上下颠倒了。既然有能用肺呼吸的鱼，那么有用鳃呼吸的人也就没有什么值得大惊小怪的了。我想起有个词叫"反世界"。也许在寻找消失的岛屿时，库尼玛和我们都犯了一个根本性的错误。库尼玛运用科学知识做的实验、为了发现规律做的公式，也许都像他临终时所说的那样，"不过是明白了不明白什么罢了。"

我又想起库尼玛曾跟我说过，自己曾养育过阿兰，但阿兰小时候也曾经从他的研究室逃走过。阿兰的逃走改变了库尼玛的想法，还有库尼玛对阿兰说"我就是野野宫银平未来的样子"，这些情形交错出现在我的脑海中，各种事情相互纠结，就像锁链一样绕在一起。

我摇摇脑袋让思维重回现实，重新开始工作。

　　不知什么时候，广场里漫起了水。女人的身体周围，撒满了护城河边石墙上开的那种红色的花。如果追寻女人而去的话，应该能够找到水门，城堡会在那里吗？这是否就是我应该寻找的道路呢，我正想向前走，却发现我已经无法行走，就像重力消失了一般。我很惦记放在房间的测量仪器，但事到如今惦记也无济于事了。我只好躺下来，我的肉体渐渐变得透明起来，朝着和女人相反的方向飘去。

写到这里，古文献突然结束了。

应该是中断了。但我无法推测是因为测量工程师在生命弥留之际还在某种使命感的驱使之下奋力执笔但最终未能写完呢，还是因为后续部分丢失了。

我觉得这种结束的方式和阿兰的突然失踪很相似。难道古文献就是阿兰吗？不记得是谁以前曾跟我说过，"女人体内都有一个古代共和国。"那种朴素、那种智慧、那种可爱还有淫欲。

译完之后，良久我都回不过劲来。长期以来的工作就这样结束了，未免太让人失落了。

按说译好的稿子应该寄给委托人，也就是昭和经营史研究所。但是按照库尼玛的说法，让我们破译的真正用心是为了解除阿兰的禁忌，最终可以达到不启动控制装置就可以恢复她的记忆的目的。在这一点上，库尼玛和朝仓目的不同。现在除了把翻译好的稿子带回日本之外，我没有别的办法可以确认它到底有什么作用。我想起我们来到这个岛上之后，从来没有接到过委托人的任何联系询问进展状况，也许昭和经营史研究所本身都不存在了。我越来越觉得，如今阿兰离开、库尼玛死去，我的工作也已经不再有任何意义了。本来我暗暗期待，监视我们的人得知破译工作完成之后，会派人来取走稿子。这样合同就算顺利完成，我也就可以拿到应有的报酬，带着阿兰一起回本土了。可是无论从哪个意义上来说，这种情况都是不可能发生的了。

我猜想阿兰是不是早就看出破译工作其实只是为了让自己恢复失去的记忆，是一种迂回战略。也许我只是想把她的出走归结为外部原因，阿兰那么聪明，这种可能性也不是没有。也说不定是德大寺帮她解开了这个谜。

"不，不可能。"我马上又否定了这个推测。那个像运动员般四肢发达的年轻人，是不可能有这种聪明才智的。可是如果他是朝仓派来的间谍的话，又会怎样呢？说不定在得知破译工作进行顺利、阿兰爱上了我并且开始协助我们调查岛屿之后，朝仓理事长感到了危险。库尼玛大概也很不安。但是库尼玛认为，如果真是那样，他可以和我们一起合作进行研究。在得知阿兰怀孕的那个晚上，库尼玛请我去他的研究室，就表明因为他的态度发生了转变。因为我和阿兰的结合，库尼玛和朝仓喜久雄这些幕后人物之间的利害发生了冲突。但是为什么到了最后，库尼玛还是要让阿兰和我分手呢？

我朝堆放在书桌一角、已经翻译成现代日语的《工程师之书》看去。也许朝仓是想把这部文献按照有利于自己的方式进行篡改之后加以利用。或者说留存住关于冲之波美岛的憧憬和幻想，让过去的传说永恒化，这才是今天真正的右派的基本态度。至少在这一点上，库尼玛对我们破译工作的关心和期待，与朝仓喜久雄的不闻不问形成了鲜明对比。可是库尼玛已死，如果我的译稿交到昭和经营史研究所以后，我想我也再没有气力和热情去扮演一个有意义的角色了。

我想起接手这项工作前自己过的颓废生活，一切都像一场梦一样消失了，我曾经是那么善于借助酒精的力量做梦。总而言之，破译工作已经结束。《工程师之书》有很多抽象的表达和象征主义的比喻，绝非通俗易懂，但作为文学作品阅读的话，有它独特的魅力。

为了鼓励自己，我开始幻想《工程师之书》被公认为古典著作，受到好评，人们开始相信冲之波美岛的存在，佛教徒把它视做净土合掌示敬，国粹主义者则把它当成日本精神的发祥地，每天清晨对着岛的方向顶膜遥拜。但是，我的情绪不仅一点也没有高涨，反倒越来越低落，我质疑自己到底都做了些什么。

总之我现在很疲惫。给库尼玛送终之后，我几乎没有睡过，在长时间的写作之后，以前写那部长篇小说时也是，我会陷入虚无的情绪当中，每天借酒麻痹自己。也许我唯一能够解放自己的办法就只有酒精了。无论如何，我得先回家好好计划一下今后的打算，我站起了身。

走出来后，我才想到工作比预想的结束得要早，时间也有富余，没有必要急忙回家去。我一个劲地想喝酒。之前，不知是库尼玛还是别的什么人一直在对我的酒量进行远程控制，现在库尼玛死了，我感到自己想喝酒的欲望好像比平时来得要强烈。一直没有喝烈性酒了，今天我想喝个痛快，醉得不省人事，以此慰藉自己，慰劳一下这些日子以来的辛苦。我第一次去库尼玛的研究室时，听他说过这个岛上有一种点上火就能冒出火焰的非常强的酒。但阿兰却阻止我说"如果你爱我的话就不要喝"。

过个两三天，我得去埋葬我们孩子的海角松树那里看看。对了，我就在那里看着大海喝点烈酒吧。

回到家里，我才第一次发现我连自己应该在哪儿吃饭、怎么吃饭都不知道。我没有食欲，而且库尼玛也死了，做好的饭菜自动送来的系统肯定也不会再运转了。那珂崎他们虽然声称要开始行动维持岛上的秩序，但前人已经不在，连交接都不可能了，他们能做得好吗？研究室也爆炸了，有的部分熔化、有的部分完全崩塌。

图书馆也一样。在空无一人的房间里坐下去，我会越发意气消沉。我最后还是没能抵挡住酒精的诱惑，但年轻时刚脱离革命阵营的那段日子浮现在脑海里让我很怀念，那时候我是那么地努力生活，一心想让自己振作起来。

这个季节已经微微感到些许凉意了。我决定到渔民街去看看，也许能找到可以喝酒的地方。而且我也想知道库尼玛死后岛的动向。

走着走着，黄昏悄悄降临了。觅食的老鹰头从头顶上缓缓飞过。从家门口走上一个平平的山坡，左转后又下了一个缓坡，不久就到了河岸边。我站在桥上眺望了一阵缓缓流淌的河水，库尼玛已经不会再出现了。我走到街上，不久就来到广场前面，走进广场旁边房屋密集的街区。这条街我很久没有来过了。上次来的时候，市场上到处都是来买菜准备做晚饭的女人，热闹非常。这次大概是时间较晚了，显得很冷清。我走进一条小巷，往深处走了一会儿，在昏暗中发现了一户人家，门前摆满了罐子、圆形的舵盘还有大大小小的坛子。我凑近去看了看，发现房间里天花板上悬挂着渔网，还可以看到里面房间的拉门，看样子是个穷人家。我感觉自己就像受到邀请一样，脚不由自主地跨进了房间。横梁上密密麻麻地挂着各种细眼的、粗眼的渔网，地上则到处都堆着锚呀锁呀秤砣呀还有玻璃球做的浮子，从外面看是看不出来的。

"晚上好。"我试着用日语打招呼，让我吃惊的是竟然有人回答说"来了"，然后走出来一个比声音显得苍老得多的女人。

"你会说日语呀？"听我这么一问，她露出诧异的表情，开始观察我。所幸屋里光线昏暗，我并没觉得不自在。

"对不起，我不是来买东西的。我是想看看这周围有没有可以吃饭的地方，如果能喝酒就更好了。"

"你想买鱼的话，这前面到处都有。"

她用手朝巷子更深处指去，用极为寻常的方式回答我。我看她不像是对我感兴趣的样子，就更加大胆地问她："你家这些东西是卖给打鱼的人还是只是装饰呀？"

"你一看就该知道吧。这做不了什么大买卖，只能算是帮助人吧。"

她说完之后就转身进屋了。本来还想和她多说说话呢，也只好道谢离开了。不过知道语言能通我已经很满足了。

我以前一直以为这个岛上的居民不会说日语，所以只好费劲地用只言片语的波美语跟他们沟通。波美语的语法和日语相比，形容词和名词的位置不一样，其他并没有很大差异。不过有很多名词、动词还有助词是日语中没有的。以前逛街的时候，多半是和阿兰在一起，我只要和她手挽手站在一起就行了。为什么刚才那个店里的女人会讲标准的日语呢？而且我说日语，她也一点也不觉得吃惊和疑惑。我后悔刚才没有多和她聊聊，只好安慰自己说要想不被人怀疑还是不要说太多。

我实在是想喝酒，所以就朝码头拐去。朝洋面望去有很多船，渔火星星点点的。大概是到了捕获萤火虫鱼的季节了。萤火虫鱼是当地人的称呼，有点像带鱼，会发光。阿兰曾经告诉我在有流星的夜晚去捕鱼的话一定满载而归。我朝天空看去，夜幕还没有完全降临，微暗的天空中一颗流星拖着长长的尾巴飞了过去。消失的那一瞬间好像亮了一下。这时候传来"嘿""嘿"的吆喝声，语调带着淡淡的哀伤。不知是赶鱼的声音呢，还是渔船之间互相联络的声音。

　　我眺望了一阵星星和渔火，然后又回到了刚才的店铺，想要买一些渔网和浮子去装饰我那空荡荡的房间。听我说明我的意思之后，从昏暗中慢慢站起来的是一个晒得黝黑、看上去很善良的男子。他一看到我就说："你不是库尼玛的人吗？"嗓子很粗。我有些狼狈，对他说："我现在闲下来了。对了，岛上的人是怎么谈论库尼玛的？"

　　"啊，那是个可怜人啊。不好意思，我对他可没有什么好感。他说想要一个人来改变这个岛。有人说他是疯了，但我不那么看，只是觉得他可怜。我可不想像他那个样子。他一定也吃了不少苦。"

　　男人看起来很爽朗，一边说一边用布擦拭着玻璃浮球。我觉得似乎被批评的是自己一样。

　　没有买到原以为很简单就能弄到手的酒，我有些疲惫地回到家里，却发现仁仁提着个包袱无聊地坐在走廊上。我很高兴地问它："你怎么来了？是不是等了好久？"

　　"我想你是一个人，就给你带晚饭来了，还有酒。"

　　我把它带来的包袱打开。库尼玛死后它可能也是无处可呆了。

　　"咱俩一起吃吧，"我告诉它说，"刚才我去街上走了走。本来是想去买那种很烈的当地酒的。没想到他们都懂日语。"我拿了两个杯子，把其中一个放到盘腿而坐的仁仁面前。

　　仁仁开始好像没太明白我的意思，但很快醒悟过来对我说："那不挺好嘛。这个岛上的人什么话都会说。因为他们具备自动对对方语言作出反应的能力。因为这里频繁地被不同的人所占领，这大概也是他们的穷极之策吧，为了保护自己国家的文化。"

"你说什么？"我吃惊地望着仁仁，"那他们平时用什么语言？"

"当然是波美语。你不知道吗？早点告诉你就好了。"

"那阿兰也是这样的了？"

仁仁没有回答。阿兰从来没有提过这件事，但她和岛民说话的时候确实用的是波美语。有种女人即使把身体交给你也决不会公开自己内心的共和国，当然有很多男人也是这样。阿兰大概也是如此吧。她不像我那样瞧不起岛民，也许她不跟我提他们的事，不仅是因为她没有恢复记忆，也因为她觉得我很蔑视他们吧。痛苦的反省之后，悔恨又涌上心头。我觉得阿兰逃走从反面证实了学生时代以来我的革新思想有多么的贫瘠。

"这样啊。"仁仁默默地点了点头。它好像想起了阿兰和我的关系、还有我们一起见面时的情景。过了一会儿，仁仁加重语气对我说，"她会回来的。"和那珂崎说得一模一样，听上去倒像是在对这个岛的文化进行评价。我告诉它说："你不用安慰我。"

"不，我真的是这么想的，不是安慰你。阿兰在那边不可能过得好的。在那样一个落后、排外、霸道的国家。"

它的话听起来像是深受库尼玛的影响。但是听它说得这么肯定，我又觉得也有那种可能性。我觉得阿兰很可怜，她不管去到哪里，都必须努力压抑自己那高贵而淫乱的本性，去适应周围的环境而生存，这是她的宿命。她和德大寺能相处得好吗？痛苦向我袭来，就像我的皮肤被烤得吱吱作响，就像内脏被寄生虫一点点蚕食一样。我的手向酒伸去。

"你和库尼玛相处的时间很长了，他到底有多少岁了？"

我改变了话题。我知道再亲密的朋友，看对方困扰的样子大概也控制不住自己的好奇心吧。

仁仁看上去比早晨那会儿冷静多了，它歪着头没有回答我的问题，只说了一句："库尼玛是个好人。"它看上去很能喝酒，丝毫没有醉意。

"谢谢。"仁仁看我要给它倒酒，灵巧地用两条前腿夹起酒杯来接着。

"这酒很不错。不过岛上还有度数更高的酒吧。因为阿兰不让我喝，所以我这里没有，你明天能不能帮我带一点过来？"

"那酒的确好喝,但是酒劲很足哟。"

"没关系,我想在海角的松树底下喝个痛快。"

仁仁点点头表示知道了。

"你没有喜欢的人吗?"我觉得它刚才的样子很招人喜欢,再加上酒劲也上来了,就问它。

"怎么可能有呢?"它有些生气地回答说。我还以为仁仁是一直在等心爱的人出现,只是一直没有等到呢。仔细一想倒也是。它出生在核爆炸之后的土地上,属于脑细胞异常发达的犬类。也可能本来是人,却由于遗传基因混乱在外形上变成了狗。

"对不起。"我对它的悲伤感同身受,诚恳地道了歉。

"来,还是喝酒吧。今晚喝多少都没有关系。"说完,仁仁灵活地用勺子舀起一勺盐腌的鱼卵。我在这个岛上第一次用餐时,阿兰用盘子端出来的也是这个。古文献《工程师之书》里也提到过鱼卵。

"这是什么鱼的卵?"

"在那边叫做带鱼,是带鱼的一种吧。这是库尼玛告诉我的。不过这其实是雄鱼的精子,雌鱼的卵太硬了没法吃,鱼卵比这个更白些大些。"

我想起阿兰生下的白色的蛋,没有说话。

"你知道吗?库尼玛可是个手淫的高手。"

仁仁露出得意的微笑,就像亲信爆料只有自己才知道的伟人的内幕时那样。

"什么意思?"

"不管是松树也好还是圆炉子也好他都能达到高潮。"

我开始想象瘦得皮包骨、青筋暴起的库尼玛裸着身子抱着松树的样子。

"库尼玛多大岁数了?"

这想象过于诡异,我忍不住又问了一遍和刚才一样的问题。

"库尼玛是个天才,不管是他出生前的事也好将来的事也好他都知道。所以多大年龄并不重要。他自己说是二百岁了。"

我换了个话题问它:"那你今后打算怎么办呢?"我发现自己因为很久没喝酒了,已经有些醉了。

"还没有定，也定不下来。我不想当渔夫，也当不了。"

它抬起头看着我说："你用我吧。"

它要是能照顾我我求之不得，但我不能马上答应它。我自己也刚刚译完古文献，什么都还没有定下来。

"明天我们去海角吧。那里有我们孩子的墓地。"

"知道了。"

"大后天开始我们就要开始调查这个岛了，和那珂崎他们一起。"

"我会帮忙的。只是，"它停了下来，我抬起头示意它说下去，"我总觉得和那个叫那珂崎的人合不来。对不起，我知道他是你的好朋友。"

"也谈不上是好朋友。"但我还是忍不住替那珂崎辩护道，"他以前是个激进分子，但现在他的目标是本土，他是想让那个堕落的岛屿觉醒过来。"

"好像是这样。他每天都召集队员认真地演练，就在穿过原始林的海岸上。我不明白他们为什么一定要用核武，没有一个核爆炸是对生命无害的。"

"据说上次的事故让他们改变了想法。"

对于这样的问题我本应该采取更原则的态度，但我还是这样回答了。

"本土真的因为战败沉沦了吗？我听说那边很繁荣的。"

"那只是死后的繁荣罢了。"

那天晚上，仁仁很晚才回去。研究室已经炸没了，它大概住在库尼玛的山间小屋里了吧。

第二天一大早，它备齐了一套炊事用具用手推车运了过来。就像我所担心的那样，库尼玛死后自动送菜系统已经不再运转了。

天气很好，在这个岛上到了冬天，天空也会变得更加高远。

"早上好。"我向在路上见到的人打招呼。

"早上好。"对方也用日语回答。

海角最前端的松树下面什么也没有。微微隆起的泥土上长满了像龙须一样的深绿色的草。

眺望大海，我又开始思考昨天以来反复思考的问题：今后我该怎么办？即使回到本土，也不知道能不能找到阿兰。我根本也不知道她是否就是去了本土。就算能顺利找到她，如果她和德大寺生活在一起的话，那我会更觉悲惨。我想象着，眼前的画面与过去我和和枝躲在私铁沿线的破旧公寓里过日子的场景重叠起来。我希望德大寺很没出息，但是我无法从眼前抹去那个开朗外向、讨人喜欢的他无忧无虑、八面玲珑、高调行事的样子。我很是烦躁不安。如果我去本土寻找阿兰，她却回到岛上，那我们就会失之交臂。不过我有义务把古文献的现代文译稿交给朝仓理事长，哪怕就像库尼玛所说的，那不过是为了让阿兰恢复记忆的手段而已。把稿子交给他后我就赶紧回来吧？可我为什么还要回来呢？再说如果那珂崎猜对了的话，我也许马上就被他们杀人灭口了。但想想我被绑架时的情况，也不会只干掉我一个人来灭口吧。不过，说来说去我到底该用什么办法才能往返于这个岛和本土之间呢？一切都干脆等结束岛屿调查之后再作决定吧。

那珂崎和我，矛之会成员中除了负责管理岛上相关事务的以外，再加上仁仁，我们总共九个人的调查组就集合在图书馆门前。

我们一语不发地出发了。虽说已经不会有任何妨碍，但是也没必要喧闹，而且队员们都是沉默寡言的人。看上去他们并没有强烈的使命感：认为探索这个岛上未知的历史和文化，可以弄清本土乃至自身的意识结构。他们只是一些单纯崇拜那珂崎的年轻人。这样倒也好，总比自己一个人面对人生的种种问题要轻松得多，也有益于身心健康。

有两名队员把拆开后的露营帐篷扛在肩上。其余的人也各自分工，背着砍树的斧头、做饭的炊具等等。包括那珂崎和我在内，我们所有人都背着一杆枪身很短、很轻的消音枪。我还带着花了一天时间绘成的岛屿平面图还有摄影器材，那珂崎脖子上挂了一架很大的望远镜。

我们沿着原始森林的边缘朝西边的海岸走去。队员们之前都是沿着海岸乘摩托艇往返于基地和城里，所以他们并没有进入过原始森林。不久我们遇上一个面积很大的沼泽地，只好绕开它进入到繁茂的森林中去。我们知道要想穿越亚热带地区特有的混生林极不容易。之前我在和那珂崎商量的时候，也考虑过使用库尼玛用过的小型火箭，但是我们这次的目的就在于调查，所以还是选择了徒步穿行。为了去到西海岸——那里是曾经发生火灾的城堡所在地，我们必须穿越原始森林。

仁仁走在最前面。库尼玛说这里没有毒蛇猛兽，但我们还是不能掉以轻心。我们一边砍掉前方的树枝一边慢慢前行。沼泽旁边，嘴和脚都是深红色的秧鸡跑了过去。昏暗的树林之间，几种发着磷光的蝴蝶缓缓地飞来飞去。也许是受到了放射线的辐射吧，像小鸟一样大的蜘蛛，还有肥大得像仁仁那么大的甲虫在窥伺着我们。

原始森林还没有走到一半的时候天就黑了。之所以花了这么长时间是因为途中遇到了湿地不得不绕行的缘故。森林里面有很多种鸟类，啼叫声也都不一样。到处都可以看见开着白花的蔓草，闻一闻，发现它们的香气甜得让人发晕。

我们找到一块干燥的草地搭好帐篷，里面挂上吊床准备睡觉。途中碰到的动物多是些黄鼠狼呀大老鼠之类的，但还是不能放松警惕，也许有很多毒虫。现在想起来当时我往北山探险的时候避开森林是对的。为了不让篝火熄灭，我们决定轮流值班。

"这片森林比想象的要深啊。"我在吊床上摇晃着找旁边的那珂崎搭话。

"可以在这儿打游击战了。"

睡着之后不久，我好像听见远处有野兽在咆哮，但不知道是不是梦中的幻听。

最终抵达海岸花了三天的时间。原始森林突然就到了头，蔚蓝的大海出现在眼前，沉默的队员们发出了欢呼声。

沿着海岸建造的巨大城墙和我想象中的一样，是很久以前为了防止蛮族入侵所建的。

堆积的石头和石头之间是用漆胶之类的东西固定的。石头的颜色很像印度沙石，但其实是比那更坚固的火山岩。烧焦的印迹还很新，可以看出火灾是最近发生的。看来那天晚上我所见到的那场让库尼玛深受打击的火灾并不是幻影。但不知火灾是那珂崎做实验失败引起的呢，还是由于库尼玛的原因。那珂崎虽然承认在进行核研究，但是并不认为火灾跟自己有关，在出发之前还为此和仁仁争论过。

仁仁强调说："库尼玛是那样说的。"

"他绝不是一个会承认自己失败的人。"

我认为这话从那珂崎口中说出很奇怪，给人感觉好像他是在批评自己。

海岸边上是高高的悬崖。并不是珊瑚礁，而是峭立的岩石，悬崖越往南越低，最后变成了礁石。这里的地形可以说是天然的要塞，过去海上的船只一定会在这里靠岸，有一块岩石上凿出了通向海里的台阶。是那珂崎给我们带的路。我和他商量后，决定让队员们分头去找历史遗物。根据遗物应该就可以推断出这个城建造或使用的年代。不一会儿大家就找来了几种陶器的碎片、铁箭、写有文字的竹片，还有中间有四方形孔的青铜货币。竹简上的文字和镇上街角处碑上的文字是相同的，只有那个连阿兰都不认识。

"我们在这附近也进行过演练，没想到是个这么有历史的地方。我终于知道人的认识能力是多么有限啦。"那珂崎这样谈及自己的感想。

从收集来的这些遗物来看，这座城的历史甚至早于被我们称之为冲之波美岛共和国的时代，统治这个岛的族群拥有相当高的文明。说起来，在古文献《工程师之书》里也这样提到过：

在那之后又过了很多很多年。现在居住的并不是那个民族的后裔。他们也在某个时期灭亡了……

从古城遗址向上看，是一望无际的蔚蓝天空，仿佛象征着时间的缓慢推移，四周非常寂静。阿兰的祖先、那个族群的国王一定用过这个城墙吧。库尼玛也用过。

第二天，我们在城墙北部稍远处的地势较低的树林中，找到了火箭发射基地的残骸。周围的树林都被烧焦了，可以推测那天晚上最后在夜空升起的那条火柱，是城里的火点燃了燃料仓库引发的爆炸。好几根残骸大概是用来固定火箭的支柱，如今面目全非，只能让人联想到未来都市的废墟。四处散落着一些超合金和化学涂料的碎片，和城墙附近的遗物完全不同。库尼玛在这个基地上，是出于什么目的，对着哪里在发射火箭呢？难道是为了去宇宙采集一些这个地球上没有的元素吗？他认为发射卫星去宇宙探险是很愚蠢的事情，是因为他觉得自身的智慧更胜一筹吗？还是因为他已有经验，知道即使那么做也毫无意义呢。

我们同时也在进行地质和植被的考察，所以等我们准备攀登北山时，已经是出发之后第六天了。考虑到队员们的疲劳状况,我和那珂崎商量后宣布在完成对北山的探险之后就结束第一次调查,回到镇上去。

这一次没有暴风雨,也没有突发的大雾,我们穿过阔叶林,来到了针叶林比较稀疏的草原地带,在那里支起了帐篷。这里海拔高度有一千四百多米,到了夜晚,温度应该会骤然降低,让人觉得寒冷吧。

夜里,我听到有野兽的声音,有点像远方的犬吠声。那声音听上去很悲伤,我们在原始森林中都没有听过。我醒过来凝神倾听,发现声音好像是从山腰处的阔叶林里传来的,时而停下来,过一会儿后再听见时似乎就比之前近了。我开始想象,是不是在本土据说已经灭亡的狼群,正互相呼唤着准备来袭击我们呢。我把那珂崎摇醒,无声地用手指了指声音的方向。他起身从吊床上跳下来拿起了枪。我也跟着他拿起了武器。

篝火快灭了,我把堆在帐篷旁的柴火抱了些过来加进去。天空中挂着一弯细细的新月,眼前一望无际的山峰在星光下显得朦朦胧胧的,靠近山顶的岩石黑黑的,形成很多黑色的剪影屹立在那儿。值班的队员看见我们,走了过来。

"那声音是什么?"我问他。他摇摇头说:"大概是山犬吧。我一只也没看见,不过应该有不少。"我们观察了一会儿,我觉得有些冷了,正准备回去的时候,那珂崎把我叫到篝火那边去。

"我刚才观察发现,流星划过的时候就会听见叫声。如果它们是在林子里面,那么树叶落光的话也许看得见,可现在树叶那么茂密不可能看得到的。如果说是偶然吧,那同样的事情不可能重复四次,所以应该是有某种因果关系的。"

"是不是流星划过的时候宇宙的磁场会发生什么变化?"

"谁知道呢?"那珂崎摊了摊手。在我们说话的时候又有两颗流星划过,一声嚎叫就像在对着新月倾诉一般,尾音发颤。很快从周围的林子里传来起起伏伏的叫声,像是在附和刚才的嚎叫。我想起是库尼玛还是那珂崎曾说过,那边的世界是阳性的,这里则是反世界、是阴性的黄泉之国。

我跟那珂崎说:"也许那个声音不是真实存在的动物发出的,而是已灭亡的动物的哀嚎,是我们这次探险中没有出现的地灵在和他们互相感应呢。"

"如果真是那样,那也许是因为地灵在本岛都被文明消灭了吧。"

仔细听会发现在一声声如同合唱般的远吠声中，还掺杂了各种音色的叫喊声。我想起很久以前听说过，在琉球弧的海域，每晚都能听到沉没到海底的数万士兵的哭泣声，乘着黑潮传来就像海啸似的。学生时代的我把那海啸般的声音理解成那些不能回归日本的魂灵的哀怨，他们是天皇制的牺牲品。

　　也许在这个宇宙里，在我们人类所不知道的地方，有很多灵魂在相互感应着。正像库尼玛所说的那样，所谓科学的认知、知识的力量，都不过像是在包围地球的广漠空间里划过的一条细细的痕迹而已。

　　"有件事我一直没想明白。"那珂崎说。我朝他看过去，在新月和星星的光芒映照下，他脑袋周围的圆环像顶棉帽子一样摇晃着，和阴郁的蓝色夜空中传来的远吠声相呼应，给我一种错觉，好像整个岛都在地底下晃动一样。

　　"库尼玛是不是从某种无形的东西那里获得了力量呢？"

　　"怎么说？"

　　"他的活动范围大得令人吃惊。我知道火箭的力量是很强的。但是从燃料还有其他的储备来看，他不可能经常飞到遥远的地方去的。"

　　我知道那珂崎还有大多数队员都是学理工出身，他们在这次探险之前，一定已经对爆炸后的古城遗迹，库尼玛的发射基地等，运用宇宙工程学的知识作了周密的调查。

　　"你在电视上见过发射宇宙飞船的场面吧，往往会喷出一股很大的白烟。但是这个岛上却没有人见过那种白烟，也就是说库尼玛几乎没用过火箭，所以侦察卫星也没能发现。"

　　"你和岛上的人谈过这事吗？"

　　"没有，到这里来后一直没有时间。但是我能感觉得到。"

　　这话还真是很像个激进分子说的。我不禁想起我当学生时也是这样，以为世界就是自己脑子里想象的那样，对超出想象的事物一概置若罔闻。那珂崎和过去的我在很多方面都有共同点。

　　"你是说库尼玛的能量来源不仅仅是液氧啦氮啦等等化学物质，他还从地灵、反世界的潮流里获得了力量？"

　　"是的，当然这只是猜测罢了。"

在我们说话的时候，远处传来的合唱般的犬吠声间歇响起，后来终于止住了。也不像是要靠近我们的样子。

"睡觉去吧。"

"是啊，明天还得登到山顶上去。应该不会再出什么意外了吧。"

我们爬上了吊床，但我却难以入睡。脑子里像走马灯一样不停地转，先是想阿兰的事，再是死去了的妻子和枝，后来又浮现出了自己经历的各种场景。明天终于可以登到山顶了，这对我来说无疑是个莫大的安慰。在这个岛上生活了这么些年，明天就可以有个说法了。我对自己说，既然库尼玛曾经千方百计阻止我们，在那儿一定可以发现什么与冲之波美岛有关的重要事实。我的心情复杂极了：我既期待能有所发现，同时又不希望冲之波美岛的秘密就这样被发现；如果发现之后自己该怎么办呢？我感到不安，同时还有一种隐隐约约的罪恶感。

哀怨的犬吠声好像一直持续到了天亮，但我还是慢慢进入了梦乡。

第二天早晨，天空晴朗，万里无云。那珂崎宣布说"到了最后关头了，大家加油啊"，队员们麻利地把帐篷叠了起来。仁仁告诉大家说："咱们要快点行动，从风向来看下午要起雾。"它说得很准，就在我们即将登上山顶的时候，大朵大朵的云从脚底下涌上来，很快就把我们包围了。在重重迷雾中，我们排成纵队一个接一个地往前走，但都只能勉强看见前面人的背影。这大雾跟库尼玛没有关系，难道是地灵在抗拒我们的调查吗，我感到有些害怕。

为了防止走失，我们全都手拉着一条绳子，由走在最前面的仁仁带队，总算慢慢接近山顶了。

路途突然变得平坦起来，山顶出人意料地宽广，可是什么也看不见。

"傍晚雾会散的。"仁仁很肯定地说，为了抵抗湿气和寒气，我们又重新支起帐篷在里面等着。

"这次调查结束之后，我们想回本土去，带上几个考古学、语言学，还有地质学和植物生态学的专家回来。你觉得如何？"我们吃过午饭之后，那珂崎突然说。

"你们不再作核爆炸的研究啦？"借此机会，我也想搞清楚他到底是不是我可以一直合作下去的伙伴。为此，我有很多需要问清楚的问题，"我可不是讽刺你啊。你的想法我从理论上可以理解，但是实践却是行不通的。"

"是啊。"那珂崎很罕见地露出犹疑的表情，"有些事我想告诉你，等到下山之后再详谈吧。现在我绞尽脑汁想的是怎样才能把这个岛公诸于世。这和用核爆炸去粉粹幻想的想法其实同出一辙，向世人介绍这个岛，告诉他们这就是永生之国，然后把它建成旅游景点的话，从打破幻想这个意义上来说也许更起作用。"

他的这段话带有一种深深的绝望感。对我的问题，他没有正面回答，但我能明白他是在间接地告诉我他的想法正朝着与过去完全相反的方向在改变。至于为什么要放弃过去的做法，也许他需要另找个时间慢慢道来。

"我说两句吧，不过你可能会觉得我是不负责任随口说说，要不就是觉得是令人乏味的老生常谈。"我先申明了一下才开始发表自己的观点，"我们应该对这个岛进行彻底调查、重新改写历史。因为只有这样，才能让大众觉醒。尽管这也许要花上两百年、三百年或是更长的时间。"

"也许吧。"

他的声音很低沉，我没想到他会赞同我的意见，这反而让我觉得不好意思了。倒是他接下来的一番像在自言自语的话更让我能坦然接受："我们真的能那么乐观吗？那么乐观能行吗？"

我听说那珂崎学生时代最好的朋友自杀了，那以后朋友的姐姐就把那珂崎当做是自己弟弟一样疼爱他，对那珂崎的过激行为时而训斥时而开导。这是这次探险途中，一起露宿野外时他告诉我的。听他讲起来，我觉得他对那个姐姐似乎有种爱慕之意，他回到本土的话会去见她吧，也许那对他来说有好处。这时我突然想起："但是怎样才能回到本土去呢？"

"这里只有普通的船。我们来的时候是集中精神不顾一切地就来了。这个岛上没有幽树，也许榕树也行。要想让帆船在空中飞行需要具备一定的条件。"

一说到这件事，那珂崎就又开始说些令人费解的话了。他向我解释说："幽树是榧子树的一种，据说爬到这个树上睡着的话就能脱离尘世。"接着又补充道，"这种幽树，和欧洲还有美国东海岸教堂后的墓地里所种的幽树是同一种类。也许不分大洋东西，都是生长在和异界交界的地方。虽然不知道是不是所有的幽树上都有通向异界的入口。"

他的话让我想起南方岛屿上的妖怪犬门就是把榕树当做栖息之地的，我便说给他听。

"还真是这样呀。"他点点头。

"我们从本土出来之后，换乘上同志为我们准备的帆船，过了一阵回过神来，发现我们已经在这个山的山腰了，不，应该说是更接近山脚的地方，在一个山间小屋里睡着觉呢。那个小屋后面就有一棵大榕树。"

"那是库尼玛的山间小屋。"

我一下来了精神：

"下山的时候我们可以去那里看看。"

就在我们说着话的时候，外面变得明亮起来。

"队长，雾散了。"

一个队员大声喊道，他大概一直担心得在这儿住一晚上，现在看来不用了，所以很兴奋。我走出帐篷，突然产生了一种幻觉，好像被扔到了一个无边无际的蓝色空间之中，因为天空是如此的明亮高远。周围的蓝色深邃得让我几乎打了个跟跄。我站稳脚跟，小心地走到了山顶的一端。

宽广无垠的大海中间，有几个岛屿呈弧形分布，一直延伸到看不见的地方。近处的岛周围都是岩礁，夕阳染红了山的西侧，东侧却是一片暗绿色。越往远处去，岛的颜色就变成了深紫色，躲在闪亮的波浪中。群岛中，从这里数过去第三个细长的岛特别大，平地部分建有好几座塔。

"那儿是哪儿呀？"我用手一指，目不转睛地盯着看。

"不像是教堂的塔。真奇怪呀，冲绳岛上有那样的小城镇吗？"

那珂崎无言地站在我身后，突然"啊"的一声叫了出来。我接过他递过来的望远镜，他搡了搡我的胳膊，示意我和他站在同一个角度看，接着又从旁边伸出手来，把望远镜的位置上下调整了一下。于是，就好像有一层厚厚的云母把空间隔离开去，镜片中的风景是变了形走了样的。透过镜片上层，可以看到一座像中世纪遗迹般寂静的城市，整个城市呈长方形，城市里尖塔林立，一切似乎都有一种往天上飞的意志；如果更仔细看的话，还可以看见一座像戏剧布景似的建筑物，那似乎是似曾相识的国会议事堂，它后面屹立着的不正是富士山吗？千真万确。我相信如果用架倍率更大的望远镜的话，一定还能看到年轻时到议事堂游行的我。再向远处，是野火烧过的原野，不知道是东京还是大阪。我感慨不已，自己不就是从那个景象里走出来的吗，穿件夹克衫，走路时上半身还半歪着。那时候，是青年共产同盟把我从颓废中拯救了出来。在想象中，我看见自己走进时间的云母层中。

而当我把望远镜焦距往下层移动时，我看见一座高耸如云的巨塔。那不是哥特式的风格，那塔更像一个宇宙卫星的发射基地。再仔细看，塔的颜色就像七色彩虹一样从下向上变幻着。

也许这就是幻想中的未来都市吧。但是为什么全都沉没在灰色的带层中呢？就连七色彩虹般变幻的塔，也好像在和绝望作殊死搏斗一样。在这个时间带里浮现出来的两个城市，就像一台二合一的两面镜一样相对而立，相互映照。那现在我和那珂崎、仁仁还有矛之会的队员们脚下的这个地方又是哪儿呢？这样一来，想要确认岛的地理位置不就越发没有希望了吗？

也许这是不该看的，我觉得有些不安，就换了个位置，走到山顶平地的南端，把望远镜举起来。这次只能看到一望无际的大海。我们应该是位于"现在"的最南端吧。看着看着，我听见轻微的呻吟声，像是一曲低声合唱的安魂曲，也许只是我的幻听。我脑海里浮现出了"南冥"、"旅途终结"之类的字眼。

"我想炸掉的就是刚才你在望远镜中看到的，像云母层般透明的隔离层。"

那珂崎也跟着走了过来，低声对我说。我无言以对。不是因为那些景象过于灰暗和变幻多端，而是因为那里横亘着无法计量的时间。能和时间抗衡的也许只有沉默吧。我看到的古老城镇、和生活在那里的笃信质朴的人们，那副情景深深地震撼了我。

时间在静静地流淌，不知道过了多久。

"该下山了。最好赶在夜晚来临之前穿过树林。"

那是仁仁的声音，突然间我们听到刮过山顶的偏西强风的声音。那个声音中好像还混杂了昨夜听到的犬吠声。放心不下，我们又再一次轮流用望远镜朝陌生的时间带还有大海和群岛眺望。最后一次看的时候，我看见西方大海的彼岸依稀可见宽广的陆地。那大概是我所未知的大陆吧。

下山之后，我们都非常疲惫，没想到这次探险会花了那么长时间。我不想一个人再回到原来的家里住，就叫上那珂崎去到图书馆最上层的病房，暂时把这里当做宿舍。仁仁帮我们打点好了一切。库尼玛死后，没有人监管公共设施，对我们倒是件好事情。

"昨天在山顶上你暗示说你要放弃用核爆炸来消灭永生之国的计划。"

只剩下我们两个人之后，我不失时机地马上问那珂崎。我喝着仁仁帮忙弄来的烈性酒，它给了我精神活力。

开始他只是敷衍说："啊，那没有什么，顺其自然吧。"甚至还像个淘气小子似的看着我，"该怎么办呢？要不听了野野宫先生您的意见再决定好了。"

他虚晃了几招之后终于认真起来，解释道："你在望远镜里看到那个把空间一分为二的隔离层了吧，透明的，像云母一样。"

"不久之前，当宇宙射线到达地球发生周期紊乱的时候，我就猜测到有这样的隔离层存在。库尼玛大概也注意到了这件事。我知道这既可以认为是意识层和非意识层的分隔，也可以划分为唯识层和赖耶层。总之，我明白永生之国位于那边的世界，要想爆破不是件容易的事情。所以当我们来到这个岛上，意识到这里有可能就是永生之国时，我们自己也感到不知所措。

"我们这么轻松地就来到了这里，说明永生之国已不再是过去的永生之国了。连永生之国都堕落了，变成了沉没的岛屿。而且……"

他说到这里停了下来，目光变得很痛苦，发光的头皮和脑袋周围那圈灰色头发在微微地颤动。

"而且昨天在山顶上看到的隔离层，我认为那不是隔开常世和现实的隔离层，那只是一种仿真、是幻想。至少可以说曾经是那样的。"

"你说什么？"我忍不住插了一句，"如果是那样的话，那还有什么可以相信呢？诗人只相信自己的亲眼所见。"

那珂崎点点头表示理解，又接着往下说："这个问题姑且放下。"

他为了不刺激我，每个字都说得很重，"还有一件事，是到这个岛上来之后发现的。这里有很多机会观察到大量的流星，于是我偶然发现，形成地球的系统越来越不稳定了，也许这和隔离层的消失有很大关系。我们来到这里时，也并没有穿过什么透明的隔离层。换句话说，本土本身已经变成了常世，说得好听些是常世、永生之国，其实也可以说是黄泉国。"

我点点头，心想原来他那深深的绝望是他的科学思维进步的结果。

"但是我不会放弃。日本人心中对常世的幻想依然存在，还是需要把它打破。我本来是想如果思想炸弹不行的话，就用核物理学的成果……但是我是不会放弃无政府主义这个志向的。"

他的话在我听来几乎像是悲鸣了。我又朝他的头上看去，那像霞光一样环绕着他发光头部的头发，有时会遮住他的半个脸吓我一跳，那头发不知什么时候又变成了黑色。再看下去的话，我又该生出一些不合时宜的感想了，于是我移开了目光。

我想起库尼玛研究所那个他很珍爱的透明水晶球，它和我们所看见的云母层没准是同一种成分，于是便告诉那珂崎。

"大概库尼玛想的和我们一样。"那珂崎表示同意。

"我还有一点不明白。"我决定把一直以来百思不得其解的问题说出来。

"库尼玛对破译古文献，也就是我称作《工程师之书》的那本文献，为什么那么热心呢？是因为他一心想让阿兰的记忆恢复吗？"

那珂崎沉默了一会儿，好像并不是不知道答案，只是不知道该怎么回答。

"历史还是很重要的，特别是这个岛的历史，库尼玛很清楚这一点，而且他也知道文献资料的局限性，所以才特别想得到阿兰的记忆。"

我觉得他的回答太流于形式，感到很不满，于是又接二连三地提问。最后他终于告诉我说："库尼玛很爱阿兰。阿兰就像他的独生女儿一样。天才科学家也有可能是嫉妒心最强的男人啊。"

我有些落寞地想，难道我想听到的就是这样的答案吗？

"古文献已经全部译完了，库尼玛的一腔热情也算是有了个结果。"我告诉他，就像是在强调自身的存在价值。

那珂崎动了动身子："那得把它交给昭和经营史研究所吧。"

"是啊，我在这个岛上的生活费还有每个月的支出都是他们付的。"

"我去送怎么样?"

我有些迟疑。那样的话我就要一个人留在这个阿兰已不在的岛上了。

"怎么说呢,我总觉得野野宫先生您要去送的话会有危险。我知道权力这种东西的残酷性。我是不相信他们的。"

他这么说,我也只好表示同意说"好吧"。

"如果你们很轻易就能回去的话,我很感谢你帮我送。不过我想留一份复印件在手上。"

"明白了。"那珂崎答得很随意,似乎对回去这事丝毫不担心。

我无法预测这本书在本土公开之后会有什么样的反响。里面的各种各样的比喻很难理解。我也不是没幻想过《工程师之书》成为关注的焦点,人们用热情的掌声欢迎我归去等等。不过我知道这种幻想最终只会让自己更失望,这一点我在写长篇小说的时候已经深有体会了。而且这本古文献比我那本长篇小说更不大众,尽管它已经被翻成了现代文。它的确反映了建国历史的一个侧面,还关系到天皇制的起源。然而放在实际上并没有言论自由的本土,人们能在多大程度上对它进行直接解读,难以预测。关于文献中出现的两个城堡,人们通常习惯用二元对立的方法去理解:科学的合理主义和神秘主义、现代和近现代、马克思主义和天皇制等等。就算有人透过其表象作了进一步的深入分析,大概也引不起人们的关注很快被遗忘吧。话说回来,朝仓理事长也好库尼玛也好,他们想把冲之波美岛隐藏起来、避人耳目的心情是那么的强烈。所以,我好不容易才译完的这本《工程师之书》很有可能永无见天之日,也就是说,那珂崎如果送去的话会有危险。说不定他离开这个岛后就再也回不来了。他说我去送很危险,但其实他也一样,如果把这本书带到本土去的话,连生命都会有危险。

"刚才我们在北山山顶上眺望的时候,只有'现在'是看不见的。"

我又回到了刚才的话题。

"也许'现在'这个时间,只有当拥有这本古文献的我们把这个岛建成共同体的根据地,才有可能形成。所以是不是要把它交给朝仓喜久雄是次要的,我希望你把能够平安归来放在第一位考虑。"

说着,我心中涌上即将失去那珂崎的寂寞和一种虚无感,即便古文献公开了，又能怎么样呢？

　　"'过去'的时间也是隐隐约约地看不清楚，可是我却看到一座太古时期的美丽的绿色岛屿。所以过去的人把本土称作'梦幻之国'或是'敷岛大和国'。我说这些你是不是觉得太古老了？"我变得谦虚起来。

　　"那倒没有，未来如果不建立在过去之上也是不行的。你说的那是实行律令制之前、神代时候的事情，那个群岛后来被称为日本，但其实它本来就是无政府状态的，所谓八百万神灵的说法不就证明了这一点吗？"

　　"对，如果是要建那样一种国家的话，我赞成，所以说还是不能没有你。"

　　"我一定会平安完成任务回来接你的。"

　　"我该怎么办呢？如果我们能够成功地建起根据地的话，我就想回本土了。"

　　我说得有些没底气。和那珂崎不一样，我在这个岛上生活的时间长了，对于回归本土生活有些踌躇，也有些不安。

　　"在你回来之前我先深入群众，推进根据地的建设。之后再根据情形，决定是继续留在这里还是向本土出击。"

　　那晚我喝醉了，来这个岛之后这还是第一次，都是因为这酒太烈了。我不时用火柴把它点燃，还大声叫道："快看，小小的火花很快就要变成革命的焰火了。"

　　"在你们回来之前，我要想办法把这个岛上的碑文都破译出来。我在图书馆发现了一本破译西夏文字的语言学家的书，我准备在岛上到处去问一问，进一步调查一下和冲之波美岛有关的传说及其文化结构，应该能够找到破译的线索。我好歹也是学历史出身的。"

　　在喝得烂醉之前我一直在高谈阔论这件事。也许我心里把调查看做是重新构建一个新的阿兰吧。我有一种预感，那珂崎一旦回到本土就再也不会回来了，这种感觉和醉意一起越来越深。但是我觉得分别前还是应该要高兴一些，所以我没有把这些想法说出来。也可能是我已经醉得太深了。

　　三个月之后，那珂崎和矛之会的成员造好船之后离开了岛。岛上的冬天已经过去了。其间我去了好几次街上，和卖渔具的夫妇也熟悉起来。我总是和仁仁在一起，还收集了不少民间故事。

他们出发那天，我和仁仁一起到海角的顶端给他们送行。

因为想尽量把燃料节省下来用于空中飞翔，所以船上扬起了三张船帆。船只静悄悄地离开了栈桥。

"请多保重。我一定会把《工程师之书》的译文亲手交给研究所的朝仓喜久雄。我会注意尽量不说无关的事情，所以如果有人来找你说是什么人派来的你千万不要相信。我也有过斗争的经历，懂得怎么防备、谈判和逃离。还有，我一定会把阿兰带回来的。"

出发那天那珂崎再次向我保证道。我也微笑着重复了相同的回答："好的，那就拜托了。但是千万不要勉强。"

那珂崎和队员们站在甲板上朝我们挥手，很快便从我们的视线中消失了。

"他们终于还是走了。"仁仁说。"是呀，只剩下我们两个人了。"我再次意识到了这一点。在回图书馆最上层的病房前，我和仁仁一起又去了一次孩子的墓地。松树下面像龙须一样的草丛里，不知什么时候长出了几根花茎，上面开着淡紫色的花朵，有些像紫罗兰，又似乎不是。

磁带到这里就结束了。然后有些杂音，很快连杂音都消失了。秋山和我都一语不发。故事跌宕起伏，最终也算是合情合理地落下了帷幕。我们所期待的，野野宫银平已回到本土的情节最终没有出现。我有些压抑地想，看来庄田邦夫的这本小说还是只能写成一个普普通通的故事了。也许庄田邦夫和野野宫银平长得像纯属偶然。但是我转念又想，虽然两个人生活的世界完全不同，但他们的人生的旅途可以说有着不可否定的共同点。而且两个人都和非现实世界有关系，也可以称作异界或是永生之国吧，离我们生活的现实只有一步之遥、一纸之隔。我仍然觉得，一定有个什么管道是可以把两个人联系在一起的。

为了保险起见，我打算把磁带的内容都记下来，录入打字机，然后再听一遍磁带，比较一下和文字的内容是否有出入。检查一下助词的用法，再看看关于野野宫银平回到本土这件事情有没有漏听了的地方。因为我始终有种暗暗的期待，看能否找出把庄田邦夫和野野宫银平联系起来的线索。

第三天，我们又来到录音室。遗憾的是再也没有任何新发现。

"关键的事情什么也没有说就结束了。"秋山抱怨道。又告诉我说,"这两天我每天都在和博物馆联系,据说还是没有野见恭平的任何消息。昨天博物馆的人告诉我,他们已向警方提出了寻人申请。"

"看来我们只能靠进一步研读和分析现有资料和庄田的日记,然后去推测后来发生的事情了。大概他就是故意想留个悬念,让我们这么做吧。以前的很多书都是这样的。再说了,企业家这类人通常也不会轻易告诉你真相的。"

"为什么野野宫就这次寄来的是磁带呢?"秋山问道,这也是我一直想不通的。也许是他没有时间写下来或记下来,也许是因为想留下自己的声音。但是这些都不能成为决定性的原因,缺乏说服力。

"也许是他就任博物馆馆长时关于自己的经历说了谎,而今谎言暴露了;要不就是因为有杀害庄田邦夫和安部理惠的嫌疑,遭到警察盘查什么的。"

我的推理几乎有些荒唐。因为野野宫银平说了那么多无关紧要的事情,但是在关键问题上却缄口不言,我觉得对他已经无法再有好感了。就是因为他,冲之波美岛和本土的关系,庄田邦夫对那个异想天开的再开发计划一意孤行的真正动机等等关键问题都将被封存在黑暗中。

我们明知是白费工夫,但还是又听了一遍磁带,野野宫说完的时候,秋山告诉我说:"为了保险起见,我请人调查了磁带的声波。"

"我有个朋友在警察局做司法鉴定。我在周刊杂志当编辑的时候曾多次托他帮过忙。正好出版社里有庄田邦夫演讲的磁带,我就把两盘磁带都送去请他帮我作了鉴定。"

"哦?"

我的好奇心一下子被吊了起来,等着他的下文。

"告诉你你可别太吃惊啊,结果是两个人的声波完全一致。"

原来还真是这样呀。

"这是怎么回事呢?"

"据我那个朋友讲,根据最新的分析技术,声波和指纹一样,不同的人是不可能完全一样的。"

"可是他们两个人却一样。"

"是的。"

"完全一样?"

"嗯。"

我们对视了一眼,无语以对。感觉又站到一个深渊跟前,眼前一团漆黑,伸手不见五指。

就在这时,房间里突然响起了海浪冲刷礁石的声音。

我惴惴不安地回头看去,发现声音是从麦克风传出来的。大概是因为野野宫银平讲完后我们忘了关录音,所以磁带一直在转动,这是最后面部分的录音,我和秋山都这么想。野野宫以前为了打探库尼玛的动静,曾经偷偷把定好时的录音机藏在山间小屋里。我们现在听到的像大海的声音,也许就是他所说的那个"像溪流般的声音"。同样的声音在他跟阿兰用无线电通话的时候、在和阿兰有肌肤之亲的夜晚、达到高潮后的空白中也都曾听到过。如果把耳朵贴在库尼玛小屋后面的大树上也能听到。就好像清澈的水流跳跃着奔腾着,在朝阳射下升到天上去的声音。也许阿兰就是这种光之波的精灵,虽然她有着人间女子的模样。她逃走之后,野野宫银平会在脑子里这样幻想吧。正当我想把声音调大一点、向录音机走去的时候,突然又传出野野宫银平的声音。

"我终于完成了这个故事。还是没能抵抗得住创作作品的诱惑。这部作品可以取代之前那部以失败告终的长篇小说,可以证明我还是有创作长篇小说的能力的。当然,给返回本土的那珂崎送行的部分是虚构的。死去了的和枝也一定会很高兴。"

他说话的时候,也许是坐在船上或是在天空飞翔,所以身体摇晃使得麦克和嘴的距离忽远忽近,声音也就时大时小,就像是在寂静的夜晚收听超短波收音机时音量时强时弱一样。

"不过,实际上真正的结局却和我在磁带里所讲的不一样。我们在从北山下山返回镇上时,途经库尼玛的山间小屋,又穿过广场去了海角。我想去看看埋葬我孩子的地方,想去看看挂着阿兰的薄纱的那棵松树。当时的心情我在作品里,我的作品里已经描述了。

"在那前面的海滨上,我们发现有一男一女倒在那里。

"男人和我长得很像。女人嘛，还好不是阿兰。我感觉怪怪的，我承认我心里偷偷希望那个男的是德大寺。可是走近一看，是个上了年纪的男人，看样子日子过得一定很不错，粗粗的脖子还有脸颊都还很有光泽。女人和阿兰长得也有几分像，只是年纪要大得多，腰腹部累积了不少脂肪。

"'那边死的是庄田邦夫和安部理惠。'

"那珂崎告诉我，他的脸由于悲伤丑陋地扭曲着。从他的表情看，我知道那个女人就是他偷偷爱慕的那个女人。他的鼻子一抽一抽的，看得出是在强忍住心中的悲痛。

"'那个女的就是我跟你说过的安部理惠。她一直都很关心我……'

"果然，我的猜测是对的。那珂崎哽咽得说不出话了，他似乎是在拼命克制自己。我不知该怎么安慰他，只好说了一句：'怎么会落在这里呢？可以落在库尼玛小屋后的大榕树上呀。'

"看我和那珂崎的例子就可以知道，飞到异界多数情况下是安全的。德大寺遇到海啸都获救了，还真是愚者命大呀。

"'也许他们俩本来就打算一起寻死的，两个人太相爱了，连老天都嫉妒了。'

"说完之后我才意识到对那珂崎太残忍了，但是已经晚了。

"'也许会有遗书。'那珂崎为了让自己平静下来，口气很冷静，像警察一样。

"'野野宫先生，也请您做个见证。'

"那珂崎说完，就把手伸进了庄田邦夫的上衣和裤子的口袋。果不出所料，他找到了一个塑料小包，里面有一封信。看来，两个人大概是跳海自杀的。打开一看，几页信纸大概是从笔记本上匆忙撕下来的，但上面的字迹却显得很沉着，描写了一些森林里的情况。

"第一页上写了一个标题：'KIGEN结刊号'。开头部分写道：

"'多么安静的夜晚呀。森林中的树木在黑暗中窃窃私语，我第一次听见这样的声音。'

"从这里可以推测，两人在投海前在森林里过了一夜。

"紧接着第二页上，笔迹显得很潦草，只写了一句话：

"'两个世界终于合二为一了。应该在伊坂杨严隆信博物馆里种上幽树。'

"那之后，我的所作所为也许会被人批评是篡权者。但是能够实现庄田邦夫遗言的只有我一个人。亲眼见证了这两人的死之后，我决定和那珂崎一起坐船离开。"

这一次，磁带是真的放完了。我看了看秋山，发现他也在看我。我把目光移开，双手抱头，沉默了很久很久。在我看来，出现在野野宫银平小说里的人物都是不幸的。为什么呢？但是他们看上去又是那么生动而有魅力，大概那也是作者野野宫银平的人格魅力吧。

突然有一种可笑的感觉涌上心头，连自己都无法控制。

我有一种想放声大笑的冲动。但看到显得非常疲惫和沮丧、正盯着墙壁发呆的秋山，又不得不拼命忍住。

等我终于忍住、想要站起身来时，才发现自己和秋山一样，已经疲惫不堪了。

"你喝点什么？"我用手撑着桌子，调整了姿势，朝冰箱走去。

译后记

丁莉

记得刚译完《沉落的城》时，读了陈喜儒先生的《遥远的辻井乔》一文。文中描述了喜儒先生在翻译辻井乔先生的《风的生涯》过程中的种种感受，对我来说，可谓字字传神。

> 这本书译得很苦，有一种瞎子摸象的感觉，因为我抓不住他的思想、文脉，被牵着鼻子走，只能照葫芦画瓢，而且不知什么地方就有"地雷"，为此花费了不少时间。俨然如朋友所说，是一场"战斗"，所以难免有误译、错译之处。

我暗暗松了一口气。自己在翻译过程中的那些苦恼、不安、纠结甚至痛苦的情绪此刻似乎都得到了安抚。喜儒先生是作家和资深翻译家，翻译了很多日本文学作品。连他尚且有此感受，更何况我这样的新手呢？

《沉落的城》是我翻译的第一部大部头作品。第一次就碰上一个非常大的挑战。辻井乔先生本人无论从人生经历还是思想来看，对我来说都是那么地"遥远"，而《沉落的城》这部800多页的大作里描写的那个交织了现实与虚幻、过去与现在、真实人物与日记甚至是古文献中人物的宏大世界更是让我觉得"遥不可及"。我在感谢辻井乔先生对我的信任的同时，也担心自己是否能够真正理解他的作品、理解他的思想和他要表达的东西。

经历了多个"艰苦卓绝"的日子，其中包括一个寒假、两个暑假的全心投入，终于完成了本书的翻译。感谢北京大学日本语言文化系的硕士研究生于泓洋同学和北京第二外国语学院日语学院的王晓副教授，他们在本书的翻译过程中给了我很多帮助，付出了辛苦努力。也感谢家人一直以来对我的支持，感谢热爱文学的母亲在我找不到合适的译词时陪我一起冥思苦想。

喜儒先生说："读完了辻井乔先生的长篇小说《风的生涯》，在我眼中，先生依然是一座遥远的、不可企及的、巍峨屹立且被闪光的云霞笼罩的高山，我还是无法进入他五光十色的精神世界。"而我这个小字辈却想不知天高地厚地说一句，译完了《沉落的城》，我感到"遥远的辻井乔"似乎不那么遥远了。可以说作品中企业家庄田邦夫和诗人野野宫银平身上，寄托了企业家堤清二和诗人辻井乔的思考。庄田和野野宫这两个长得一模一样但经历背景完全不同的人也许正代表了作家自身的双重身份，反映了他的双重精神世界。

2007年，在东京六本木的一家中国餐厅，有幸和辻井乔先生一起共进晚餐。他本人温文尔雅、和蔼可亲，但谈吐之间，我却从他温和安详的目光中看到了背后那个深邃的思想世界。那时候我还没有开始《沉落的城》的翻译。今天，我感到我朝那个深邃的世界略微靠"近"了一小步。希望读者也能通过本书的阅读体验，走"近"辻井乔的世界。

2011.9